Hasta que salga el sol

Hasta que salga el sol

Megan Maxwell

Planeta

Obra editada en colaboración con Editorial Planeta - España

© 2017, Megan Maxwell
© 2017, Editorial Planeta S.A.

Derechos reservados

© 2017, Editorial Planeta Mexicana, S.A. de C.V.
Bajo el sello editorial ESENCIA M.R.
Avenida Presidente Masarik núm. 111, Piso 2
Colonia Polanco V Sección
Delegación Miguel Hidalgo
C.P. 11560, Ciudad de México
www.planetadelibros.com.mx

Imagen de portada: © Frolova_Elena / Shutterstock
Fotografía de la autora: © Nines Mínguez

Primera edición impresa en España: mayo de 2017
ISBN: 978-84-08-17394-6

Primera edición impresa en México: septiembre de 2017
ISBN: 978-607-07-4323-8

Esta novela ha obtenido el Galardón Letras del Mediterráneo, otorgado por la excelentísima
Diputación de Castellón, en el año 2017.

Impreso en los talleres de Impresora y editora Infagon, S.A. de C.V.
Escobillería número 3, colonia Paseos de Churubusco, Ciudad de México
Impreso en México - Printed in Mexico

Para mi maravilloso guerrero Jorge,
porque desde el primer instante
en que vi tu carita me robaste el corazón.
Ver tu sonrisa siempre me alegra la vida, por lo que espero que
nunca dejes de lucirla, y recuerda que no has de soñar la vida,
sino vivir tus sueños porque ellos serán
los que te harán feliz el resto de tu vida.
Te quiero, mi niño, y contigo, HEIYMA
(Hasta el infinito y más allá).
Y, por supuesto, para todas esas Guerreras y esos Guerreros,
y recordarles
¡que lo mejor está por llegar!
Mil besos,

MEGAN

Prólogo

Benicàssim, 2007

En casa de los Sánchez sonaba la radio cuando Ágata, madre de dos niñas, mujer trabajadora y esposa de Mario, tarareaba alegremente mientras cocinaba.

—Mamá —protestó Sofía, su hija menor—. Esther me ha echado de su habitación y dice que esta noche no puedo estar en su fiesta de pijamas.

—Cariño, ya lo hemos hablado.

—Joooo, mamáaaaaaaa...

Ágata sonrió. Sus hijas se adoraban, pero en ocasiones se llevaban peor que el perro y el gato.

—Cariño... —respondió—. Es la noche de Esther y sus amigos. Tu hermana ha acabado la carrera de Administración y quiere celebrarlo.

—Pero yo quiero estar..., quiero entrar.

—¡Ni lo sueñes! —sentenció Esther, que en ese instante entraba en la cocina.

Al oír a su hermana, Sofía comenzó a gimotear. Si algo se le daba bien a aquella cría era llorar, y Esther, al verla, se mofó:

—Desde luego, vas para actriz..., ¡qué dramatismo!

Ágata tuvo ganas de reír por el comentario de su hija mayor, pero la miró e indicó:

—Haz el favor de no echar más leña al fuego —y luego, dirigiéndose a su hija pequeña, le recriminó—: Y tú deja de quejarte. Por Dios, Sofía, ¡no puedes estar todo el día enfadada!

Esther, que tenía el mismo carácter plácido de su madre, sonrió y cuchicheó, acercándose a ella:

—Mamuchi, ésta acabará ganando un Goya o un Oscar.

Esta vez Ágata rio y, mirando a Sofía, que lloraba para llamar su atención, repitió:

—Basta ya, corazón.

—Pero, ¡mamáaaaaaaaaa...!

—«Pero, ¡mamáaaaaaaaa...!» —la imitó Esther, haciéndola rabiar aún más.

Como era la pequeña de la casa, Sofía estaba acostumbrada a salirse con la suya la mayoría de las veces. Sin embargo Esther, ignorando las miradas de su madre, insistió:

—Me da igual tu berrinche. Esta noche es mi noche y tú no vas a estar.

De nuevo, Sofía soltó un grito lastimero.

—Cariño, por el amor de Dios —se quejó su madre—, no seas tan caprichosa y entiende que tu hermana quiere estar con sus amigos.

—Pero, mamáaaaaaaaaaaaaaaaa...

Al ver el huracán que se estaba formando, Ágata suspiró. Sofía podía ser insoportable. Estaba intentando calmarla cuando sonó el timbre de la puerta. Era Marga, su vecina, una mujer sordomuda de nacimiento que, haciéndole unas señas con las manos, le comunicó que necesitaba unas zanahorias.

Años atrás, al conocer a su vecina, Ágata se había empeñado en aprender la lengua de signos, o, como lo llamaban ellos, el alfabeto dactilológico. Así pues, asintió rápidamente y le indicó que pasara.

Al entrar en la cocina, Esther, que, como su madre, había aprendido la lengua de signos, saludó a Marga. Esta última sonrió al ver a Sofía llorando.

—¡Es una llorona! —exclamó Esther, moviendo las manos.

Marga soltó una carcajada. Ágata la miró y, de nuevo con las manos, dijo al ver a su hija pequeña marcharse hacia la habitación hecha una furia:

—Mejor no preguntes... Toma, Marga, te compré los botones que necesitabas para la bata de Germán.

La mujer rio. Ágata era la mejor vecina que nadie pudiera imaginar y, tras darle un abrazo, movió las manos para decir:

—Te quiero. No sé de dónde sacas tiempo para hacer tantas cosas, trabajando como trabajas.

Ella le devolvió la sonrisa, pero no respondió. Agradar a los demás era lo que más le gustaba.

Una vez que se hubo marchado Marga, Esther murmuró mirando el horno:

—¡Eres la caña! ¡Pizza de la tuya!

La sonrisa de su madre se agrandó al oírla.

—Sé que a ti y a tus amigos os gusta mucho.

—¡Gracias, mamá!

Nada en el mundo le gustaba más a Ágata que ver a sus seres queridos felices. De nuevo sonó el timbre de la puerta, y Esther corrió a abrir. Frente a ella estaban Delia, Hugo y Vega, sus amigos de toda la vida. Se habían conocido en el colegio, en primaria, y desde entonces no se habían separado.

—Tengo el último de Rihanna —cuchicheó Delia enseñándole un CD.

—Y yo el de Amy Winehouse —afirmó Vega.

Encantada, Esther se los quitó de las manos, y su madre, que había salido a ver quién había llegado, afirmó divertida:

—Vaya..., vaya..., conozco a unos que lo van a pasar muy bien.

Entre risas, entraron todos en la cocina, y Hugo indicó:

—Madre mía, Ágata, ¡qué bien huele!

—¡Tu pizza..., qué rica! —exclamó Vega mirando el horno.

Ágata asintió; sabía cuánto les gustaba la pizza que ella preparaba.

—¿Por qué? —murmuró Delia abrazándola—. ¿Por qué no eres tú mi madre?

La mujer la miró con cariño. La relación de Delia con su familia era pésima. Cuando iba a responder, Sofía, su hija pequeña, entró de nuevo en la cocina y preguntó:

—¿Para mí también hay pizza?

Esther suspiró al ver a su hermana.

—No, bonita —replicó—. La pizza es para nosotros.

—¡Mamáaaaaaaaaa...! No sólo no me deja entrar en su fiesta de pijamas, sino que tampoco quiere que coma pizza.

Al ver discutir a sus hijas de nuevo, Ágata intentó mediar. Se acercó a la pequeña y murmuró:

—Vamos a ver, cariño. Cuando vienen tus amigas, Esther no se mete con vosotras en la habitación y...

—Será porque ella no quiere.

Su hermana sonrió al oírla, y su madre continuó:

—Sofía, cariño, tienes catorce años y tu hermana, veinticuatro. Debes entender que...

Pero ella volvió a marcharse enfadada y se encerró de un portazo en su habitación. Los demás se miraron entre sí.

—Esta niña es de armas tomar —murmuró Vega.

Todos asintieron. Sin duda, Sofía tenía un carácter difícil.

Ágata abrió entonces un cajón y dijo, atrayendo las miradas de los cuatro muchachos:

—¡Mirad lo que os he comprado! Esta mañana, cuando he ido al mercadillo, he visto estas bolsas azules y, al leer su mensaje, no he podido resistirme y os he comprado una a cada uno.

Los cuatro miraron lo que sostenía en las manos y soltaron una carcajada.

En la bolsa de playa ponía HASTA QUE SALGA EL SOL, una frase muy suya que ahora utilizaban todos.

—Gracias, Ágata —murmuró Vega contenta—. Es preciosa.

—¡Me encanta! —admitió Hugo.

—Qué chulada, ¡gracias! —Delia sonrió.

—Mamá... —susurró Esther—. ¡Me encanta! ¡Y con tu frase!

Los chicos se abrazaron a Ágata en señal de agradecimiento, y de pronto apareció Mario, el padre, que preguntó divertido:

—¿Puedo unirme al abrazo?

Los abrazó entre risas y, cuando se separaron, Sofía, que estaba de nuevo en la puerta de la cocina, iba a decir algo, pero su madre se le adelantó y le tendió una bolsa como las de los demás.

—Toma, cariño —dijo—. Ésta es para ti.

La niña la cogió, pero su gesto era serio, muy serio, por lo que, al verla, Mario preguntó:

—¿Qué le ocurre a mi princesa?

—Lo de siempre, papá —se apresuró a responder Esther—: que o le das todos los caprichos o se enfada.

Dicho esto, se encaminó con sus amigos hacia su habitación mientras exclamaba:

—¡Vamos a liarla *leoparda*!

Los esperaba una buena noche por delante.

Dichosa por la felicidad de su hija Esther, Ágata se miró el reloj y preguntó, dirigiéndose a su marido:

—¿Qué haces aquí tan pronto?

Mario suspiró. Sus horarios de trabajo eran complicados.

—Ha llamado Jesús —explicó mirándola—. Está con fiebre y vómitos y no puede trabajar esta noche..., así que me toca.

—Vaya por Dios... —se quejó ella.

Mario, que observaba la puerta por donde habían desaparecido su hija y sus amigos, dijo entonces:

—Ese chico..., Hugo, ¿va a pasar la noche aquí con ellas?

Ágata sonrió. Se fiaba al cien por cien del muchacho, por lo que afirmó:

—Hugo es un buen chico.

—Me cago en la leche, Ágata —protestó él—. Será un buen chico, pero ¡es un hombre!

Ella lo miró divertida.

—Tranquilo, gruñón, que tu niña está a salvo.

Mario sacudió la cabeza. Aún le costaba ver a su hija como a la adulta que era.

—¿Quieres que vaya yo esta noche al hotel? —preguntó su mujer a continuación—. Has trabajado todo el día y tienes cara de cansado.

Mario la observó. Los horarios que ambos hacían en el hotel eran demasiado extensos.

—Ni hablar —respondió, negando con la cabeza—. Tú quédate con las niñas y controla a ese Hugo. Yo haré el turno de noche de Jesús y, mañana, cuando tú vayas al hotel, yo regresaré y dormiré unas horas.

No muy convencida, ella insistió:

—¿Seguro?

—Segurísimo, mujer. No te preocupes. —Luego, señalando la puerta por donde se habían ido su hija y sus amigos, preguntó—: Y ¿la celebración hasta cuándo va a durar?

Sonriendo como siempre, Ágata murmuró divertida:

—¡Hasta que salga el sol!

Mario rio.

Esa frase, tan propia de su mujer, siempre le hacía sonreír. Ella le dio entonces un rápido beso en los labios e indicó:

—Siéntate y cena antes de marcharte de nuevo y, por favor, deja de preocuparte por Hugo; el muchacho es como un hermano para ellas. —Ambos sonrieron y, a continuación, Ágata señaló una cacerola roja—. Por cierto, ahí tienes la comida de mañana. Cuando recojas a Sofía del instituto, lo calentáis y os lo coméis.

—Tranquila, cariño, nos lo comeremos.

Sofía se sentó junto a su padre y dijo, dejando la bolsa que llevaba en las manos:

—Papi, Esther no me deja estar en su habitación.

Ágata y Mario se miraron, y este último dijo:

—Te prometo que el primer día que libre nos iremos tú y yo al cine; ¿qué te parece?

La niña se encogió de hombros.

Una vez que le hubo servido la cena a su marido, Ágata se sentó junto a ellos y, mirando a su hija pequeña, sugirió para contentarla:

—¿Qué te parece si voy a por unas hamburguesas antes de que papá se marche a trabajar y tú y yo cenamos viendo una peli de chicas?

Al oír eso, los ojillos claros de Sofía se iluminaron. Era un excelente plan, por lo que aplaudió.

—¡Sí..., sí..., mamá!

—Vaya planazo —se mofó Mario—. Y yo, a trabajar... ¡No es justo!

Divertida, Ágata les guiñó un ojo y cogió su bolso.

—Tardo media hora en regresar.

—¡Vale, mamá! Y trae muuuuuchas patatas.

—Las traeré.

Le dio un beso a su marido en los labios y éste murmuró con complicidad:

—Eres la mejor... mamá.

Cuando Ágata caminaba ya hacia la puerta de entrada, la música que salía de la habitación de su hija mayor la hizo ir hasta allí y, al abrir, se encontró a los jóvenes bailando como locos. Esther, al ver a su madre, la invitó a entrar. Sabía que le encantaba bailar.

Sonaba la marchosa música de la cantante de Barbados, y Ágata bailoteó con ellos hasta que se marchó con una sonrisa a por las hamburguesas.

Cuarenta y cinco minutos después, la policía se presentaba en la casa de los Sánchez. Inexplicablemente, Ágata había caído redonda al suelo en la hamburguesería. Para desgracia de todos, murió en el acto a causa de un infarto fulminante a la edad de cuarenta y ocho años.

Capítulo 1

Benicàssim, 2017

—Tienes que ir, cariño. Has trabajado mucho para que ese... ese... *Chilfried*...

—Papá, no es *Chilfried*, es... Shilfrierld.

—Bueno..., como se diga el puñetero nombre de ese chef. Lo importante es que se fije en lo bien que cocinas y te surjan oportunidades.

—No sé, papá.

Mario miró a su hija. Esther se esforzaba por agradar a todos como en el pasado había hecho su madre.

—Tu sueño es ser chef y regentar tu propia cocina, hija —dijo señalándola—. ¡Ve a por ese sueño! Y, si para eso tienes que irte a la Conchinchina con ese chef, ¡no lo dudes!

Esther sonrió. Su sueño siempre había sido tener su propio restaurante, al que le pondría el nombre de su madre, Ágata. Aunque lo cierto era que lo veía difícil, muy difícil.

—Hija —insistió su padre—, nada me gustaría más que ayudarte, pero las cosas no están muy fáciles.

—Lo sé, papá. Lo sé.

Con cariño, Mario miró a su hija mayor y afirmó de un modo optimista:

—Aun así, sigo jugando todas las semanas a la lotería y a la Primitiva. Si toca, el dinero íntegro es para tu sueño.

—¿Y para mi sueño, ¿qué? —preguntó Sofía, que estaba liada con los wasaps de su móvil.

Al oír a su hija pequeña, Mario la miró.

—Era una forma de hablar, cariño. Por supuesto que para el tuyo también.

La chica sonrió. Le gustaba crear bisutería, algo que hacía en sus ratos libres. Exponía en tiendas de ropa de la zona, lo que le daba unos pequeños beneficios.

Esther observó entonces a su hermana y, al ver su plato aún lleno de comida, la animó:

—Come un poquito más.

—No tengo hambre, colega.

Esther y su padre se miraron, y ella insistió:

—No soy tu colega, y haz el favor de comerte un plátano o algo de postre, Sofía.

—Que no me apetece —gruñó ésta, dirigiendo la vista hacia ella.

Tras oír esa nueva negativa, Mario cogió un plátano y se lo plantó delante. Sofía y él se enfrentaron con la mirada y, finalmente, la chica claudicó. Lo cogió, lo peló y le dio un mordisco.

—Papá, Sofía y yo deberíamos hablar con el banco —comentó entonces Esther—. Si nos dieran un préstamo, podríamos hacer arreglos en el hotel y...

—Eh..., conmigo no cuentes —la cortó su hermana—. No pienso seguir trabajando aquí el resto de mi vida.

—¡Sofía! —le recriminó Esther.

—¡Ni hablar! —protestó Mario—. No quiero que os endeudéis para toda la vida por culpa de este hotel como lo estoy yo, ¡me niego!

Esther suspiró cansada, miró a su hermana en busca de ayuda y, al ver que estaba ocupada con su móvil, indicó, dirigiéndose a su padre:

—Papá, te guste o no, hay que invertir en el hotel si queremos seguir viviendo de él —y, mirando el folleto de un revolucionario hotel en Castellón, dijo—: Sé que nunca seremos como la supercadena hotelera Tauranga, pero podemos...

—Hija —la cortó él, quitándole el folleto de las manos—, ya hablaremos de esto en otro momento. Ahora lo importante es que vayas a ese viaje y ese chef de nombre impronunciable te conozca y desee tenerte en su equipo.

Esther asintió. Sin duda era importante para ella, para eso llevaba dos años dando clases de cocina, siguiendo el método Shilfrierld. Sin embargo, murmuró:

—Marcharme a Londres y dejarte solo me da un poco de angustia.

—¿Cómo que lo dejas solo? —protestó Sofía sin soltar su móvil—. ¿Y yo qué soy?, ¿una figurita del Belén?

Esther observó a su hermana.

La quería, la adoraba, pero Sofía era una fuente inagotable de problemas. Y ayudar, lo que se decía ayudar en el hotel, mal y poco. Por lo que, conteniendo las ganas que sentía de decir lo que pensaba en realidad, no por ella, sino por la mirada de su padre, respondió:

—Si digo lo de «solo» es porque entre los dos vais a tener que cubrir mis turnos y...

—De eso nada —replicó su hermana—. Contrataremos a alguien, ¿no, papá?

Mario miró a sus hijas y sonrió. Tenían sus mismos cabellos claros y los ojos azules de su madre fallecida. Físicamente se parecían, pero sus personalidades eran del todo distintas. Esther era muy responsable, y Sofía, todo lo contrario.

—Vete a Londres —respondió, mirando a su hija mayor—. Consigue lo que siempre has soñado y, si te selecciona y dentro de unos meses tienes que irte a Nueva York, no te preocupes por el hotel, ni por los turnos, ni por tu hermana, ni por mí; ¿entendido?

—Pero, papá...

Mario le puso un dedo en la boca y repitió:

—Persigue tu sueño y disfruta de tus veinte días en Londres, ¿de acuerdo?

Al ver el gesto de su padre, Esther asintió.

—De acuerdo, papá. Lo intentaré.

Una vez que terminaron de comer, los tres se levantaron, y Mario dijo tocándose la cabeza:

—Voy a echarme un rato.

—Papá, ¿podrías reemplazarme en la terraza? —pidió Sofía al oírlo—. Tengo que salir.

—¡Sofía! —protestó su hermana.

—¡¿Qué?!

Enfadada por su egoísmo, Esther indicó:

—Papá ha dicho que se va a echar, ¿acaso no lo has oído?

Sofía, que no era sorda, asintió, pero, ignorando las palabras de su hermana, miró a su padre e insistió:

—Sólo será una hora. Tengo que llevar a la tienda de Amelia el pedido de collares que me hizo.

Esther suspiró al oír eso. Mario se dirigió entonces a su pequeña y preguntó:

—¿No irás a ver a ese macarra de Óscar?

Aquel joven conflictivo no era un tipo adecuado para su hija.

—No, papá, claro que no —se apresuró a murmurar ella.

Esther no la creyó. Sofía era una gran mentirosa, y más cuando se trataba de aquel macarra tatuado y de orejas dilatadas. Cada vez que su hermana estaba cerca de él o de sus amigotes, no ocurría nada bueno, por lo que, mirándola, protestó:

—Sofía, sé juiciosa y piensa un poco. Esas amistades no te convienen.

—¡Doña Perfecta...! No empecemos con tus amarguras o te diré cuatro cositas del atontado de tu Carlitos.

—¡Sofía! —la regañó Mario.

Lo que su hija pequeña acababa de decir no estaba bien. Aunque lo cierto era que a él tampoco le gustaba la relación de Esther con Carlos, el chico con el que salía. Sin embargo, cuando iba a añadir algo, ésta se acercó a su hermana y siseó:

—Mira, guapa..., si estar con Carlos y ser trabajadora es para ti ser una amargada, vas muy mal en la vida. Y en cuanto a...

—¡Esther! —protestó Mario.

Las discusiones de sus hijas cada vez eran más difíciles de contener.

—Déjame vivir, tronca —murmuró Sofía—. ¿Cómo tengo que decírtelo?

—¡Sofía, tu hermana no es tu *tronca*! —replicó su padre.

Esther resopló. Su hermana no sólo era una descerebrada; además era una consentida, una mimada, y solía salirse siempre con la suya. Con la gente de la calle era encantadora, pero era entrar en casa y, con ella y su padre, era un auténtico cardo borriquero. Estaba pensando qué decirle, cuando su padre se le adelantó:

—Vete, Sofía. Yo te cubriré.

Tras regalarle una sonrisa a él y una miradita a su hermana, la chica salió a toda prisa del despacho que había junto a la recepción del hotel.

Esther observó a su padre.

—Papá... —empezó a reprocharle.

—Lo sé...

—Y, si lo sabes, ¿por qué sigues haciéndolo?

Mario suspiró. Sabía que no lo estaba haciendo bien con su hija pequeña, pero replicó:

—¡Me cago en la leche, Esther..., no sigas ahora conmigo!

Molesta por su contestación, ella resopló. Acto seguido, él la miró y añadió, bajando el tono:

—Perdóname, hija, pero quiero que Sofía sea feliz. Ha pasado por tanto que...

Al ver su gesto triste, Esther se acercó a su padre. Sin duda, él también había pasado por mucho con su hermana y, abrazándolo, susurró:

—Tienes razón. No te preocupes.

Cuando se separaron, Mario miró a su hija y preguntó:

—¿Qué piensa el *Divino* de tu viaje?

—Papáaaaaaaaaaaaaaaaaaa...

—Hija, lo siento. Pero tu novio...

—¡No es mi novio! —protestó Esther.

—Pues lo que sea, hija —cuchicheó Mario, contento por ese matiz—. Ese tipo tiene un pavazo que no puede con él. Anda que, cuando vino el otro día con esos tirantes rosa y el gorrito a juego, le habría dado con toda la mano abierta para que espabilara.

Al oírlo, Esther sonrió. Carlos era un tipo muy particular, bastante excéntrico y egocéntrico. Pero, como no quería entrar al trapo, se encogió de hombros y contestó:

—Le parece bien mi viaje. Él también viaja mucho por trabajo.

Mario asintió. Esther le dio entonces un beso e indicó:

—Échate un rato. Iré yo a la terraza para que Candy se vaya a comer.

Mientras ella salía, Mario la siguió con la mirada.

La responsabilidad que se había echado encima su hija mayor lo angustiaba. Vivía demasiado pendiente de él, de su hermana y del hotel, y quería que disfrutara más de la vida. Todo lo contrario que Sofía, que pasaba de todo sin pensar en nada más.

* * *

Esther maldijo para sí mientras iba hacia la terraza. Lo de su hermana cada día la quemaba más. Estaba claro que Sofía no lo había pasado bien tras la muerte de su madre, pero su padre y ella, tampoco.

Estaba caminando por el pasillo del hotel cuando le sonó el móvil. Un wasap de Delia:

> No sé si podré ir a la fiesta. Se me ha complicado el día.

Al leerlo, Esther sonrió, y en ese mismo instante llegó otro de Vega:

> Como no vengas, no te lo perdono. ¡Es mi cumpleaños y quiero liarla leoparda! Esther, te espero en casa para prepararlo todo.

Entró un nuevo mensaje. Esta vez, de Hugo:

> Nos vemos esta noche y, Delia, ¡ven!

Esther volvió a reír. Sus amigos eran increíbles. Escribió a toda leche:

> Vega, estaré en tu casa pronto para ayudarte con la cena. Delia, ¡no puedes faltar! Besitos para todos.

Una vez que le dio a «Enviar» con una sonrisa en los labios, prosiguió su camino hacia la terraza y, al entrar, se fijó en que Candy limpiaba el mostrador.

Aquella encantadora mujer portuguesa llevaba trabajando con ellos siete años, y cada día Esther se alegraba más de haberla contratado.

Candy tenía cincuenta y tres años, estaba sola, no tenía familia y, al igual que ellos, echaba muchas horas en el hotel sin quejarse, lo cual era de agradecer.

—Buenassssssss —la saludó.

—Holaaaaaaaaaaaa. —Candy sonrió, dejando una bayeta verde bajo el mostrador. A continuación, la miró y dijo—: Creí que hoy le tocaba venir a Sofía...

—Y le tocaba —afirmó ella con desgana.

La mujer suspiró al oírla. Esther trabajaba mucho para sacar adelante aquel hotel. Iba a hablar, cuando ésta se le adelantó:

—Vamos, vete a comer.

Sin moverse del sitio, la portuguesa comentó:

—El táper que me diste ayer de pastel de queso Philadelphia y verduritas estaba de muerte.

—¿Te gustó? —preguntó Esther encantada.

—Me encantó... ¡Qué cosa más rica!

Feliz por saber que la receta le había salido estupenda, la joven sonrió y cuchicheó con confianza:

—Al final me iré a Londres.

Candy asintió.

—Me parece fenomenal. Es lo que tienes que hacer. Eres una excelente cocinera, y sólo espero que algún día tengas tu propio restaurante.

Esther sonrió.

—Y ¿qué dice el Divino? —preguntó entonces la mujer.

La joven suspiró. Su familia y sus amigos más directos llamaban a Carlos *el Divino* por su postureo máximo. El chico, que había comenzado trabajando como reportero para una televisión local dos años antes, había dado el gran salto a la fama cuando lo fichó una importante cadena, incluso lo reclamaban de Nueva York, y eso se le había subido a la cabeza.

Al ver su expresión, la portuguesa sonrió.

—Lo siento, pero ya sabes que ese papanatas no es santo de mi devoción.

—¡Candy!

—Y verlo el otro día con esos tirantes rosa haciendo el tonto delante de tu padre... ¡ya me mató!

Sin poder evitarlo, ambas rieron.

—Disfruta de Londres —dijo la mujer a continuación—, de la cocina, y aprovecha tus días allí para relajarte en todos los sentidos...

Divertida al ver su gesto picarón, Esther sonrió. Luego se sacó un papel del bolsillo y se lo mostró.

—Mira, cocinaré en estos restaurantes.

Candy le echó un vistazo y comprobó que todos ellos eran restaurantes de alto nivel.

—¡Los vas a dejar sin palabras! —aseguró.

En ese instante, por la radio de la cafetería se oyó un anuncio de la cadena hotelera Tauranga. Ambas se miraron y, cuando éste acabó, Candy comentó:

—Nos guste o no, ese tiburón lo hace muy bien.

Esther se vio obligada a asentir. Odiaba al dueño de la cadena Tauranga.

Un tiempo antes de morir, su madre llegó un día muy afectada del entierro de Joan, un amigo de Peñíscola, quien, al parecer, se había suicidado tras sentirse presionado para que vendiese su hotel a aquella cadena hotelera.

—He de convencer a papá para pedir un préstamo al banco —declaró—. Necesitamos reformar el hotel o, al final, lo perderemos todo.

—Sí. Tienes toda la razón, pero, hija, es tan cabezón...

Durante varios minutos hablaron sobre las necesidades del hotel, que eran muchas, y, al acabar, Esther cogió a Candy de la mano y le preguntó:

—¿Puedo pedirte un favor para cuando yo esté de viaje?

La mujer sonrió e indicó, antes de que ella añadiera nada más:

—Vete tranquila a Londres. Ayudaré a tu padre y a tu hermana en todo lo que necesiten, ya lo sabes.

Esther la abrazó.

—No sé qué haríamos aquí sin ti —susurró.

Contenta y feliz por aquel cariñoso abrazo, Candy afirmó:

—Ve a Londres y disfruta la experiencia. Te mereces ese viaje por lo mucho que trabajas, así que... ¡pásalo bien y déjate llevar!

Esther asintió encantada y, al ver a unos clientes entrar en la terraza, se acercó a ellos con una sonrisa para servirles lo que necesitaran.

Capítulo 2

Esa noche, todos reían y se divertían en casa de Vega.

Era su treinta y cinco cumpleaños, y sus amigos, algunos acompañados de sus parejas, habían acudido a su casa para celebrarlo.

Ella observaba encantada a sus invitados cuando notó que alguien la agarraba de las piernas. Al mirar hacia abajo se encontró con su preciosa hija Alma, una niña de seis años, morena y con gafitas rojas, a la que criaba sola desde que había decidido ser madre soltera a través de una fecundación *in vitro*.

—Mami, ¿puedo tomar Coca-Cola?

—¿Y yo? —pidió también Marta, la mejor amiga de la niña.

Vega negó con la cabeza, pero las pequeñas insistieron:

—Porfi..., porfi..., sólo un vasito.

Resultaba difícil negarles algo a aquellas dos princesas, por lo que, al final, Vega les llenó dos vasitos de Coca-Cola sin cafeína.

—Ya no habrá más, ¿de acuerdo? —indicó entregándoselos.

Alma y Marta asintieron y, cogiendo los vasos que Vega les daba, se marcharon felices.

Con una sonrisa, Vega contemplaba a su hija mientras se alejaba, cuando sus ojos se detuvieron en Hugo. Era su amigo de toda la vida y siempre había sentido algo especial por él. Estaba acompañado de su chica, una idiota creída con la que llevaba tres años y con la que parecía feliz. Durante un rato, los observó con disimulo y, al final, decidió olvidarse de sus sentimientos y disfrutar de su fiesta.

Delia, que al final había acudido al fiestorro, bailaba con su marido Miguel. Lo suyo había sido un flechazo. Se habían conocido haciendo el Camino de Santiago un año antes, a los seis meses se casaron y Miguel se fue a vivir a Benicàssim, conservando su trabajo de comercial para una gran empresa internacional.

Esther, que hablaba con Beatriz, la madre de Marta, tras darle la enhorabuena por su nuevo trabajo en una gestoría, se acercó a Carlos, su acompañante, al que no consideraba su novio por mucho que él lo afirmara.

Él hablaba y hablaba de las ofertas de trabajo que le llovían sin cesar por el estupendo comunicador que era. Carlos siempre era yo..., yo..., yo... y otra vez yo, algo que aburría soberanamente a Esther, por lo que por último se levantó y se fue a hablar con su amiga Vega.

—¿Qué te ocurre?

Esther resopló, y Vega, que la conocía, cuchicheó mirando al Divino:

—¿Por qué no lo mandas ya a freír espárragos?

—Porque es un buen amigo —se mofó ella.

Vega sonrió e, intentando hacer sonreír a su amiga, exclamó al oír cierta canción que les sugería que bailaran despacito:

—¡Venga, bailemos!

Sin dudarlo, Esther se arrancó a bailar con su amiga. Merecía divertirse.

Una hora después, agotada de bailar con todos sus amigos, se sentó. Observó con atención cómo su amiga Delia y su marido bailaban y sonrió al ver la expresión radiante de ella. Delia estaba feliz y enamorada. Miguel se desvivía por ella, y eso se veía en sus continuas muestras de preocupación cada vez que su grupo de amigos salía a cenar.

—¿De qué te ríes, gordi?

Al oír ese término, que tan poco le gustaba, Esther se sobresaltó y siseó, al ver a Carlos a su lado:

—No me llames así.

—Vale..., vale —dijo él riendo y, agarrándola, insistió—: ¿Por qué sonríes?

Esther volvió a mirar a sus amigos e indicó:

—Me encanta ver a Delia y a Miguel tan enamorados. Eso me hace comprender que el amor y el romanticismo aún existen.

Carlos los miró también. Pero a él le resultaban muy empalagosos. A continuación, cuando una amiga pasó cerca con varios vasos de zumo en una bandeja, cogió uno y dijo dirigiéndose a Esther:

—Toma.

Ella miró el zumo que él le entregaba y, al ver su color, gruñó:

—Te he dicho mil veces que odio el zumo de melocotón, que el único que me gusta es el de piña.

—Hija, ¡qué arisca eres en ocasiones!

Esther frunció el ceño, pero, cuando se disponía a protestar, él se dio la vuelta y se alejó.

Ella lo miró sin dar crédito.

Como amigo, Carlos era estupendo, pero como pareja era pésimo. Se conocían desde hacía cuatro años y, aunque su relación al principio fue buena, todo se torció cuando él comenzó a ascender en su carrera. Era un mujeriego.

Molesta por su feo detalle, Esther fue hasta la mesa, cogió un vaso, le echó hielo y después se sirvió un poco de vodka y Coca-Cola.

—Wooooo..., ¿alguien quiere liarla *leoparda*?

Al levantar la vista se encontró con Vega y, divertida, iba a responder cuando Delia se les acercó de la mano de su marido y preguntó:

—¿Qué le pasa a la tonta de Mariluz?

Miguel sonrió y, soltando a su mujer, indicó:

—Mientras cotorreáis de vuestras cosas, voy a hablar con Antonio.

Delia le dio un beso en los labios y, cuando éste se alejó, murmuró al ver la mirada guasona de sus amigas:

—Guapo, ¿ehhhh?

Vega y Esther sonrieron, y esta última miró entonces a Carlos y cuchicheó:

—Idiota, ¿ehhhh?

—No digas eso, mujer —protestó Delia al ver a quién se refería.

Vega resopló dispuesta a decir lo que pensaba, pero Esther la interrumpió:

—Hablábamos de la idiota de Mariluz... ¿Qué le ocurre?

Las tres miraron a la pareja de su amigo Hugo, que contemplaba el techo con cara de ajo. Nunca había sido una mujer simpática, pero su expresión ese día era excesivamente seria. En ese instante, Hugo se les acercó con Alma y Marta en los brazos, las dejó en el suelo e indicó, dirigiéndose a Vega:

—Se te ha vuelto a olvidar comprar Nestea para Mariluz. Recuerda que es lo único que bebe.

Al oírlo, Vega asintió. No se le había olvidado; en realidad no lo había comprado a propósito.

—¡Ay, Dios, es verdad, qué torpe soy...! —murmuró con gesto contrariado—. ¿Quieres que vaya ahora? Seguro que la tienda de los chinos está abierta.

Hugo negó con la cabeza y, con una sonrisa cariñosa, contestó, mirando cómo las pequeñas corrían por el salón:

—Tranquila. Ella es feliz bebiendo agua. Ya sabéis lo mucho que se preocupa por su figura.

Todas sonrieron. La pareja de Hugo estaba obsesionada con su cuerpo. Pero Delia replicó, metiéndose una patata frita en la boca:

—Sí, hijo, sí. Ya sabemos lo tiquismiquis que es tu chica para ciertas cosas.

Hugo la miró extrañado, y Delia añadió pestañeando:

—En el buen sentido de la palabra... No te lo tomes a mal.

—Noooo, tranquila —se mofó él—. Viniendo de ti, nunca me lo tomo a mal.

Vega y Esther intercambiaron una mirada divertidas. Entonces esta última inquirió, dirigiéndose a Delia:

—Y tú, ¿qué pasa? ¿Por qué no viniste la otra noche a cenar?

Al ver que los tres la miraban, la aludida respondió:

—Llegué tardísimo de trabajar y estaba agotada.

—Y ¿desde cuándo te agotas tú? —preguntó Esther sorprendida.

Delia sonrió y decidió preguntarle a Hugo para desviar el tema:

—¿Qué le pasa a Mariluz?

Él observó a su chica y, sin querer decir la verdad, contestó:

—Nada. ¿Qué le va a pasar?

Vega miró a Esther y, en silencio, le indicó que cerrara el pico. No era momento para dar su opinión al respecto. De pronto,

Carlos se acercó a ellos y, tras sacar del bolsillo una cajita azul de terciopelo, la puso frente a Esther y, abriéndola, preguntó alto y claro:

—¿Qué? ¿Te animas, gordi?

Al oír eso, todos los asistentes aplaudieron, silbaron y rieron.

Por su expresión, Esther pudo ver que Delia sabía lo que iba a hacer Carlos esa noche, y se quedó sin palabras.

Pero ¿cómo no se lo había contado?

Miró a Vega con asombro. Comprobó que aquello le estaba sorprendiendo y gustando tan poco como a ella, pero entonces Delia, con una sonrisa enorme, murmuró encantada:

—Oro blanco con diamantes... ¡El anillo que te gusta!

—Vamos, nena, contesta —insistió Carlos—. Me ha costado un pastón...

Del todo bloqueada, y viendo que eran el centro de atención de la fiesta, Esther lo miró con la mejor de sus sonrisas, pero susurró:

—¿Qué estás haciendo?

Algo apurado porque la reacción de ella no estaba siendo la que esperaba, él insistió:

—¿Tú qué crees?

Entonces Esther, intranquila y tremendamente azorada, lo agarró de la mano y, tirando de él, pidió antes de que a alguien se le ocurriera hacer una foto y subirla a alguna red social:

—Ven. Acompáñame.

Cuando se alejaron dejando a todos los presentes boquiabiertos, Vega miró a Delia.

—¿Tú sabías algo de esto? —le preguntó.

Ella asintió.

—Pues claro que lo sabía. Carlos me pidió consejo, y ese anillo es el que siempre le ha gustado.

Asombrada, Vega miró a Hugo, que estaba tan desconcertado como ella, y sin poder callarse, insistió:

—Y ¿por qué no se lo dijiste a Esther?

—Porque era una sorpresa; ¿cómo iba a decírselo? —cuchicheó Delia.

Vega resopló. Últimamente Delia parecía vivir en otro mundo.

—Porque ella es tu amiga y sabes tan bien como yo cuál es la realidad con el Divino —replicó—. ¿Te parece poco?

Pero Delia no contestó. Hugo y Vega se miraron y suspiraron. Sin duda, a Esther no le había sentado bien la sorpresa.

En ese instante se les acercó la pequeña Alma y, dirigiéndose a su madre, preguntó:

—Mami, ¿puedo...?

—No.

La chiquilla sonrió y, observando a Hugo, que estaba a su lado, dijo con voz melosona al tiempo que lo cogía de la mano:

—Tío Hugo, ven.

Vega sonrió al ver aquello y, agarrando a su amigo del otro brazo, le advirtió mientras lo miraba a los ojos:

—Si te pide Coca-Cola, ¡dile que ni hablar!

—De acuerdo, mami —afirmó él, consiguiendo que a Vega se le acelerara el corazón.

Una vez que Esther y Carlos entraron en la habitación de Vega y ella cerró la puerta, ambos se miraron unos instantes y luego él comenzó a hablar:

—Vamos a ver, nena, ¿qué ocurre?

—¿Te has vuelto loco?

Él sonrió y, torciendo el gesto, preguntó:

—¿Acaso no te ha gustado la sorpresa?

Esther levantó las cejas e, intentando no perder la paciencia, respondió:

—Sinceramente, no.

—Pero, gordi...

Ese apodo...

Odiaba ese maldito apodo desde que un día recibió por error un wasap de él dirigido a una tal Claudia a la que le decía lugar y hora donde verse y, de paso, le recordaba que ella era preciosa, no como la *gordi* de su novia.

—¡No me llames *gordi*! ¿Cuántas veces tengo que repetírtelo?

—Y, furiosa, prosiguió—: Además, antes de que sigas diciendo tonterías, ¿quieres que te recuerde lo que pasó hace unos meses con una tal Claudia?

A Carlos no le gustó lo que ella sugería, y decidió contraatacar:

—¿He de recordarte que tú te resarciste con cierto guiri durante el último festival de música de Benicàssim?

—No me vengas con ésas... —replicó ella.

—Vale. De acuerdo, nena. Yo la lie, pero tú tampoco te quedaste quieta.

Esther suspiró y miró el anillo. Era precioso. Siempre le había gustado ese modelo.

—Vamos a ver, nena —insistió él entonces—. Acabo de pedirte que te cases conmigo delante de nuestros amigos...

—Pero, por Dios..., ¿qué absurdidad es ésa?

A cada segundo más sorprendido, Carlos dejó la cajita con el anillo sobre una cómoda que había en la habitación y, mirándola de nuevo, declaró:

—Las cosas las hago a mi manera, y si esperabas que hincara la rodilla en el suelo y...

—Hombre... —lo cortó ella—, de ti me lo espero todo menos eso.

Él la observó molesto.

—Vamos a ver —susurró—, ¿qué ocurre?

Esther estaba confundida como nunca antes en su vida, no sabía qué le pasaba. Carlos acababa de pedirle matrimonio con el anillo que siempre le había gustado. Y, tras mirarlo unos segundos, murmuró:

—Que esto es surrealista.

—¿Por qué? —insistió él.

Ella suspiró llevándose las manos a la frente.

—Carlos, pero ¿tú en qué mundo vives?

—¡¿Qué?!

—¿Cómo se te ocurre pedirme que me case contigo cuando lo nuestro no es ni siquiera una relación?

—Para mí sí lo es —afirmó él.

—Pues para mí no, y creí que lo tenías claro.

Él se movía por la habitación confundido, cuando ella indicó:

—Yo busco magia...

—No creo en la magia.

—Y romanticismo...

—Tampoco creo en el romanticismo, pero sí creo en las oportunidades. Y tú y yo estamos bien juntos. Somos una pareja abierta y...

—Carlos —lo interrumpió ella—. ¡Somos amigos, no pareja..., y menos abierta! Vale que nos acostamos y quedamos para salir a cenar y al cine, pero nada más. ¿Qué estás diciendo?

Él levantó el mentón. Eso no era lo que esperaba cuando compró el anillo.

—Yo te considero mi novia —murmuró.

—Noooooo —insistió Esther y, cogiéndole las manos, añadió—: Carlos, en una relación quiero magia, aventura, besos apasionados, momentos locos y miradas cómplices, y entre tú y yo hay muchas cosas bonitas, aunque nada de eso. Lo pasamos bien juntos, eres una buena persona, pero...

—No me lo puedo creer... —replicó él levantando la voz—. Te acabo de pedir que te cases conmigo delante de nuestros amigos y tú me sueltas que soy una buena persona pero que entre nosotros no hay...

—Estoy siendo sincera, Carlos. ¿O prefieres que sea una falsa?

Él no respondió. En su fuero interno sabía que ella llevaba razón, pero se negaba a aceptarlo. Lo que Esther había hecho ese día delante de sus amigos no tenía nombre. Aun así, señaló la cajita abierta con el anillo que había sobre la cómoda y dijo:

—Mi oferta sigue en pie.

—¡¿*Oferta*?!

—Sí, *oferta*.

—Carlos, por Dios, ni que estuvieras comprando cien gramos de jamón cocido...

—Piénsalo —la cortó él—. No voy a agobiarte. Tómate el tiempo que necesites para responderme. Ya sabes que me voy de viaje durante un mes a Nueva York. Por favor, piénsalo en mi ausencia.

Un silencio extraño se originó entre ambos, hasta que él, sin tocarla, se acercó a la puerta y añadió:

—Ahora, si no te importa, me voy a ir. Creo que, por hoy, ya he hecho bastante el ridículo delante de demasiada gente y esto no es bueno para mi popularidad.

Y, sin más, abrió la puerta y salió, dejando a Esther sola y con ganas de asesinarlo.

Segundos después, Delia, Vega y Hugo entraron en el dormitorio. Delia vio que su amiga había cogido la cajita con el anillo y lo estaba admirando.

—Siento no haberte avisado —murmuró—, pero pensé que sería una bonita sorpresa.

Esther suspiró y se sentó en la cama.

—Puedo asegurarte que ha sido toda una sorpresa —afirmó.

—Me dijo cosas preciosas sobre ti.

Todos la miraron, y Delia insistió:

—Que sí, que lo sé, que he metido la pata hasta el fondo... Pero me pidió ayuda para elegir el anillo y la sorpresa, y no pude decirle que no.

A continuación, permanecieron un rato en silencio hasta que Delia preguntó:

—Cuenta... ¿Qué has contestado a su propuesta?

Esther fijó la vista en ella y cerró la cajita.

—No he respondido a su *oferta*... —respondió.

—¡¿*Oferta*?! —inquirió Vega.

Esther asintió y cuchicheó, observándolos:

—Según él, su petición es una *oferta*... ¿Os lo podéis creer?

Hugo y Delia se miraron, y Vega exclamó:

—Mándalo de una santa vez a freír espárragos.

—¡Vega! —protestó Delia.

La aludida, a la que las bodas le daban urticaria, resopló enfadada:

—Por tíos egocéntricos como Carlos me doy cuenta de lo feliz que vivo sola con mi hija. —Acto seguido, preguntó, contemplando a Esther—: Pero ¿qué necesidad tienes de soportar a ese divo divino cuando puedes conseguir un revolcón de cualquier tío?

—¡Vega! —volvió a protestar Delia mientras Hugo sonreía.

Al ver cómo sus amigas se miraban dispuestas a entrar en una de sus más que conocidas discusiones acerca de por qué lo llaman *amor* cuando realmente se llama *sexo*, Esther se apresuró a decir:

—No discutáis. No merece la pena.

Las otras dos suspiraron, y Hugo intervino:

—Te conozco. Te quiero. Sé que, por muy bien que te caiga ese tío, no es lo que quieres a tu lado, pero nunca he entendido por qué sigues quedando con él.

—Porque me cae bien —declaró Esther y, al ver cómo todos la observaban, prosiguió—: Pero siempre le he dejado claro que no es mi novio. Es sólo mi amigo y...

—¡Tu *follamigo*! —afirmó Vega.

—Por favor, ¡lo que hay que oír...! —protestó Delia una vez más.

Esther la miró y, consciente de la realidad, admitió:

—Delia, Carlos es mi follamigo te guste o no —y, sonriendo, cuchicheó—: Y, al igual que soy consciente de eso, hay algo dentro de mí que me dice que algún día conoceré a alguien especial que me hará sentir magia y vivir el romanticismo.

—Uf, reina..., tú pides demasiado —replicó Vega—. Porque *atontaos* como el Divino, ¡a *puñaos*! Y te lo digo yo, que tengo un máster en follamigos.

Hugo la miró, y Vega cuchicheó sonriendo:

—Vale, soy madre soltera, pero no me chupo el dedo.

Delia, que era la más romántica de todas, iba a protestar cuando Esther la cogió del brazo e insistió:

—Mi corazón se niega a aceptar el anillo.

—Escucha, Esther —insistió Vega—. Si tu corazón se niega, hazle caso, porque él es el que mejor te conoce y sabe lo que verdaderamente quieres.

Su amiga sonrió con tristeza. Entonces Delia, al ver que su marido abría la puerta de la habitación y la miraba para que regresara con él, soltó:

—Desde luego, Veguita de mi vida, en ocasiones, cuando hablas, ¡sube el pan!

Capítulo 3

Dos días después, Carlos se marchó de viaje a Nueva York y Esther decidió dejar las cosas como estaban.

Por suerte, en la fiesta nadie hizo una foto del momentazo para subir a las redes sociales y todo quedó ahí, aunque, a veces, por las noches miraba el anillo y pensaba qué hacer.

Le contó a su padre lo ocurrido y Mario puso el grito en el cielo.

Aquel hombre no era para su hija. No le gustaba, y, como siempre, fue sincero y ella lo escuchó. Sin embargo, también le hizo saber que era ella quien tenía la última palabra y, pese a que a él no le gustara, si Esther lo quería, respetaría su decisión, aunque el cuerpo se le llenara de urticaria.

Esther habló también con Candy. Aquella mujer, con su comprensión, era muy especial para ella, y la portuguesa, como siempre sin tapujos, le indicó que debía devolverle el anillo y olvidarse de él, porque Carlos no era de fiar y no era el hombre que ella necesitaba.

Esa tarde, tras hablar con Candy en el hotel, Esther se marchó a casa. Quería ducharse y cambiarse de ropa antes de ir a la cita que tenía con sus amigos.

Una vez que hubo terminado, cuando cerraba ya la puerta de su casa, su vecina Marga apareció en el rellano y ella la saludó moviendo las manos:

—Hola, Marga. ¿Qué tal todo?

La mujer, con su bonita sonrisa, le contestó en la lengua de signos:

—Hola, cariño. Vengo del médico.

—¿Qué te ocurre?

Marga suspiró, y Esther leyó en los movimientos de sus manos:

—Tengo la tensión algo alta, pero me han dicho que no me preocupe y me tome unas pastillas.

Ella asintió.

—Si te encuentras mal, no dudes en avisar. Tienes mi móvil, ¿verdad?

Marga sonrió. Esther era como su madre fallecida, se preocupaba por todo. Le dio un cariñoso beso y se despidió de ella.

Cuando Esther salió del portal situado en la Gran Avenida Jaume I, pensó en su vecina, en aquella mujer que, cuando había pasado lo de su madre, se ocupó día y noche de su hermana, de ella y de su padre. Durante un año, Marga se encargó de que no les faltara comida en la nevera, y les enseñó a su padre y a ella a llevar una casa, pues, mientras Ágata vivía, ella se ocupaba de todo, como normalmente hacían las madres de familia.

Iba caminando cuando llegó a la calle Doctor Jorge Comín y, mirando el mar, que estaba al fondo, se dirigió hacia él. Se veía precioso, azul, cristalino y en calma. Sin perder la sonrisa, la joven llegó hasta el paseo Pilar Coloma, un lugar que le encantaba y que le traía preciosos recuerdos. Aquel paseo era su lugar preferido en Benicàssim, como lo fue de su madre, por sus increíbles y fabulosas villas.

Mientras caminaba por la agradable avenida en un precioso día de sol en enero, como muchos otros, disfrutó de las vistas. A menudo, a sus clientes del hotel les había aconsejado que hicieran la «ruta de las villas», más conocida como el «Biarritz valenciano», que comenzaba en el mítico hotel Voramar y seguía por las playas de Voramar, Almadraba y Torre de San Vicente.

Villa Elisa, Villa Flora, Villa Rafaela, Villa Socorrito..., conocía la historia y los nombres de las más de cincuenta villas palaciegas que había en Benicàssim, y aunque todas le parecían increíbles, estaba enamorada en especial de una. Se trataba de una villa abandonada hacía muchos años, en la que, cuando era pequeña, Esther se colaba con su madre para recorrer sus estancias e imaginar cómo podía haber sido estar allí en otra época y lo mucho que disfrutarían ellas viviendo allí.

Años atrás, se interesó por ese sitio. Habría sido bonito poder comprarlo, pero cuando supo lo que los herederos pedían, se olvidó del tema. Ni en cien vidas podría pagar ese dineral.

Mientras caminaba por el paseo Pilar Coloma, mentalmente repasó alguno de aquellos lugares. Villa Dávalos, construida en 1930. Villa María y su bonito estilo colonial. Villa Amparo, donde surgió el amor entre Hemingway y la periodista Martha Gellhorn. Villa Victoria, bulliciosa por sus ruidosas fiestas de antaño y utilizada por directores de cine, y Villa del Mar, que durante la guerra civil española se empleó a modo de hospital por las Brigadas Internacionales, junto al hotel Voramar.

Al llegar a la preciosa Villa del Mar —hoy en día convertida en un maravilloso restaurante—, como no hacía frío, se sentó en la terraza a esperar a sus amigos, y, tras pedir una Coca-Cola Zero, disfrutó de las increíbles vistas al mar que el bonito lugar ofrecía.

Como siempre que iba allí, sus ojos se llenaban de recuerdos.

Recuerdos bonitos. Recuerdos tristes. Recuerdos que la hacían emocionarse y, sin poder evitarlo, pensó en Carlos. En el hombre que le había regalado el anillo que siempre había soñado, pero que ella sentía que debía rechazar.

Pensó en su relación. Carlos anteponía su trabajo a ella, y casarse con él sería un error.

Estaba ensimismada reflexionando acerca de ello cuando llegó Vega y, al verla mirar al mar con tristeza en los ojos, comentó, sentándose a su lado:

—Los peores recuerdos son aquellos que te rompen el corazón, pase el tiempo que pase.

Al oír a su amiga, Esther sonrió y, mirándola, dijo:

—¿Y mi Meloncito?

—Hoy duerme en casa de su amiga Marta.

Esther asintió y, sin apartar la vista de su amiga, preguntó:

—¿Alguna vez te arrepientes de haberte enfrentado a la maternidad sola?

Vega sonrió.

—No. Y volvería a repetirlo mil veces. Pero también he de ser sincera y decirte que compartir la maternidad con tu pareja ha de ser muy bonito y, en ciertos momentos, también más descansado.

Ambas sonrieron, y Vega preguntó a continuación:

—¿Te estás planteando ser madre soltera?

Esther negó con la cabeza. Los niños, de momento, no entraban en sus planes.

—No —suspiró—. Yo no soy tan valiente como tú.

—¿En qué pensabas cuando he llegado?

—En Carlos, y en lo absurdo de lo que ocurrió el otro día. No entiendo que él crea que tenemos algo que no existe.

Vega asintió.

—El Divino y tú no pegáis ni con cola. Carlos, además de creerse el ombligo del mundo, tiene ojos para demasiadas mujeres, y si a eso le añades que es un idiota que da prioridad a todo antes que a ti, sólo puedo decirte... ¡que le den!

Esther sonrió. Carlos y Vega nunca habían tenido *feeling*.

—Sigue —la animó—. Me interesa tu opinión.

Vega se acomodó en la silla y continuó:

—Sabes que siempre aceptaré a quienes vosotros (Delia, Hugo y tú) elijáis como pareja, me guste a mí o no. Vosotros escogéis vuestra vida, como yo escojo la mía, pero en lo referente al Divino, haz el favor de dejarle las cositas claras, porque, con un tipo así, más vale estar sola que mal acompañada.

Esther asintió, sabía que Vega tenía razón, y, mirándola, inquirió:

—Nunca te lo he preguntado, pero ¿alguna vez te has enamorado?

Su amiga aspiró el maravilloso perfume del mar antes de responder:

—Me enamoré una vez hace muchos años, pero no fue algo correspondido.

—¿Lo conozco?

Vega pensó en Hugo. Claro que lo conocía, lo conocía desde hacía mucho. Sin embargo, estaba dispuesta a mantener su secreto a salvo por el bien de todos, así que contestó:

—No. Fue el típico amor de verano.

Luego ambas se quedaron en silencio. En ocasiones, el amor era doloroso, y Esther, viendo el gesto triste de Vega, preguntó para hacerla reír:

—¿Te acuerdas de aquella vez en la que compramos bragas desechables, nos metimos en el mar y se nos deshicieron?

Su amiga soltó una carcajada. Recordar aquello era para reírse.

—Aquel momento bragas, playa y Delia... ¡es inolvidable! —declaró.

En ese instante llegó Hugo, que se mofó al oír eso.

—Fue memorable ver vuestros culazos huyendo despavoridos.

—¡Hugo! —exclamaron las dos al unísono.

Estaban todos riendo cuando la aludida apareció y se sentó también.

—¿De qué os reís? —preguntó—. Seguro que de mí...

—Serás egocéntrica —se mofó Esther, pero luego miró a sus otros dos amigos y afirmó—: Vale. Un poquito, sí.

—Lo sabía —replicó ella resoplando.

Durante un buen rato rieron recordando el episodio de las bragas. Después, abordaron el tema Carlos y anillo, hasta que Esther, que era muy perceptiva, preguntó, dirigiéndose a Hugo:

—Y ¿a ti qué te pasa?

Él, un tío de metro ochenta, de profesión oculista, las miró y declaró, meneando la cabeza:

—Mariluz y yo no estamos bien.

—¡¿Qué?! —soltaron todas a la vez.

Hugo asintió.

—Desde que en septiembre se apuntó al gimnasio, no para de sacarme defectos.

—¿Defectos? —preguntó Vega sorprendida.

Para ella, Hugo era el hombre más perfecto del mundo. Alto, atractivo, trabajador, educado, buena persona... ¿Qué más se podía pedir?

—Según ella, me voy a quedar calvo antes de los cuarenta, ronco como un hipopótamo y no tengo estilo al vestir.

—Habló la *top model*... —se mofó Esther.

—Vaya con tu novia..., ¡y parecía tonta! —cuchicheó Delia.

Sin cambiar el gesto, Vega murmuró:

—Sin duda, esa chica es idiota.

Durante un rato, los cuatro debatieron sobre el tema, hasta que Hugo señaló:

—La verdad, no sé si merece la pena luchar por ella. Mariluz me ha decepcionado. ¿Qué haríais vosotras?

Las tres se miraron, y Vega, tras dar un trago a su bebida, respondió:

—Yo, ¡mandarla a freír espárragos!

—Pero, ¿por qué mandas a todo el mundo a freír espárragos? —protestó Delia.

Vega se encogió de hombros y contestó con indiferencia:

—Porque lo que no es bueno en mi vida lo quiero lejos..., muy lejos.

Delia suspiró al oírla y, mirando a su amigo, comentó:

—Quizá sea una crisis y todo pase. Muchas parejas atraviesan cosas parecidas y luego todo vuelve a la normalidad. Pero, si no es así, ya sabes que, como abogada, estoy aquí para ayudarte en todo lo que necesites.

—Pero si no están casados... —apostilló Esther.

—Da igual —afirmó Delia—. Un abogado nunca está de más.

—Gracias. —Hugo sonrió, e, intentando cambiar de tema, dijo—: Venga, vayamos adentro y cenemos, así dejaré de parecer una nenaza desvalida.

Entraron en el salón interior de la Villa, donde el camarero, que ya los conocía, les tenía reservada una mesita al lado de la preciosa chimenea. Pidieron todo lo que se les antojó, carne, pescado..., y, como siempre, todo estaba exquisito.

Antes de llegar a los postres, a Hugo le sonó el teléfono. Era Mariluz. Habló con ella y, cuando colgó, dijo levantándose:

—Os dejo. Era Mariluz, y parece que quiere hablar.

Una vez que éste se marchó, Delia comentó, mirando a sus amigas:

—Nunca me ha gustado esa estirada. Demasiado *Pitita* para él.

—Pienso como tú —dijo Esther.

—Hugo es demasiado bueno para ella —convino Vega.

Entonces sonó el teléfono de Delia. Era Miguel y, tras hablar con él, ella pidió:

—Vamos a hacernos un selfi.

Rápidamente, las tres se juntaron y, una vez que Delia tomó la foto, Esther vio que su amiga manipulaba el teléfono y le preguntó:

—¿Qué haces?

Sonriendo, Delia le dio a «Enviar».

—Enseñarle a Miguel lo bien que me lo paso.

En la mesa de al lado había dos hombres maduros con unas enormes barbas blancas que todo el rato las observaban, hasta que Vega, incapaz de callarse un segundo más, los miró y espetó:

—¿Hemos pedido algún postrecito que no conocéis?

—¡Vega! —gruñó Delia al oírla.

Los hombres sonrieron, y uno de ellos respondió, mientras se levantaban para marcharse:

—Disculpen nuestra indiscreción. Sólo comentábamos que en la vida habíamos visto a unas mujeres comer con tanto placer.

Al oír eso, las tres sonrieron, y Vega cuchicheó en dirección a sus amigas al tiempo que aquéllos se alejaban ya:

—Creo que los primos hermanos de Papá Noel nos acaban de llamar *ceporras* en toda nuestra cara... ¿Los mando a freír espárragos?

—¡Ni se te ocurra! —murmuró Esther.

Cuando los hombres hubieron salido del local, Vega se relajó y las tres continuaron con su conversación.

—Y ¿cuándo te vas a Londres?

—El miércoles que viene —respondió Esther.

—Quizá allí conozcas a otro con el que aceptes casarte —murmuró Vega con una de sus morbosas sonrisas.

—Lo dudo —repuso ella riendo.

Vega asintió y, tras mirar a Delia, que examinaba de nuevo su teléfono, insistió:

—Por el amor de Dios, Esther, estás tan centrada en tu familia y en el hotel, que tienes menos vida social que un mejillón. Quizá conocer a otras personas te haga aclararte con respecto a lo que quieres en la vida, ¿no crees?

Esther asintió. Pero lo último que deseaba eran más quebraderos de cabeza.

—Vega... —respondió—, bastante tengo con lo que tengo con Carlos como para buscarme más complicaciones. Y, en cuanto al hotel, dispongo como mucho de tres años para sacarlo adelante o, al final, tendremos que cerrarlo, y te recuerdo que es el sustento de mi familia y de las personas que allí trabajan.

—Pero ya tienes treinta y cuatro años —cuchicheó Delia.

—Y ¿qué pasa porque tenga treinta y cuatro años? —inquirió Esther.

Vega sonrió. Delia siempre estaba con lo mismo, por lo que, mofándose, murmuró:

—Ahora te dirá que se te está comenzando a pasar el arroz y que el reloj biológico no se detiene.

—¡Exacto! —afirmó Delia mirándolas—. Y eso va por las dos, porque yo estoy casada e intentando tener un hijo.

—A mí, olvídame, que soy madre soltera por algo, y con mi *Hugh*, que no habla, no opina y sólo pide pilas, ¡soy feliz!

—Miguel piensa que esos juguetitos son deplorables —farfulló Delia al tiempo que gesticulaba.

Al oír eso, sus amigas sonrieron.

—Ya quisiera tu Miguel tener la potencia de mi *Hugh* —replicó Vega—. Seguro que por eso le parece deplorable. Aisss, Delia..., Delia..., lo que te pierdes.

Esther soltó una risotada, y entonces Vega, ignorando la miradita que Delia le echó, agregó:

—Vamos a ver, Esther de mi alma: ¿cuándo fue la última vez que dejaste que un hombre te hiciera sentir como una reina?

Ella lo pensó. Su vida sexual no era muy prolífica, por lo que respondió divertida, mirando a su amiga:

—Bien lo sabes tú.

—¡Y yo también! —afirmó Delia—. Fue el 16 de julio del año pasado, en el festival internacional de música; y no lo olvido porque esa noche tocó mi banda de rock británica preferida, Muse.

—Harald, el sueco —recordó Esther sonriendo—. Vino con sus amigos al festival y sucedió lo que yo provoqué. ¡Qué buena noche!

—¡Viva el amor! —se mofó Delia.

—¡Viva el sexo! —la corrigió Vega.

Al oír a sus amigas y comprobar cómo se miraban, Esther aclaró:

—Vamos a ver, Delia, lo que hice con Harald fue puro sexo. Lo siento, pero no tuvo nada que ver con el amor.

—Pero ¿vosotras es que ya no creéis en el amor en pareja? —preguntó la aludida.

—Ni un poquito —negó Vega.

—Sí. Claro que sí —afirmó Esther—. Pero creo que encontrar a la persona adecuada es complicado en muchas ocasiones.

—O imposible —matizó Vega.

Al final, las tres sonrieron y Delia soltó:

—Vega, deberías cambiar de opinión y buscar a alguien que...

—¡Uf, qué pereza! —la cortó ella—. A mí déjame en paz, que yo con mis follamigos y mi *Hugh* de pilas, que vive en el cajón de mi mesilla y que utilizo siempre que me viene en gana, tengo suficiente.

—¡Será cochina! —gruñó Delia sonriendo.

—Cochina, no..., ¡madrastrona práctica y realista!

Esther soltó una risotada al oír eso. Entonces Vega, mirándola, indicó:

—Y, dejando a un lado el tema sexo: antes de que Delia se nos enfade, querida Esther, haz el favor de perseguir tus sueños en todos los sentidos y abre tu propio restaurante. Quién sabe si algún día llegarás a tener incluso alguna estrella Michelin.

Divertida, ella sonrió y, agarrándose la barriga, replicó:

—El michelín ya lo tengo..., ahora soñaré con conseguir esa estrella.

Las tres soltaron una carcajada.

—El puñetero hipotiroidismo me está matando... —maldijo Delia a continuación—. He aumentado dos kilos, ¡y Miguel el otro día me llamo *barrilete*!

—¿¡Barrilete?! —se mofó Esther.

Delia sonrió y, al ver que sus amigas esperaban un comentario ácido por su parte, añadió:

—Eso sí..., ya le he dicho que, como vuelva a llamarme así, se traga los dientes.

—¡Ésa es mi Delia! —exclamó Vega.

Esther sonrió.

Ninguna de ellas era el estereotipo de la belleza femenina. Vega era delgada y lisa como una tabla, Esther era ancha de caderas, y Delia estaba bastante entradita en carnes, y más desde que el hipotiroidismo había aparecido en su vida.

—Ya sabéis lo que opino yo al respecto del maldito peso y la esclavitud de la belleza, ¿verdad? —señaló.

Sus amigas asintieron.

—Espero que la sociedad avance y se dejen de tanto canon de belleza y tanta tontería, y yo algún día deje de maldecir mis caderazas —añadió Esther.

—Algunos tíos se cuidan más que nosotras —cuchicheó Vega, mofándose—. El último con el que pasé la noche me sorprendió cuando, después de ducharnos, sacó un botecito de sérum del bolsillo de su pantalón y comenzó a dárselo en los ojos... ¡Me dejó muerta!

—Mi Miguel es natural —afirmó Delia—. Un hombre de pelo en pecho.

Esther asintió al oírla.

—A mí me gustan más los hombres naturales que esos metrosexuales tatuaditos, cuidados y estudiados, que cuando me miran el trasero me dan ganas de gritarles: «¡¿Qué pasa, imbécil? ¿Nunca has visto un buen culo?!».

De nuevo, todas rieron, y entonces Delia bajó la voz y murmuró mientras rebañaba el plato de su helado con nata:

—Qué asco, chicas... ¿Por qué todo lo que está rico engorda? ¿Por qué no engordará la lechuga?

Las tres se miraron divertidas y continuaron riendo.

Capítulo 4

El miércoles por la tarde, Esther llegó a su hotel de Londres, situado en el Soho.

Antes de partir, había llamado por teléfono a Carlos. Quería despedirse de él, y éste, sin sacar a relucir el tema de la petición de matrimonio, le deseó un feliz viaje desde Nueva York.

El hotel en Londres no era muy grande. Debía de tener unas veinte habitaciones, como el suyo, pero la diferencia era que resultaba confortable, moderno y acogedor. Nada que ver con el suyo, que, le gustara o no, dejaba mucho que desear.

Al entrar en el cuarto, se fijó en los bonitos colores de la ropa de cama, en los cestitos que había sobre la encimera del baño con productos de higiene y en la elegante butaca de color pistacho situada frente al televisor. Sin dudarlo, sacó su móvil e hizo varias fotos a la habitación. Tenía que enseñárselas a su padre para que viera que era necesario invertir para sacar adelante su negocio.

Al día siguiente, cuando salió del hotel, miró el papel con la dirección a la que debía dirigirse. En un principio pensó ir en metro, pero como no estaba convencida de llegar a tiempo, paró un taxi y se montó en él.

Una vez allí, no se sorprendió al ver a más personas esperando frente a la puerta, y enseguida comprendió que aquéllos serían sus rivales. Con una calurosa sonrisa, se acercó a ellos y los saludó. Allí había gente de Italia, Noruega, Francia y otros países. Ella era la única española.

Diez minutos después, la puerta trasera del local se abrió y dos mujeres y dos hombres los hicieron entrar y se identificaron como ayudantes del gran chef Shilfrierld. A continuación, los dividieron en cuatro grupos de cuatro personas y les explicaron cómo trabajarían.

Eran dieciséis candidatos y, de entre todos, sólo dos de ellos conseguirían trabajar codo con codo en Nueva York durante unos meses con el famoso chef. Emocionados, todos escuchaban las explicaciones de aquellas personas, que les indicaban que tendrían que estar al mil por mil cocinando al mediodía y por la noche en distintos restaurantes de la ciudad.

Los candidatos se miraron unos a otros. Todos eran rivales entre sí. Les dejaron claro que no se admitía el juego sucio, y que a la menor sospecha el participante quedaría expulsado. A Esther le gustó dicha aclaración, pues nunca estaba de más recordarlo.

Una vez que quedó todo claro, cada grupo, liderado por un miembro del equipo del chef, se dirigió a un local distinto.

Al entrar en La Bámbola, el restaurante que le había tocado a Esther, el dueño saludó al grupo con afabilidad. Cuando estuvieron en las cocinas, les comentaron que tenían que preparar cada uno un menú completo para seis comensales siguiendo las directrices de la cocina del chef Shilfrierld.

El encargado les entregó unos papeles donde les indicaba lo que podían encontrar en aquella cocina, y Esther rápidamente comenzó a organizar su menú.

De primero prepararía timbal de patata con salmón y aguacate. De segundo, chuletitas de cerdo con salsa de naranja y daditos de patata. Y, de postre, un crujiente de chocolate blanco y negro con coulis de frutos rojos.

En cuanto lo tuvo todo en su cabeza, les ordenaron que comenzaran y los candidatos se pusieron manos a la obra. Debían dar el mil por mil.

Horas después, tras una mañana de intenso trabajo para tenerlo todo preparado, empezaron a llegar los comensales. Un nerviosismo extraño recorrió el cuerpo de Esther mientras observaba los ingredientes para el timbal listos para emplatar.

Durante dos horas, tanto ella como sus compañeros defendieron sus platos lo mejor que pudieron y, cuando los comensales se marcharon tras dar por escrito la valoración de lo que habían comido, todos aplaudieron. Estaban felices con el resultado. Felices por el trabajo bien hecho.

A continuación, Esther y los demás candidatos salieron del restaurante y se dirigieron a otro llamado The Way, en el que prepararían la cena.

Debían idear un menú diferente del del mediodía con los ingredientes que tenían en la cocina, y siempre según las directrices del chef.

Tras un escaneado general de lo que allí había, Esther pensó en preparar de primero una ensalada de pavo con frutas del bosque y vinagre de frambuesas, a lo que le seguiría una merluza con almejas y espárragos y, de postre, tarta de queso con remolinos de chocolate.

* * *

Horas más tarde, después de una jornada de mucho trabajo, salieron del restaurante y sus compañeros hablaron de ir a tomar algo. Esther se apuntó. ¡Se lo merecía! Le vendría bien despejarse tras tanta tensión.

Finalmente terminaron en un local de moda llamado Waterloo, abarrotado de gente y con música en directo.

Después de pedir unas copas, su grupo se quedó en la barra, charlando, pero de pronto se oyó el ruido de unos vasos al caer. Al mirar, Esther vio en el suelo a la camarera que había detrás de la barra.

—Ay, pobre —murmuró.

Acto seguido, un chico saltó por encima del mostrador. Era uno de los dos camareros que atendían las mesas, que acudía para auxiliar a su compañera. Esther los observó con curiosidad mientras la gente, sin pensar en lo que ocurría, exigía su bebida y ella les pedía paciencia.

Al final, harta de que no le hicieran caso, y como segundos antes había hecho el muchacho, Esther se metió detrás de la barra y ofreció ayuda en su perfecto inglés.

Con cuidado, levantaron a la chica del suelo y ésta murmuró:

—Estoy muy mareada.

—¿Qué te ocurre, Niki? —preguntó el camarero.

—Vuelvo a tener vértigos —respondió la camarera—. Me encontraba mejor y por eso he venido a trabajar, pero... pero creo que voy a vomitar.

Al oír la palabra *vértigos* a Esther le dio pena. Su padre los sufría en ocasiones y sabía lo mal que lo pasaba. Llevaron a la joven a la parte trasera de la barra junto al camarero, y la sentaron en una especie de hamaca, le dieron un cubo por si lo necesitaba, y, con calma, Esther le indicó:

—Cierra los ojos. Estarás mejor.

La joven lo hizo, pero el bullicio de la sala y la gente llamando a los camareros la agobiaban, por lo que volvió a abrirlos y murmuró:

—Josef..., lo siento. No puedo ayudarte.

—Cierra los ojos —le exigió de nuevo Esther.

El camarero, molesto por los gritos de los clientes, suspiró y replicó:

—No te preocupes. Ahora llamaré a George.

—Oh, Dios... —protestó la joven—. Necesito este trabajo... ¡Malditos vértigos!

—Tranquila, Niki. George lo entenderá. No te preocupes —insistió el chico.

Dicho esto, Josef hizo dos llamadas. Una, al novio de la joven para que fuera a buscarla, y otra al tal George, y, una vez que colgó, miró a Esther y declaró:

—Gracias por tu ayuda.

Ella sonrió, pero, al oír la aglomeración de gente que había en la barra a la espera de su bebida, comentó, quitándose el abrigo y dejando el bolso:

—Creo que necesitas ayuda.

Él la miró, y ella, respondiendo a una pregunta inexistente, afirmó:

—Tengo experiencia. Trabajo en la hostelería. Vamos, te ayudaré.

—¿Cómo te llamas?

—Esther, y soy española.

El hombre sonrió y, tendiéndole la mano, dijo:

—Josef, y soy noruego.

Ella le correspondió y, mirándolo, apremió:

—Encantada, Josef; y ahora demos a toda esa gente de beber, antes de que se metan en la barra y se te coman.

Y, sin más, Esther comenzó a atender a la gente que, deseosa de conseguir su bebida, la miraba con expresión exigente.

Un buen rato después, mientras ella sacaba unas cervezas de la cámara, un hombre vestido con una camiseta de manga corta gris y unos vaqueros salió de la parte trasera de la barra y, sin hablar con ella, comenzó a servir bebidas. Esther lo miró, y éste, una de las veces que se acercó al mueble de las cervezas, preguntó con una sonrisa:

—Y ¿tú quién eres?

—Esther, ¿y tú?

—George —respondió él con rapidez y sin mirarla, mientras dejaba unas cervezas frente a unas chicas y les sonreía.

Con curiosidad y disimulo, Esther lo observó. Era el típico metrosexual guaperas que se cuidaba y que a ella ni siquiera la miraba. Alto, ojos claros, atlético, boca tentadora, barbita de tres días y un pelo castaño a lo Derek Shepherd, el macizo de «Anatomía de Grey», que invitaba a hundir los dedos en él.

Se fijó también en que llevaba todo el brazo derecho tatuado, y eso la horrorizó.

¿Cómo alguien podía hacerse eso?

Pero, inconscientemente, sonrió al pensar en las burradas que dirían de él sus amigas.

—¿Puedo saber el motivo de tu sonrisa? —le preguntó de pronto el tal George.

Al darse cuenta de que la había pillado, ella soltó una carcajada y, mirándolo, replicó:

—¿Por qué no sonreír ante una preciosa noche?

Eso le hizo gracia a George, que, meneando la cabeza, indicó:

—Preciosa noche y preciosa sonrisa.

—Eso se lo dirás a todas —se mofó Esther.

Él abrió un par de Coca-Colas y, dejándolas frente a unas chicas, la miró y afirmó, guiñándole el ojo:

—Me has pillado.

Divertida por eso, y en especial por su seductora chulería, ella continuó sirviendo bebidas, pero entonces comenzó a sonar una canción que le encantaba. Bruno Mars cantaba *Our First Time*,[1] y sin darse cuenta empezó a moverse mientras la tarareaba.

George sonrió al verla. La canción era caliente y excitante y, acercándose a ella, preguntó en su oído con voz tentadora:

—¿Te dejas llevar, como dice la letra?

Ella lo miró y, al ver su sonrisa picarona, respondió:

—No quieras saberlo.

Él aplaudió divertido y, acto seguido, acercándose a unas chicas, se puso a servirles unas bebidas, mientras con el rabillo del ojo observaba a aquella chica que continuaba tarareando y bailando aquella sensual canción a su lado.

Tres horas después, cuando el local comenzó a vaciarse para proceder a su cierre, Esther buscó entre los pocos clientes que quedaban a sus compañeros, pero no vio a ninguno. Al parecer, todos se habían marchado sin avisar.

¡Qué poca consideración!

Una vez que hubo dado por finalizada su ayuda, se metió en la parte trasera de la barra para coger su bolso y su abrigo, y entonces George, que entraba cargado con una caja de bebidas, se le acercó.

—Me acaba de decir Josef que eres española; ¿es cierto? —le preguntó.

—Sí.

—¿De dónde?

—De un precioso lugar llamado Benicàssim, que está en la provincia de Castellón.

Él sonrió y, hablando en castellano con un marcado acento inglés, declaró:

—Yo también soy español.

Ella lo miró divertida.

—¡Seguro! —se mofó—. ¡Tienes una pinta y un acento español increíbles!

---

1. *Our First Time*, Elektra (NEK), interpretada por Bruno Mars. *(N. de la E.)*

Él sonrió e insistió:

—Mi nombre es Jorge Álvarez, aunque aquí me suelen llamar George.

—¿Jorge Álvarez? ¿Lo dices en serio?

—Exacto... Jorge para ti. —Rio—. Nací en Burgos, pero a los cinco meses, por cuestiones de trabajo de mis padres, que eran profesores de universidad, nos trasladamos a Nueva Zelanda.

Sin dar crédito, Esther preguntó:

—Y ¿qué haces en Londres?

—A los seis años de estar allí, mi padre murió —explicó él—. Mi madre volvió a casarse con el hombre que a Raúl y a mí nos crio como sus propios hijos. Hace unos años, por motivos profesionales, la familia se trasladó a Londres, aunque en Nueva Zelanda seguimos teniendo una preciosa casa, a la que vamos siempre que podemos a descansar.

Sorprendida, Esther asintió y declaró, tendiéndole la mano:

—Pues encantada de conocerte, Jorge. —Y, riendo, cuchicheó—: Y, aunque tu español es bueno, tienes cierto acentito guiri que...

Ambos rieron, y él indicó sin soltarle la mano:

—El placer es mío, Esther.

Durante unos segundos se miraron, conscientes de que una extraña corriente fluía entre ambos, hasta que ella cogió su abrigo y musitó:

—Creo que es hora de que me vaya. Ya no me necesitáis.

—Muchas gracias por tu ayuda —contestó Jorge sin moverse del sitio—. Josef me ha contado lo ocurrido y creo que es justo que te pague una noche de trabajo.

Esther observó entonces cómo se sacaba la cartera del bolsillo trasero del vaquero y, rozando las manos de él con las suyas, las puso sobre la cartera y dijo:

—Bah..., no te preocupes. Lo he hecho encantada.

—En serio, creo que es lo más justo. Has trabajado duro, y te aseguro que esta noche sin ti habría sido un completo caos.

Ella volvió a negar con la cabeza.

—No, de verdad, gracias. Pero ¿y si te pido a cambio que hables con quien sea para que respeten el trabajo de la camarera que se desmayó? La pobre estaba muy angustiada...

Jorge sonrió.

—Tranquila. Lo de Niki está solucionado.

Esther agarró su bolso para marcharse.

—¿Te apetece una última copa? —preguntó él entonces.

—No. Creo que es mejor que me vaya a dormir. Mañana tengo que trabajar.

—Entonces no puedes negarte a que te acompañe a tu casa —se apresuró a decir Jorge.

—Hotel.

—¿Hotel? —preguntó sorprendido.

Ella sonrió y él añadió encantado:

—Vamos. Te llevaré a tu hotel y me cuentas por qué estás en Londres.

Satisfecha con el hecho de que un guaperas como aquél fuera tan encantador, Esther se despidió de Josef y salió a la calle. La noche era fría en Londres y lloviznaba.

—Tengo el coche aparcado allí.

De una carrera llegaron al vehículo antes de calarse con la lluvia y, una vez que se metieron en él, Esther sacó una tarjeta del hotel y se la mostró. Después de leer la dirección, Jorge arrancó y se puso en marcha de inmediato.

Durante el trayecto, ella le explicó que estaba finalizando un curso de cocina. Le habló del curso, de la comida que había preparado ese día en el restaurante y de lo motivada que estaba para conseguir su sueño de ser una excelente chef. Ensimismada con la maravillosa conversación que mantenían, llegaron al hotel y él detuvo el vehículo.

—Gracias por traerme, ha sido todo un detalle.

Jorge, que estaba acostumbrado a que las mujeres se echaran a sus brazos, al ver que ella pensaba bajar del vehículo sin insinuársele siquiera, dijo:

—Si vienes mañana al local, estás invitada a todas las copas que quieras.

—Gracias, es un detalle, pero no creo que vaya.

—¿Por qué?

Esther se encogió de hombros y respondió con una sonrisa:

—Pues porque no sé manejarme por Londres.

—Entonces, yo te recogeré. ¿A qué hora te viene bien?

—No, gracias, de verdad.

Asombrado por su negativa, él insistió:

—¿Te puedo invitar entonces a cenar otro día para agradecerte tu ayuda?

La cosa se estaba poniendo difícil. Cenar con él podía ser divertido pero peligroso, se dijo Esther, y, tras pensarlo unos segundos, respondió:

—No, en serio, no es necesario. Lo de antes lo he hecho encantada, y no te lo tomes a mal, pero quiero estar centrada estos días para hacer el trabajo que tengo que hacer.

Como no quería atosigarla, él asintió. Entonces ella abrió la puerta del vehículo, salió a toda prisa y declaró:

—Ha sido un placer conocerte. Hasta la vista, Jorge.

Y, sin más, cerró la puerta, dejándolo con la boca abierta, mientras ella se metía en el hotel y le decía adiós con la mano.

Capítulo 5

Æl viernes, tras un día agotador, cuando Esther salía de uno de los restaurantes sobre las doce de la noche, se sorprendió al ver a Jorge en la acera de enfrente apoyado en su coche.

Durante unos segundos, se miraron. La corriente volvió a recorrer sus cuerpos, hasta que él sonrió y ella cruzó la calle para acercarse a él.

—¿Qué haces aquí? —le preguntó.

—Pasaba por aquí y mi coche se ha parado.

Ella parpadeó con incredulidad y, evitando sonreír, insistió:

—¿Cómo sabías que estaba aquí?

Jorge se incorporó y, mirándola, cuchicheó mientras se agachaba para acercarse a su rostro:

—Lo creas o no, el otro día te puse un microchip en la oreja para seguir tus movimientos.

Esther sonrió divertida. Le había gustado la sorpresa, por lo que no insistió en averiguar cómo la había localizado y preguntó:

—¿No trabajas un viernes por la noche?

—Sí. Pero, por suerte, me deben muchos días libres y, cuando tengo partido, el día anterior suelo pillármelo libre para estar descansado.

—¿Partido?

—Juego al rugby, con un equipo de Nueva Zelanda, algún fin de semana.

Ella asintió.

—Vamos —dijo él, abriendo la puerta del coche—. Te invito a tomar algo.

Fueron a un bar donde había música en directo. Encantados, disfrutaron de la actuación de un grupo musical inglés y, después, Jorge la acompañó de nuevo a su hotel.

Cuando Esther bajó del coche tras despedirse, él observó cómo se alejaba y sonrió. Le gustaba aquella muchacha que no caía en sus redes y sabía esquivarlo.

* * *

El domingo no se vieron, pero el lunes él volvió a aparecer en la puerta del restaurante. Al verlo, ella sonrió. En esa ocasión la llevó a un sitio donde preparaban cócteles exquisitos, y allí hablaron durante horas sin apenas rozarse.

—Cuéntame algo de Nueva Zelanda.

Al pensar en aquel lugar, Jorge sonrió.

—Te diré que tiene sitios maravillosos para conocer, como, por ejemplo, un fiordo situado al suroeste de la isla Sur llamado Milford Sound, o Piopiotahi, que es como se lo llama en maorí. Mi familia y yo vivíamos en la isla Norte, en una ciudad llamada Tauranga, y...

—¿Has dicho *Tauranga*?

Jorge asintió, y Esther hizo una mueca de desagrado. A él le llamó la atención su gesto, por lo que preguntó:

—¿A qué se debe esa cara?

Ella dio un trago a su bebida e indicó:

—Una tontería. Tauranga es también el nombre de la mayor cadena hotelera del mundo.

—Y ¿qué te ocurre con ellos? —preguntó Jorge divertido.

Esther suspiró.

—Mi madre tenía un amigo llamado Joan que regentaba un hotel, que se suicidó tras sentirse presionado para que vendiese su hotel al jodido Hunter Henderson, dueño de la cadena Tauranga.

—¿Lo dices en serio?

—Totalmente —afirmó ella.

Al ver su seguridad, Jorge repuso con lentitud:

—Quizá habría que conocer las dos versiones de la historia para saber por qué ese hombre se suicidó, ¿no crees?

Esther se encogió de hombros y siseó:

—No me hace falta. Si mi madre odiaba a ese Henderson, yo también.

Jorge asintió sorprendido, y, cuando iba a decir algo, ella preguntó:

—Si yo fuera allí, a Nueva Zelanda, ¿qué me recomendarías visitar?

Sin ganas de romper el bonito momento, él decidió olvidarse de lo anterior y prosiguió:

—Si fueras conmigo allí, te llevaría a una zona costera llamada Strand que está llena de restaurantes, clubes nocturnos, bares y hoteles. Visitaríamos las cataratas McLaren, el parque forestal Kaimai Mamaku o el pueblo costero de Mount Maunganui. Y, por supuesto, y como futura chef, te invitaría a catar los magníficos vinos de la tierra, a probar las sabrosas frutas y a devorar la rica carne de oveja. Es más, no sé si eres de carne o de pescado, pero te llevaría a Northland, al pueblo de Mangonui, a comer pescado con patatas fritas. ¡Impresionantes! Allí seleccionas el pescado que quieres y luego ves cómo lo preparan y lo cocinan.

—Mmmm..., suena bien lo que cuentas. Quizá me plantee visitarlo —afirmó Esther encantada y, clavando la mirada en él,. dijo—: Ahora cuéntame alguna curiosidad. Algo que difícilmente yo pueda saber.

Jorge sonrió y, cogiendo su móvil, que tenía sobre la mesa, cuchicheó:

—Hoy en día, si te metes en Google, puedes saberlo casi todo.

Esther insistió:

—Lo sé. Pero quiero que seas tú el que me cuente algo curioso de tu tierra.

Jorge asintió.

—¿Sabías que Nueva Zelanda son las antípodas de España? —Ella negó con la cabeza y él agregó divertido—: Pues sí, señorita. Si hicieras un agujero en Madrid que atravesara el centro de la Tierra en línea recta, aparecerías en Nueva Zelanda.

Esther rio y él continuó:

—También hay personas que llaman a Nueva Zelanda la granja más grande del mundo.

—¿Por qué?

—Porque, aunque no lo creas, en las islas hay más ovejas viviendo que humanos. Se dice que hay diez ovejas por cada habitante.

Esther sonrió.

—Otra curiosidad es que hay una colina que tiene el nombre más largo del mundo según el libro Guinness de los récords de 2009. Su nombre tiene 85 letras y está en la bahía de Hawke, en la isla Norte.

—Y ¿qué nombre es? —preguntó ella con curiosidad.

Jorge sonrió y, buscando algo en su móvil, indicó:

—Dame un segundo.

Instantes después, le entregó el teléfono a Esther.

—Léelo si te atreves, pero sin tomar aire en el intento.

Divertida, la joven cogió el teléfono que él le tendía y comenzó a decir:

—Taumatawhakatangihangakoauauota...

Muerta de risa, se interrumpió y replicó mirándolo:

—Es imposible.

Acto seguido, sin decir nada, él cogió aire y dijo sin mirar el teléfono:

—Taumatawhakatangihangakoauauotamateaturipu kakapikimaungahoronukupokaiwhenuakitanatahu.

Ambos se miraron muertos de risa y, a continuación, Esther replicó:

—Tranquilo. No voy a preguntarte qué quiere decir.

Mientras Jorge le contaba con su buen humor cosas de su tierra, ella lo escuchaba encantada. Por la manera en que sonreía y la pasión que ponía al hablar del tema, se notaba lo mágico y especial que era todo aquello para él. Estaba ensimismada escuchándolo cuando éste dijo:

—Bueno..., y ahora te toca a ti. ¿Qué me cuentas de Benicàssim?

Esther sonrió.

—La pregunta idónea sería: «¿Qué no me cuentas del maravilloso Benicàssim?».

Ambos volvieron a reír, y luego ella cogió aire e indicó:

—Que sepas que lo que tú me has contado parece fantástico,

pero te aseguro que Benicàssim no se queda atrás por su maravilloso clima, sus playas de arena fina y su estupenda gastronomía.

—Me encanta comer —aseguró Jorge riendo.

—Oh, Dios..., pues una buena paellita, un arroz negro, unos langostinos de Vinaroz, un rico cordero asado, una exquisita fideuá o una coca de patata te volverían loco.

—Completamente loco —afirmó él con convicción.

—¿Sabes? Si fueras allí, te llevaría a dar un paseo por la ruta de las villas, también llamada el Biarritz valenciano. ¡Son increíbles y están llenas de historia!

—Me encantan los sitios con historia —declaró Jorge, ensimismado en ella.

—¿Te gusta montar en bici? —Él asintió, y Esther señaló—: Pues tenemos la Vía Verde del Mar entre la playa del Voramar, en Benicàssim, y la playa de la Concha, en Oropesa, en la que es una delicia perderse mientras disfrutas del precioso azul del Mediterráneo. Y como curiosidad te contaré que durante ese paseo verás dos torres vigías del siglo xvi, la torre de la Corda y la de la Colomera, desde donde, en la antigüedad, se avisaba de la llegada de piratas como el tan temido Barbarroja.

—Woooooooooooo —silbó él.

—También tenemos un festival anual de música pop, indie, rock, electrónica..., llamado FIB, o, lo que es lo mismo, Festival Internacional de Benicàssim. Se celebra todos los años en el mes de julio, y ni te imaginas lo bien que lo pasamos disfrutando de la música esos días y lo animada que está la ciudad.

Jorge sonrió. Le gustó ver cómo Esther entrecerraba los ojos al hablarle de su tierra y, sin apartar la vista de ella, le pidió:

—Cuéntame algo curioso de *Benipàssim*.

Al oírlo, ella soltó una carcajada.

—*Benipàssim*, no. Es Benicàssim.

Él asintió y ella prosiguió:

—Hay un impresionante lugar al que llamamos Desierto de las Palmas, pero ni es un desierto ni tiene palmas.

—¿Qué? —Él rio divertido.

—Lo que oyes. ¿A que es curioso? —Ambos rieron y ella indicó—: Cuando hablas de él, todo el mundo imagina un sitio seco y árido, cuando en realidad es un maravilloso parque natural lleno de vegetación.

—Y entonces ¿por qué lo llamáis *desierto*?

—Porque, al parecer, en 1694 se construyó allí un monasterio de la orden de los carmelitas y, al ser un espacio dedicado al retiro espiritual, se decidió llamar a la zona Desierto de las Palmas.

Durante un buen rato, Esther le habló de aquel lugar, del nuevo monasterio, del licor Carmelitano, del mirador y del restaurante que allí había.

—Sin duda tengo que visitar ese lugar —dijo Jorge cuando acabó—. ¿Qué más me recomendarías conocer de la zona?

Ella sonrió. Lo invitaría a conocer toda su tierra.

—El hotel Voramar —respondió.

—¿Un hotel?

Esther asintió.

—Está ubicado en la chulísima playa de Voramar y fue construido en los años treinta por Juan Pallarés como café y casa de baños. Poco después, el lugar se amplió para ser un restaurante y, dado su éxito, también un hotel. Pero en 1936, durante la guerra civil española, fue convertido, junto a varias de las villas de la zona, en hospital y sala de operaciones, y se lo rebautizó con el nombre de Villa Frente Popular.

—Veo que conoces bien su historia.

Esther afirmó con vehemencia:

—La familia de mi madre es oriunda de Benicàssim, y se puede decir que esa historia ha pasado por las distintas generaciones. —Jorge asintió, y ella prosiguió—: En 1938, el emblemático lugar se utilizó como hospital de recuperación para muchos de los heridos de la guerra, y durante la posguerra se convirtió en una residencia de auxilio social, aunque posteriormente fue incautado por la Sección Femenina de la Falange, hasta que en los años cincuenta la familia Pallarés volvió a recuperar el hotel y no cesaron en su lucha para sacarlo adelante. Por cierto, el afamado director de cine Luis Berlanga, en 1953, rodó allí una película titulada *Novio a la vista*. Después, año tras año, el hotel, dirigido por sus dueños, consiguió reflotar hasta convertirse, para mí y para muchos de los que allí vivimos, en el más emblemático de mi tierra.

—Esther sonrió y añadió—: Aunque, si vas alguna vez allí, espero que te alojes en mi hotel.

—¿Tienes un hotel? —preguntó él, interesado al recordar algo que ella había dicho al inicio de la conversación.

Esther asintió.

—Mi familia y yo dirigimos el hotel Agamar. —Jorge la miró sorprendido. Ahora entendía su mención a la cadena Tauranga. Ella, al ver su gesto, añadió—: Mis padres lo compraron cuando se casaron. Era el sueño de mi madre, y desde entonces lo regentamos.

—¿«Era»? —preguntó Jorge.

—Mi madre murió hace diez años —asintió ella con tristeza.

—Lo siento.

La joven volvió a asentir y, retirándose con gracia el pelo del rostro, respondió:

—Yo también. Muchas veces pienso que mi vida sería diferente si mamá estuviera con nosotros. —Y, mirándolo, indicó—. El hotel está en la playa de la Almadraba, un magnífico lugar para ir de vacaciones con la familia o los amigos.

Sin querer ahondar más en un tema que era evidente que le dolía, él preguntó:

—¿Cocinas tú en el hotel?

—No —suspiró Esther—. No disponemos de cocina propia, aunque tenemos un local que utilizamos como cafetería el cual, acondicionado, podría ser un increíble restaurante. Pero hoy por hoy el nuestro es un hotel modesto y sólo damos desayunos.

—Y ¿por qué no invertís en acondicionar esa cafetería?

Esther se disponía a contestar cuando una pareja se acercó a su mesa. Eran unos amigos de George, como ellos lo llamaban, y, tras saludarlos, se sentaron con ellos a charlar.

Un par de horas más tarde, después de pasar una noche en la que ambos sintieron de nuevo aquella corriente que les hacía ver lo maravilloso que era estar juntos, Jorge la llevó a su hotel.

En esta ocasión, Esther estaba nerviosa. Mirarlo y notarlo cerca de ella le erizaba la piel, y sintió cierta pena cuando llegaron a la puerta del establecimiento.

Jorge detuvo el vehículo y durante unos segundos permanecieron en silencio. Estaba más que claro lo que comenzaba a suceder, y entonces Esther lo miró y dijo simple y llanamente:

—Eso no va a suceder.

—¿Qué es «eso»? —preguntó él en un tono de voz bajo.

Ella sonrió. Sabía muy bien que él entendía a qué se refería, por lo que contestó:

—La locura que piensas.

Ahora fue Jorge el que sonrió.

—¿No sabes que, en ocasiones, lo que comienza como una locura puede convertirse en lo mejor de tu vida? —murmuró.

Ella, sin poder creer lo que oía, ni siquiera se movió y, tras ser consciente de que no debía dejarse llevar por el momento, insistió:

—Jorge, no voy a invitarte a subir.

—¿Por qué? —dijo él sin rendirse.

Intentando mantener la calma por cómo la miraba, matizó:

—Porque no me van los hombres tatuados.

Al oírla, él sonrió. Se moría por besarla, por subir y hacerle el amor y, meneando la cabeza, respondió, haciéndola reír:

—Contigo, está visto que no funciona mi *sex-appeal*.

Divertida por su contestación, Esther abrió la puerta del coche para apresurarse a salir. Debía hacerlo antes de que sus propios deseos la traicionaran. Antes de hacerlo, sin embargo, se intercambiaron sus números de teléfono. Una vez que se hubo despedido de él, comenzó a caminar hacia el hotel y, cuando oyó que el coche arrancaba y se ponía en movimiento, suspiró aliviada.

Capítulo 6

El martes, Jorge no dio señales de vida. El miércoles por la noche, cuando Esther estaba en el hotel tras hablar con Carlos, que seguía en Nueva York y tenía mucha prisa por colgar, al ir a dormir, recibió un wasap:

Hola, señorita trabajadora y antihombres tatuados. ¿Tomamos algo mañana?

Durante unos segundos, lo pensó. Le había gustado recibir ese mensaje, y finalmente escribió:

Será un placer.

* * *

El día siguiente fue duro para Esther.

La competencia que había entre sus compañeros era brutal. Algunos se hacían hasta la zancadilla a escondidas de quienes debían vigilarlos, pero ella no era así. Prefería perder a comportarse mal con cualquiera de ellos.

Por la tarde, mientras preparaba unos aguacates para hacer el primer plato que iba a presentar esa noche, se acordó de Jorge. Estaba deseando verlo. Eso la inquietó, y pensaba en ello cuando su móvil vibró. Un wasap:

Lo siento, pero no puedo esta noche y mañana tampoco. ¿Dejamos la copa para el viernes?

El ánimo se le cayó a los pies al leer eso, pero dio un suspiro y respondió:

De acuerdo. El viernes.

Una vez que le hubo dado a «Enviar», se guardó el móvil y se centró en lo que tenía entre manos. Para eso era para lo que estaba allí, no para ir de copas con un hombre.

* * *

El viernes, al salir del restaurante y verlo esperándola, sonrió y se acercó a él para saludarlo:

—¡Ya estoy aquí!

Jorge sintió ganas de besarla. Estaba preciosa con su cazadora roja de cuero, sus vaqueros y sus botas altas. Sin embargo, sabía que, si lo hacía, ella daría un paso atrás, por lo que afirmó sonriendo:

—¡Bienvenida, curranta!

Se montaron en el coche y, cuando ella se puso el cinturón de seguridad, él dijo:

—Hoy tendrá que ser una copa rápida. Mañana tengo partido y he de irme pronto a dormir.

Sin moverse, Esther le soltó a la defensiva:

—Y ¿por qué no te vas a casa a dormir?

Jorge la miró y respondió:

—Porque antes quiero tomarme algo contigo.

Cautivada por aquellos ojos claros y su sonrisa, ella asintió.

—De acuerdo.

Jorge condujo hasta un precioso local, donde, tras hablar con el «armario ropero» de la puerta, entraron sin problema y se sentaron a una bonita mesa junto a un ventanal desde el que había unas magníficas vistas de Londres.

—¡Qué maravilla! Se ve todo tan bonito...

—Sí, tienes razón —asintió Jorge sin apartar los ojos de ella—. Es precioso.

Al oírlo, Esther lo miró con el rabillo del ojo y, al ver que era a ella a quien iba dirigido el cumplido, replicó:

—Vamos a ver. Ni yo soy tu tipo, ni tú eres el mío.

—¿Por qué dices eso? —Él sonrió.

Ella abrió mucho los ojos e indicó:

—Seré sincera contigo. Apenas te conozco, pero si algo tengo claro es que tú eres de los que eligen, ¿verdad?

Sin entender a qué venía eso, él arrugó la frente y, tras dar un trago a su bebida, musitó:

—Disculpa, pero no te entiendo.

Esther se tocó el pelo. Odiaba hacer lo que iba a hacer, pero miró a su alrededor y explicó, al ver a unas preciosas mujeres vestidas con unos bonitos vestidos cortos de gasa y estrás:

—¿Ves a ésas?

Jorge las miró, asintió, y ella prosiguió:

—Para que me entiendas, quiero decir que, pudiendo estar con mujeres como ésas..., ¿qué haces aquí, tomando algo conmigo?

—¡¿Qué?! —preguntó él sorprendido.

—Vamos a ver, Jorge —insistió—. Acabo de salir de una cocina después de estar todo el día trabajando metida allí. Mi aspecto no es el mejor, y...

Sin poder remediarlo, él se acercó a ella, la besó en los labios y, cuando se separó, afirmó mirándola a los ojos:

—A mí ellas no me atraen, pero tú sí. ¿Por qué dices eso?

Molesta, al tiempo que gratamente sorprendida por lo que él había hecho, Esther iba a protestar cuando Jorge se echó hacia atrás y añadió:

—Vale. No debería haberlo hecho. Perdón. Ha sido una locura fruto de mi impulsividad. Soy muy impulsivo. Pero con respecto a lo que dices..., ¿ves a esos tipos que están allí bebiendo whisky y que tienen los brazos limpios de tatuajes? —Esther miró y él continuó—: ¿Por qué estás conmigo cuando podrías estar sin problemas con ellos?

Eso la hizo reír y, sorprendida, musitó:

—Acepto tus disculpas en cuanto al beso. Y, para que no haya equívocos, me halaga mucho lo que acabas de decirme; pero que te quede claro que el beso no ha de volver a repetirse porque no pienso acostarme contigo.

Jorge parpadeó.

—Me apena lo del beso, y mi propósito no es acostarme con-

tigo, aunque si hubiera surgido la posibilidad, no pensaba decir
que no.

—¡Jorge! —exclamó ella riendo.

Sin perder el buen humor, él añadió:

—En mi defensa debo decir que soy bastante pasional y entregado en esas lides, pero también te diré que soy respetuoso, y si tú
dices que no, es que no.

Divertida por la extraña conversación, Esther susurró:

—Gracias.

—¿Gracias?

Sin dudarlo, y obviando algo que acababa de decir momentos
antes, se acercó a él, le dio un piquito rápido en los labios y murmuró:

—Por hacerme sentir tan bien.

Luego se echó hacia atrás en la silla y Jorge la miró con inten-
sidad. Ese beso, aunque breve, le había gustado.

—Puedes hacer lo que has hecho siempre que quieras. —Sonrió—. No preguntes. Tú hazlo. Yo lo aceptaré sin pensar en equívocos.

Esther sonrió a su vez y en ese instante su bolso cayó al suelo.

—Por cierto —dijo él recogiéndolo—, ¿cuántos días estarás en
Londres?

—Vine para veinte días y me quedan unos once.

Él asintió y luego afirmó sonriendo:

—No me mates, pero sé que tienes el fin de semana libre, ¿verdad?

—Pero, vamos a ver —rio ella—, ¿cómo sabes eso?

Jorge le guiñó un ojo y, bajando la voz, cuchicheó:

—Vivo en Londres, conozco a mucha gente, sé el curso que
estás haciendo, y sólo con unas llamadas de teléfono puedo saber
tus movimientos.

Ella lo miró boquiabierta. Pero, antes de que ella pudiera soltar lo que pensaba, mientras él cogía el bolso que se le había caído,
vio una agenda negra con un escudo en plata que se había salido
y preguntó después de leer:

—¿Eres una Guerrera?

Al ver que Jorge señalaba lo que ponía en la agenda, Esther asintió al tiempo que se la quitaba de la mano.

—¡Me gusta! —exclamó él.

Durante una hora no pararon de hablar, de contarse cosas. Charlar entre ellos era fácil, ameno y divertido, hasta que finalmente llegó el momento de marcharse. Sin apenas rozarse, se dirigieron al coche y Jorge la llevó al hotel.

Una vez que se detuvieron frente a él, ambos se miraron. Eran adultos, estaban solteros y sin compromiso y, aunque Jorge deseaba subir a su habitación, no se lo propuso y quedó en recogerla a las diez de la mañana. Quería que lo acompañara al partido de rugby.

Cuando Esther se duchó y se tiró sobre la cama, pensó en Carlos y en su extraña relación con él, y, sin saber por qué, se sintió culpable por haberle dado aquel pico en los labios a Jorge. Estaba viendo la tele y tratando de olvidarse de ellos cuando sonó su teléfono. Había recibido un wasap. Pensó que sería de sus amigas o de su hermana, por lo que se sorprendió al leer:

Espero que estés durmiendo. Mañana tenemos partido.

De inmediato supo que era de Jorge, y contestó:

Tú tienes partido. Yo no.

Sin soltar el móvil, esperó la respuesta, que no tardó en llegar:

Ahora me arrepiento de no haber subido a tu habitación.

Al leer eso, Esther soltó una carcajada y contestó:

Y ¿quién te ha dicho que iba a dejarte entrar?

Tumbado en la cama de su casa, Jorge sonrió. Le atraía una barbaridad esa mujer, y respondió:

Y ¿quién te dice que no habrías sucumbido a mis encantos?

Esther contestó divertida:

Eres un creído.

Él soltó una risotada. Le encantaba aquella mujer a la que apenas conocía. Le gustaba que se lo pusiera difícil, y escribió:

Vale. Soy un creído. ¿Qué haces?

Esther respondió mientras se rascaba el cuello:

Viendo la televisión.
¿Qué canal?

Ella comprobó el canal con el mando a distancia y, a continuación, escribió:

CBS Action.

Jorge buscó enseguida el mismo canal con el mando, que tenía a su lado, y, al encontrarlo, preguntó:

Y ¿qué ves?

Esther, a la que le gustaba aquella serie, respondió:

«NCIS: Los Ángeles.» Me encanta el detective rubio.

Al mirar la televisión, Jorge sonrió y escribió:

¡Genial! A mí me gusta el moreno.

Durante un buen rato, comentaron el episodio entre risas a través de WhatsApp y, cuando acabó, Esther señaló:

Me muero de sueño, y te recuerdo que mañana juegas al rugby.

Jorge asintió y, suspirando, tecleó:

¿Cómo se te ocurre enviarme un wasap a estas horas? ¿Acaso no quieres que mañana rinda en el partido?

Divertida por su sentido del humor, ella respondió:

Duérmete, pesado; ¡hasta mañana!

Tras enviar ese último mensaje, Esther dejó el móvil sobre la mesilla. Estaba sonriendo cuando sonó de nuevo y, al mirar el mensaje, leyó:

Piensa en mí y no en el rubiales, y yo prometo pensar en ti y no en el moreno.

Rio divertida, le envió un emoticono roncando y, tras apagar la luz, cerró los ojos y pensó en él y no en el rubiales.

Capítulo 7

A las nueve y cuarto, Esther desayunaba en el comedor del restaurante y, como cada mañana, llamó por teléfono a su padre.

—Buenos días, papá.

—Buenos días, inglesa —le dijo él sonriendo—. ¿Qué tal ayer?

—Perfecto. Hice una cuajada de leche y limón y unas crepes de pollo y mousse de foie que, cuando te lo prepare a ti, te vas a chupar los dedos.

Mario soltó una risotada. Le gustaba el entusiasmo de su hija. Durante varios minutos habló con ella y la tranquilizó: en el hotel estaba todo bajo control.

Esther pensó en preguntarle por su hermana Sofía, pero desistió. Seguro que le mentía.

A las diez menos cinco, salió del hotel. Jorge no tardaría en llegar. Pero se sorprendió al verlo ya esperando. Se apresuró a acercarse a él y, después de saludarlo —sin besarlo en los labios—, montaron en su coche y se dirigieron al estadio Kassam sin que ninguno de los dos mencionara los wasaps de la noche anterior.

Una vez allí, él la acompañó hasta una zona de la grada donde había otras personas, entre ellas, varias chicas que Jorge le presentó y a las que Esther saludó encantada.

—Quédate aquí hasta que termine el partido, que vendré a buscarte, ¿de acuerdo?

Ella asintió, y él, tras guiñarle el ojo, dijo mientras se alejaba:

—No te pierdas detalle del partido. Quiero que conozcas a cierto *guerrero*.

Sin saber a qué se refería, Esther sonrió y él se marchó. Debía cambiarse de ropa para el partido como el resto de sus compañeros.

Según pasaba el tiempo, la grada se fue llenando, y Esther disfrutó del ambiente festivo mientras hablaba con la novia de uno de los jugadores. Todos querían pasarlo bien, y animaban a que la gente aplaudiera y cantara.

De pronto pensó en Carlos y en lo mucho que le gustaba el fútbol. Él jugaba en un equipo pequeño, pero las veces que lo había acompañado, se olvidaba totalmente de ella. Era llegar al campo, juntarse con sus amigos y no mirarla ni una sola vez en busca de complicidad. Recordar eso la hizo suspirar, e imaginó que con Jorge pasaría lo mismo.

Cuando los dos equipos salieron al campo, todos aplaudieron, y Esther vio que Jorge la miraba y sonreía. Estaba guapísimo vestido con aquel pantalón corto negro y la camiseta azul con una raya blanca. Con curiosidad, se fijó en que los jugadores del equipo contrario se movían inquietos en su mitad del campo, mientras que Jorge y sus compañeros se alineaban en varias filas. De pronto, uno de ellos comenzó a gritar y el resto de los jugadores lo siguieron.

Esther observó cómo Jorge y los otros se posicionaban con las manos frente al rostro y flexionaban las piernas para quedarse quietos tras dar un grito. De nuevo, el que parecía llevar la voz cantante voceó, y los demás empezaron a hacer movimientos secos y fieros, dándose palmadas en los muslos y en el pecho mientras entonaban un cántico extraño.

Sorprendida, no quitaba ojo a lo que ocurría. Recordó haber visto algo parecido en la tele, pero presenciarlo en vivo y en directo, oír sus voces y sentir la fuerza de sus golpes le puso el vello de punta.

En silencio, todo el mundo observó la extraña danza. Cuando ésta acabó tras un último grito de guerra, el público se puso a aplaudir mientras los jugadores se colocaban en su posición y Jorge volvía a mirarla y le guiñaba el ojo.

El partido comenzó, y Esther, que apenas entendía de rugby, gritaba emocionada cada vez que Jorge cogía el balón y corría con él. También se horrorizaba cuando los demás jugadores caían sobre él, cubriéndolo. Eso la angustiaba.

Junto a la novia del otro jugador, siguió divertida el encuentro, en ocasiones fiero, y cuando finalmente acabó, aplaudió junto al resto de la gente, y más cuando el equipo al que ella animaba ganó el partido y Jorge la miró con una bonita sonrisa.

Media hora después, lo vio aparecer con el pelo mojado; se levantó y, acercándose a él, murmuró encantada:

—¡Ha sido flipante!

Jorge la miró extrañado, puesto que no comprendía aquella palabra.

—No te entiendo. ¿Qué es *flitanpe*?

Ella soltó una carcajada al oírlo decir la palabra mal con su acentazo de guiri y, meneando la cabeza, indicó:

—*Flipante* quiere decir «sorprendente». El partido ha sido sorprendente.

Él sonrió y se mofó sacando pecho:

—¿Qué te ha parecido mi lado *guerrero*?

—Estupendo. Me ha encantado.

—¿Te ha parecido sexi?

Ambos se carcajearon de nuevo, y ella lo empujó mientras sentía cómo su corazón se aceleraba al oír la risa de él.

A continuación, se despidieron de Monika, la chica que la había acompañado y que era la novia de otro de los jugadores. Una vez fuera del estadio, caminaban hacia el parking para recoger el coche, y Esther preguntó emocionada:

—¿Cómo se llama ese rudo bailecito que habéis hecho antes del partido?

Asiéndola con su mano libre por la cintura, Jorge explicó:

—Se llama *haka*, y es una danza de guerra tribal maorí. En Nueva Zelanda suele usarse como danza de bienvenida y es considerada un signo de hospitalidad, pero en el rugby la empleamos como método de intimidación hacia el contrincante. Lo que has visto es una modalidad de *haka* llamada *haka ka mate*, y los primeros que lo hicieron hace años fueron los jugadores de la selección de rugby de Nueva Zelanda, los All Blacks.

Esther asintió.

—Sin duda dais miedo —dijo con una sonrisa—. Veros a todos tan concentrados, tan guerreros, dándoos golpes en el pecho y gritando... a saber Dios qué, es, como poco, intimidante.

Jorge sonrió y, entendiendo su desconocimiento, le explicó:

—Greg, al que has oído gritar al principio, es el líder del equipo. Cuando el *haka* comienza, él nos ruge cinco instrucciones preparatorias. Golpear con fuerza las manos contra los muslos, sacar pecho, doblar las rodillas, afianzar las caderas y que los pies golpeen el suelo tan fuerte como podamos. Los demás lo seguimos. Le obedecemos concentrados, y luego brama: «*Kare mate...*, *kare mate...*», y nosotros gritamos: «*Ka ora...*, *ka ora*».

—Y ¿eso qué quiere decir?

—«Yo muero..., yo muero...»; «Yo vivo..., yo vivo.» A continuación, líder y equipo le gritamos al unísono al adversario, para intimidarlo, lo fuertes guerreros que somos y lo mucho que luchamos por conseguir nuestro propósito.

Esther asintió. Era una de las cosas más curiosas que había visto nunca.

—Me ha encantado conocer tu parte *guerrera* y... sexi —afirmó, mientras notaba el corazón acelerado.

Al oír eso, Jorge se paró y, soltando en el suelo la bolsa de deporte que llevaba en las manos, la miró y la atrajo hacia su cuerpo.

—¿Sexi? ¿Has dicho *sexi*?

Confundida, pero segura de lo que había dicho, Esther asintió.

—Oh, sí... —susurró él entonces—. Estoy recuperando mi *sex-appeal*.

Ella rio, y él, motivado a continuar al ver receptividad por primera vez en la chica, preguntó:

—¿Eso quiere decir que la locura comienza a entrar en tu vida?

Esther se acaloró al percibir la sensualidad en la manera en que él la miraba. Por primera vez en su vida, y con el hombre que menos esperaba, oyó el fuerte latir de su corazón.

Aquello era una locura, aun sin tener nada claro con Carlos. Pero, cuando se disponía a dar un paso atrás, él no se lo permitió.

—¿Qué tal si me regalas un beso loco por haber ganado el partido?

Incapaz de negarse y de negarle algo que le apetecía muchísimo, ella acercó entonces sus labios a los suyos y, tras dos piquitos suaves y dulzones que abrieron su apetito, sacó la lengua con timidez. Él la aceptó encantado. La besó con pasión, con deseo, con ganas, sin importarle las personas que pasaban por su lado y sonreían al verlos.

Cuando el beso acabó, Esther lo miró acalorada. Había besado a varios hombres en su vida, pero ese beso había sido mágico, loco y devastador. Carlos volvía a cruzar por su mente cuando Jorge murmuró, en un tono bajo de voz que le erizó el vello de todo el cuerpo:

—Agradece que estamos en medio de la calle, porque, si estuviéramos en tu hotel, en mi casa o en mi coche, te juro que te arrancaba la ropa y...

No pudo decir más.

Esther se lanzó a su boca y la devoró. Se dejó llevar como pocas veces en su vida por el momento y, cuando el beso finalizó, susurró sin separarse de él:

—Vayamos a mi hotel para que me arranques la ropa.

Sorprendido, Jorge sonrió.

—No sé si atreverme...

Pero Esther, que ya había tomado una decisión —acertada o no—, siguiendo sus propios instintos, y deseosa de tener sexo con él, musitó:

—Como dice la canción de Bruno..., ¡déjate llevar!

Sin tiempo que perder, Jorge recogió su bolsa de deporte del suelo, agarró la mano de Esther y caminó con premura hacia el coche. Ambos montaron y, entre risas y besos, él condujo hasta el hotel.

Una vez que llegaron a la habitación, Esther cerró la puerta y murmuró:

—Creo que voy a ser yo quien te arranque la ropa a ti...

A partir de ese momento, todo se volvió loco y ardiente. Ambos se miraban con avidez y lujuria. Nada de lo que ocurría era pensado, todo era espontáneo, increíble. Cuando ella le quitó la camiseta que él llevaba y quedó desnudo de torso para arriba, tembló excitada.

Tenía frente a sí a un hombre sexi, salvaje, fuerte y tentador. Con curiosidad, observó el tatuaje que subía desde su muñeca derecha hasta el hombro y finalizaba en su pectoral.

Al ver cómo ella lo miraba, Jorge susurró:

—Sé que te horroriza, pero va conmigo. No puedo arrancarme la piel.

Esther sonrió y, tocándolo, murmuró:

—Lo creas o no, en este momento lo encuentro muy seductor.

—Es un tatuaje maorí —repuso él, encantado al oír eso—. Un año antes de abandonar Nueva Zelanda, me hice este tatuaje con los símbolos del pueblo donde crecí. Estos símbolos representan la fuerza y la lucha.

—Son increíbles —musitó ella mientras seguía acariciándolo.

Sentir aquellas manos sobre su piel hizo que Jorge cerrara los ojos, y ella, encantada, posó los labios sobre aquellos símbolos y los besó con mimo, deleite y pasión.

Deseoso de ella, le desabrochó la blusa lentamente, botón a botón, al tiempo que la miraba a los ojos. Cuando terminó, la prenda cayó al suelo, seguida segundos después por el sujetador.

Hechizado por aquellos pechos, ni grandes ni pequeños, que tenía ante él, Jorge los acarició con la palma de la mano.

—Son perfectos —susurró.

Entre risas, ambos cayeron entonces sobre la cama, donde continuaron besándose de mil formas y maneras, mientras sus manos se tocaban sin pudor y con vehemencia.

Deseoso de más, él se sentó a horcajadas sobre ella y, cuando comenzó a desabrocharle los pantalones, Esther alargó el brazo y apagó la luz de la habitación.

Segundos después, Jorge la encendió y le preguntó mirándola:

—¿Qué ocurre, preciosa?

Ella volvió a apagar la luz y, acto seguido, él volvió a encenderla.

Sus miradas se retaron, hasta que finalmente ella dijo:

—Pensarás que soy una idiota, pero no estoy muy contenta con cierta parte de mi cuerpo.

Jorge no podía creérselo, e iba a replicar cuando ella, tapándole la boca con la mano, añadió:

—Lo sé..., lo sé..., soy mayorcita para estas tonterías. Te juro que suelo pasar de ellas, pero, no sé por qué, contigo mis inseguridades se acentúan. No sé si es porque ni despeinado tienes mala pinta o porque...

La boca de él la acalló y, cuando finalizó el beso, murmuró:

—Despeinada estás preciosa, y excitada, aún más bella.

—Jorge...

—Hemos dejado atrás el punto de no retorno, pero si quieres, yo...

Esther lo besó. Metió la lengua en su exuberante boca y luego susurró, mirándolo a los ojos:

—Olvídate del punto de no retorno.

Feliz, él sonrió y, haciendo que sintiera que era la mujer más preciosa del mundo, murmuró con cariño tras quitarle los pantalones:

—Eres preciosa, increíble, sexi y maravillosa. No sé de qué inseguridades hablas, pero déjame decirte que nada de lo que he visto en ti me desagrada. Me gustas tal y como eres, y si no fueras así, ¡lo exigiría!

Esther sonrió y, sin querer, se acordó de Carlos. De las veces que éste le había dicho que pasara por el quirófano para corregir ciertos defectillos.

—Gracias... —musitó.

Jorge volvió a mirarla y, viendo en sus ojos algo que no entendía, insistió:

—Eres perfecta. No permitas que nadie te diga lo contrario, y menos aún lo pienses tú.

A continuación, posando de nuevo su boca sobre la de ella, la besó y consiguió que Esther se olvidara de sus miedos y sus inseguridades para dar paso tan sólo a la pasión, el goce y el disfrute.

Después de esa primera vez, hubo una segunda, y en esa ocasión Esther pensó que, aunque Jorge sólo fuera un rollo de viaje, era exactamente lo que necesitaba. Alguien entregado, cariñoso, romántico..., no el hombre que le había pedido matrimonio con un «¿Te animas?».

Acalorados tras hacer de nuevo el amor, cuando sus respiraciones se normalizaron, él preguntó, acercándola a su cuerpo:

—¿Estás bien?

Ella asintió encantada. El sexo no había sido nunca tan apasionado con ningún hombre, y, dejándose abrazar, murmuró:

—Estoy de lujo.

Después de unos segundos en silencio, de pronto él dijo:

—¿Cuál es tu palabra favorita?

Ella lo miró sorprendida, y él insistió:

—Vamos, dímela.

Esther pensó con rapidez. Nunca había tenido una palabra preferida.

—*Vacaciones*. —Sonrió.

—Mmm..., excelente elección —afirmó él.

—¿Y la tuya? —curioseó ella.

Jorge la miró divertido.

—*¡Érase!*

—*¡¿Érase?!* —Ella rio.

Jorge asintió.

—Esa palabra es el principio de muchos cuentos que leí cuando era niño. Recuerdo el cosquilleo que sentía al leer «Érase...» porque sabía que era el inicio de algo bonito que iba a conocer y que me lo haría pasar muy... muy bien.

Esther hizo una mueca de incredulidad, y él, divertido, comenzó a hacerle cosquillas. Durante un rato, ambos rieron a carcajadas sobre la cama, disfrutando como niños, hasta que se tranquilizaron. Con ella tumbada encima de él, Jorge murmuró:

—No te gustan los tatuajes, pero he visto que llevas uno en el costado.

—Sí.

—¿Qué quiere decir?

Esther se lo tocó con cariño y respondió:

—Es algo que me une a mi madre. Ella siempre decía la frase «Hasta que salga el sol», como algo positivo, divertido, alocado, y cuando murió, yo... El caso es que, cuando mi hermana cumplió dieciocho años, fuimos juntas y nos la tatuamos en la piel.

Al ver la tristeza en su mirada al hablar de aquello, él la besó en los labios y murmuró:

—Háblame de ti. Pero de ti como Esther. Nunca lo haces.

Ella sonrió.

—Soy la mayor de dos hermanas. Tengo treinta y cuatro años y, como te dije, trabajo junto a mi familia en el hotel Agamar. Me gusta cocinar y...

—¿Siempre te ha gustado cocinar?

—No. Pero cuando el médico nos dijo que Sofía era diabética, comencé a interesarme por las propiedades de los alimentos para que su calidad de vida mejorara, y eso hizo que me enamorara de la cocina.

—¡Qué curioso! —exclamó Jorge sonriendo.

Esther prosiguió, obviando el tema Carlos. Su relación con él no era relevante.

—Me vuelve loca el helado de *cookies*, las patatas fritas son mi perdición, me apasiona el cine y la música y soy una Guerrera.

—Mmmm..., me gusta que seas guerrera —dijo él riendo.

Ella lo miró divertida y continuó:

—Tengo tres amigos que son parte de mi familia y una «sobrinita» a la que llamo *Meloncito* que me tiene enamorada. —Sonrió al pensar en Alma—. Me gustan los animales, especialmente los perros, aunque nunca hemos podido tener uno por falta de tiempo para cuidarlo.

—¿Vives sola?

—No. Vivo con mi hermana y mi padre.

Al decir eso, se fijó en la cara de sorpresa de Jorge.

—Soy incapaz de dejar a mi padre solo con la descerebrada de mi hermana —explicó Esther—. Si la conocieras, lo entenderías. Sofía es maravillosa cuando quiere, pero, cuando se cruza, es una fuente de problemas. Creo que mi padre y yo la hemos sobreprotegido demasiado, y ella..., bueno, es complicada, y no puedo marcharme y dejarlos solos.

Jorge la escuchó. Deseaba preguntarle si había alguien especial en su vida, pero calló, y más cuando ella prosiguió:

—Me gusta leer novela romántica...

—¿Romántica?

—Sí —afirmó con convicción y, mirándolo, añadió—: Me gusta leer cosas que me hacen sonreír, soñar, pasar un buen rato, y sobre todo me apasiona imaginar a esos hombres que las autoras de género romántico crean porque... ¡no existen!

Al oír eso, Jorge soltó una risotada.

—Y ¿por qué crees que no existen?

Divertida por su gesto, Esther respondió:

—Porque esos hombres, cuando se enamoran, se entregan de verdad, proporcionando magia y romanticismo. Y si a eso le sumas que son increíbles, sexis, buenos amantes y maravillosos compañeros..., ¡apaga y vámonos!

—No sé si ofenderme o no por lo que acabas de decir.

Ella se sentó en la cama con una sonrisa.

—Jorge, en el mundo en que vivimos, la magia y el romanticismo se han perdido, y si digo eso es porque algunos hombres (no voy a decir *todos* por no generalizar, porque no sería justo) sólo se fijan en las mujeres por su físico y, aun así, una vez que las consiguen, terminan perdiendo el interés por ellas y vuelven a fijarse en otras.

Él asintió. Era consciente de que, en parte, tenía razón. Pero la miró y repuso:

—Permíteme decirte que también hay mujeres así.

—Las menos.

—Pero las hay. Hay mujeres mentirosas que engañan a sus parejas igual que lo hacen los hombres. —Jorge hizo una pausa y luego añadió—: Tuve una novia llamada Adele durante tres años. Ambos nos dábamos libertad y confianza para salir con nuestros amigos. Y, una noche, al entrar en un bar, me la encontré liada con un tipo. ¿Cómo crees que me sentí?

Esther parpadeó. Podía entender lo que le contaba porque Carlos también le daba motivos a ella.

—Me sentí idiota —prosiguió él—. Tremendamente idiota, pero volví a caer en lo mismo.

—¿A qué te refieres?

Jorge asintió y luego declaró con seguridad:

—Perdoné a Adele. Seguimos con nuestra relación, pero ella volvió a decepcionarme porque, mientras estaba conmigo, siguió viéndose con aquel tipo, hasta que me enteré y la dejé. Ese día me prometí que sería más listo la siguiente vez y no daría segundas oportunidades a mentirosas que no lo merecen.

Boquiabierta porque una chica hubiera sido capaz de engañar a un pibonazo como Jorge, Esther suspiró. Pero cuando iba a responder, él continuó:

—Y en cuanto al romanticismo del que hablabas, recuerdo haber leído la historia de Romeo y Julieta para un trabajo que nos mandaron en la universidad.

—Es una historia preciosa, pero con un final triste —afirmó Esther, confusa por sus pensamientos.

—¿Sabes? —dijo él—. En Nueva Zelanda tenemos a nuestros propios Romeo y Julieta.

—¿En serio?

—Se llaman Hinemoa y Tutanekai.

Ella lo miró sorprendida.

—En la vida había oído esos nombres. ¿Cuál es su historia?

Sonriendo, Jorge acercó entonces su boca a la de ella y murmuró:

—Ah..., eso tendrás que descubrirlo tú misma.

Divertida, Esther aceptó sus maravillosos besos y, cuando por último cesaron, lo miró y dijo:

—Y tú, ¿qué me cuentas de ti?

—Soy el segundo de tres hermanos —comenzó a explicar él—. Mi relación con Raúl y Oriana es estupenda, y con mis padres también, aunque él y yo en ocasiones tenemos nuestros más y nuestros menos.

Esther asintió. Deseaba saber más, pero calló. No debía ser tan curiosa.

—Tengo treinta y seis años y estoy soltero y sin compromiso. ¿Tú estás también soltera y sin compromiso? —preguntó él, aprovechando el momento.

—Sí —afirmó Esther con rotundidad.

Lo de Carlos no era serio, y decidió omitirlo. ¿Para qué contarlo si, una vez acabado ese viaje, Jorge desaparecería de su vida?

Él asintió contento y prosiguió:

—Mi familia y yo trabajamos en la hostelería. Me gusta divertirme con los amigos, soy impulsivo, adoro jugar al rugby y tengo una predilección especial por una canción.

—¿Por cuál?

Sonriendo, Jorge se levantó de la cama, la invitó a ella a incorporarse también y, una vez que los dos estuvieron de pie, cogió su teléfono y buscó algo en él.

—Esta canción era la preferida de mi padre —explicó—. Mi madre me contó que él decía que sólo se llegaba a entender la letra cuando verdaderamente el amor había llegado a tu vida y te habían roto el corazón. Al morir mi padre, guardé la casete que él escuchaba, pero como la tecnología ha evolucionado, ahora puedo llevar esta canción que tanto me gusta en el móvil.

Unos acordes comenzaron a sonar, y Esther murmuró al reconocerlos:

—Oh, Dios, ¡esta canción es preciosa!

Jorge dejó entonces el móvil sobre la mesilla y preguntó con una sonrisa:

—¿Me concede este baile, señorita?

Ella asintió encantada. Aquel momento era impagable. Y, desnudos, junto a la cama, bailaron aquella romántica canción de Roberto Carlos titulada *Detalles*.[2]

Emocionada, Esther levantó la cabeza para mirar a Jorge y sonrió al verlo con los ojos cerrados. Sin embargo, el vello de todo su cuerpo se erizó cuando él los abrió y comenzó a entonar aquella balada a la perfección.

Hechizada, no podía dejar de mirarlo.

Ese instante era uno de esos momentos mágicos que ella siempre había deseado vivir, y ese hombre, en ese momento y con esa canción, se lo estaba proporcionando.

Acaramelados, bailaron el fantástico tema y, cuando éste acabó, Jorge murmuró:

—Espero que nunca te rompan el corazón.

Nerviosa por los miles de sensaciones que él le hacía sentir,

2. *Detalles*, Sony Music Entertainment US Latin LLC, interpretada por Roberto Carlos. (*N. de la E.*)

Esther sonrió y, necesitada de romper aquel momento tan increíblemente perfecto y mágico, tiró de él para caer sobre el colchón y dijo:

—Vamos, cuéntame más cosas sobre ti.

Se acomodaron en la cama y él prosiguió.

—No me gusta cocinar, y por eso siempre como fuera o pido comida a domicilio. —Ella sonrió—. Mi helado preferido es el de Nutella, me gusta el cine y la música. Practico surf cuando puedo, me encanta viajar, y adoro a los animales, sobre todo a los perros.

—¿Tienes uno?

Jorge negó con la cabeza, los ojos se le entristecieron y murmuró:

—Hasta hace tres meses vivía con *Nani*, una preciosa golden, pero murió de viejecita con dieciséis años. Ni te imaginas cuánto la extraño y lo vacía que está la casa sin ella.

—Vaya, lo siento.

Jorge asintió. Pensar en *Nani* todavía lo entristecía.

—Algún día volveré a tener otro perro —añadió—, pero de momento vivo solo. Ah..., y toco la guitarra y en alguna ocasión he cantado en alguno de los locales donde trabajo.

—¿Lo dices en serio?

Él asintió con la cabeza.

—Con veintiséis años tenía mi propio grupo de música, hasta que mi padre me dijo que, si quería ser músico, tenía que ser el mejor. Por lo que, consciente de que mi voz no era nada excepcional y mi modo de tocar la guitarra tampoco, cambié de rumbo y decidí convertirme en el hombre que ahora ves.

—Sabio, tu padre.

—Lo es —asintió Jorge—. Aunque choque con él y discutamos más de lo que ambos querríamos.

Al oír eso, Esther cuchicheó:

—Yo también discuto con mi padre.

—¿Por qué?

—Más que nada, por trabajo y por mi hermana. No coincidimos en ciertas cosas.

Ambos se miraron con una sonrisa y, a continuación, Jorge preguntó:

—¿Cómo es vuestro hotel?

Esther pensó en él. Decir la verdad no era agradable, por lo que, omitiendo ciertas cosas, respondió escuetamente:

—Tiene veinte habitaciones distribuidas en dos plantas. Es un lugar familiar y está en un sitio ideal para descansar.

Jorge asintió. Pero, al ver que ella iba a preguntar —quizá algo que no le convenía responder—, no le dio ocasión y se abalanzó sobre ella.

—Y ahora... —murmuró besándola—, disfrutemos de esa locura llamada *placer*, que sólo algunos locos nos damos la oportunidad de disfrutar.

Capítulo 8

Los días pasaban, Jorge y Esther se veían todas las noches, y la complicidad entre ambos iba creciendo.

Verse, besarse, tocarse, hacerse selfis y hacer el amor se había convertido en una necesidad imperante para ambos. Disfrutaban de ardientes noches en el hotel de ella, donde las horas se convertían en minutos mientras gozaban el uno del otro.

Algunas veces, cuando Esther salía de su trabajo, se dirigía al local que Jorge le indicaba y lo encontraba allí trabajando, con su sonrisa de siempre. Encantada, se sentaba a la barra para acompañarlo, y su cuerpo se revolucionaba cuando éste pedía que pusieran la canción de Bruno Mars, *Our First Time*,[3] y con sus miradas y lo que la letra decía, le hacía saber cuánto la deseaba.

Sentirse deseada y apreciada era algo nuevo para ella, pero su historia con Carlos cruzaba a menudo por su mente. ¿Habría hecho bien ocultándosela a Jorge?

Carlos nunca la había mirado como él la miraba. Nunca la había besado como él la besaba y nunca le había hecho el amor con la entrega con la que él se lo hacía. Comparar a Jorge con Carlos era imposible, pero estaba aún más convencida de que debía devolverle el anillo una vez que regresara a España y romper así su extraña relación. Estaba claro que ella deseaba algo más.

Estaba sumida en sus pensamientos cuando Jorge se le acercó y, poniendo frente a ella una Coca-Cola con ron, le preguntó:

—¿Estás bien?

Esther esbozó una sonrisa y se disponía a contestar cuando un hombre moreno y de buen ver se aproximó a ellos y dijo, mirando a Jorge:

---

3. Véase la nota 1.

—Llevo llamándote todo el día..., ¿por qué no me respondes, capullo?

Jorge sonrió.

—Sencillamente, hermano —contestó—, porque estoy harto de oírte hablar de tus problemas con tu mujer... ¡Soluciónalos de una santa vez!

Esther, a su lado, los escuchaba en silencio. Intuyó que aquél era Raúl, pero entonces el recién llegado insistió:

—Lo estoy solucionando. Sarah y yo ya hemos llegado a un acuerdo, y en breve hablaré con papá y mamá para decirles que me divorcio.

Al oír eso, Jorge suspiró y, levantando las cejas, cuchicheó:

—Compra clínex. Ya conoces a mamá, y prepárate con papá. —Entonces, al ver que unas personas lo saludaban desde una mesa, añadió—: Vaya, veo que has venido con Rene y compañía... ¡No pierdes el tiempo!

Ambos sonrieron, y Raúl, hablando en español para que nadie los entendiera, preguntó mientras examinaba a Esther:

—Y ¿esta monada quién es?

Jorge sonrió y, mirando a Esther con complicidad, respondió:

—Una amiga.

Raúl la observó de arriba abajo y afirmó:

—Está buena, tu amiga. ¿Te acuestas con ella o puedo entrarle?

Divertida por oírlo hablar en español con aquel acentazo guiri, fue Esther la que contestó:

—Disculpa, pero soy yo la que decide con quién se acuesta.

Jorge soltó una risotada y Raúl, sorprendido, dejó de hablar en español para hacerlo en inglés y añadir:

—Wooooo, la chica tiene carácter... ¡Me gusta! —Y, antes de que Jorge pudiera advertirle, musitó—: Hermano, desaparece. Creo que tengo oportunidades con ella.

Boquiabierta, Esther, que lo había entendido perfectamente, replicó también en inglés:

—¡Oportunidades..., cero patatero!

Raúl soltó otra carcajada y, mirándola, preguntó:

—Si hablo en francés, ¿también me entenderás?

Esther, que no sabía mucho francés, excepto lo básico para atender a los clientes en el hotel, afirmó con guasa:

—*Oui.*

Los hermanos se miraron divertidos, y Jorge, tras darle un beso a ella en los labios, declaró:

—Raúl, ella es Esther. Esther, te presento al idiota de mi hermano Raúl.

—*Enchantée* —saludó ella en francés.

A continuación, Raúl le dio dos besos en las mejillas divertido, y cuchicheó en inglés:

—El que está encantado soy yo.

Gustoso de ver a su hermano y a Esther juntos, Jorge explicó:

—Raúl, Esther es española y está pasando unos días en Londres.

—Londres es precioso, aunque España es increíble —dijo él, y acercándose a ella preguntó—: ¿Mi hermano te trata bien? Porque, si no es así, desde ya me ofrezco a enseñarte la ciudad.

Jorge le dio un empujón.

—Adiós, hermano. Rene y tus amigas te buscan y, por lo que veo, Philip ya les ha servido unas copas en la mesa.

Divertido, Raúl le guiñó un ojo a Esther y se alejó.

—Vaya con tu hermano... —murmuró ella—. Sin duda es un buen personaje.

—¡No lo sabes tú bien! —se mofó Jorge, y, acercándose a ella, la besó y luego le preguntó con picardía—: ¿Hasta que salga el sol?

Al oír eso, Esther sonrió y, consciente de lo que él le proponía con esa frase, respondió segura de sí misma:

—Hasta que salga el sol.

Y así fue.

Esa noche, al llegar al hotel donde Esther se alojaba, disfrutaron de sus cuerpos hasta que los primeros rayos de sol inundaron la habitación y, abrazados, se quedaron dormidos.

Capítulo 9

Cuando quedaban tres días para que Esther regresara a España, en el restaurante donde estaban esa jornada apareció el chef Shilfrierld para saludar a todos los candidatos e informarlos de que las pruebas finalizaban esa noche.

Ver a aquel hombre, el dios de la cocina, y saber que eran los últimos platos que preparaban antes de ser seleccionados generó una gran presión en todo el mundo, tanta que, si no llega a ser por Esther, que ayudó a una de las chicas que junto a ella optaba por una plaza, ésta no habría terminado sus platos.

Cuando la cena finalizó, el chef Shilfrierld entró a felicitarlos y a despedirse uno a uno de todos los candidatos. En julio se avisaría a los dos seleccionados para viajar a Nueva York, donde permanecerían durante cinco meses junto a él aprendiendo en uno de sus establecimientos.

Esa noche, cuando Esther salió del restaurante, estaba pletórica. Los nervios se habían esfumado, y se despidió de sus compañeros deseándoles suerte.

Mientras se alejaba, iba pensando en los tres maravillosos días que tenía por delante para disfrutar de la compañía de Jorge al cien por cien.

¡Nada le apetecía más!

Consciente de que esa noche no podrían verse porque él tenía un compromiso familiar, se dirigió tranquilamente al hotel. Una vez allí, se preparó un baño relajante y se metió en la bañera. Cogió su móvil, puso la canción que Jorge le había pasado de Roberto Carlos y disfrutó mirando las fotos que se había hecho con él durante aquellos días.

En todas ellas aparecían riendo, besándose, divirtiéndose..., y Esther no pudo evitar sonreír.

Sin necesidad de que nadie le hubiera roto el corazón, al oír la letra de aquella canción que sonaba supo lo mucho que lo añoraría cuando regresara a España. Por extraño que pareciera, Carlos y ella nunca habían tenido una canción especial, mientras que con Jorge ya tenían dos en apenas unos días: aquélla y la de Bruno Mars.

¿Cómo podía ser?

Estaba pensando en ello cuando decidió llamar a Vega. Necesitaba hablar con alguien sobre lo que le estaba ocurriendo.

Tras sonar tres veces el teléfono, al oír la voz de su amiga, Esther la saludó:

—*Helloooooo* desde Londres.

Vega sonrió. Adoraba a Esther.

—No veo el momento de que regreses —exclamó—. Delia me está volviendo loca: su suegra ha venido a pasar unos días con ellos y las cosas están que arden.

—¡Qué horror! —murmuró Esther, consciente del pelaje de la suegra de su amiga.

Vega suspiró:

—Ya le he dicho que la mande a freír espárragos...

Ambas rieron divertidas, y luego Esther preguntó:

—¿El Meloncito ya está en la cama?

—Sí... —afirmó Vega agotada—, y feliz por tener aquí a su amiga Marta. Hoy hago yo de canguro. Beatriz tiene una cita y soy yo la que cuida de las niñas. Y aquí estoy, repanchigada en el sillón, viendo a nuestro doctor macizo en la tele y pensando en lo bien que lo voy a pasar con *Hugh* entre mis muslos cuando me acueste...

Ambas soltaron una carcajada, y luego Vega comentó:

—Por cierto, el ayuntamiento ha vuelto a contratarme para dar clases de teatro durante cuatro meses; ¿no te parece genial?

Esther sonrió encantada. Vega era profesora de teatro en varios colegios, y saber que volvía a dar clases de nuevo en el ayuntamiento la hizo tan feliz como a ella. Entonces, comprendiendo que era el momento idóneo, susurró:

—Creo que la estoy liando *leoparda*...

—Soy toda oídos... —musitó Vega, entendiéndola.

Esther se retiró con la mano mojada el pelo de la cara y murmuró:

—El caso es... es que he conocido a alguien...

—No me digas...

Con rapidez, Esther adjuntó a un mensaje una foto de Jorge y se la mandó por WhatsApp.

—Acabo de enviarte una foto.

—Dame un segundo, que la miro.

Esther oyó a su amiga trastear en el móvil y, a continuación, Vega exclamó:

—Por Dios, qué pibonazo... ¿Es real o de plástico?

—Es real —asintió ella divertida—. Tremendamente real.

Sorprendida, Vega apagó el televisor y dijo, sin levantar la voz para no despertar a su hija:

—Cuéntame.

Sin callarse nada, Esther le contó todo lo ocurrido con Jorge, mientras Vega la escuchaba con paciencia sin interrumpir, hasta que su amiga susurró:

—Sé que no tengo nada serio con Carlos, pero comienzo a sentir ciertos remordimientos.

—Ah, no, nena... Olvídate de culpabilidades y disfruta del guaperas, ¡te lo mereces!

—Pero, Vega...

—No hay peros que valgan, Esther. Sabes tan bien como yo que lo tuyo con Carlos está más muerto que Mufasa. ¿Por qué no disfrutar con ese guiri?

Esther asintió.

—Ay, Vega..., me siento fatal.

Su amiga suspiró. Conociéndola, sabía cómo se sentía.

—Y ¿ese tal Jorge qué opina de tu extraña relación con Carlos? —preguntó a continuación.

Esther no contestó, y Vega murmuró:

—No me lo puedo creer..., ¿no le has dicho nada?

Horrorizada por la terrible realidad, ella meneó la cabeza y, buscando algo a lo que agarrarse, respondió:

—Vega...

—¿No le has dicho que el Divino te pidió matrimonio hace unos días y que le vas a decir que no? —insistió aquélla.

—No.

—Pero, Esther...

—¡Dios, Vega! Me he acostado con Jorge y lo paso bien... ¡Lo paso genial! ¡Lo disfruto como nunca lo he disfrutado con nadie, y menos con Carlos! Ay, madre, Vega, que me estoy comportando como un putón verbenero...

—No digas eso.

—Disfruto con él como una loca y...

—Calla y escucha —la cortó su amiga—. Al Divino, que le den. Le has perdonado muchas más cosas de las que deberías, y lo sabes, ¿verdad?

—Sí.

—Y, en cuanto a Jorge, creo que...

—Vega, si no le he contado nada de Carlos es porque no creo que vuelva a verlo una vez que regrese a España.

—Pero ¿no dices que te gusta?

—Sí —la cortó Esther—. Pero también soy consciente de que lo que ocurre entre nosotros es el típico encaprichamiento de verano, aunque ni estamos en verano ni aquí hay playa.

—¿Por qué dices eso?

Esther suspiró y, tratando de buscar una explicación, respondió:

—Él vive en Londres y yo en Benicàssim.

—Esther... —insistió Vega—. ¿No te has parado a pensar que quizá hayas conocido a alguien especial? ¿A alguien afín a ti? ¿A alguien que te ha hecho darte cuenta de que te mereces algo mejor? ¿A alguien que vale la pena conocer?

Pero ella no quería pensar en eso, por lo que replicó:

—Mira, Vega: tengo treinta y cuatro años, soy realista, y por nada del mundo voy a trasladarme a vivir a otro lugar lejos de mi familia.

—¿Ni siquiera por amor?

Esther reflexionó acerca de ello. Lo cierto era que nunca se lo había planteado.

—No —contestó al fin—. Ni siquiera por amor.

Tras un más que sonoro suspiro al comprender que, como siempre, Esther pensaba en su padre y en su hermana, su amiga señaló:

—Deberías comenzar a pensar en ti. Sé egoísta, joder, ¡te lo mereces!

Durante unos segundos, ambas se quedaron en silencio, hasta que Esther murmuró en un quejido lastimero:

—Jorge es encantador, divertido, ingenioso, sexi... Me hace reír constantemente, está pendiente de mí como ningún hombre lo ha estado en mi vida y, agárrate..., ¡está tatuado!

—¡¿Qué?!

—Lo que oyes. Tiene un enorrrrme tatuaje que le ocupa un brazo, el hombro y parte de un pectoral y, aunque no lo he visto echarse cremitas, noto que se cuida.

Vega sonrió. Esther rehuía a ese tipo de hombres.

—¿Quién eres tú y qué has hecho con mi Esther? —repuso.

Ambas sonrieron luego y Esther susurró:

—¿Entiendes ahora por qué estoy tan confundida?

—Como para no entenderte... —se mofó su amiga—. Ese tipo te ha descuadrado.

—Por completo.

Tras otro silencio, al final Vega preguntó:

—¿Cuándo regresas?

—El 27 por la noche. Llego al aeropuerto de Valencia sobre las diez.

—¿Quieres que vaya a recogerte?

—¿Lo harías?

—Allí nos tendrás al Meloncito y a mí.

Durante unos minutos más, hablaron de sus cosas, hasta que por último se despidieron y Esther, tras colgar su teléfono, cerró los ojos y disfrutó del baño, mientras en su boca se dibujaba una sonrisa al pensar en el último día que se había bañado con Jorge allí.

A la una de la madrugada, salió del baño y, tras secarse el pelo con el secador, se puso una camiseta que le llegaba a medio muslo. Se lanzó sobre la cama y de pronto oyó unos golpes en la puerta.

Sorprendida, se levantó y preguntó, tras aproximarse a la puerta:

—¿Quién es?

—Jorge.

Al oír su voz, se apresuró a abrir. Mirándola a los ojos sin sonreír, él se acercó a ella y, después de cerrar la puerta con el pie, la arrinconó contra la pared y la besó.

Excitada por aquel encuentro tan voraz, y sintiéndose deseada como nunca antes en su vida, ella comenzó a desabrocharle el botón del pantalón vaquero con manos temblorosas.

Un beso..., dos..., siete...

La ropa de ambos voló por la habitación y, una vez que estuvieron desnudos, Jorge sacó de su cartera un preservativo, se lo puso y, cogiéndola entre sus brazos, la apoyó de nuevo en la pared y, con la mirada cegada por el deseo, colocó la punta de su duro miembro en su humedad y, poco a poco, y mirándola a los ojos, la llenó.

Esther jadeó. Se mordió el labio inferior y echó la cabeza hacia atrás, y él, cautivado por la sensualidad que ella desprendía, echó las caderas hacia atrás con rapidez e instantes después volvió a hundirse por completo en su interior.

El placer de hacer el amor de aquella manera los estaba volviendo locos.

Aquello era necesidad, pasión, exigencia.

Sin hablar, sólo con mirarse, se movían en busca de placer y satisfacción, mientras el erotismo y la sensualidad originados por aquella fiera acción los enloquecían. Finalmente, cuando alcanzaron el clímax, quedaron agotados, sudorosos y jadeantes junto a la puerta de la habitación.

Así permanecieron unos segundos, hasta que Jorge dejó en el suelo a Esther. Al apoyar los pies, ella lo miró y, cogiéndolo de la mano, lo guio hasta la cama y, tras sentarse en ella a su lado, le preguntó:

—¿Qué te ocurre?

Él no supo qué responder. Un año antes había pillado a su padre siéndole infiel a su madre con una joven rubia llamada Brenda. Tuvieron una fuerte discusión y él le prometió que reconduciría su conducta. Sin embargo, esa noche, en la fiesta de cumpleaños de su padre, a Jorge no le había hecho gracia ver que la tal Brenda era una de las invitadas. No obstante, evitando contarle esa intimidad familiar a Esther, se limitó a contestar:

—Nada. Sólo deseaba verte.

Ella asintió. No preguntó nada más y, dispuesta a verlo sonreír como siempre, lo empujó sobre la cama. Luego se sentó a horcajadas encima de él y comentó:

—He acabado lo que tenía que hacer en el curso de cocina.

—¿Ya no tienes que ir más?

—No, y he pensado que, si tú pudieras pedirte unos días libres en el trabajo, yo podría disfrutar de ti y de tu cuerpo y...

Jorge la cortó besándola y, con una amplia sonrisa, declaró:

—Cuenta conmigo y con mi cuerpo. Somos tuyos al cien por cien.

Capítulo 10

~~

A partir de ese instante, no se separaron ni un segundo.

Estaba más que claro que ambos tenían la misma necesidad de verse, de tocarse y de besarse, por no mencionar que se les acababan las horas para estar juntos.

Encantado, Jorge llevó a Esther a conocer todo lo que ella quiso. Visitaron el barrio de Notting Hill, el mercadillo de Portobello, subieron a la noria mirador que había junto al Támesis, visitaron el Museo de Ciencias de Londres e hicieron la ruta de Sherlock Holmes.

No pararon ni un segundo, mientras disfrutaban de sus besos y de sus caricias al tiempo que descubrían restaurantes juntos, bailaban divertidos... Por las noches, agotados, regresaban al hotel, donde hacían el amor hasta el amanecer.

El último día, cuando se despertaron, ninguno de los dos mencionó que esa tarde ella tenía que coger un avión a las seis. En silencio, Esther recogía sus cosas cuando Jorge le propuso que fueran a su casa.

Durante unos segundos, ella lo pensó. Ya había rechazado el ofrecimiento en otras ocasiones, pero esta vez aceptó. ¿Por qué no?

De buen humor, Jorge condujo su coche hasta Camberwell Green, donde estaba su casa. Después de aparcar, cogió la mano a Esther y, señalando, indicó:

—Es allí.

Ella sonrió.

—Tengo que recoger algo en esa floristería —añadió él—. Ven, entremos.

Feliz por conocer esa parte de su vida, Esther entró con él en una pequeña tienda. En el interior, la dependienta decía, dirigiéndose a una niña de unos ocho años:

—Lo siento, cariño, pero no te entiendo.

La niña hizo un movimiento con las manos intentando comunicarse con la mujer, pero ésta insistió:

—Rosemery, no te entiendo.

La pequeña suspiró contrariada. Al comprender la problemática, Esther se acercó a ellas. A continuación, miró a la pequeña y movió las manos para preguntarle:

—¿Qué es lo que quieres?

La niña sonrió al ver que alguien la entendía y rápidamente respondió también en la lengua de signos.

Esther leyó lo que le decía y, con una sonrisa, le explicó a la señora:

—Es el cumpleaños de su madre y quiere regalarle una orquídea azul.

La mujer sonrió y, mirando a la pequeña, indicó:

—Ay, cariño. Discúlpame por no entenderte.

Jorge observaba boquiabierto a Esther mientras ella y la pequeña continuaban moviendo las manos y sonreían al tiempo que la dependienta ponía frente a ellas varias orquídeas azules.

Las cosas, hechas por Esther, siempre parecían fáciles, y el corazón se le aceleró al pensar que dentro de unas horas tendría que despedirse de ella. Eso le dolió, pero no dijo nada.

Ajena a lo que él pensaba, Esther observó las flores y le preguntó a la niña:

—¿Cuál te gusta?

La cría las miró unos instantes, pero no se decidía, así que preguntó a su manera:

—¿Cuál crees tú que es la más bonita?

Esther examinó las flores y, tras decantarse por la primera de la derecha, se la señaló. La niña la cogió y afirmó:

—Pues ésta compraré.

Mientras tanto, la dependienta y Jorge se miraban con una sonrisa en los labios. Cuando la pequeña se marchó tras darle un beso a Esther en la mejilla, él comentó boquiabierto:

—Me has dejado sin palabras.

Esther sonrió. Por norma, solía sorprender que supiera utilizar aquel lenguaje.

—Mi vecina Marga es sordomuda —explicó—. Para poder comunicarse con ella, mi madre estudió la lengua de signos, y yo decidí aprenderla también. ¿Por qué no, si es una manera más de comunicarte con las personas? Además, en ocasiones, conocerla me ha facilitado las cosas con algún cliente del hotel y, como ves, nunca se sabe cuándo puedes volver a necesitarla.

Jorge asentía con incredulidad mientras la dependienta le entregaba un macetero.

—Aquí lo tienes, muchacho. El macetero que pediste con el depósito de agua.

Jorge estaba sacando la cartera para pagarlo cuando vio a Esther mirando unos bulbos y se acercó a ella.

—¿Qué son? —le preguntó.

—Aquí pone «tulipanes». Me encantan los tulipanes.

De inmediato, Jorge preguntó a la dependienta si tenían tulipanes, y, cuando ésta le dijo que estaban agotados, miró a Esther y declaró:

—Te debo el ramo más bonito de tulipanes que se haya visto jamás.

Ella sonrió divertida. Le encantaba la manera de ser de Jorge.

Cinco minutos después, entraban en el portal de un edificio de construcción moderna. Tras subir en el ascensor hasta el último piso, que era la quinta planta, él abrió una puerta y anunció:

—Bienvenida a mi casa.

Con curiosidad, Esther entró en aquel lugar. Se notaba que era la casa de un hombre soltero. En el centro del salón había un enorme televisor y un impresionante equipo de música y, junto a ellos, sujeta por un pie, una guitarra. Esther le sonrió al verla y él comentó, mientras dejaba su cazadora sobre el sillón:

—Te dije que sabía tocarla.

Encantada, de su mano conoció el piso de dos habitaciones: un apartamento soleado y espacioso con una increíble terraza.

Cuando finalizó la visita, Jorge señaló el macetero con depósito de agua que acababa de comprar.

—Ven, ayúdame —dijo.

Esther lo siguió hasta una planta alta que había junto a la ventana.

—Mi madre es una loca de las plantas y me regaló esta preciosa kentia sin pensar en que yo soy un desastre para regarla —explicó él—. Por eso he pensado cambiarla de recipiente; como éste lleva un depósito incorporado, aquí estará mejor.

La joven asintió y, mirando la planta, indicó:

—Estará mejor siempre y cuando te acuerdes de echar agua al depósito...

Jorge la miró y sonrió.

—Mujer de poca fe..., calla y ayúdame.

Entre los dos traspasaron la kentia de un macetero al otro y, una vez que Jorge llenó el depósito con agua, afirmó con una sonrisa:

—¡Solucionado! ¿Quieres beber algo?

Esther asintió.

—Una cerveza.

Satisfecho de tenerla allí, él observó cómo la joven miraba a su alrededor con curiosidad. Sacó unas cervezas del frigorífico, entró de nuevo en el salón y, al ver que ella observaba unos CD, comentó:

—Como ves, me gusta la música.

—Ya veo.

Durante unos minutos hablaron de música, de grupos, hasta que Esther se fijó en una foto que había sobre un bonito mueble oscuro y él explicó:

—Ésa era mi perra *Nani*. La foto nos la hicimos hace unos años en las Highlands, concretamente, en el lago Ness.

Ella sonrió. En la imagen, Jorge y la perra se miraban a los ojos.

—Qué foto más bonita —susurró.

Él asintió y, contemplándola con cierta pena, respondió:

—Era maravillosa. Ni te imaginas la cantidad de conversaciones que *Nani* y yo mantuvimos con la mirada. Ella me entendía muy bien.

Al notar que los ojos de Jorge se llenaban de lágrimas, Esther señaló otra foto para cambiar de tema.

—Somos mis hermanos y yo el día que celebramos la boda de Raúl —aclaró él.

Esther los miró feliz y comentó:

—A tu hermano ya lo conozco, pero tu hermana, a pesar de tener el pelo oscuro como vosotros, no se os parece en nada.

Jorge le entregó la cerveza y afirmó sonriendo:

—El bombón de Oriana es como mi padre. Ella es la princesa de la familia y su ojito derecho, a pesar de ciertas cosas que los separan.

Esther cogió la cerveza y le dio un trago.

—¿Lo de *ojito derecho* lo dices porque está consentida?

Jorge soltó una risotada y, sentándose en el sillón de cuero oscuro, aclaró:

—Sí. Fue una niña muy consentida. Siempre estaba agarrada al cuello de mi padre, hasta que pasó de agarrarse al cuello de él a hacerlo al de sus novias, y eso... Digamos que mi padre no lleva muy bien el tema de su sexualidad.

Al entender lo que él quería decir, Esther sonrió.

—Es maravillosa —aclaró Jorge—, pero está demasiado loca.

A continuación, él miró de pronto a Esther y preguntó:

—¿Mantendrás el contacto conmigo cuando regreses a España?

Oír esa pregunta, que ella había estado evitando, la incomodó. Pero Jorge insistió, sin dejar de mirarla:

—No pienses cosas raras, pero me gustaría mantener una amistad contigo.

Ella tampoco contestó esta vez, y él comprendió de pronto que no había sido buena idea decir eso.

—Creo... creo que es mejor que me vaya —musitó Esther—. Tengo que tomar un avión.

Jorge asintió. Era un bocazas; dio un paso hacia ella, la cogió de la mano y murmuró:

—Abrázame.

Incapaz de no hacerlo, ella obedeció.

Apoyada en su pecho, escuchaba el sonido acelerado de su corazón. Durante un rato permanecieron así, abrazados en silencio, hasta que ella dijo:

—Jorge, han sido unos bonitos días juntos, pero...

—No tienen por qué acabar —insistió él.

La cabeza de Esther funcionaba a toda mecha.

—Jorge..., somos adultos —declaró—. No somos unos veinteañeros que creen en cuentos de hadas. Ambos tenemos obligaciones, tú aquí y yo en España, y...

—¿No crees en los flechazos?

—Siento decirte que no —musitó ella.

Con incredulidad, e intentando sonreír a pesar de lo mucho que le dolía ver su frialdad, Jorge insistió:

—¿Y tú lees novela romántica?

Parecía contradictorio lo que decía. Pero, evitando mostrarle en realidad lo que pensaba, Esther mintió:

—Precisamente por leerla, sé diferenciar la realidad de la ficción.

Jorge asintió. Era obvio que, para ella, él no había sido nada especial. Dio un paso atrás, la soltó y, sonriendo como siempre, iba a decir algo cuando ella se miró el reloj y cuchicheó:

—Tengo que marcharme al aeropuerto.

—¿Ya?

Esther asintió con la cabeza. Todavía quedaban cuatro horas para que su vuelo saliera, pero necesitaba pensar y debía alejarse de él para poder hacerlo.

—Sí. He de irme, pero mi maleta está en tu coche.

Y, sin más, Jorge cogió la cazadora que había dejado sobre el sillón e indicó:

—Vamos. Te llevaré.

En silencio, salieron de la casa y bajaron en el ascensor. Ya en la calle, se dirigieron hacia el coche y, cuando Jorge pulsó el botón del mando para abrir las puertas, Esther se detuvo.

—Creo que es mejor que nos despidamos ya —dijo.

Jorge la miró, y ella susurró:

—No me gustan las despedidas, por lo que, cuanto antes lo hagamos, mejor.

—Pero yo quiero llevarte —insistió él.

Esther se le acercó y lo miró a los ojos. A continuación, tras empinarse para darle un ligero beso en los labios, susurró:

—Por favor. No lo hagas más difícil.

Él cerró los ojos. Había evitado pensar en ese momento todos aquellos días, pero ahora ya había llegado. Debía despedirse de una mujer que lo había descolocado y, agarrándola por la cintura, la acercó más a él y la besó. Degustó su boca, su sabor, su aliento, y, cuando se separó de ella, con el corazón encogido murmuró:

—Me ha encantado conocerte.

—Lo mismo digo —afirmó Esther.

Tras un último beso, Jorge la soltó, abrió el maletero de su coche, sacó la maleta y, mientras levantaba la mano para parar un taxi que pasaba, la miró y preguntó:

—¿Puedo llamarte algún día o mandarte un wasap?

Esther no respondió. En vez de ello, abrió la puerta del taxi, le dio un último beso en los labios y, tras meterse en él, le indicó al taxista:

—Al aeropuerto de Heathrow, salidas internacionales.

Luego cerró la puerta y, volviendo a mirar a Jorge, susurró:

—Gracias por todo.

Él simplemente asintió. No podía hablar. Ella no quería nada de él.

El taxi arrancó y esta vez fue él quien dijo adiós con la mano desde la acera mientras el coche se alejaba.

Cuando el vehículo dobló la esquina, Esther se hundió en el asiento trasero y, respirando con cierta dificultad, murmuró en español:

—No llores, Esther. No lo hagas.

Contuvo las lágrimas como pudo. Nunca antes una despedida le había resultado tan desgarradora, y, una vez que vio que podía controlar sus emociones, respiró hondo y miró por la ventanilla.

Capítulo 11

Esther caminó sin prisa por el aeropuerto de Heathrow.

Tenía todo el tiempo del mundo, y entró en una de las tiendas que allí había y miró varios libros. Necesitaba comprarse uno para entretenerse.

Una vez que lo hubo hecho, facturó su maleta en uno de los mostradores y, tras pasar por el arco de seguridad de la entrada, buscó en los paneles la puerta de embarque de su avión. Al ver que estaba frente a un Starbucks, se acercó a él, pidió un *frappuccino* y se sentó a una de las mesas a esperar la salida de su avión mientras abría el libro.

Durante un buen rato intentó centrarse en la lectura, pero le era imposible. No podía dejar de pensar en Jorge, en la dura despedida, y de pronto recibió un wasap. Era de él.

Ya te echo de menos.

Esther sonrió al leerlo y, como necesitaba ser sincera, tecleó rápidamente:

Yo a ti también.

Estaba mirando el móvil a la espera de una contestación cuando notó que alguien se sentaba en la silla al lado de la suya.

—Lo sabía. Sabía que me echarías de menos.

Boquiabierta y con gesto de incredulidad mientras lo miraba, Esther preguntó:

—Pero ¿qué haces tú aquí?

Encantado, Jorge se acercó a ella, le dio un beso en los labios y, una vez que se separó de ella, afirmó:

—Disfrutar de tu compañía hasta el último momento —y, enseñándole un billete de avión, añadió—: He tenido que comprar un billete para poder acceder a esta zona y...

—¿Estás loco? —Ella rio al oírlo.

Jorge asintió.

—Soy impulsivo, ya te lo dije.

A continuación, olvidándose de la gente que los rodeaba, Esther se levantó de su silla, se sentó sobre las piernas de él y lo besó. Quería disfrutar al máximo de Jorge, todo el tiempo posible.

Durante tres horas no pararon de besarse, de prodigarse miles de muestras de cariño, de hablar, de reír, y, cuando el embarque del vuelo de Esther se abrió, ella anunció:

—Ahora sí que tenemos que separarnos..., a no ser que decidas pilotar el avión.

Divertido, él murmuró:

—Por primera vez en mi vida me arrepiento de no ser piloto de avión como quería mi madre.

Ambos rieron y, cuando ya iban a levantarse, Jorge se sacó unos auriculares del bolsillo, los conectó a su móvil y pidió:

—Sólo dame cuatro minutos más. No sería justo que me dijeras que no.

Acto seguido, le colocó a Esther uno de los auriculares, él se puso el otro en la oreja y, cuando los acordes de la preciosa canción de Bruno Mars, *Our First Time*,[4] comenzaron a sonar, a ella se le puso el vello de punta. Esa canción, lo que decía la letra y aquel hombre que la miraba con deseo se habían convertido en algo muy especial para ella, y, mientras lo miraba, disfrutó de la música en su compañía.

Sin hablar, sin moverse, sólo a través de aquella bonita canción y de su mirada, Jorge le hizo el amor. Le recordó los momentos vividos con él, y ambos sonrieron.

Cuando la música acabó, Jorge le quitó el auricular, le dio un dulce beso en los labios y, en un tono bajo de voz, murmuró, una vez que se separó de ella:

4. Véase la nota 1.

—Sigo pensando que en ocasiones lo que comienza como una locura puede convertirse en lo mejor de tu vida. Me gustas, sabes dónde localizarme y, como dice la canción..., espero tu primer movimiento.

Dicho esto, volvió a besarla, le guiñó un ojo y, dando media vuelta, se alejó sin mirar atrás.

Con el rostro acalorado por sus palabras y lo que le había hecho sentir a través de aquella canción, Esther observó cómo él desaparecía de su campo de visión. Incapaz de contener las lágrimas esta vez, se las secó y, dando media vuelta ella también, embarcó en el avión. Debía regresar a la realidad.

* * *

Esa noche, al llegar al aeropuerto de Valencia, Esther vio a su amiga Vega esperándola junto a su hija. Con una media sonrisa caminó hacia ellas, hasta que la niña la vio y gritó, corriendo en su dirección con los brazos abiertos:

—¡Tía Estheeeeeeerrrrrr...!

Con mimo y deleite, ella la cogió en sus brazos y la besuqueó. Alma era el juguete de todos. Luego la dejó de nuevo en el suelo y dijo, tendiéndole una bolsita:

—Esto es para ti.

La niña, feliz, cogió la bolsa que le entregaba y, al ver un cuento de sus princesas preferidas y un huevo Kinder gigante, sonrió encantada. Vega llegó hasta ellas, abrazó a su amiga y, cuando se separaron, Esther murmuró:

—No me arrepiento de lo que he hecho, pero me siento tan culpable...

Su amiga asintió y le dio un beso. Entonces Esther, que la conocía muy bien, preguntó alarmada al ver su gesto serio:

—¿Qué pasa?

Vega suspiró y respondió, mirándola:

—Ante todo, no te preocupes porque está bien...

—¿Qué ocurre? —insistió ella tensa.

Vega cogió la maleta de su amiga y explicó:

—Es tu hermana.

Esther asintió, pero, antes de que pudiese preguntar nada, Vega aclaró:

—Anoche, tu padre tuvo que ir a recogerla a la comisaría.

—¡¿Qué?!

—Ella, Óscar y sus encantadores amiguitos la liaron.

—¡Dios...! —protestó Esther—. ¿Cuándo cambiará?

Vega miró a su amiga. Sofía era peor que un grano en el culo. A continuación, agarrando a su hija de la mano, susurró:

—Vamos, chicas..., regresemos a casa.

Capítulo 12

～～

Una semana después de regresar de Londres, Esther volvía a estar sumergida en su trabajo. Hotel, padre, hermana, amigos..., todos ellos llenaban su tiempo. Pero, sin poder evitarlo, miraba su teléfono sin cesar. Ponerse en contacto con Jorge sería fácil. Sólo tenía que enviarle un wasap, dar ese primer paso que él le había pedido, pero algo se lo impedía, y ese algo era Carlos, que aún no había vuelto de su viaje.

La relación con su hermana era, como siempre, tensa y complicada. Sofía no lo ponía fácil, y Esther cada día tenía menos paciencia con ella, y más cuando la noche anterior había llegado bastante colgada y ella, al olerla, supo que había fumado maría.

Al día siguiente, después de que Esther registrara la entrada de unos clientes en su hotel, Sofía se acercó a ella con una mochila.

—Colega, no puedo creer que hayas contratado al malabarista ese tan malo para amenizar a los clientes de la terraza este fin de semana.

Esther la miró y, apoyándose en el mostrador de recepción, respondió:

—Con el presupuesto que tengo para contratar actuaciones, es lo único que podemos permitirnos. Eso, o tú y yo hacemos los malabares.

—Pues vaya mierda.

Le molestó mucho oír eso de su hermana, y más con el desprecio con que lo dijo, por lo que, mirándola, le pidió:

—¿Puedes pasar un momento al despacho?

Sin rechistar, Sofía entró en el despachito que tenían tras el mostrador y, una vez que Esther cerró la puerta, la miró fijamente y preguntó:

—¿Tienes algo que contarme?

Sofía negó con la cabeza, y entonces Esther, abriendo su bolso, sacó una bolsita y la lanzó sobre la mesa.

—¿Me puedes explicar qué hacía esta bolsa de maría en el suelo del baño de casa? Y, ya de paso, ¿por qué anoche llegaste como llegaste?

Al reconocer aquello como un paquete que le había entregado Óscar para que lo guardara, junto con las otras bolsas que llevaba en la mochila, Sofía lo cogió enseguida. ¿Cómo podía habérsele caído?

—Esther, no es mío —se apresuró a contestar—. Es de...

—Sé perfectamente de quién es. Pero la pregunta es: ¿qué haces tú con ella?

Su hermana suspiró. Haber perdido aquel paquete había sido un error tremendo.

—Lo siento, Esther... —cuchicheó.

Pero ella, que ya había cogido la directa y el enfado le podía, gruñó sin querer escuchar a Sofía:

—¿Lo sientes?

—Sí.

—Y, si lo sientes, ¿por qué no comienzas a utilizar ya esa cabecita de una santa vez? ¡Joder, Sofía, ¿cuándo vas a madurar?! Que ese tío no te conviene. Que ese sinvergüenza va a terminar en la cárcel, y tú, por dejarte llevar por él, también vas a acabar mal.

Ella no contestó. No podía. Estaba maldiciendo para sus adentros cuando Esther siseó enfadada:

—Aléjate de una santa vez de ese imbécil, y, como vuelvas a meter cualquier otra mierda de ésas en casa, te aseguro que vas a tener un gran problema. Pero ¿no te das cuenta de que...?

—¡Venga, va, tronca! —la cortó Sofía cansada—. ¿Ya vas a empezar a darme la charla?

—¿Charla? ¿Cómo que charla? ¿Te recuerdo que papá tuvo que ir el otro día a la comisaría a sacarte de un nuevo problema? ¿O que anoche llegaste no muy lúcida? ¿De verdad crees que no es para darte la charla?

—¡Hay que ver qué pesadita eres, doña Perfecta! —susurró Sofía.

Incapaz de callarse, Esther dio un paso hacia ella y siseó en su cara:

—Me preocupo por ti, pedazo de egoísta, no te doy la charla. Esos amiguitos que tienes no son muy recomendables, y en cuanto a Óscar...

—Deja a Óscar en paz.

—Sofía —gruñó Esther intentando no alzar la voz—. Tienes veinticuatro años, y las cosas que haces dejándote llevar por ese idiota no son normales. ¿Acaso no piensas en papá? ¿Cuándo vas a dejar de darle disgustos? Pero ¿no ves cómo sufre por ti?

Sofía resopló y, sin querer dar su brazo a torcer, respondió:

—Y tú, ¿cuándo vas a dejar de ser tan pesadita, colega?

Hablar con su hermana era complicado, difícil, y, al ver que ésta con toda su chulería mordía una manzana que llevaba en la mano, preguntó:

—Comerás ahora, ¿verdad?

—No tengo mucha hambre. Con esto me vale.

Esther resopló y, tragándose lo que deseaba decir, trató de tranquilizarse e indicó:

—Sofía, ¿acaso no recuerdas lo que te dijo el médico la última vez?

Las dos hermanas se retaron con la mirada, hasta que la pequeña soltó:

—Como tú bien has dicho, tengo veinticuatro años y, te guste o no, decido ciertas cosas por mí misma.

—Eres una desconsiderada —siseó Esther molesta—. Llevo cuidando de ti muchos años y...

—¿Te lo he pedido yo?

A Esther le dolió oír eso, pero, como no quería entrar en sus provocaciones, prosiguió:

—Sabes tan bien como yo que no tienes razón. ¿Puedes explicarme qué narices estás haciendo con tu vida?

—¿Me meto yo en la tuya acaso? No, ¿verdad? Pues aprende y haz tú lo mismo con la mía.

Esther la miró dolida.

No cuidaba a su hermana con la intención de que ésta se lo

agradeciera, pero ciertos comentarios la herían. Cuando iba a replicar, Sofía agarró su mochila, dio media vuelta y dijo:

—Me voy. He quedado.

—¿Cómo que te vas?

—Tronca, por el amor de Dios, olvídame y pasa de mí o...

—¿Que pase de ti? —protestó, mirándola—. Pero, vamos a ver..., *tronca*, ¿en qué mundo vives? ¿Acaso no eres consciente de que necesitamos toda la ayuda posible para que el hotel continúe adelante?

Sofía resopló. Odiaba la esclavitud que aquel hotel les ocasionaba a todos.

—¿Cuándo te vas a dar cuenta de que yo no quiero malgastar mi vida en este hotel? —siseó.

—Sofía...

—Este hotel era el sueño de mamá y papá, pero eso no quiere decir que sea también el mío, ni el tuyo. Joder, ¿cuándo lo vas a entender?

Las dos hermanas se miraron. Ambas, a su manera, sabían que aquello era cierto.

En ese instante, su padre entró en el despacho.

—Pero ¿qué os ocurre ahora? —preguntó.

Sin pelos en la lengua, Sofía respondió:

—Lo de siempre, papá, que ésta no acepta que trabajar en este hotel no sea el sueño de mi vida.

—¡Sofía! —protestó su hermana.

—¡Esther, basta! —murmuró Mario. Luego, mordiéndose la lengua, indicó, dirigiéndose a Sofía—: Vete y haz lo que tengas que hacer.

Una vez que ésta hubo desaparecido de su vista, Esther miró a su padre.

—Papá...

—Por el amor de Dios... —gruñó él—. Sólo hay siete habitaciones ocupadas, no hace falta que estemos aquí todos. En cuanto a Sofía, tiene que ir a entregar unos encargos de lo suyo, y me ha prometido que no se va a acercar al idiota de Óscar.

—Y ¿la crees? —replicó ella.

Su padre la miró y, cuando Esther vio que no respondía, meneó la cabeza y sentenció:

—Así no vamos bien, papá. Así no.

Dicho esto, dio media vuelta y se marchó, dejando a Mario descolocado y sin saber cómo decirle a su hija que el mismo desánimo que sentía Sofía por aquel hotel llevaba tiempo sintiéndolo él.

✳ ✳ ✳

Contenta por haberse salido con la suya, Sofía cogió su escúter roja, se colocó el casco, metió sus encargos de bisutería en el baúl y se encaminó hacia las tiendas donde los vendía.

Una vez que hubo repartido los pedidos, se dirigió al supermercado de los padres de Óscar, desobedeciendo la promesa que le había hecho a Mario.

Al llegar allí, lo buscó y, al no verlo, preguntó a unos compañeros y éstos le indicaron que estaba en el almacén. Sonriendo, entró allí y, de pronto, se quedó parada.

A pocos metros de ella, su maravilloso Óscar se besaba con Gloria, una supuesta amiga, con una mano metida bajo su falda. Con expresión de incredulidad, Sofía gritó furiosa:

—¡Óscar!

Al oírla, él y la otra muchacha la miraron sorprendidos, y entonces Sofía volvió a gritar:

—¿Qué estás haciendo?

Óscar, que era un chuleras de playa que sabía manejarla muy bien, se apartó de la otra chica y, acercándose a ella, replicó:

—No chilles..., colega.

—¿Que no chille? ¡Por el amor de Dios, ¿cómo puedes pedirme eso después de lo que acabo de ver?! —voceó ella.

El muchacho, molesto por el numerito que estaba montando, la cogió del brazo y la sacó a la calle por la puerta trasera.

—Mira, tronca —siseó—. Yo no soy de tu propiedad. Pero ¿de qué vas?

Sin dar crédito y decepcionada, Sofía se disponía a responder, cuando él insistió:

—No dramatices. Tú y yo lo pasamos bien juntos, pero nada más.

—¿Nada más? —preguntó ella boquiabierta mientras comenzaba a temblarle todo el cuerpo.

El guaperas de Óscar sonrió con suficiencia y se mofó:

—Por supuesto, *Sofea*...

—Te he dicho mil veces que no me llames así.

Con una sonrisa nada conciliadora, él replicó:

—Y yo te he dicho dos mil veces que te llamaré como quiera.

Sofía sintió ganas de llorar. ¿Por qué se comportaba así con ella?

—Escucha, coleguita, entérate de una vez por todas de que tú y yo no funcionamos como pareja, pero como amigos con derecho a roce sí. ¿O acaso has olvidado lo bien que lo pasaste anoche en la playa, cuando...?

—No voy a volver a acercarme a ti —lo cortó ella.

Óscar sonrió. Sabía que eso no era verdad. La dominaba muy bien; se retiró el pelo de la cara y respondió:

—*Sofea*, tías como tú me sobran, con chasquear los dedos tengo a la que quiero... ¿O acaso no has visto lo que hacía con Gloria?

Sin pensarlo, ella levantó la mano con toda su mala leche y le soltó un bofetón. Óscar la empujó entonces con todas sus fuerzas y siseó furioso:

—Porque estamos aquí..., que, si no...

Sofía odiaba su chulería y que la llamara de aquella manera y, sacándose las bolsas de maría que llevaba en la mochila, se las tiró con fuerza. A continuación, abrió una y dejó caer su contenido al suelo.

—Ahora, si quieres, lo recoges con la lengua —gruñó.

Molesto por su actitud, él murmuró:

—Te estás pasando...

Ella lo miró furiosa mientras comenzaba a sudar.

Su relación con Óscar era particular y tormentosa, y muchas veces se preguntaba a sí misma por qué volvía con él una y otra vez. Quiso patearle el culo, romperle la cara, pero, con los ojos anegados en lágrimas, dio media vuelta y se marchó. No quería que aquel idiota la viera llorar.

Una vez fuera de su vista, se llevó las manos a la cara y, apoyándose en la moto, respiró con dificultad. Sabía que aquella situación de estrés no era buena para ella. Aun así, sin querer escuchar los signos de alarma que su cuerpo le enviaba, arrancó su escúter rabiosa, pero una calle más allá, perdió la consciencia y terminó por los suelos.

Poco después, el teléfono sonó en el hotel Agamar, y Esther y su padre, asustados por las noticias, corrieron al hospital. Sofía los necesitaba.

Capítulo 13

Por suerte para todos, y a pesar de que no llevaba el casco en el momento del accidente, Sofía estaba bien. Pero se había dado un fuerte golpe en la cabeza que la dejó ingresada tres días.

Una bajada de azúcar por la tensión experimentada le había producido el desmayo y, como siempre, las alarmas se dispararon. La joven tenía que cuidarse.

El accidente le provocó una rotura de clavícula, diversos moratones y abrasiones en los brazos y unos puntos de sutura en el lado derecho de la cara, lo cual la horrorizó.

Una vez más, Sofía volvía a ser el centro de la atención de la familia, y Esther observaba en silencio cómo su padre lo pasaba mal de nuevo, aunque por suerte su hermana no corría peligro.

El día que le dieron el alta, Esther acudió con su padre a buscarla, y la joven, con un humor de perros tras mirarse en el espejo y ver cómo tenía el rostro, les mostró que su recuperación no iba a ser fácil.

Ayudados por Marga, la vecina, y Candy, la maravillosa portuguesa que trabajaba en el hotel, todo resultaba más fácil. Para quitarle presión a su padre, Esther lo enviaba a cuidar de su hermana mientras ella cargaba con el trabajo de los tres.

Había días en que apenas dormía dos horas, otros en los que tenía cinco minutos para comer, y algunos en los que, al regresar a su casa, debía soportar las impertinencias de su hermana. Pero ella se lo echaba todo a la espalda y seguía adelante. Podía con eso y con más.

En esos días en los que apenas tenía tiempo ni para respirar, Jorge estaba continuamente en sus pensamientos. ¿Dónde debía estar? ¿Qué estaría haciendo? ¿Pensaría en ella?

Como él le había dicho, la pelota estaba ahora en su tejado, pero moverla era una locura, y más aún sin haber hablado con Carlos. Así pues, Esther se limitó a recordar y a soñar, nada más.

Carlos regresó una mañana de su viaje. Estaba al corriente de lo que le había sucedido a Sofía, por lo que fue directamente al hotel a ver a Esther.

Cuando entró, ella estaba en el despacho, tecleando en su insufrible y viejo ordenador.

—Señorita, ¿tiene habitaciones libres? —dijo él con una sonrisa.

Al oír su voz, Esther levantó el rostro y, al verlo con un precioso ramo de rosas rojas frente al mostrador, no pudo por menos que sonreír. Carlos entró en el despacho y, tras dejar el ramo sobre la mesa, la abrazó y murmuró:

—Ya estoy aquí para ayudarte.

En ese momento, esas palabras significaron mucho para Esther. Sin embargo, deseaba ser justa con él, por lo que repuso:

—Carlos..., tengo que hablar contigo.

Él asintió. Pero, huyendo como siempre de hablar, al ver que unos clientes tocaban el timbre del mostrador, dijo empujándola:

—Lo haremos, pero ahora ve a atenderlos.

Con incredulidad, durante días Esther comprobó cómo Carlos la ayudaba sin rechistar en todo lo que necesitaba en el hotel, mientras su padre lo observaba con gesto hosco y cuchicheaba con Candy. Mario apenas podía soportar al joven, pero callaba y cedía por su hija. Toda ayuda era buena.

Una tarde, incluso, Carlos buscó la complicidad de Mario y, juntos, obligaron a Esther a salir del hotel para que fuera a cenar con sus amigos a Villa del Mar. Eso la puso en alerta: ¿desde cuándo Carlos era tan atento?

* * *

En la terraza del restaurante Villa del Mar, Esther y Vega charlaban mientras la pequeña Alma correteaba a su alrededor, y entonces Delia apareció apurada.

—Perdonad el retraso —dijo sentándose y, mirando a la niña,

que fue a abrazarla, murmuró enternecida—: Hola, Meloncito lindo.

—Hola, tía.

Una vez que se besaron, la niña volvió a marcharse. Esther, al ver a su amiga más seria de lo normal, le preguntó:

—¿Qué te ocurre?

—Nada. —Delia sonrió—. Rollos del trabajo...

Vega y Esther asintieron y, para mejorarle el humor, sacaron el tema de su suegra. ¡Eso nunca fallaba!

—Os juro que, si hubiera estado más días con nosotros, la habría asesinado.

—¡Qué exagerada eres! —Vega rio y, mirando a ambos lados, cuchicheó—: Qué raro que Hugo no haya llegado aún.

—¿Exagerada? —exclamó Delia, ignorando el comentario sobre su amigo Hugo—. Mira, si entre semana era complicado soportarla cuando llegaba del trabajo, el sábado y el domingo te juro que estuve a punto de meterla en el horno y gratinarla. Se pasó todo el fin de semana diciéndome cómo se limpia, cómo se cocina..., y, no contenta con eso, me recordó que una mujer ha de estar en casa para cuidar de su marido y llenarla de hijos, y que, trabajando su hijo, ¿por qué tenía que trabajar yo?...

—Uiss..., qué antigua —se mofó Vega.

—Tan antigua como mi puñetera madre —gruñó Delia, consciente de su relación con aquélla.

—Y tu Miguel, ¿qué decía? —quiso saber Esther sonriendo.

Ella puso los ojos en blanco.

—Le daba la razón.

—¿En serio? —murmuró Vega.

Delia asintió.

—Pero ¡si hasta tiene una verruga en la nariz, la muy bruja!

—¡Delia! —Esther rio—. ¡Pobre mujer!

—¡¿Pobre mujer?!

—Pues ya sabes adónde puedes mandarla... —se mofó Vega.

Delia sonrió y cuchicheó asintiendo:

—La voy a tener que soportar un mes de cada tres cuando aparque la escoba en mi casa para estar con su niño.

—Pues háblalo con Miguel.

Delia se revolvió incómoda en la silla y finalmente respondió:

—Ya lo hemos hablado, pero no ha servido de nada, y encima se ha enfadado conmigo.

—Normal. —Vega rio—. Si le dices que su madre es una bruja, normal que se enfade.

—Bueno..., cambiemos de tema —zanjó Delia—. ¿Cómo está tu hermana?

—Mejor. Todo va bien, dentro de su estado.

—Cuánto me alegro.

—Su médico nos ha aconsejado que, pasadas dos semanas, visite un centro de fisioterapia, por lo que me tocará pelear de nuevo con ella. No quiere ver a nadie, pues dice que su aspecto es el de un monstruo. —Esther suspiró y, a continuación, murmuró—: Por Dios, Delia, dices de tu suegra, pero unos días con mi hermana harían que esa mujer te pareciera un angelito caído del cielo.

—De eso nada, guapa, que tú a tu hermana la mandas a la mierda y yo con mi suegra no puedo hacer eso, aunque no creas que no es por falta de ganas...

De nuevo rieron todas, y Vega dijo mirando a Esther:

—Que sepas que, cuando me ha llamado el Divo Divino para pedirme que me reuniera contigo aquí porque necesitabas aire fresco, me he quedado alucinada.

—Y yo —afirmó ella.

Delia meneó la cabeza al oírlas y cuchicheó:

—Por Dios, cómo sois. Pobre hombre.

—¡Pobre hombre! —exclamó Vega mirando cómo su hija corría—. Tanto buen rollo..., tanta colaboración..., y no querer hablar con Esther de lo que tienen que hablar me hace desconfiar y pensar que ése se la ha pegado de nuevo en su último viaje.

—¡Vega! —protestó Delia.

Esther sonrió sin saber por qué, y Delia, al verla, siseó:

—A ti no hay quien te entienda... Te acaban de decir que te la puede haber pegado otra vez y... ¿te ríes?

Sinceramente, lo que Carlos hiciera o no a Esther ya no le importaba nada. Miró a Vega y, cuando vio que ésta asentía, respondió:

—Hay algo que no te he contado y que debes saber.

Y, sin más, le contó a Delia todo lo sucedido durante sus veinte días en Londres. Cuando acabó, su amiga susurró con unos ojos como platos:

—¿Lo dices en serio?

—Sí.

—Carlos te ha pedido matrimonio... —cuchicheó Delia con incredulidad.

—Eh..., que hablamos del follamigo de Esther, tampoco dramatices —se quejó Vega.

En ese instante, Delia recibió un mensaje en el móvil y lo miró. Tecleó algo rápido, le dio a «Enviar» y, cuando iba a continuar con la conversación, su teléfono volvió a sonar. Después de teclear de nuevo, miró a sus amigas e indicó:

—Miguel os envía un besito.

—¡Qué *pesaíto* es, ¿no?! —exclamó Vega.

Al oírla, Delia clavó los ojos en ella y replicó:

—Se preocupa por mí, ¿te parece mal?

—No —dijo Vega—. Pero es muy pesadito.

Entonces Delia, como si no la hubiera oído, propuso de pronto:

—Venga, vamos a hacernos un selfi.

Una vez que se hicieron la foto, mientras Delia trasteaba en su móvil, Esther buscó en su teléfono unas imágenes y dijo, mostrándoselas:

—Olvídate de tu Miguel y mira con quién se la he pegado a Carlos.

Delia, alucinada, observó las fotos que le enseñaba y luego murmuró boquiabierta:

—Dios santo..., pero... pero... ¡tiene un tatuaje enorme!

Vega y Esther sonrieron, y esta última susurró:

—Y me encanta.

Delia miró a su amiga atónita.

En ese instante, Alma se acercó a la mesa.

—Mami, quiero agua —pidió.

Vega atendió a su hija con mimo y, cuando ésta se alejó de nuevo, Delia la miró y preguntó:

—¿Tú lo sabías?

—Sí.

Asombrada, Delia miró a ambos lados y, consciente de lo que su amiga había hecho, inquirió:

—Y ¿qué vas a hacer ahora, Esther?

—Hablar con Carlos, devolverle el anillo y terminar con él de una vez por todas —explicó ella con tranquilidad.

Delia se llevó una mano a la boca cuando se oyó la voz de Alma gritando:

—¡Tío Hugoooooooooooooooo!

El aludido cogió a la pequeña en brazos y sonrió.

—¿Cómo está mi Meloncito preferido?

La niña le sonrió a su vez y, tras darle un par de besos, él la soltó y ella se fue a jugar con unos niños que había por allí. Acto seguido, Hugo se acercó a la mesa donde estaban sus amigas y, tomando asiento, declaró:

—Mariluz se ha marchado de casa.

A partir de ese instante, las tres amigas se olvidaron de todo lo demás y se centraron tan sólo en Hugo. Su amigo las necesitaba.

Capítulo 14

En Londres, Jorge salía de un partido de rugby en el que habían perdido. Miró a su amigo Frank y dijo:

—No te lo tomes así, hombre.

Éste, enfadado por haber acabado con la nariz rota, protestó, aunque sonrió al ver el gesto guasón de Jorge. Al final, se despidieron chocando las manos y cada uno se fue en busca de su coche.

Cuando llegó junto al vehículo, sonó el teléfono de Jorge y, al ver que se trataba de su madre, la saludó.

—Hola, mamá.

Al oír la voz de su hijo, Consuelo sonrió y enseguida preguntó:

—¿Cómo ha ido el partido, cariño?

Mientras metía en el asiento trasero la bolsa de deporte, Jorge contestó:

—Podría decirte que hemos ganado, pero hoy ha sido un día de ésos en los que nos han dado una buena paliza.

Ambos rieron por aquello, y a continuación Consuelo comentó:

—Emelie ha preparado carne en salsa de la que te gusta. Me encantaría que vinieras a comer. —Emelie era la cocinera francesa de la casa de sus padres.

—Mamá... —murmuró Jorge.

—Vamos, cariño. A tu padre le encantará verte.

—Escucha, mamá...

—No, escúchame tú a mí. Sé que discutís muy a menudo porque no estáis de acuerdo en muchas cosas. Y no sé qué os ha pasado de un año para acá, pero, sea lo que sea, tenéis que solucionarlo, porque yo os quiero a los dos como los dos me queréis a mí. Debéis hacerlo por mí.

Jorge suspiró. Su madre y sus chantajes emocionales... No obstante, no tenía ganas de discutir, por lo que afirmó:

—Vale. Iré.

Feliz por haber conseguido su propósito, Consuelo indicó:

—Muy bien, hijo. Aquí te esperamos.

Una vez que hubo colgado, el móvil de Jorge volvió a sonar. Un wasap. Con la esperanza de que fuera de Esther, se apresuró a mirarlo. Pero no. No era de ella. Era su hermana Oriana.

Nos vemos en casa de los papis.

Al leer eso sonrió, pero hubo algo en su interior que se resquebrajó. Estaba más que claro que Esther no tenía la menor intención de ponerse en contacto con él. Durante unos segundos, la tentación de enviarle un mensaje se apoderó de él, pero conteniendo sus impulsos, cerró el teléfono y murmuró:

—No. Debe hacerlo ella.

Mientras conducía, recordó la noche del día en que ella se marchó. Frente al ordenador, había buscado en Google Maps la ubicación del hotel de Esther y lo había encontrado, además de una página web.

Cuando llegó cerca de la casa de su madre y aparcó, entró en una pastelería para llevar unos dulces, pues sabía que le encantaban. Minutos después, ésta le abrió la puerta y vio el paquete de los pasteles, y con una sonrisa igualita a la de su hermano mayor, cuchicheó:

—Me malcrías, cariño mío.

Jorge le dio un beso y, tras entregarle los pasteles, la siguió por el pasillo.

Al entrar en el salón, se encontró con su padre, Hunter, que estaba sentado en un butacón leyendo un periódico. Durante unos segundos, ambos se miraron, hasta que el hombre se levantó, se acercó a él y, después de darle un abrazo, murmuró:

—Bienvenido, hijo.

Jorge asintió y, al observar que su madre sonreía, supo que ella lo había aleccionado para que lo recibiera de ese modo. Cuando Consuelo desapareció, Jorge y su padre se sentaron, y este último preguntó:

—¿Qué tal todo?

Jorge se encogió de hombros.

—Bien, ¿y tú?

Hunter asintió y, mirándolo, dijo:

—Finalmente he comprado el edificio de Charing Cross.

—Buena inversión —admitió él.

—Es posible que compremos ciertos inmuebles en España muy interesantes.

Padre e hijo se sumergieron entonces en una de sus interminables conversaciones de negocios. Hunter era el dueño de la cadena multinacional Tauranga. En su juventud decidió invertir su dinero en un pequeño hotel, y a día de hoy poseía, junto con su familia, un gran imperio hotelero.

Consuelo entró un par de veces en el salón para ver cómo estaban y sonrió al oírlos hablando de trabajo. Su marido y sus hijos dedicaban mucho tiempo y esfuerzo a su negocio. Tras servirles unas copas de vino, volvió a marcharse a la cocina con Emelie.

Cuando Jorge vio que su madre se alejaba con gesto sonriente, miró a su padre y preguntó, bajando la voz:

—¿Todavía no has solucionado eso que te pedí?

Hunter miró a su hijo y suspiró. Se sentía avergonzado por el hecho de que aquél lo hubiera pillado tiempo atrás en actitud cariñosa con Brenda en uno de sus hoteles de Bali. La joven lo había acosado y perseguido hasta que picó. Siempre había pensado que él nunca caería en el placer de la carne debido al gran amor que sentía por su mujer, pero se equivocaba.

Él siempre había sido un gran defensor de la familia y de los pilares que la sostenían, por lo que, mirando avergonzado a su hijo, murmuró:

—Eso lleva solucionado ya tiempo, hijo.

—Y ¿por qué estaba en la cena de tu cumpleaños?

Hablando en el mismo tono de voz bajo que su hijo, Hunter respondió:

—Porque iba acompañando a Jeff Ronnigan. Brenda y él están juntos. No pienses que la invité yo.

Jorge asintió. La verdad era que Brenda no se había separado de Jeff esa noche y, dispuesto a creerlo y zanjar el tema, murmuró:

—Papá, quiero mucho a mamá y...

—Yo también la quiero, hijo. Tu madre es el centro de mi vida —lo cortó Hunter—. Reconozco mi error, y te prometo que no se volverá a repetir.

Durante unos segundos, ambos se miraron, hasta que se levantaron al unísono y se abrazaron con calidez. Una vez que se separaron, Jorge declaró, muy seguro de sí mismo:

—Papá, me voy a coger unas vacaciones.

—¿Ahora?

—Sí, ahora. Y, antes de que digas nada, te recuerdo que llevo sin vacaciones unos tres años.

Hunter asintió. Tenía razón, por lo que, sin querer buscarle cinco pies al gato, cuchicheó:

—De acuerdo.

Una vez aclarada esa cuestión, Hunter miró a su hijo y preguntó:

—¿Te vas a la casa de Nueva Zelanda?

Jorge negó con la cabeza. Tenía muy claro adónde quería ir, pero, sin dar más detalles, simplemente respondió:

—No. He pensado viajar a España.

—¿Irás a ver a los familiares de tu madre?

—Sí. Pasaré a ver a mis tíos, pero mi intención es conocer España durante varios meses.

Hunter suspiró.

—Disfruta de ese viaje, hijo, te lo mereces.

—Gracias, papá —respondió Jorge sonriendo.

Tras unos segundos en silencio, el hombre añadió:

—Te he preguntado si ibas a viajar a Nueva Zelanda porque he comprado en Tauranga el antiguo hotel de Will Bastian y quería que les echaras un vistazo a las obras.

—¿El Marine Park? ¿El hotelito del padre de mi amigo Ari?

Hunter asintió y, cuando vio que Jorge se disponía a protestar, indicó:

—Lo puso a la venta, hijo. Hablé con Will y Ari, y ambos estaban de acuerdo con la venta. Puedes hablar con Ari cuando quieras y él te lo confirmará. —Jorge asintió y él añadió—: Era una gran oportunidad para tener un bonito y pequeño hotel frente a la isla de Moturiki. Ya están haciendo obras en él, y espero tenerlo listo dentro de unos meses.

—¿Le cambiarás el nombre? —quiso saber Jorge.

—Por supuesto. Había pensado llamarlo Beach Sun Tauranga; ¿qué te parece?

Cuando el joven iba a contestar, en el salón entró una chica con el pelo de color rosa que los saludó diciendo:

—Holita a los dosssssssssssss.

Era Oriana, la pequeña de la familia.

—Por todos los santos, ¿qué te has hecho en el pelo? —exclamó Hunter al ver a su hija con esas pintas.

Tras darles a ambos un par de besos, la joven miró a su padre y respondió:

—He decidido que, cuando cambie de novia, cambiaré también de color de pelo. —Descolocado, Hunter no pudo contestar, y entonces ella añadió—: Por cierto, papito, anoche me alojé en una de las suites del Westminster con una preciosa rubia para celebrar que estoy soltera de nuevo.

Jorge sonrió al ver el gesto de incomodidad de su padre. Su hermana era una auténtica depredadora de mujeres.

—Y luego dicen de los hombres... —cuchicheó mofándose.

Oriana le guiñó un ojo y aclaró:

—Hay mujeres preciosas. ¿Acaso tú no las disfrutas?

—Todo lo que puedo —respondió Jorge riendo.

Molesto con aquella conversación, Hunter se levantó y salió del salón.

—Vaya... —se mofó Oriana—, ya lo he asustado.

—Ori... —Jorge rio—. Ya sabes que a papá no le gusta oírte hablar así.

—Pues no es justo —protestó ella—. ¿Por qué tú y Raúl podéis hablar abiertamente de mujeres y yo no?

Él suspiró. Habían mantenido esa misma conversación cientos de veces, y una vez más respondió:

—Porque papá es de la vieja escuela y no entiende que su niñita se pirre por otras niñitas.

Estaban riendo por aquello cuando Consuelo entró y susurró, mirando a su hija:

—Por el amor de Dios, Oriana..., ¿qué le has hecho a tu cabello? —Y, antes de que ella pudiera contestar, añadió con un gruñido—: ¿Se puede saber qué has dicho para que tu padre ya esté de mal humor?

Oriana recogió su pelo rosa en una coleta alta y contestó:

—Sólo le he dicho que ayer pasé una excelente noche con una mujer en una suite del Westminster.

—¡Oriana! —protestó Consuelo.

La aludida se levantó, abrazó a su madre y murmuró ante el gesto divertido de Jorge:

—Mamita linda..., te quiero.

Consuelo suspiró.

—Con lo bonito que era tu cabello oscuro...

—¡Rosa está genial! ¿No te gusta?

La mujer negó con la cabeza.

—Vayamos ya a comer —indicó.

Con tranquilidad, los tres se dirigieron al comedor, donde estaba ya sentado Hunter. Instantes después, Emelie comenzó a servirles la comida.

Capítulo 15

La recuperación de Sofía era evidente día a día, pero su mal humor los desesperaba a todos. Óscar no se había puesto en contacto con ella, y su indiferencia amargaba a la chica.

En esos días, Esther intentó hablar con Carlos, pero le resultó imposible, y una mañana, al levantarse, recibió un mensaje de él diciéndole que se marchaba a Canadá a hacer una prueba para una televisión.

Pasaron dos semanas; Sofía debía comenzar la rehabilitación, pero, al llegar al hospital, empezó a protestar, tal y como Esther se temía.

—No sé por qué hemos venido, colega.

—Sofía...

—No quiero hacer ejercicio con esa gente.

Esther, que tenía un máster en paciencia con su hermana, asintió y respondió, haciendo un esfuerzo por sonreír:

—Ha sido tu médico quien lo ha sugerido.

—Pues no quiero..., ¿acaso pretendes que parezca más inútil de lo que ya soy?

—No empieces, Sofía.

—¡Soy un monstruo! —se quejó ella, echándose el pelo sobre la cara para que no se vieran las cicatrices de su accidente—. ¿Acaso quieres que todos se rían de mí?

Con cariño, a pesar de lo mucho que la alteraban las malas contestaciones de su hermana, Esther le acarició con delicadeza el rostro y le retiró el pelo.

—Eres preciosa —aseguró mirándola—. Esa cicatriz se suavizará con el tiempo y apenas se notará. El médico dijo que...

—El médico..., el médico... ¡¿Y si ese idiota está equivocado?!

Esther suspiró y, evitando responder lo que pensaba, la obligó

a andar. Cuando llegaron frente a una puerta en la que ponía «Fisioterapia», llamó con los nudillos. Segundos después, abrió
una chica con una bonita sonrisa.

—Hola, soy Laura —saludó—; vamos, pasad.

Al entrar, Esther le entregó una hojita donde ponía el nombre
de su hermana y lo que necesitaba. La chica, al ver que Sofía se
ocultaba tras el pelo, indicó entonces, dirigiéndose a Esther:

—Si quieres, puedes irte a tomar un café mientras trabajamos
con ella.

Ella asintió y salió de nuevo.

Al ver el gesto ceñudo de Sofía, Laura dijo:

—Ven, te diré dónde encontrar a tu fisio.

La muchacha la siguió con desgana.

En su recorrido por la sala, observó a las personas que allí se
esforzaban por hacer ejercicio. Había gente de todas las edades y,
al pasar junto a un chico que caminaba sobre una cinta con cierta
dificultad, con una prótesis artificial en la pierna derecha, se lo
quedó mirando.

Concentrado y con esfuerzo, el muchacho intentaba caminar,
pero, al levantar la vista, miró a Sofía y dijo sonriendo con positividad:

—Estoy algo torpe, pero cuando menos lo esperes salgo corriendo.

Ella no respondió y miró a Laura, que estaba a su lado.

—Es Gorka —explicó ella—. ¡Tiene un sentido del humor excelente! Algo muy bueno para una pronta recuperación.

Sofía asintió sin decir nada.

—Aquel chico de allí es tu fisio, Roberto —indicó Laura a
continuación—. Ve y dale estos papeles. Te espera.

Laura se marchó y Sofía, tras resoplar, continuó andando hasta pararse ante un chico con bata blanca que escribía algo en unos
papeles. Al notar la presencia de alguien, él levantó la vista y, mirando a la joven, enarcó una ceja y preguntó:

—¿Sofía Sánchez? —Ella asintió, y él, levantándose, dijo, tras
coger los papeles que ésta le tendía—: Vamos, acompáñame.

Sin hablar, la joven caminó tras él. Al llegar a una zona despejada, él se volvió y explicó sonriendo:

—Soy Roberto, tu fisio. En lo referente a tu lesión, si haces todo lo que yo te diga, te aseguro que quedarás estupendamente —y, cogiendo una enorme pelota, señaló—: De momento, vamos a comenzar con esto. Apoya la mano en la pelota y haz movimientos circulares así... ¿Ves cómo los hago yo?

Sofía asintió.

—Vamos —dijo él soltando la pelota—. Ahora tú, despacito.

Avergonzada por sentir que la gente la miraba, ella puso la mano sobre la pelota y, al hacerlo, su gesto se crispó de dolor.

—Apoya poco a poco —indicó Roberto—, hay que ir con cuidado.

—Tronco, no me agobies...

Al oír su desprecio, él replicó suavizando el tono:

—Mi nombre es Roberto, no *tronco*.

Sofía lo miró, resopló y prosiguió con el ejercicio.

Durante un buen rato, hizo todo lo que él le pedía sintiéndose muy torpe. Su gesto cada vez era más crispado, y al final Roberto dijo:

—Tranquila, lo estás haciendo muy bien —y, mirándola a través de su pelo, que apenas la dejaba ver, susurró—: Si el próximo día traes el pelo retirado de la cara, mejor que mejor.

Al oír eso, Sofía lo miró y gruñó, arrugando el entrecejo:

—Lo dudo, colega.

—¿Por qué?

Molesta por la petición, Sofía se dio la vuelta sin decir nada y se marchó, dejando a su fisio con la palabra en la boca.

Una vez fuera de la sala, Esther la esperaba sentada leyendo un libro. Se levantó y, acercándose a ella, preguntó esperanzada:

—¿Qué tal?

Pero Sofía pasó por su lado sin responder.

—Vaya..., ya veo que muy bien —murmuró su hermana.

* * *

A partir de ese día, Esther o su padre acompañaban a la chica a rehabilitación. Poco a poco, Sofía se fue relajando al entrar en aquel lugar y, pronto, varios de los asiduos la saludaban con una sonrisa al verla, que ella comenzó a devolver.

Una de esas tardes, cuando Sofía daba vueltas con el brazo a una rueda, Gorka se aproximó a ella en una silla de ruedas. Se detuvo frente a ella y le preguntó:

—¿Cómo vas?

Ella lo miró y, tapándose con el pelo el lado derecho de la cara, respondió:

—¡Voy!

—¿Qué te ocurre?

Sin mirarlo, la joven respondió:

—Mira, tronco, no te importa.

Gorka sonrió. No era la primera vez que la encontraba tan enfadada.

—¿Por qué siempre estás de tan mala leche? —preguntó mirándola.

La joven no respondió, y Gorka, sacando de una bolsa su pierna ortopédica, dijo mientras se la ajustaba:

—Vale..., si no quieres hablar, no hablaremos.

Dicho esto, empujó su silla de ruedas hasta su fisio, que, al verlo, le sonrió. Instantes después, Gorka se levantó de la silla y, apoyándose en una barra, comenzó a caminar con algo más de agilidad.

Esa tarde, cuando Sofía salió de la sala, su padre la estaba esperando fuera.

—¿Qué tal, cariño? —preguntó.

Ella se encogió de hombros y respondió:

—Vámonos a casa.

Mario suspiró resignado. Sin duda, su hija seguía de mal humor.

Capítulo 16

A finales de marzo, el hotel comenzaba a cobrar vida. Se acerca-
ban los buenos meses y debían tenerlo todo preparado para recibir a los huéspedes.

Tras regresar un par de días a España sin pasarse siquiera a ver
a Esther, Carlos se marchó de nuevo a Miami. Eso a ella la marti-
rizó. Pero ¿cuándo iba a poder hablar con él?

En esos días, Esther discutió con su padre por el hotel. La joven había mantenido una reunión con el director del banco para
saber cuánto podían darle si pedía un préstamo, y Mario, al enterarse, había puesto el grito en el cielo. No quería que ninguna de
sus hijas se endeudara a causa del hotel.

Una mañana, tras haber arreglado la ducha de la habitación
115, Esther regresaba con la caja de herramientas cuando, al abrir
la puerta del despacho, comenzó a decir:

—Papá, acabo de arre...

No pudo continuar.

Junto a su padre estaba... Jorge, que sonrió al verla.

—Hija —dijo Mario—, acabo de contratar a Jorge hasta fin de
temporada para llevar la terraza junto a Candy y...

—Pero ¿tú qué haces aquí? —inquirió ella, ignorando a su
padre.

Al oír eso y ver cómo ambos se miraban, Mario preguntó sorprendido:

—¿Os conocéis?

Esther parpadeó. No esperaba encontrarse a Jorge tan de sopetón.

—Sí, señor —contestó él—. Su hija y yo nos conocemos.

—Y ¿por qué no me lo habías dicho, muchacho?

Jorge sonrió.

—Porque quería que me contratara por mi valía profesional, no por su hija.

Mario asintió satisfecho por su respuesta.

Volviendo en sí, Esther se tocó el pañuelo que llevaba en el pelo. Su aspecto no era el mejor y, una vez que se aclaró la garganta, respondió, tratando de que los nervios no la traicionaran:

—Papá, conocí a Jorge cuando estuve en Londres.

—¡Perfecto! —asintió él encantado—. Siempre es mejor contratar a alguien conocido que a un desconocido. —Luego, dirigiéndose a él, le tendió la mano e indicó—: Bienvenido al equipo, muchacho. Espero que los meses que estés con nosotros trabajes a gusto. Y ahora os dejo, he de acompañar a mi otra hija a un sitio.

Jorge le estrechó la mano complacido, aunque sintió una punzadita en el corazón por no haber sido totalmente sincero con él. Sin embargo, tras haber conocido a Esther en Londres, sabía que si decía que su padre era el dueño de la cadena Tauranga le cerrarían las puertas por todos lados.

—Estoy convencido de que así será —afirmó sonriendo.

Con curiosidad, Mario se percató del silencio de su hija y del chico, pero no dijo nada y se marchó.

Una vez que se quedaron los dos solos en el despacho, Jorge se dirigió a ella con una de sus magníficas sonrisas:

—Sé que te dije que tenías que ser tú quien diera el primer paso, pero, viendo que no lo has hecho, me...

—¿Qué haces aquí? —lo cortó ella.

Al oír su tono, Jorge supo que estaba molesta. Todo lo contrario de él, que estaba feliz por tenerla delante. Señaló una mochila que descansaba a sus pies junto a su guitarra y respondió:

—Decidí salir unos meses de Londres, buscar trabajo y conocer un lugar que una preciosa chica me había recomendado.

Asombrada, Esther lo miraba sin moverse. Su aparición allí había sido toda una sorpresa. Pero, cuando iba a decir algo, él cuchicheó con una sonrisa:

—Veo que he vuelto a perder mi *sex-appeal* contigo...

Esther sonrió también al fin. Su preciosa sonrisa y su maravilloso sentido del humor la mataban. Sin embargo, volviendo a ponerse seria, dijo, dispuesta a que todo quedara claro entre ellos:

—Oye, mira: lo que ocurrió en Londres fue bonito, pero esto no es Londres. Yo tengo una vida aquí; si vas a trabajar conmigo, seré tu jefa, y no quiero que...

—¿No te hace ni un poquito de ilusión verme?

A Esther le llegó al corazón oír eso.

Claro que le hacía ilusión verlo.

Desde que había regresado de Londres, su recuerdo era lo único que había evitado que se volviera loca. No obstante, como no estaba dispuesta a destapar sus sentimientos en un mal momento como ése, en el que Carlos, aun sin ser nada para ella, seguía en su vida y, además, debía preocuparse por su hermana y por el comienzo de la temporada hotelera, no respondió.

Desconcertado por su frialdad, Jorge comentó, dejando de sonreír:

—De acuerdo. Creo que me he precipitado.

Los dos se quedaron en silencio. La situación era tensa. Entonces ella, cogiendo unos papeles que su padre tenía sobre la mesa, preguntó:

—¿Rechazas el trabajo, pues? ¿Rompo el contrato?

A Jorge le dolió sentir su indiferencia, cuando él esperaba otra cosa. Por su mente pasaron mil cosas y, molesto con ella, replicó:

—El trabajo lo quiero —y, sin cambiar su gesto serio, indicó—: Tu padre me ha contratado hasta fin de temporada y así será hasta que yo lo decida.

A continuación, se miraron en silencio. Un silencio cargado de reproches, de preguntas y dudas.

—Escucha, Esther —añadió él—, tengo treinta y seis años y soy una persona cabal e independiente. Así que, tranquila, no te molestaré. Trabajaremos en el mismo sitio, serás mi *jefa*, pero nada más. Y, ahora, si me perdonas, tengo dos días para encontrar un lugar donde alojarme antes de incorporarme al trabajo. Ya me enseñarás el hotel en otro momento.

Y, sin más, se agachó, cogió su mochila y su guitarra y salió del despacho, dejando a Esther sin saber qué hacer ni qué decir.

Capítulo 17

Esa tarde, cuando Sofía llegó al fisioterapeuta, saludó a Gorka y éste se sorprendió.

Durante un buen rato, ambos trabajaron con lo que sus respectivos fisios les indicaban, pero cuando la joven vio a Gorka sentado en una silla con el gesto serio, se acercó a él y le preguntó:

—¿Te encuentras bien?

Él levantó la mirada y murmuró:

—O he de ser simpático contigo o un borde como sueles ser tú..., tronca.

Sofía asintió, y él, al ver que sonreía, añadió:

—Tranquila. Estoy bien.

Durante unos segundos permanecieron en silencio, hasta que él, quitándose la prótesis de la pierna, señaló:

—*Volsung* y yo tenemos que acoplarnos. Eso es todo.

—¿*Volsung*? ¿Quién es *Volsung*?

Sonriendo, Gorka señaló su prótesis.

—*Volsung* es un guerrero vikingo de la mitología nórdica. Siempre me ha gustado leer sobre ellos y, tras lo ocurrido, decidí que mi nueva pierna debía tener nombre de guerrero.

Sofía sonrió y, a continuación, preguntó mirándolo:

—¿Qué te ocurrió?

Acoplando de nuevo a *Volsung* a su cuerpo, Gorka explicó:

—Un accidente de coche. Un tipo se saltó un *stop*, mi pierna quedo atrapada entre los hierros y nada se pudo hacer por ella. —Al ver la expresión de la muchacha, añadió sonriendo—: Pero estoy vivo. *Volsung* me ayudará a que mi vida se normalice, y eso es lo único que importa.

A Sofía le gustó su positividad.

—Tuviste un accidente de moto, ¿verdad? —preguntó él entonces.

—Sí.

Ella evitó contarle por qué, y él insistió:

—¿Puedo preguntarte algo?

La joven asintió.

—¿Por qué nunca te retiras el pelo de la cara?

Sofía lo miró por debajo del flequillo y, tras pensar qué responderle, se apartó el cabello para enseñarle la cicatriz que bajaba de la sien hasta su pómulo. Iba a decir algo cuando él preguntó sorprendido:

—¿Por esa tontería te tapas el rostro?

Sofía volvió a dejar caer el pelo sobre la cicatriz y Gorka añadió:

—Por Dios, eso no es nada.

—No lo será para ti, tronco.

Gorka asintió y, sonriendo, afirmó mientras señalaba su pierna:

—Sin duda, tras lo que me ocurrió a mí, lo tuyo no es nada.

Sofía asintió. Por primera vez se daba cuenta de que lo suyo era una nimiedad comparado con lo de aquel chico, pero cuando iba a hablar, él añadió:

—Con el tiempo, la cicatriz se suavizará. Es más —volvió a sonreír—, estoy convencido de que esa marca te hará parecer más enigmática e interesante.

Sofía sonrió abiertamente.

En ese instante, Roberto se acercó a ellos y se mofó:

—Vamos…, vamos…, dejad de ligar y poneos a trabajar.

* * *

Esa tarde, al acabar la sesión, Roberto y Gorka hablaban con una chica cuando Sofía salía de la sala. Con curiosidad, ésta se fijó en el muchacho, que estaba apoyado en unas muletas, y en la chica que había a su lado sujetándolo de la cintura. Los tres hablaban, y Gorka, mirándola, dijo antes de marcharse con la chica:

—Sofía, ¡anímate!

Ella sonrió. Entonces Roberto se le acercó y le preguntó:

—¿Te vienes a tomar algo con nosotros?

Sorprendida por su pregunta, ella lo miró, y éste insistió:

—Vamos, anímate, mujer.

Sofía no respondió.

Desde el accidente, no había salido con sus amigos para que éstos no vieran la cicatriz de su rostro.

—No..., gracias —contestó finalmente.

Roberto, consciente de que aquella muchacha necesitaba un poco de diversión, preguntó:

—¿Te gusta la playa y la buena compañía?

—Sí.

—Pues ven —y, con la vista fija en ella, añadió—: He quedado con Gorka, su novia y unos amigos en la playa cuando salga de trabajar, cerca de la escuela de vela. Estaremos sólo un rato, ya que mañana todos trabajamos. Venga, ¡anímate!

Al oír eso, Sofía lo observó, y él, comprendiendo lo que pensaba, aclaró con una sonrisa:

—No estoy intentando ligar contigo. Tengo novia y está esperándome a la salida del trabajo. Sólo te estoy invitando a tomar algo con mis amigos.

Durante unos segundos, la chica lo pensó. No le apetecía aparecer ante sus amigos con el rostro todavía con cicatrices y el brazo en cabestrillo, pero regresar a su casa y sentarse frente al televisor le apetecía menos aún, así que, dejándose llevar por el momento, respondió:

—Vale.

—¡Estupendo! —exclamó Roberto y, quitándose la bata, agregó—: Espérame a la salida. Tardaré unos diez minutos.

Sofía asintió y se dirigió hacia el lugar donde estaba aguardándola su padre.

—Papá, voy a ir a tomar algo con mi fisio y su novia; ¿te importa?

Mario sonrió al oírla. Por primera vez en mucho tiempo, los ojillos de su niña se iluminaban.

—Por supuesto que no me importa —declaró—, pero no llegues muy tarde o me preocuparé.

Sofía le dio un beso.

—Tranquilo. No creo que llegue tarde.

Mario asintió. Cuando éste se hubo marchado, Roberto salió sin su bata blanca.

—Vamos —indicó, mirando a Sofía—. Te presentaré a mi novia. Debe de estar fuera y, por favor, si puedes evitar las palabras *tronca* y *colega*, te lo agradecería.

—¿Por qué?

Roberto suspiró mirándola y dijo con sinceridad:

—Porque no es un bonito vocabulario para una chica como tú. Lo creas o no, *tronco* y *colega* son palabras que utilizan los macarras. ¿Acaso quieres que te cataloguen como tal?

Sofía no respondió, y Roberto, guiñándole el ojo, afirmó:

—Vamos. Mi novia nos espera.

Como bien había dicho, en la calle había una chica de pelo claro esperándolo que sonrió al verlos. Roberto le dio un beso en los labios y dijo, mirando a Sofía:

—Sofía, mi novia Arantxa. Arantxa, ella es Sofía, una de mis pacientes. La he invitado a venir con nosotros a la playa a tomar algo.

Las chicas se saludaron con gusto y, mientras él iba a por el coche, Arantxa comentó:

—Me encantan los pendientes que llevas.

—Los hago yo.

—¡¿Tú?!

Orgullosa de lo que tan bien se le daba, Sofía indicó:

—En un futuro me gustaría montar mi propia tienda de bisutería, pero de momento la vendo a través de algunas tiendas de Benicàssim y de mi página web.

Sorprendida, Arantxa cuchicheó:

—Pues desde ya te digo que quiero unos iguales.

Durante el trayecto, la chica se interesó por lo que le había ocurrido a Sofía, y ésta se lo contó con amabilidad. Una vez en la playa, Roberto aparcó el vehículo.

Tras bajar del coche, Sofía se fijó en un grupo de jóvenes que charlaban divertidos en la arena, junto a una hoguera, y suspiró.

Aquella gente no tenía nada que ver con sus amigos, y comenzó a arrepentirse de haber aceptado la invitación. Estaba acostumbrada a gente diferente, y no sabía si encajaría allí.

Junto a Roberto y su novia, se acercó al grupo, y el fisioterapeuta empezó a presentarle a los demás. Todos la saludaron amablemente, aunque también la miraron con curiosidad. ¿Quién era aquella chica?

Gorka sonrió al verla y exclamó mientras ella se acercaba a él:

—¡Sí..., sí..., sí, Sofía ya está aquí!

La aludida sonrió y, después de saludar a la novia de éste, que se llamaba Olga, se puso a charlar con ella. Le resultó una chica muy agradable.

Pasados unos minutos se les unieron más personas, entre ellos, cuatro chicos, que, a juzgar por los instrumentos que llevaban, parecían músicos.

Con curiosidad, pero sin acercarse a ellos, Sofía los observó cuando éstos saludaban a Gorka, a Roberto y al resto. Olga le explicó que se llamaban Arturo, Jesús, Iván y Luis, y que los cuatro formaban un grupo de música pop/rock llamado Atacados.

Gorka, Roberto y sus novias estuvieron pendientes de ella, hasta que Gorka y Olga se alejaron para hablar con aquellos muchachos. Arantxa, la novia de Roberto, hablaba con Sofía, cuando Luis, uno de los recién llegados, se acercó a ellos y, con un deje andaluz encantador, dio un beso en la mejilla a Arantxa y, chocando la mano de Roberto, dijo:

—¿Qué pasa, *pichita*?

Durante unos segundos, ambos charlaron animadamente, hasta que Luis miró a la joven que llevaba un brazo en cabestrillo y parecía esconderse tras su melena.

—Holaaa... Y ¿tú quién eres? —la saludó.

Sofía no respondió. Lo miró de arriba abajo, y Roberto, al ver que ella no abría la boca, indicó:

—Sofía, te presento a mi amigo Luis. Es el vocalista del grupo Atacados.

La joven asintió, y Luis, sin apartar su mirada azulada, dijo con salero mientras un viento ligero mecía el pelo de ella:

—Yo te daría dos besos... ¿Qué te parece?

A Sofía le hizo gracia y se adelantó para dárselos. Al separarse de él, sin embargo, Luis le retiró el pelo de la cara con la mano, le miró la cicatriz y murmuró, contrayendo el gesto:

—Uf..., eso debió de doler. ¿Qué te ha ocurrido?

Avergonzada porque aquél hubiera visto lo que escondía, volvió a echarse el pelo sobre el rostro y siseó:

—Eso a ti no te importa, tronco.

—Woooooooooo..., ¡tronco! —se mofó Luis divertido—. Pero ¿qué clase de respuesta es ésa, chiquilla?

—Pero ¿tú de qué vas?

Sonriendo por el genio de aquélla, Luis replicó:

—Más bien, ¿de qué vas tú?

Molesta por la cara de guasa del chico, Sofía dio media vuelta y se alejó. Entonces Roberto, dirigiéndose a su amigo, le soltó antes de ir detrás de ella:

—No seas capullo y cállate.

Luis y Arantxa se miraron y él, sonriendo, murmuró:

—Vaya mala leche que tiene la churra... Pero ¿qué he dicho?

Arantxa sonrió y, tras explicarle que Sofía había tenido un accidente con la moto, lo cogió del brazo y se lo llevó para proseguir hablando con los otros amigos cerca de la hoguera.

Roberto, que había alcanzado a Sofía, dijo parándola:

—No puedes estar siempre a la defensiva.

Al oírlo, ella se dio la vuelta:

—Y ese idiota no tenía por qué haberme retirado el pelo de la cara.

Consciente de lo mucho que eso significaba para ella, Roberto asintió.

—Vale, tienes razón, pero Luis es un buen tío y...

—Luis es un idiota —lo cortó ella.

Roberto suspiró, justo en el momento en que unos acordes de guitarra comenzaban a sonar. Luis y sus compañeros, animados por los demás, empezaron a tocar. Al oír aquella voz aterciopelada, Sofía miró hacia el grupo, donde Gorka también canturreaba encantado. Al ver que sentía curiosidad, Roberto indicó, cogiéndola del brazo:

—Vamos, acompáñame y relájate. No puedes estar todo el día enfadada.

Sofía sonrió.

Su madre le había dicho esa frase más de una vez cuando era pequeña y, entendiendo que tenía razón, murmuró:

—De acuerdo.

Durante un rato, disfrutó a su manera de la música, junto a la hoguera, mientras con disimulo observaba a Luis cantar y sonreír a todas las chicas que lo miraban. Sin lugar a dudas, era un ligón en toda regla.

Canción a canción, Sofía se fue relajando y, cuando los chicos recogieron sus instrumentos e indicaron que tenían que marcharse a un bolo, en cierto modo se entristeció, aunque no dijo nada.

Mientras se despedían de los demás, ella se alejó unos pasos y contempló el mar, ese mar que su madre le había enseñado a adorar y que ella amaba, y entonces oyó en su oído:

—Adiós, majestad.

Al volverse se encontró con Luis, que la miraba con una sonrisa picarona. Cuando se disponía a responderle, el joven echó a andar hacia atrás con las manos levantadas al tiempo que decía:

—Tranquila, majestad, el tronco ya se va... —y, dirigiéndole una reverencia guasona de lo más teatral, añadió antes de darse la vuelta—: Diría que ha sido un placer, pero mentiría.

Acto seguido, se alejó sonriendo con sus compañeros de grupo, mientras Sofía murmuraba boquiabierta:

—Será idiota...

Capítulo 18

Esa noche, después del trabajo, Esther quedó con sus amigas en Villa del Mar para tomar algo. Necesitaba verlas y contarles que Jorge estaba allí.

Mientras Vega hablaba por teléfono con la chica que cuidaba de su hija, ella miraba cómo la luna se reflejaba en el mar. Todavía no podía creer lo de Jorge.

Vega colgó y cuchicheó, dirigiéndose a ella:

—El Meloncito ya está dormido.

Ambas sonrieron, y, a continuación, esta última preguntó, mirando a su alrededor:

—¿Hugo viene?

Esther negó con la cabeza.

—He hablado con él y me ha dicho que había quedado con Mariluz.

—Pobre... —susurró Delia—. No lo está pasando bien.

Durante un rato charlaron acerca de la situación de Hugo, hasta que, incapaz de seguir guardándose lo que tenía que contarles con respecto a Jorge, Esther se lo soltó.

—Pero ¿qué dices? —exclamaron sus amigas al unísono.

Gesticulando y bajando la voz, ella cuchicheó:

—Dios, casi me muero cuando lo he visto...

—No me extraña —se mofó Vega—. Ver a un pibón como ése es para desmayarte como mínimo.

—¡Vega! —protestó Delia.

Vega sonrió mirando a sus amigas y, cogiendo la mano de Esther, murmuró:

—Vale..., no seré mordaz.

—Te lo agradecería —suspiró ella.

Delia, al ver el gesto preocupado de su amiga, preguntó:

—¿Qué vas a hacer?

Esther, confundida, se encogió de hombros. La situación era bastante embarazosa.

—No lo sé. Estoy tan sorprendida por verlo aquí que... que... ¡Joder! —gritó.

Delia y Vega se miraron, y la primera dijo:

—¡No grites! ¿Por qué gritas?

Esther, que acababa de ver entrar a Jorge en el local, murmuró encogiéndose:

—Está aquí..., ¡está aquí!

Rápidamente, Vega y Delia miraron hacia el lugar donde ella señalaba. Junto a la barra había un tío alto de espaldas anchas y con el pelo castaño que miraba a su alrededor. Vestía un tres cuartos verde militar y unos vaqueros.

—Woooo... Di que sí, nene, ¡antes muerto que sencillo!

—¡Vega! —protestó Esther.

Pero Delia, al mirar al guaperas y ver que se quitaba el tres cuartos y se quedaba con una camisa negra que se le ajustaba al cuerpo, murmuró:

—Madre mía...

Vega asintió al oírla y, dirigiéndose a Esther, afirmó:

—Las fotos se quedan cortas viéndolo en vivo y en directo.

—¡Vega! —gruñó Delia—. Pero ¿no ves que esos comentarios confunden más a Esther? Por Dios, ¿cuándo vas a madurar?

Vega miró a su amiga divertida y, sin enfadarse con ella, cuchicheó:

—Por Dios..., ni que yo fuera un melón.

Esther, que estaba horrorizada, les pidió que se callaran. Con un poco de suerte, no se fijaría en ellas y no la vería.

Pero la suerte no estuvo de su parte, y Jorge, que lo observaba todo a su alrededor, al seguir al camarero para sentarse a una mesa a cenar, la vio. A continuación, tras llegar a su mesa y pedirle al camarero una cerveza, se encaminó hacia ellas.

—Ostras, ¡que viene el guaperas! —murmuró Vega.

Al ver a su amiga Esther tragar con dificultad, Delia cuchicheó:

—Tranquila..., ¿vale?

Cuando Jorge llegó junto a su mesa, las saludó con su bonita sonrisa y, con su acento guiri, dijo mirando a una descolocada Esther:

—¡Qué coincidencia encontrarte aquí!

La joven lo miró con expresión neutra. Entonces él, desplegando su amplia sonrisa, se acercó a ella, se inclinó, le dio dos besos en las mejillas y, mientras se separaba de nuevo, declaró:

—Vale, lo reconozco. He venido a este sitio porque me hablaste tanto de él que deseaba conocerlo y probar su comida.

Esther asintió.

—Te encantará —aseguró fijando la vista en él—. ¡Que te aproveche!

Sorprendido por lo seca que estaba siendo con él, Jorge la ignoró y, contemplando a las otras dos mujeres, que lo observaban con interés, se presentó:

—Soy Jorge y, ya que ella no me presenta, he de hacerlo yo. Encantado de conoceros.

—Soy Delia —dijo ésta sin moverse—. Encantada.

Con galantería, él le dio dos besos, y, tras besarlo también, Vega indicó:

—Y yo soy Vega.

Acto seguido, un incómodo silencio se instaló entre los cuatro, hasta que Jorge, al ser consciente de que Esther no pensaba invitarlo a sentarse, dio un paso atrás y dijo, señalando su mesa:

—Me voy a cenar. Un placer conoceros.

Vega y Delia asintieron y, cuando se alejó, Esther susurró:

—¡Pedid la cuenta y vámonos de aquí!

Pero sus amigas se miraron alucinadas y comenzaron a cuchichear sobre aquél.

Con el corazón a mil, Esther observó cómo Jorge se instalaba en una mesa que había junto a una ventana y comenzaba a mirar la carta.

—Por el amor de Dios, Esther..., pero ¿tú has visto qué sonrisa tiene?

—Claro que lo he visto, Vega..., claro que lo he visto —afirmó ella.

Durante un rato, revolucionadas por la presencia de Jorge, las chicas no se movieron, y cuando éste, tras pedirle la cena a la camarera, que lo miró encantada, sacó un libro de la mochila, Delia murmuró:

—Y encima lee...

—Y tiene el pelo como nuestro doctor macizo... —suspiró Vega.

—¡Os lo dije! —protestó Esther al verlas atontadas.

Atraída como ellas, Esther lo miró. Sin duda era el típico hombre que a toda mujer le gustaría conocer, y su estómago se contrajo al ver a la camarera tocarse el pelo y sonreírle al acercarse a él.

Incapaz de seguir allí mirándolo como una tonta, cogió su bolso y dijo levantándose:

—Vámonos a otro lugar.

Y, sin más, salió de la sala sin despedirse de Jorge.

Al ver que ésta ni lo miraba, Jorge maldijo para sí, pero sonrió al ver que Vega y Delia le decían adiós con la mano.

Una vez fuera de la sala, Esther suspiró y, volviéndose hacia sus amigas, dijo, tras pedir la cuenta al camarero:

—Esto... esto va a ser horroroso.

—¿Por qué? —se mofó Vega y, bajando la voz, cuchicheó—: ¿En serio no quieres nada con él?

—Y tan en serio —afirmó Esther levantando el mentón.

Vega sonrió y giró el cuello para mirar a Jorge.

—¿Qué haces? —le preguntó Delia.

Vega suspiró con una sonrisa y, dirigiéndose a sus amigas, que la observaban, declaró:

—Me lo estoy tirando con la mirada mientras él lee.

—¡Vega! —protestó Delia con incredulidad.

Esther resopló y siseó, mirando a su amiga:

—No me toques más las narices, ¿vale?

Divertida, Vega iba a contestar cuando el teléfono de Delia sonó y ésta se separó unos metros para hablar.

—Os dejo —señaló cuando regresó junto a ellas.

—¿Te vas en plena crisis? —protestó Vega.

Delia asintió, les dio dos besos y, sin dar explicaciones, dijo mientras se alejaba, dirigiéndose a Esther:

—Mañana te llamo.

—Pero, Delia... —protestó Vega.

—Me tengo que ir, ¡adiós! —zanjó ella con prisas.

Minutos después, cuando salieron del restaurante, Vega, al ver el gesto de Esther, le preguntó:

—¿Por qué estás así?

—No lo sé.

—Pero, vamos a ver, ¿quieres o no algo con él?

—No.

—¿Segura?

—Sí.

—Entonces ¿por qué te molesta que yo piense en tirármelo?

Esther maldijo. Ni ella misma se entendía. Pero Vega, que la conocía muy bien, abrió los brazos y le pidió:

—Anda, ven aquí.

Esther aceptó el abrazo y, cuando se separaron, Vega le murmuró a su amiga:

—Tranquila, nunca me acercaría a él por respeto a ti. Pero, ya me conoces, soy puñetera y me gusta haceros rabiar.

Confundida, Esther sacudió la cabeza, y entonces su amiga preguntó:

—¿Te apetece que vayamos a tomar algo?

—Sí. Pero lejos de aquí.

—¿Quieres que vayamos a Oropesa?

Oropesa del Mar estaba a veinte minutos en coche de Benicàssim.

—Excelente elección —asintió.

Durante el trayecto en coche, fueron hablando sobre lo ocurrido, y a pesar de que Esther se empeñaba en repetir una y otra vez que no quería nada con Jorge, Vega no la creyó, aunque no dijo nada.

Una vez que llegaron a su destino, aparcaron el vehículo en la avenida del Mar. Se bajaron y, tras caminar unos metros, se sentaron en una terracita a tomar algo.

—Dios..., todavía no puedo creer que Jorge esté aquí.

Vega asintió y, sonriendo, cuchicheó:

—Tenías razón. Tiene el mismo pelo que el macizorro del doctor Derek Shepherd de «Anatomía de Grey».

Esther sonrió al fin al oír eso, y Vega, mirando a su descolocada amiga, indicó:

—Vale. Asúmelo. Ha aparecido aquí cuando menos lo esperabas y te sigue gustando. Pero, conociéndote, intuyo que te sientes culpable porque no has hablado todavía con el atontado del Divino... ¿Qué vas a hacer?

—No lo sé.

Durante un rato estuvieron hablando del tema, y de pronto Vega soltó:

—¡Joder!... ¡Joder!... ¡Joder!...

Asustada al oírla, Esther preguntó:

—¿No me digas que Jorge ahora está aquí?

Vega negó con la cabeza.

—¡La madre que la parió! —siseó.

Esther volvió la cabeza y divisó al fondo del local a Mariluz, la ex de su amigo Hugo, de lo más acaramelada con un tipo.

—¡La madre que la trajo! —murmuró.

—Nunca me gustó..., nunca me gustó —afirmó Vega, observando cómo le metía la lengua al tipo hasta la campanilla.

Horrorizada, Esther arrugó la cara y susurró:

—Ni te imaginas lo mucho que me alegro de que Hugo no esté aquí para ver eso.

Su amiga asintió. La sacaba de sus casillas pensar que aquélla tenía al hombre ideal en su casa y que lo rechazaba y, antes de que Esther pudiera pararla, se levantó y, con una rapidez increíble, fue hasta ella.

—¡Lo tuyo no tiene nombre! —gritó—. ¡Eres un zorrón!

—¡Vega! —murmuró Esther cogiéndola del brazo.

Pero ella, furiosa, prosiguió sin moverse, mirando a Mariluz:

—Eres una sinvergüenza. ¿Qué haces aquí con éste cuando Hugo te está esperando? No me digas que le has dado plantón...

Acalorada por las palabras de Vega, Mariluz se levantó y replicó:

—Lo que yo haga con mi vida y con Hugo no es asunto tuyo. Y, ahora, ¿qué tal si os marcháis y me dejáis en paz?

Vega levantó la mano, pero Esther se apresuró a sujetársela. ¿Qué demonios le ocurría a su amiga?

Como pudo, Esther la sacó de allí y, al llegar a la calle, preguntó mirándola:

—Pero ¿qué ibas a hacer?

Tremendamente enfadada y con el gesto congestionado, ella respondió:

—Cruzarle la cara al zorrón ese.

—¡Vega!

Alterada como nunca en su vida, ésta siseó:

—Pero, ¡vamos a ver, ¿qué hace aquí ese putón con ese tipo cuando Hugo la está esperando en casa con el corazón abierto en canal?! —Y, separándose de su amiga, añadió—: Esa idiota no sabe lo que se pierde... No aprecia tener a un hombre fantástico, comprensivo y cariñoso a su lado. Un hombre con el que se puede hablar, con el que se puede dialogar...

—No sé ni qué decir —murmuró Esther.

—Por Dios, pero si Hugo es increíble... —insistió Vega—. Es trabajador, honrado, ¡divertido!, inteligente..., y su olor corporal es maravilloso aun sin colonia. Y... y tiene esa preciosa manera de sonreír, y más cuando le salen esas arruguitas alrededor de los ojos...

Al oírla y sentir la efusividad con que lo decía, Esther parpadeó boquiabierta por no haberse dado cuenta antes de lo que le ocurría a su amiga.

—Vega...

—Hugo es un amor. Le abrió las puertas de su casa, de su vida, y... y ¿has visto cómo se comporta esa perraca?

—Vega...

—Pero si hasta el Meloncito se ha dado cuenta de que Hugo es el mejor. Si es que es un hombre maravilloso, y tan atento y caballeroso... Vamos..., que hay pocos como él.

—Vega...

Al ser consciente de lo que estaba soltando por su boquita y de cómo la miraba su amiga, ella suspiró, llevándose la mano a la frente.

—Joderrrrr...

Tremendamente sorprendida, Esther preguntó:

—¡¿Hugo?!

Vega maldijo para sus adentros. Su enfado le había mostrado a Esther cuáles eran sus verdaderos sentimientos hacia él, pero, sin poder negarlo, asintió:

—Sí.

Boquiabierta como pocas veces en su vida, Esther murmuró:

—Dios santo, eres la mejor actriz que he conocido nunca. Lo que se están perdiendo Amenábar y compañía...

Vega sonrió con tristeza.

—¿Estás enamorada de Hugo? —insistió Esther.

Vega dejó caer los hombros y, como si se liberara de una increíble carga, afirmó:

—Desde el primer día que lo vi aparecer en el colegio.

Boquiabierta, Esther resopló. ¿Cómo había podido estar tan ciega?

Sin embargo, cuando iba a decir algo, Vega se le adelantó y suplicó:

—Por favor..., por favor, guárdame el secreto o se liará *leoparda*, y no le digas nada a Delia. Si Hugo se entera, puede ser bochornoso, cuando él siempre me ha visto sólo como a una amiga.

Esther observó los ojitos de Vega con el corazón lleno de amor por ella. Luego la abrazó y murmuró:

—Pero ¿por qué no me lo habías dicho nunca?

Ella se encogió de hombros.

—Porque, cuanta menos gente conociera mi debilidad, mejor. Además, él siempre ha sido un ligón y...

—Y tú... Pero ¿qué dices? —se mofó Esther y, al recordar algo, preguntó—: ¿Hugo es esa persona que me dijiste que fue un amor de verano?

Vega asintió con una sonrisa.

—Cuando teníamos dieciséis años, recuerdo que te fuiste de vacaciones a Menorca con tus tíos, y Delia se marchó a Asturias.

Hugo y yo nos quedamos solos, y te aseguro que fueron unos días muy especiales para mí.

—¿Sólo para ti?

—Sí. Nunca volvimos a hablar de lo ocurrido, e imagino que él olvidó lo que pasó.

—Y ¿qué pasó?

Vega sonrió de nuevo y, caminando hacia el coche de Esther, murmuró:

—Besos, caricias..., nada más.

—Pero ¡¿qué me estás contando?! —susurró Esther boquiabierta.

—Hugo fue el primer muchacho que me besó —cuchicheó Vega con un brillo especial en los ojos—, y lo hizo un precioso 4 de agosto al amanecer, en la playa de la Almadraba. Pero luego yo me fui de vacaciones y, cuando regresé, él se había marchado. Más adelante, cuando volvimos a encontrarnos en el instituto, ninguno habló de lo ocurrido y cada uno continuó con su vida.

Esther miró a su amiga asombrada. Lo que aquélla había estado ocultando durante tantos años era, como poco, increíble, y accionando el mando de su vehículo, murmuró:

—No sé ni qué decir...

—No digas nada, o, mejor... —se mofó Vega—, ¡mándame a freír espárragos!

Ambas soltaron una carcajada. Cuando se montaron en el coche, Esther comentó mientras arrancaba:

—Menos mal que a Delia le va bien en el amor, porque, en lo que se refiere a ti, a Hugo y a mí..., somos un desastre.

Capítulo 19

El primer día que Jorge se presentó en el hotel para trabajar, junto a otras dos personas, no fue fácil para él ni tampoco para Esther.

En un principio, ella consiguió quitarse de encima la obligación de enseñarles el establecimiento, pero, una vez que lo hubo hecho su padre, éste le pidió que les indicara a Jorge y a los demás cuáles eran sus funciones.

En ningún momento Jorge destacó sobre los otros. Se mantuvo en un segundo plano, escuchando lo que Esther les explicaba, y cuando ésta le señaló la terraza donde trabajaría y le presentó a Candy, él no dijo más y se puso a trabajar.

Con el paso de los días y el buen tiempo que hacía, la terraza no sólo se llenaba con los clientes del hotel, sino también con los turistas que andaban por la zona. Los bonitos días de sol se alargaban, las noches comenzaban a ser más templadas y la gente quería disfrutar.

Una de aquellas tardes, cuando Sofía dejaba el coche de su hermana Esther en el parking del paseo Pérez Bayer y caminaba en busca de sus amigos, oyó:

—Hombre, majestad, qué alegría verla sin cabestrillo en el brazo.

Al volverse, se encontró con Luis, el idiota que había conocido días antes en la playa. Ella lo miró con gesto serio, pero él murmuró sin dejar de sonreír:

—Ah..., es verdad..., que eras una malota.

Sus palabras y su gesto hicieron sonreír a Sofía, y él, aprovechando el momento, susurró:

—Bueno..., bueno..., si sabes sonreír y todo.

Sofía suspiró y, dando media vuelta, prosiguió su camino.

Luis, que había quedado con unos amigos en un bar cercano, aceleró el paso para darle alcance y preguntó:

—¿Por qué eres siempre tan seca?

La joven lo miró con mal gesto y él se mofó:

—Venga, mujer, uno no puede estar todo el día enfadado.

En silencio, caminaron unos metros hasta que ella, parándose, lo miró y siseó:

—Oye, colega, ¿qué tal si me dejas en paz?

Luis, que se había dado cuenta de que el viento le retiraba el pelo de la cara, se fijó en su cicatriz y murmuró:

—La tienes mucho mejor.

Al sentir los ojos de aquél sobre su rostro, ella hizo un movimiento con la cabeza para que el pelo se lo tapara y, dando media vuelta, prosiguió su camino. Luis sonrió. Aquella cabezota sin duda era dura de pelar; se encogió de hombros y prosiguió andando tras ella.

Al notar que él iba detrás, Sofía se detuvo de nuevo y, volviéndose para mirarlo, le soltó:

—¿Por qué me sigues, tronco?

—No te sigo.

—¿Ah, no? Y ¿qué estás haciendo entonces?

Molesto por su actitud agresiva, Luis siseó:

—Yo no soy tu *tronco*. A ver si aprendes a hablar con educación.

Y, sin decir nada más, continuó su camino. Al ver que él se alejaba, Sofía comenzó a caminar, cuando él, volviéndose, preguntó:

—¿Por qué me sigues?

—No te sigo.

—¿Ah, no? Y ¿qué estás haciendo entonces?

Al comprender lo que estaba haciendo, la joven sonrió.

—Creo que los dos vamos hacia el mismo sitio —suspiró él—. ¿Qué te parece si vamos juntos y así no nos acusamos de perseguirnos el uno al otro?

Sofía volvió a sonreír y asintió.

—Sí. Será lo mejor.

En silencio, avanzaron unos metros, hasta que Luis fue a decir algo y ella murmuró:

—No me hables.

Boquiabierto por lo arisca que era la chica, él empezó a silbar y, cuando notó que ella lo miraba, se mofó:

—Ah, no... Ni se te ocurra pedirme que no respire.

Incapaz de no sonreír, Sofía lo hizo, y Luis sonrió también. El buen humor nunca fallaba.

De pronto se oyó un silbido y Luis saludó levantando la mano. A pocos metros de ellos había un grupo de chicos que los observaban. Sofía reconoció de inmediato a los otros tres integrantes del grupo Atacados, pero entonces miró a una chica rubia que estaba con ellos, y parpadeó asombrada. Al ver su expresión, Luis explicó:

—Es la actriz y cantante Lucía Gil, ¿la conoces?

Sofía soltó un silbido y, cuando Lucía se volvió, ambas corrieron para abrazarse ante la mirada de sorpresa de Luis. Cuando los abrazos y las risas terminaron, Lucía exclamó, dirigiéndose a su amiga:

—No me mates. He llegado a mediodía y pensaba llamarte esta noche.

Luis se les acercó y preguntó sorprendido:

—¿Os conocéis?

Ambas asintieron con la cabeza.

—Sí. Desde pequeñas —respondió Lucía.

Ambas rieron, y él, sin decir nada más, fue a reunirse con sus compañeros, que los observaban.

Una vez a solas, Sofía le preguntó a Lucía:

—¿De qué los conoces?

Ella miró a los chicos, que charlaban.

—Se dedican al mundo de la música, como yo. Hoy tocan aquí y, luego, por la noche, compartiremos escenario en otro local. Por eso he venido.

—¿Actúan aquí?

—Sí, en ese pub, y después, a las once, interpretaremos una canción juntos en otro bolo.

Sofía miró a Luis, que hablaba con sus compañeros; entonces alguien gritó su nombre y, al ver que era Xuxo, uno de sus colegas, levantó la mano y lo saludó.

—Ven. Vayamos a tomar algo —dijo dirigiéndose a Lucía.

Al ver que iban hacia el lugar donde estaban sus amigos, Lucía se detuvo. Hacía años que se había desligado de aquella gentuza.

—Sabes que no me gustan, y yo con ésos no me tomo ni la tensión —afirmó mirando a Sofía.

Ambas sonrieron. Pero su amistad estaba por encima de esos chicos, y Lucía indicó:

—Ve con ellos y quedamos mañana, ¿te parece?

—¡Genial!

Tras despedirse con dos besos, cada una se encaminó hacia su grupo de amigos sin mirar atrás.

Una hora después, el local estaba a reventar, y los cuatro componentes de Atacados subieron al pequeño escenario a cantar varios temas que hicieron que la gente lo pasara bien.

Durante la actuación, Luis se percató de que los amigos de Sofía eran unos impresentables proclives a meterse en problemas, y al final los dueños del local tuvieron que echarlos, a Sofía entre ellos.

Cuando el concierto acabó, mientras Arturo recogía su guitarra, Jesús el bajo e Iván la batería para irse a otro lugar a tocar, Luis salió a la calle a hacerse unos selfis con unas chicas que se lo habían pedido. Las atendió encantado y, al terminar, se fijó en que Sofía estaba al otro lado de la calle.

Hablaba por teléfono y parecía enfadada. Sin acercarse a ella, observó cómo segundo a segundo la chica iba calentándose más y más y, tras discutir con una pareja que estaba a su lado, éstos dieron media vuelta y se marcharon dejándola sola.

Su gesto desvalido hizo que Luis se aproximara a ella y, aun consciente de que iba a llevarse una mala contestación, le preguntó:

—¿Te ocurre algo?

Sofía lo miró. Estaba muy enfadada y, resoplando, respondió:

—Piérdete, tronco.

—¡Vale, tronca! —replicó él y, volviéndose, se alejó de ella. Esa chica era insoportable.

Sofía maldijo mientras miraba su reloj.

Esther la había llamado varias veces para que fuera a echar una mano con la terraza del hotel. Pero ella le había dejado el coche de su hermana a Xuxo, y éste no aparecía, y no podía regresar sin el vehículo o Esther la mataría directamente.

Mientras esperaba, decidió ir al baño del pub. Al entrar en él, se encontró con Lucía, que estaba haciéndose un selfi con unas chicas. Ambas se sonrieron y, cuando las demás chicas se marcharon, Lucía se colocó el pelo ante el espejo y murmuró:

—No sé cómo soportas a esos impresentables. Siempre dando la nota.

Sofía suspiró. En ocasiones ella también lo pensaba, pero eran sus amigos, las personas que estaban con ella todo el año.

—Son mis amigos —respondió al final.

Ambas asintieron y, segundos después, en cuanto entraron otras chicas, que también le pidieron otra foto a Lucía, Sofía se escabulló dentro de uno de los aseos.

Cuando, cinco minutos después, salió a la puerta del local para ver si su colega había regresado, vio unas luces a lo lejos y, al reconocer el coche de su hermana, suspiró aliviada. No obstante, el suspiro se convirtió en un gemido cuando el vehículo se acercó y Sofía distinguió un golpe en el lado derecho.

Aturdida, se llevó las manos a la boca y, en el momento en que el coche se detuvo, gritó enfadada:

—Pero ¡¿qué le has hecho?!

Xuxo, que era quien conducía el vehículo, se bajó de él sonriendo y, sin importarle para nada los sentimientos de la chica, le lanzó las llaves y replicó:

—No dramatices, tronca, que no es para tanto.

Furiosa, Sofía fue hacia él y, dándole un empujón con todas sus fuerzas, siseó:

—¡Serás idiota, Xuxo! ¿Cómo que no es para tanto? Mi hermana me va a matar...

—Tu hermana..., tu hermana... Pues manda a tu hermana a paseo —se mofó él.

—¡Vete a la mierda!

Al oírla, Xuxo murmuró con desprecio:

—Como bien dice Óscar, *Sofea*, eres peor que un grano en el culo.

Sofía se disponía a arrearle un puñetazo sin pensar en las consecuencias cuando notó que alguien la sujetaba por la cintura. Al mirar atrás, vio que se trataba de Luis, que murmuró con gesto serio:

—Estate quietecita, mujer.

Xuxo soltó una risotada y, tras montarse en otro coche donde lo esperaban el resto de sus amigos, desapareció de escena.

Luis soltó entonces a Sofía y ella, boquiabierta y nerviosa, no sabía qué hacer con las llaves del coche de su hermana en las manos. Cuando Esther viera el coche, le iba a montar una buena.

—Madre mía..., madre mía, si es que no salgo de una y me meto en otra... —suspiró, dándose aire con la mano.

Luis, al ver sus ojos repletos de lágrimas, murmuró conmovido:

—Disculpa, pero las malotas no lloran en público.

Sofía asintió y, tragándose las lágrimas, señaló el coche e indicó:

—Doña Perfecta me va a matar.

—¿Doña Perfecta?

—Mi hermana Esther.

Él miró el vehículo y no dijo nada. Tenía un buen golpe.

Durante unos segundos, ambos permanecieron en silencio, hasta que Arturo, Iván y Jesús salieron del pub junto a Lucía.

—Dentro de una hora tenemos que estar en el hotel para tocar —señaló Arturo dirigiéndose a Luis—. ¡Vamos!

Este último miró a Sofía sin saber qué hacer. Era consciente de que se merecía que la dejara allí tirada, pero algo en él no le permitía hacerlo.

—Vaya —cuchicheó Lucía dirigiéndose a los otros tres—, creo que Luis ha encontrado plan.

—Un plan un poquito borde —se mofó Jesús.

—No digas eso.

—¡Ni que la conocieras! —se guaseó Iván.

Lucía asintió mirándolos.

—Pues sí, la conozco. Sofía es complicada en ciertos aspectos, pero la quiero.

Los demás no respondieron. A continuación, Arturo intercambió una mirada con Luis e indicó:

—Vamos caminando hacia el parking. Te esperamos allí.

Lucía y su amiga se guiñaron el ojo con complicidad, y Luis, al ver que sus compañeros se alejaban cargados con los instrumentos, miró a Sofía. Se la veía consternada por el coche, y, de pronto, ella rodeó el vehículo y se acomodó tras el volante.

Sin saber por qué, Luis abrió la puerta del pasajero y, mirándola, dijo:

—Tengo una idea.

—Mira, colega..., no tengo tiempo de...

—Escúchame..., mujer...

Sofía lo miró.

—Vayamos al parking donde he dejado mi coche —aclaró él—. Haremos un parte como si yo te hubiera golpeado y, al menos, a tu hermana esto se lo pagará el seguro.

Sorprendida por su ofrecimiento cuando ella siempre había sido una borde con él, Sofía preguntó:

—¿Lo dices en serio?

Luis se encogió de hombros y suspiró:

—Si esto te evita tener problemas con doña Perfecta, ¿por qué no ayudarte? Eso sí, tienes que dejar de llamarme *tronco* y *colega*.

Agobiada por todo, Sofía recibió en ese instante otro mensaje de su hermana preguntándole dónde estaba.

—Agradezco lo que quieres hacer por mí —murmuró—, pero tengo que regresar con urgencia al trabajo y no tengo tiempo de acompañarte al parking.

Luis se rascó la cabeza.

—La verdad es que yo también ando con prisa —dijo—, tenemos una actuación. Dime dónde trabajas y, cuando acabe, iré y rellenamos el parte, ¿te parece?

—Allí estará mi hermana.

El joven sonrió y, guiñándole el ojo, indicó:

—Mejor, así le haré creer que yo he tenido la culpa y, además de conocer a una gruñona como tú, conoceré a doña Perfecta. —Luego, antes de cerrar la puerta, añadió—: Dame la dirección de tu trabajo, tengo que irme. ¿O quizá Lucía la sabe?

Sofía lo pensó un momento. Si su hermana creía que ella no había tenido la culpa, todo sería mucho más fácil. Así pues, después de darle la dirección de la terraza del hotel Agamar a Luis, se marchó.

Capítulo 20

Jorge trabajaba en la terraza sirviendo bebidas con diligencia mientras bromeaba con unas chicas que estaban sentadas a la barra y le daban conversación.

Sin embargo, la conversación con aquéllas no le interesaba nada, y menos cuando vio a Esther y a su padre a través de una ventana y, por sus gestos, dedujo que estaban discutiendo. ¿Qué les ocurría?

Candy, que se había fijado en la escena como él, no comentó nada, pero Jorge se le acercó y preguntó:

—¿Qué les pasa?

Al ver el lugar hacia el que él señalaba con la mirada, la portuguesa se encogió de hombros.

—No lo sé. Pero no me extrañaría que discutieran por el hotel.

—¿Por el hotel? —dijo él.

La mujer maldijo para sí por haber insinuado aquello y, mirándolo, indicó para zanjar el tema:

—Sigamos trabajando, por favor.

Una vez que ella se hubo alejado de la barra con su bandeja, Jorge volvió a mirar hacia la ventana del pequeño despachito que daba a la terraza y se inquietó al ver a Esther tan alterada. La chica que había conocido en Londres era dulce, extrovertida y con ganas de disfrutar de la vida: todo lo contrario de lo que se había encontrado allí.

Un par de horas después, cuando la terraza comenzó a vaciarse, Jorge la vio salir del hotel y dirigirse hacia la playa con paso rápido.

Al perderla de vista en la oscuridad, se asustó y dijo, mirando a Candy:

—Regreso dentro de veinte minutos.

La mujer asintió y prosiguió a lo suyo.

Con paso decidido, Jorge caminó hacia el lugar donde había visto desaparecer a Esther y, al verla con los brazos cruzados cerca de la orilla del mar, anduvo hasta ella. La noche era oscura. La luna era menguante y apenas iluminaba nada a su alrededor.

Apoyada en una caseta de madera y protegida por la oscuridad, Esther intentaba calmarse mientras se secaba las lágrimas que corrían por su rostro. De nuevo había tratado de hablar con su padre de la necesidad de pedir un préstamo al banco para hacer reformas en el hotel, pero, una vez más, él se había negado.

Pero ¿qué le ocurría?

La joven estaba harta. Cada vez entendía menos la negativa de su padre a reactivar su medio de vida y, por más que se esforzaba por hablarlo con él, Mario evitaba el tema una y otra vez.

Durante unos segundos, Jorge se mantuvo en silencio respetando sus pensamientos, hasta que ella se volvió y, sorprendida al verlo parado allí, preguntó con voz autoritaria:

—¿Qué quieres?

—Quería ver si estabas bien.

Al oír eso, Esther fue consciente de que debía de haberla visto a través de la ventana del despachito, y siseó con rabia:

—¿Qué tal si te pones a trabajar y dejas de meterte donde no te llaman?

Jorge suspiró. Sin duda estaba muy enfadada. Pero, cuando Esther echó a andar, se colocó frente a ella para impedírselo.

—Quítate de en medio.

Él no se movió.

—No sé qué te pasa —musitó—, pero sí sé que la chica que conocí en Londres no es feliz. ¿Dónde están tu sonrisa, tus ganas de vivir y tu naturalidad?

Ella no contestó. Jorge se metió entonces las manos en los bolsillos y se topó con algo, y comenzó a decir:

—Sé que te sorprendí al aparecer aquí, pero...

—Jorge —lo cortó ella—. No te lo tomes a mal, pero tengo mil cosas en la cabeza, mil problemas..., y en lo último que pienso es en tontear contigo, ¿te queda claro?

—Dime si puedo ayudarte en algo.

Desesperada, Esther resopló.

—No. No puedes... ¿Qué sabrás tú de hoteles?

Él asintió. Saber, lo que se decía saber, sabía mucho de hoteles... Pero como no quería descubrirse, y deseaba verla más tranquila, sacó un objeto de su bolsillo y simplemente pidió:

—Dame cuatro minutos.

Al oírlo y ver el móvil y los auriculares, Esther supo enseguida de qué se trataba y, negando con la cabeza, respondió:

—No.

—¿Por qué?

—Ahora no.

—Pero ¿por qué? —insistió él.

Esther maldijo y, muy segura de lo que decía, siseó:

—Porque esto no es Londres.

Jorge asintió. En eso tenía toda la razón. No obstante, estaba dispuesto a conseguir su propósito, así que soltó:

—Lo sé. Esto no es Londres, pero sí somos tú y yo.

Esther no supo qué decir, y, aprovechando su momento de confusión, él insistió:

—Vamos, sólo serán cuatro minutos, y no sería justo que me dijeras que no.

A Esther se le ablandó el corazón. Entonces, sin tiempo que perder, Jorge le colocó un auricular, él se puso el otro, y la voz de Bruno comenzó a entonar aquella canción que para ellos era especial.

Sin necesidad de nada más, ambos se miraron a los ojos. Durante unos minutos, éstos eran los únicos que se tocaban. Jorge sabía muy bien que, si intentaba algo con ella, todo se iría al traste y, forzándose a estarse quieto, no se movió, hasta que ella dio un paso hacia él y, echándose a sus brazos, lo estrechó contra sí.

Aspirando su perfume, disfrutó de aquello que llevaba anhelando durante días.

Extasiada por su cercanía, por la canción y por la oscuridad de la noche en aquella impresionante playa, Esther disfrutaba de la sensación que el momento le proporcionaba con los ojos cerrados. Estar con él le daba paz, sosiego, protección, y cuando sintió que su cuerpo se relajaba, lo miró y, sin dudarlo, lo besó.

Hechizado, Jorge respondió a ese beso que a cada segundo hacía aumentar la temperatura de sus cuerpos, consciente de que estaba por completo en las manos de ella.

La canción acabó, pero el beso apasionado continuó. Luego Esther bajó las manos del cuello de él a su cinturón y murmuró:

—Te deseo.

Ocultos por las casetas y la oscuridad de la noche, Jorge preguntó sin separarse de ella:

—¿Aquí?

Azuzada por el deseo, ella asintió y él no la detuvo, y cuando ésta, tras desabrocharle el cinturón y posteriormente la cremallera, introdujo la mano en sus pantalones y lo acarició, Jorge cerró los ojos y todo su cuerpo tembló.

Consciente de lo que ocurría, y tremendamente excitada, Esther se subió la falda azul que llevaba y, una vez que él la atrapó entre sus brazos, se hicieron el amor sin hablar pero con deseo, urgencia y pasión, amparados por la oscuridad de la noche.

En cuanto terminaron, él le cogió la mano, se la llevó a los labios y le besó los nudillos.

—Te he echado de menos —dijo mirándola a los ojos.

Con una sonrisa que minutos antes no tenía, la joven afirmó:

—Y yo a ti.

Y, con esas simples palabras, ambos comprendieron que ya todo quedaba aclarado entre ellos.

Tras varios besos más cargados de deseo y de necesidad de estar el uno con el otro, decidieron dar por finalizada aquella locura. Después de colocarse bien la ropa, Esther preguntó:

—¿Adónde le has dicho a Candy que ibas?

—Le he dicho que volvería dentro de veinte minutos.

Esther sonrió y, bajando la voz, murmuró:

—Algo me dice que han pasado más de veinte...

Encantado con verla sonreír, Jorge cuchicheó:

—Por suerte, la jefa no me ha visto.

Ambos rieron por aquello, y luego él dijo:

—He de regresar al trabajo. No quiero que Candy se incomode.

Ella asintió.

—Sí, es lo mejor y, por favor, esto ha de quedar entre tú y yo.

—¿A quién crees que se lo voy a contar? —preguntó él.

Ella sonrió y, tras un último beso cargado de deseo, Jorge dio media vuelta y se encaminó hacia el hotel con una sonrisa en los labios, consciente del gran paso que acababa de dar con Esther.

Incapaz de dejar de sonreír, ella lo siguió con la mirada. Jorge seguía sorprendiéndola y, con lo que había hecho esa noche, no sólo había conseguido tranquilizarla y hacerla sonreír, sino que además la frialdad que ella misma había creado se había roto por fin.

Algo más animada que cuando había llegado a la playa, caminaba de regreso al hotel cuando el ruido de un motor llamó su atención y, al levantar la vista y reconocer su coche, se quedó sin habla.

¿Qué demonios le había ocurrido?

Capítulo 21

Sofía aparcó el vehículo, se bajó de él y lo miró angustiada. Cuando su hermana viera el golpe, la iba a armar gorda.

Estaba examinando el porrazo cuando oyó detrás de ella:

—Por el amor de Dios..., ¿qué le has hecho a mi coche?

Sofía cerró los ojos y, volviéndose para encontrarse con su gesto desencajado, susurró:

—Te lo puedo explicar.

Sin dar crédito, Esther se acercó a ella y, al ver que estaba bien, maldijo y siseó, conteniendo las ganas de gritar que sentía:

—¡Joder, Sofía!

—Lo siento, yo..., es... que...

—Te he dicho mil veces que no cojas mi coche. ¿Por qué no lo entiendes?

—Lo siento..., sé que nunca quieres que lo coja, pero lo necesitaba.

Esther se pasó las manos por el pelo. Se lo recogió en un moño tirante y, mirándola, preguntó:

—Habrás hecho parte, ¿no? —Pero, al ver el gesto de su hermana, maldijo—. ¡Estupendo! Ahora me tocará pagarlo a mí. ¡Joder, Sofía! Cuando uno tiene un golpe, se hace un parte para que las aseguradoras se encarguen del problema.

Al ver el enfado de su hermana, la chica la miró y se apresuró a decir:

—El chico que me ha golpeado ha dicho que luego vendría a hacer el parte y...

—¿Que luego vendrá? —se mofó ella furiosa.

—Sí.

Esther resopló.

—Sí..., seguro que viene, ¡seguro!

—Esther...

Molesta y enfadada con su hermana, ella levantó las manos y masculló, caminando hacia la recepción del hotel con paso brioso:

—Mira, déjame en paz. Cada día estoy más harta de todo y de todos...

Apenada por lo ocurrido, Sofía se encaminó hacia la terraza. Una vez allí, tras saludar a Candy y a Jorge, comenzó a recoger mesas con el gesto muy serio; entonces vio a su hermana y a su padre salir del hotel y dirigirse hacia el coche.

Sin querer evitarlo, observó cómo Esther gesticulaba enfadada mientras hablaba con su padre; Jorge se acercó a ella y preguntó:

—¿Qué ocurre?

Sofía, que había congeniado muy bien con él, murmuró tras un suspiro:

—He cogido el coche de Esther sin su permiso y le han dado un golpe.

Jorge sonrió. Aún recordaba cuando él hacía lo mismo con el coche de su padre o su hermano mayor.

—Tranquila —dijo—. Lo importante es que tú estés bien. Lo material se soluciona.

Sofía asintió y, mirándolo, cuchicheó:

—Lo sé. Pero ¡eso explícaselo a doña Perfecta!

Al oír ese mote, él rio y, dando media vuelta, continuó atendiendo las mesas.

Un par de horas después, Sofía vio llegar a Luis, acompañado por Arturo, Jesús, Iván y Lucía, y sonrió.

El chico le había dicho que iría, ¡y allí estaba! Por lo que, sonriendo, les señaló una mesa libre. Cuando ellos se sentaron, Luis comentó, mirando a su alrededor:

—Qué bonito es el lugar donde trabajas.

—Gracias —repuso ella y, a continuación, preguntó—: ¿Qué queréis beber?

Todos pidieron algo para refrescar sus gargantas excepto Luis, que pidió una infusión de tomillo y miel. Al apuntarlo, Sofía lo miró y él, sonriendo, cuchicheó:

—Tengo que cuidarme la voz.

En ese instante, Esther pasó junto a ellos, y Lucía, al verla, se levantó y fue a saludarla.

Encantada, Esther la abrazó, momento en el que Sofía aprovechó para susurrar, dirigiéndose a los demás:

—Ésa es mi hermana Esther.

Todos la miraron y, aunque ella sonreía mirando a Lucía, Arturo murmuró con guasa:

—¡Wooo, tiene cara de malas pulgas!

Lucía, que regresaba en ese instante a la mesa, le dio un pescozón al oírlo.

—No digas tonterías. Esther es majísima.

Divertidos, todos rieron, y entonces ella bajó la voz y cuchicheó:

—Escucha, Sofía, ya hemos preparado lo que le vamos a contar. Le diremos que, con las prisas por llegar al hotel para actuar, a Luis se le ha ido el coche al salir de una rotonda.

Sofía suspiró, y Luis murmuró para calmarla:

—Tranquila. Tú déjame a mí, que soy muy *apañao*. Dile a tu hermana que venga.

Todos soltaron una carcajada; sin lugar a dudas, la labia de Luis era siempre provechosa.

Esther se acercó entonces a su hermana.

—Sofía, por favor, cuando puedas, papá quiere hablar contigo —dijo.

En ese instante, Luis se levantó y preguntó, dirigiéndose a ella:

—¿Eres Esther?

La aludida asintió, y él le tendió la mano.

—Encantado de conocerte, soy Luis.

Sin saber quién era ese chico, Esther se la estrechó, en el mismo momento en que Jorge se acercaba con disimulo para enterarse de lo que ocurría. Una vez que Luis le hubo soltado la mano, dijo para aclarar rápidamente el entuerto:

—Soy la persona que esta tarde le ha dado el golpe a tu coche y he venido para rellenar el parte del seguro. Disculpa porque no lo hiciera antes, pero somos músicos, teníamos que actuar e íbamos pillados de tiempo.

Sorprendida por aquella aparición que no esperaba, Esther miró a su hermana, y ésta declaró:

—Te he dicho que vendría, y más siendo amigo de Lucía.

—Luis es un chico de fiar —apostilló Lucía.

Esther asintió asombrada. Entonces Luis le entregó unos papeles y añadió:

—Mis datos ya están, sólo faltan los tuyos y los de tu seguro.

A cada instante más boquiabierta, ella cogió los papeles y, mirándolos, indicó:

—Voy a terminar de rellenarlos. Ahora vuelvo.

Una vez que se hubo alejado, Sofía miró a Luis con una bonita sonrisa y dijo:

—Gracias. Ni te imaginas la movida que me has ahorrado.

Luis asintió; entonces Jorge, que había estado atento a lo que ocurría, se acercó a ellos tras cruzarse con Esther y mirarse a los ojos con disimulo.

—¿Habéis dicho que sois músicos? —les preguntó.

Luis asintió.

—Ella es Lucía Gil, cantante y actriz —indicó—, y nosotros cuatro formamos el grupo Atacados. —Jorge saludó a la joven y Luis prosiguió—: Soy Luis, el vocalista. Él es Jesús, bajo. Iván, batería, y Arturo, guitarra.

Jorge los saludó estrechándoles las manos a todos y, en cuanto acabó, dijo con guasa:

—Jorge, camarero.

Al oír su acentillo guiri, Iván, el batería, preguntó sonriendo:

—Eres de Sevilla, ¿verdad?

Todos rieron por el comentario.

Durante un rato estuvieron charlando y le contaron que estaban en Benicàssim porque les habían salido varios bolos en hoteles y locales de la zona. Jorge los escuchó interesado hasta que Esther regresó con los papeles y, mirando a Luis, dijo muy seria:

—Aquí los tienes. Mañana presentaré los míos, haz tú lo mismo para que me arreglen el coche cuanto antes.

Luis asintió.

—¿Sabías que son músicos? —preguntó Jorge dirigiéndose a

ella. Y, al ver que sonreía, insistió—: Podrían tocar alguna noche en esta terraza, ¿no crees?

Al oír eso, a Sofía se le iluminó la mirada.

—Estaría genial, Esther —señaló.

Ella los miró. Su presupuesto para actuaciones era limitado. Sin embargo, Luis comentó entonces con su característica sonrisa:

—Nosotros estaríamos encantados, pero ya tendría que ser para después de Semana Santa, puesto que mañana nos vamos a Andalucía, que tenemos varios bolos allí.

—Y a mí me pasa igual, Esther —añadió Lucía—. Mañana por la noche regreso a Madrid, tengo trabajo allí.

Sofía se sintió decepcionada al oír eso, pero entonces Arturo comentó, levantándose de pronto:

—Tenemos las guitarras en el coche..., ¿las traemos?

—¡Estupenda idea! —afirmó Jorge, ganándose una mirada divertida de Esther.

Cinco minutos después, cuando los chicos comenzaron a tocar las guitarras y Luis y Lucía empezaron a cantar, todos los clientes de la terraza pudieron disfrutar de su música durante al menos una hora.

Feliz por el bonito momento que había vivido en la terraza del hotel de su familia, cuando fue a despedirse de Lucía, Sofía le dijo:

—Mañana a las doce te quiero aquí.

Ella sonrió y, cuadrándose, asintió:

—¡A sus órdenes, mi general!

Luego, tras darse un par de besos, Lucía se marchó junto a Iván.

Sofía miró a Luis, que se despedía de Jorge con un choque de manos. Cuando el chico se acercó a ella, la joven murmuró:

—Gracias por todo, de verdad.

Luis sonrió y, al ver a su grupo y a Lucía caminar en dirección al coche, replicó:

—De gracias, nada, majestad. Esto te costará que me des tu teléfono y una copa cuando regrese de Andalucía.

Sin poder evitarlo, ella sonrió. No estaba acostumbrada a

aquel tipo de chico educado. Sin embargo, quería esa copa, así que le dio su teléfono y, después de que él le hiciera una llamada perdida y ella se guardara su número, afirmó:

—A esa copa invito yo.

—Trato hecho, *Soguapa*.

Luego Luis le guiñó el ojo y se marchó con sus amigos.

Encantada, ella lo observó alejarse y sonrió. Por fin un *Soguapa* en vez de un *Sofea*...

—Vaya..., pero si sabes sonreír —murmuró Jorge, que recogía las mesas, cuando ella pasó por su lado.

Al oír eso, Sofía amplió la sonrisa. Luis le había dicho eso mismo por la tarde, y en ese instante se planteó que quizá debería sonreír más a menudo.

Capítulo 22

Al día siguiente, Lucía y Esther hablaban con Mario en el despachito de recepción. El hombre parecía bastante apurado.

—Papá..., tranquilízate.

—No puedo —gruñó él sacando una caja de herramientas—. El baño de la 105 pierde agua otra vez, y el fontanero me pide una barbaridad de dinero por arreglarlo que no estoy dispuesto a pagar.

—Papá, si te pide ese dinero es porque la avería es gorda —lo cortó Esther—. Todos los baños pierden agua, pero nada, tú sigues empeñado en no ver la realidad...

—¡Hija, no me agobies!

—Papá, no te agobio..., ¡soy realista! Las instalaciones están viejas y necesitan una reforma.

Malhumorado y sin responder, Mario se marchó con la caja de herramientas.

Con un suspiro, Esther cuchicheó:

—Me temo que esto va a ir de mal en peor.

Lucía, que no entendía nada, preguntó entonces:

—¿Qué es lo que le pasa?

Resoplando, Esther susurró:

—Que tiene miedo de que yo pida un préstamo al banco para actualizar el hotel. Con la crisis que hay, creo que teme no poder hacer frente a los pagos y dejarnos a Sofía y a mí con deudas de por vida.

—Pobre...

Esther asintió, pero, como no quería seguir hablando de aquello, le preguntó a la chica por sus trabajos en televisión, y Lucía se los refirió encantada.

Estaban charlando animadamente cuando apareció Sofía, que saludó al verlas:

—Muy buenas.

Ellas la miraron y Esther declaró con una sonrisa:

—Le decía a Lucía que nos encantó verla en la serie «Yo quisiera». Ni te imaginas lo orgullosas que nos sentimos de ti.

Lucía sonrió, y Sofía afirmó mirándola:

—¡Es que mi Lucía es la mejor!

—Vosotras, que me miráis con buenos ojos y me queréis... —dijo la actriz riendo.

Durante un rato las tres bromearon sobre aquello, hasta que Esther vio pasar de nuevo a su padre con gesto hosco y la caja de herramientas y se marchó tras él. ¿Qué se habría roto ahora?

Sofía y Lucía salieron del hotel y caminaron del brazo hacia la playa.

Al llegar allí, se quitaron las deportivas y, cuando sus pies tocaron la fina arena de la playa de la Almadraba, Lucía murmuró:

—Echaba de menos su tacto.

Ambas sonrieron. Se habían conocido cuando eran unas niñas en aquella playa. Los padres de Lucía tenían allí un pequeño apartamento que aprovechaban todos los veranos, y fueron muchas las vacaciones que disfrutaron las dos juntas.

Durante un rato hablaron de sus cosas, e, interesada, Sofía le preguntó a su amiga por sus proyectos. La vida de aquélla en Madrid era mucho más interesante que la suya, y ella la escuchó encantada.

Estaban caminando por la orilla cuando de pronto oyeron:

—Eh..., eh..., Sofía.

Al mirar, se encontraron con Óscar y unos amigos, que estaban sentados en la playa. Como siempre, y para no variar, hacían botellón y fumaban maría. Al reconocer al chico que se acercaba a ellas, Lucía cuchicheó:

—¿Ése es...?

—Sí —afirmó Sofía acelerando el paso.

En ese instante, la imagen que daban sus amigos era complicada de explicar.

—Pero ¿esta gente nunca cambia? ¿No trabajan? —cuchicheó Lucía.

Ella no supo qué contestar.

La mayoría de aquellos chicos eran unos ninis que simplemente vivían de sus padres. Entonces Óscar se colocó frente a ellas y la saludó:

—Hola, princesa.

Sofía lo miró. Desde el accidente no había vuelto a saber de él; ni siquiera la había llamado por teléfono ni enviado un mísero wasap para interesarse por ella. Por lo que, tratando de permanecer indiferente, masculló:

—Si no te importa, quítate de en medio.

Óscar no se movió y, pestañeando como sólo él sabía hacer, susurró:

—Vamos, tronca..., no seas así. —Luego, al reconocer a Lucía, agregó—: Hombre..., pero mira a quién tenemos aquí... Si es la estrellita cantarina...

Lucía, que años antes se había apartado de aquellas amistades tóxicas, siseó con gesto incómodo:

—Ni te molestes en saludarme.

—Mujeeerrrrr, aunque sea por los viejos tiempos... —se mofó él.

Lucía, que no deseaba seguir al lado de aquel pieza, miró a su amiga y dijo:

—Mientras hablas con él, yo te espero en aquella terraza tomando algo.

Y, sin más, se alejó, dejando a Sofía a solas con Óscar.

Al ver que aquélla se marchaba, él comentó con una sonrisa:

—Vaya..., está visto que a la estrellita se le han subido los humos.

Sofía no contestó, y él, volviendo la mirada hacia ella, murmuró:

—Estás muy guapa hoy.

La joven echó a andar.

—Aléjate de mí.

Caminando con ella, Óscar insistió:

—He estado muy preocupado por ti.

—Seguro... ¡Y por eso me has llamado!

Él la agarró entonces del brazo para que se detuviera y, mirándola a los ojos, susurró en tono melosón:

—Te echo de menos y, aunque no lo creas, tu amiga Adriana me ha tenido al tanto de ti. —Luego, mirando su ya casi inexistente cicatriz, afirmó—: Y tenía razón: mi princesa sigue tan bonita como siempre.

Al oír que la llamaba *princesa* y notar su mirada, la chica sintió que se derretía. Óscar era un embaucador que ejercía un poder sobre ella que no llegaba a explicarse. Sin embargo, cuando iba a contestarle, vio a Lucía sola en la terraza y siseó, dando por finalizada la conversación:

—Mira, Óscar, ¡déjame en paz!

Dicho esto, comenzó a caminar, y éste añadió sonriendo:

—De acuerdo, tronca. Ya sabes dónde estoy para cuando quieras.

Sin mirar atrás, Sofía llegó a la terraza donde la esperaba su amiga. Se sentó y pidió un refresco. Cuando el camarero lo dejó sobre la mesa, Lucía preguntó, dirigiéndose a ella:

—Pero ¿todavía estás con ese idiota?

—Sólo nos vemos de vez en cuando.

—Sofía, no me mientas —protestó su amiga—. Seguro que os veis cuando él quiere, no cuando quieres tú. —Ella no contestó, y Lucía preguntó—: ¿Sigue vendiendo droga?

—Sí.

—Pero, Sofía, ¡por Dios! —se quejó Lucía.

Permanecieron unos segundos en silencio y, al ver que su amiga miraba hacia el lugar donde él estaba, Lucía volvió al ataque.

—¿Qué le ves a ese tipo? Porque, si te soy sincera, no sé qué es lo que te atrae de él.

Sofía no contestó, y ella insistió:

—Óscar no es bueno para ti, y lo sabes.

—Lo sé, colega.

—¡No me llames *colega*! —protestó Lucía y, mirándola, indicó—: Joder, Sofía, que ya tienes veinticuatro años... ¿Cuándo vas a dejar de hablar como una quinceañera macarra?

Ella no respondió.

—Tienes que madurar y, si para eso debes alejarte de aquí, ¡hazlo! Porque te juro que soy incapaz de entender por qué sigues con ese macarra de chichinabo y por qué te dejas embaucar por él.

Sofía sacudió la cabeza. Sabía que su amiga tenía razón y, una vez más, no contestó.

Durante unos segundos, guardaron silencio de nuevo. Aquellas amistades tóxicas casi habían logrado separarlas. Entonces Lucía, para cambiar de tema, dijo, tocándose la pulsera que llevaba:

—Algunas amigas de Madrid, al ver tu pulsera, se enamoraron de ella, y me consta que te encargaron varias a través de tu página web.

—Sí. Recuerdo haber vendido unas cuantas.

Desde hacía más de un año, Sofía vendía bisutería que ella misma hacía a través de una página web que había creado con la ayuda de Adriana.

—Vendo más en las tiendas de por aquí —indicó—, pero cada día me van saliendo más encargos por la web.

—¿Sigues pensando en lo de Suiza?

Con una sonrisa, Sofía asintió.

—Por supuesto. Algún día espero reunir el suficiente dinero para poder hacer el curso de joyería que quiero.

—Y ¿por qué no se lo pides a tu padre o a tu hermana? Conociéndolos, seguro que hacen lo imposible por conseguírtelo.

Consciente de que la economía de su familia no estaba muy boyante, Sofía respondió:

—No quiero cargarlos con más gastos.

Durante un rato charlaron del tema. El sueño de Sofía era ser diseñadora de joyas. Lucía la observaba con una sonrisa al ver cómo la mirada se le iluminaba al hablar de ello.

—Debes hacerlo. Debes ir a Suiza —la animó.

Sofía sonrió.

—Lo sé, y espero hacerlo.

A continuación, se contemplaron en silencio, hasta que Lucía dijo:

—Deberías hablar seriamente con tu padre y tu hermana en lo referente a lo que quieres hacer en la vida.

—Lo saben, Lucía, pero Esther está tan obsesionada con el hotel, con el sueño de mi madre, que siento que se olvida de sus propios sueños y también de los míos.

En ese instante sonó el teléfono de Lucía, y, al leer el mensaje que acababa de recibir, explicó sonriendo:

—Son los chicos de Atacados para decirme que ya han llegado a su destino.

Sofía sonrió y, una vez que aquélla dejó el teléfono sobre la mesa, le preguntó:

—¿Conoces desde hace mucho al grupo?

Lucía bebió de su copa.

—A quien más conozco es a Luis y, gracias a él, conocí también a los demás. —Luego fijó la mirada en Sofía y añadió—: Esos chicos no tienen nada que ver con Óscar y sus amigos. Son chicos trabajadores, que creen en su música, en su grupo, y luchan por conseguir su sueño.

—Como tú...

—Y como deberías hacer también tú —apostilló Lucía.

Sofía sonrió.

—Y ¿qué me cuentas de Luis?

Su amiga resopló.

—Mantente alejada de él —repuso.

Boquiabierta, Sofía preguntó:

—¿A qué viene eso?

—Viene a que te conozco.

—Pero ¡¿qué dices?! —se mofó ella—. Lucía, por favor, Luis no es la clase de chico que me gusta y...

—Lo sé —la cortó su amiga—. Ni él es tu tipo, ni tú eres el suyo. Pero, créeme, sé cómo las chicas caen rendidas a sus pies cuando canta, cuando las mira con sus ojitos azules, cuando les hace una gracia de las suyas... Y, ayer, tu sonrisa y su mirada hablaban por sí solas.

Sorprendida por aquello, Sofía suspiró e indicó divertida:

—Sólo he quedado en pagarle una copa cuando regrese para agradecerle lo que ha hecho por mí con el tema del coche de mi hermana. Por Dios, tron..., Lucía..., no exageres.

Dicho esto, continuaron charlando. Tenían muchas cosas que contarse.

Capítulo 23

Los días pasaron, y los encuentros furtivos entre Esther y Jorge se repetían cada vez más a menudo.

Aquello se había convertido en un juego secreto y ardiente. Cada vez que él estaba trabajando en la terraza del hotel y recibía un mensaje en su móvil con tan sólo un número, sabía que ella lo esperaba en esa habitación, y hasta que subía a hacerle el amor, su mente no lo dejaba vivir.

Encontrarse en las habitaciones vacías del hotel, en el almacén o en el despacho sin que nadie supiera nada, al principio le valía a Jorge, pero, según pasaban los días, eso comenzó a cansarlo. Una noche, al acabar su turno y encontrarse con Esther en recepción, le preguntó:

—¿Quieres dar un paseo conmigo?

Ella lo miró. Dudó qué hacer, pues no quería que nadie los viera, pero finalmente aceptó. Eran casi las dos de la madrugada, y poca gente podría haber por la calle un miércoles.

Encantado con su triunfo, Jorge quedó con ella junto al hotel Voramar. Una vez allí, cuando ambos aparcaron sus respectivos coches, Esther lo cogió de la mano y dijo:

—Vamos. Demos un paseo por la ruta de las villas.

De la mano, como dos enamorados, caminaron en la soledad de la noche, mientras Esther le contaba la historia de muchas de aquellas villas. Imaginar la *belle époque* benicense según ella la contaba era apasionante. Hasta que, al llegar frente a una, ella se detuvo y anunció:

—Y ésta es mi favorita.

Jorge la observó con curiosidad. Aquella casona vieja, medio derruida y sucia de estilo colonial, sin duda había visto tiempos mejores. Los gamberros habían entrado en la parcela y hecho pintadas en la fachada. Además, había varios andamios derribados alrededor de la casa.

—¿Esto lleva así mucho tiempo? —preguntó él.

Esther asintió.

—Sí. Por lo que sé, hace unos ocho años, alguien la compró. Empezó a reformarla, pero un día, de pronto, todo el mundo desapareció y nadie ha vuelto.

Jorge asintió. Entonces, tras mirar a ambos lados y ver que estaban solos, Esther susurró después de pensar algo indebido:

—Ven, sígueme.

En silencio, Jorge fue tras ella y, cuando vio que ésta trepaba a la valla para saltar por encima, se mofó divertido:

—Jefa..., me estás llevando por el mal camino...

Esther sonrió.

—Vamos, sígueme.

Sin dudarlo, él la siguió. Saltó la valla como ella y, al entrar en la sucia parcela, la agarró de la mano y cuchicheó:

—Sabes que esto es allanamiento de morada, ¿verdad?

Ella asintió. Estaban haciendo algo que no debían. Pero, tirando de él, musitó:

—Ven. Quiero mostrarte la casa.

De la mano, subieron la impresionante escalera de la entrada y, al llegar a una puerta de forma ovalada que estaba entreabierta, Esther la empujó con cuidado y ambos se metieron en la casa.

—¡No veo nada! —susurró Jorge.

De inmediato, Esther sacó una minilinterna que solía llevar en el bolso y, una vez que la hubo encendido, Jorge preguntó sorprendido:

—No serás ladrona profesional, ¿verdad?

Ella sonrió y, sin soltarle la mano, comenzaron a caminar por aquella vieja casa. Al llegar a un enorme salón de preciosos ventanales, Esther apagó la linterna y, acercándose a ellos, contó:

—Esta casa era la preferida de mi madre y mía. Cuando era pequeña, recuerdo haber entrado con ella a investigar cientos de veces, y fantaseábamos con que un día viviríamos aquí, y allí, ante esa chimenea, pondríamos unos sofás muy cómodos para tumbarnos a hablar y leer, y en Navidad, colgaríamos calcetines en la chimenea como veíamos en las películas americanas.

Al reparar en su expresión mientras le contaba aquello, Jorge se emocionó. Los ojos de Esther estaban vivos y chispeantes.

—Sin duda, es una idea genial —afirmó él.

Esther se encogió de hombros y murmuró:

—Ven, subamos a la planta de arriba.

Volviendo a encender la linterna, se dirigieron hacia una escalera y subieron por ella. Con cuidado de no tropezar con los escombros que había por el suelo, recorrieron las oscuras estancias de aquel lugar observándolo todo a su alrededor, hasta que, al llegar a una habitación desde cuyo ventanal se veía el mar, Esther comentó, mientras apagaba de nuevo la linterna:

—Siempre fantaseaba con que ésta sería mi habitación.

—Menudas vistas —señaló Jorge.

En silencio, observaron la quietud del mar durante unos segundos, hasta que, llenos de deseo, se besaron y, cuando la temperatura de sus cuerpos subió, terminaron haciéndose el amor.

* * *

Dos horas después, tras salir sigilosamente por el mismo lugar por el que habían entrado, caminaban abrazados hacia la playa para recoger sus coches cuando Esther se detuvo en seco al ver a alguien.

A escasos metros, una pareja se besaba con pasión y, al reconocer al chico, la joven maldijo para sí. Frente a ella tenía al famoso Óscar, al idiota que tenía a su hermana descentrada por completo, y resopló.

Siguiendo la dirección de su mirada, Jorge preguntó:

—¿Qué pasa?

—¿Ves a ese que está con esa chica? —Él asintió—. Pues ese sinvergüenza es el idiota al que Sofía adora y besa por donde pisa.

Sorprendido, Jorge lo miró y, al ver cómo se besaba con la muchacha, cuchicheó:

—Pues algo me dice que él no besa por donde pisa Sofía.

—Lo sé —afirmó Esther—. Pero ella está enganchada a él, y no conseguimos que lo deje.

Jorge asintió y, entonces, recordando algo, comentó:

—Mi hermana pasó por algo parecido. Hace unos años se enamoró de alguien que no le correspondía y, al final, lo mejor que pudo hacer fue poner tierra de por medio. Se marchó un año a Canadá y, cuando regresó, estaba totalmente desenganchada.

Esther iba a decir algo, cuando oyó:

—Eh..., eh... ¿Qué pasa, troncos? ¿Acaso os damos envidia?

Al oír la voz de Óscar, Esther maldijo en silencio y, mirándolo, siseó:

—Dejémoslo en *asco*.

Reconociéndola, el chico se levantó y se acercó a ellos con actitud chulesca.

—Vaya..., pero si es la hermanita de una de mis chicas...

Oír eso sublevó a Esther, que, furiosa, escupió:

—Aléjate de mi hermana, maldito cerdo, y no quiero volver a ver nada de tu mierda en manos de ella; ¿te das por enterado?

Óscar sonrió y, acercándose más a ellos, replicó:

—Mira, tronca..., tú a mí no me hablas así o...

—¿O qué? —intervino Jorge, dispuesto a protegerla.

Al ver a aquel tipo, más grande y corpulento que él, y ser consciente de que no estaban sus amigotes allí para defenderlo, Óscar levantó las manos y dio un paso atrás.

—Tranqui, tronco, ha empezado ella —dijo—. Me ha insultado.

Y, sin más, dio media vuelta, hizo un gesto a la chica que lo esperaba y ambos se alejaron a buen paso.

—Es un mierda —afirmó Esther—. Un maldito cobarde y un mierda.

—Ni que lo digas —asintió Jorge, observando cómo aquél se marchaba.

Llegaron hasta sus respectivos coches mientras hablaban de él y, una vez allí, Jorge dijo:

—Pasado mañana salgo a las cinco de la tarde. ¿Qué tal si sales tú también a esa hora y hacemos algo juntos?

Esther lo pensó. A las cinco de la tarde podía verlos mucha gente, por lo que murmuró:

—No sé...

Pero Jorge, que estaba decidido a pasar más tiempo con ella, insistió e insistió hasta la saciedad y, finalmente, Esther afirmó, dándose por vencida:

—De acuerdo..., de acuerdo.

Él la besó encantado y, tras varios besos más, cada uno montó en su coche y se dirigieron hacia sus respectivas casas.

Eran casi las cuatro y media de la madrugada cuando Esther llegó a la suya. Anduvo con sigilo para no despertar a nadie, pero de pronto Sofía entró en su habitación con el móvil en la mano y, tras cerrar la puerta, siseó:

—Que sea la última vez que amenazas a Óscar.

Esther la miró sorprendida. Sin duda aquel imbécil le había enviado un mensaje a su hermana. Pero, sin decir nada, la echó de su cuarto y cerró la puerta. No tenía ganas de discutir.

Capítulo 24

Como había prometido, dos días después, Esther cambió su turno para salir antes.

Había quedado con Jorge en la estación de Renfe de Benicàssim, un lugar algo apartado del pueblo. Cuando llegó allí con su coche, lo vio a él apoyado en el suyo, sonriéndole.

La joven bajó del vehículo y, consciente de que allí podía verlos poca gente, se acercó a él mimosa y, apretándose contra su cuerpo, lo saludó:

—Holaaaaaaaaaaaaa.

Jorge la abrazó encantado y, al ver que ella lo miraba, la besó e indicó:

—Esto es lo que quiero. Verte en cualquier otro sitio. No sólo en el hotel.

Ella asintió y, suspirando, calló.

Si tenía intención de mantener lo suyo oculto era porque en Benicàssim mucha gente conocía a Carlos y, antes de mostrarse en público, prefería aclarar las cosas con él. Además, luego estaban sus amigos y familiares. No deseaba que frivolizaran con Jorge creyendo que era un simple rollo después de Carlos. Jorge era mucho más.

—¿Qué te apetece hacer? —preguntó él—. ¿Quieres que vayamos a mi casa? Todavía no la conoces.

—No..., tu casa no. —Y, guiñándole el ojo, Esther añadió—: Vamos, monta en mi coche. Tengo un plan.

Sonriendo, Jorge hizo lo que le pedía y, tras callejear un rato, vio que salían de Benicàssim.

Durante unos veinte minutos, ella condujo con habilidad por aquellas carreteras y, cuando comenzó a subir una colina, él preguntó:

—¿Adónde vamos?

—A un precioso pueblo llamado Cabanes —indicó ella encantada.

Sorprendido, él asintió y se dejó llevar.

Cuando llegaron a su destino y Esther aparcó el vehículo, al bajarse del mismo, cogió una bolsa y, al ver que él la miraba, señaló:

—Todo a su debido tiempo.

Jorge le quitó la bolsa de las manos para llevarla él, y luego caminaron cogidos por la cintura por aquellas bonitas calles mientras Esther le contaba que el pueblo de Cabanes fue fundado en la época romana. Él la escuchaba interesado, hasta que, al llegar frente a una enorme puerta de madera, ella se detuvo y sacó una llave de su bolso.

—Y hemos llegado a mi sorpresa —anunció.

—¿Sorpresa?

Esther sonrió y, besándolo, cuchicheó mientras le quitaba la bolsa de las manos:

—Como jefa tuya que soy, sé que mañana entras a trabajar a las dos de la tarde. Yo he avisado a mi padre que mañana entraré también a esa hora, y...

—¿Le has dicho a tu padre que estás conmigo? —preguntó él sorprendido.

—Noooooooooooo. —Ella rio—. Simplemente le he dicho que me iba a dormir a casa de mi amiga Vega y que iría al día siguiente a trabajar en el turno de las dos.

Él parpadeó al oír eso, y entonces Esther preguntó:

—¿Te apetece pasar la noche conmigo?

Jorge la miró asombrado. No esperaba algo así y, cuando iba a responder, ella añadió:

—Incluyo una buena cena, excelente compañía y un estupendo fin de fiesta.

—¿Fin de fiesta? —se mofó él.

Ella asintió feliz y cuchicheó:

—Impresionante. Créeme, te encantará.

Divertido, Jorge la besó.

Ésa era la Esther que él quería, deseaba y recordaba. No la Esther continuamente crispada y de mal humor, por lo que respondió gustoso:

—Acepto encantado.

Satisfecha, ella abrió la puerta de aquella casa y, una vez que hubieron entrado, Jorge miró a su alrededor mientras Esther encendía las luces.

—He alquilado esta casa durante veinticuatro horas. Es de unos amigos que la montaron como casa rural, y, como ves, es espectacular. Por tener, ¡tiene hasta una bañera redonda!

Jorge asintió, mirando a su alrededor.

Aquella estancia diáfana de unos noventa metros cuadrados era preciosa y estaba decorada con un gusto exquisito. Observaba a su alrededor asombrado cuando ella, dirigiéndose hacia la cocina abierta, dejó la bolsa que llevaba sobre la isla central y dijo:

—Por cierto, también he de decirte que, en rigurosa primicia, la futura chef del restaurante Ágata te va a preparar una deliciosa cena que espero que te guste mucho.

—¿Vas a cocinar para mí?

—Sí —dijo ella y, sacando unos paquetes de la bolsa, explicó—: Voy a preparar unas ensaladas de piña con bogavante y, de segundo, un rico magret de pato con flan de zanahorias, pan de uvas y anís.

Él asintió encantado.

—Suena fenomenal.

—Pues sabrá mejor —declaró Esther, sacando dos copas—. Pon música.

Jorge echó un vistazo a su alrededor y, al ver un equipo de sonido, se acercó a él. Miró los CD que allí había y sonrió tras poner uno en el que se leía «Chill out».

Cuando la música comenzó a sonar por los altavoces, Esther sacó una botella de vino de la bolsa, le guiñó un ojo y cuchicheó:

—Magnífico vino de la tierra, ¡ya lo verás!

A cada instante más encantado, Jorge caminó hacia la cocina y, tras coger la copa con vino que le ofrecía, brindó con ella y, mirándola, musitó:

—¿Sabes?... Estoy pensando que del postre me ocupo yo.

—Genial —cuchicheó ella complacida, llevándose la copa a la boca.

Durante más de una hora, Jorge la observó en su salsa. Verla cocinar y sentir el entusiasmo que eso despertaba en ella le hizo conocer a una Esther apasionada que lo enamoró aún más.

En un momento dado, decidió llenar el bonito jacuzzi redondo instalado a ras de suelo y, tras echarle unas sales rosa que encontró, dijo dirigiéndose a Esther:

—Necesitas relajarte.

—La verdad es que sí.

—Siempre estás muy tensa, ¿lo sabías?

Ella asintió, ¡claro que lo sabía! Cuando la cena estaba ya casi acabada, a falta tan sólo de que el pato terminara de cocinarse, se quitó el delantal y sacó una botella de champán de la nevera.

—Creo que ha llegado el momento de ese baño.

Satisfecho y deseoso de darle todo lo que quisiera, Jorge caminó con ella hacia la bañera. Allí, junto a una cubitera que él había llenado de hielo, había dos copas y, tras llenarlas con el champán y dejar la botella en la cubitera, brindaron y Jorge murmuró, después de dar un trago:

—Todavía no me creo que esté aquí contigo.

Con mimo, delicadeza y delicia, se quitaron la ropa el uno al otro. No había prisa...

Una vez que estuvieron completamente desnudos, sus cuerpos se juntaron, se besaron... A continuación, Jorge se metió en la bañera, le dio la mano a Esther y la ayudó a entrar.

Felices, se acomodaron en el interior, con ella sentada de espaldas a él, apoyada contra su pecho. Permanecieron en silencio hasta que Jorge, paseando las manos por el cuerpo de la joven, subió a sus pechos y, tras acariciárselos con cariño, murmuró en su oído:

—Estoy tremendamente ansioso de ti.

Excitada, ella cerró los ojos mientras sentía cómo los labios carnosos, suaves y calientes de él le recorrían con mimo el cuello, repartiéndole cientos de dulces besos, al tiempo que le acariciaba los senos y ella se dejaba llevar por una lujuria desmedida.

Sediento, Jorge jugueteó con ella. La acarició con deseo, la tocó con delirio, y ella se derritió de placer. Moviéndose a su antojo, se sentó entonces sobre él y lo besó mirándolo a los ojos. Lo devoró. Lo llevó hasta un punto en el que Jorge tembló de gozo y, dispuesta a llevarlo más allá, se izó y, cogiendo el duro y latente miembro con las manos, lo colocó en la entrada de su vagina. A continuación, se dejó caer de forma lenta y pausada sobre él y murmuró, mirándolo a los ojos:

—Ya sabes que tomo la píldora.

Consumido por el deseo, él apoyó la cabeza en el borde de la bañera mientras Esther, agarrada al borde, movía con ímpetu las caderas adelante y atrás, presionando con fuerza en su intento de sentir todo su miembro en su interior, al tiempo que de su boca salían unos suaves gemidos que estaban volviendo loco a Jorge.

Entonces ella sonrió y, tras meter la mano en la cubitera, sacó un hielo y, después de pasárselo por los labios, por la garganta y por los pezones, en un rápido movimiento, se desacopló del erecto miembro, se introdujo con morbo el frío cubito en la vagina y susurró, mirándolo y volviendo a hundirse en él:

—Juguemos.

Enloquecido por aquel juego, que era nuevo para él, Jorge tembló al sentir cómo el frío hielo intensificaba su calor interno.

Era una sensación extraña y excitante notar cómo el gélido hielo se deshacía dentro de sus cuerpos, ocasionándoles escalofríos de placer al derretirse y moverse entre ellos.

—Dios...

—¿Lo notas? —jadeó ella.

Jorge tembló y, extasiado, murmuró:

—Lo noto..., lo siento... Ya me dirás dónde lo has aprendido.

Esther sonrió. Le había gustado sorprenderlo. Cuando la temperatura de sus cuerpos subió, al tiempo que se aceleraba el ritmo frenético de sus movimientos, y necesitado de aquel fuerte ritmo, Jorge la agarró de las caderas para inmovilizarla y se clavó en ella con fuerza e ímpetu mientras sus jadeos llenaban la estancia.

—No... pares..., no pares —suplicó Esther con voz entrecortada cuando él la besaba y se hundía en ella una y otra y otra vez.

Al mirarse a los ojos, fueron conscientes de cómo sus cuerpos
se ensamblaban con ansia, con necesidad, con delirio, al tiempo
que, al acoplarse el uno dentro del otro, el frío del gélido hielo
desapareció. Vibrando por lo que habían experimentado, el clímax no se hizo de rogar, y los dejó a ambos abrazados, felices y
extasiados.

Una vez que recuperaron el resuello, se dieron un último beso
y se separaron. Se miraron a los ojos, y Esther sonrió al entender
la pregunta muda de él.

—Lo leí hace tiempo en una revista —cuchicheó.

Jorge rio y, a continuación, preguntó interesado:

—Y ¿lo has puesto mucho en práctica?

Ella soltó una carcajada y, tras coger su copa de champán, dio
un sorbo, la dejó de nuevo donde estaba segundos antes y contestó:

—No pienso responder a eso.

—Espero sorprenderte yo en otro momento como me has sorprendido tú con el hielo —replicó él.

Ambos rieron, y entonces Jorge dijo de pronto:

—¿Pensabas ponerte en contacto conmigo o simplemente ya
me habías olvidado?

Al entender lo que le preguntaba, Esther cuchicheó mimosa:

—Claro que quería ponerme en contacto contigo, pero tú
mismo estás viendo cómo es mi vida aquí.

Jorge asintió, pero, incapaz de callar, inquirió:

—¿Por qué estamos aquí?

—¿A qué te refieres?

Mojándose la frente con la mano al pasársela por el cabello, él
aclaró:

—No quieres que nadie en el hotel sepa que entre tú y yo hay
algo, y siento que nos encerramos en este lugar, lejos de Benicàssim, para que nadie pueda vernos... ¿De qué nos ocultamos?

—Si no quiero que nadie nos vea es porque deseo que esto, de
momento, sea algo entre tú y yo —contestó ella y, mirando a su
alrededor, preguntó—: ¿No te gusta el sitio al que te he traído?

Jorge la besó y, cuando sus labios se separaron, afirmó:

—Me encanta.

Esther asintió, pero cuando él la abrazó se sintió fatal. ¿Por qué continuaba con la mentira?

Cuarenta minutos después, sentados a la mesa y vestidos tan sólo con unas simples camisetas, degustaron las exquisiteces que Esther había cocinado.

—Esto es increíble —comentó Jorge—. Es el mejor magret de pato con flan de zanahorias, pan de uvas y anís que he comido en mi vida.

—Es un plato francés —asintió ella divertida—, por lo que dudo mucho que lo hayas comido.

Jorge sonrió y no respondió. Emelie, la cocinera de sus padres, era francesa, y si mal no recordaba, el magret de pato era una de sus especialidades. Sin embargo, decidió guardarse eso para sí y, en cambio, afirmó:

—Ya sabes que yo, por comodidad, soy más de comida preparada.

Encantada de ver lo mucho que le había gustado lo que había elaborado, Esther lo miraba cuando Jorge retiró la silla de la mesa y dijo, tocándose los muslos:

—Ven, siéntate aquí.

Ella obedeció sin dudarlo.

—Eres una excelente cocinera, y creo que todo el mundo debería probar tu cocina.

Esther sonrió.

—Nada me gustaría más —murmuró con un suspiro—, pero soy realista y he de ayudar a mi padre.

Con mimo, Jorge acarició su precioso pelo rubio.

—Ahora que estamos solos tú y yo, ¿puedo ser sincero contigo en relación con el hotel?

Esther lo miró fijamente y replicó:

—Sé lo que vas a decir. Tengo ojos y soy consciente de las carencias que tiene el hotel y del gran desembolso que habría que hacer para arreglarlo, pero es el negocio de mis padres, es su sueño, y creo que no sería una buena hija si me desligara de él.

—Ese hotel, y todo lo que lo rodea, está pudiendo contigo

—indicó él con sinceridad—. Te agota, te resta energía, te enne-grece el humor..., ¿sigo?

Esther negó con la cabeza y, segura, murmuró:

—No, mejor no... No porque no quiera oírlo, sino porque ya lo sé.

Él asintió y, al ver su gesto triste, cuchicheó para hacerla son-reír:

—Soy el encargado del postre, ¿verdad?

Con picardía, Esther asintió y, cinco minutos después, estaban sobre la cama, haciendo el amor desnudos y sudorosos.

A la mañana siguiente, tras desayunar en la cama, a las doce y media se marcharon de aquel remanso de paz y regresaron al mundo real. Tenían que trabajar.

Capítulo 25

Para Semana Santa, Jorge pensó en sacarle el máximo provecho a aquella maravillosa terraza, por lo que habló con Mario y le propuso diversos cambios.

Le explicó el potencial que tenía el lugar y que no aprovechaban, pero el hombre no parecía estar muy de acuerdo. No le gustaban los cambios, se resistía a variar cualquier cosa. Sin embargo, después de hablarlo con sus hijas y de ver que a ellas les parecía una buena idea, se animó a comprar mobiliario de terraza, plantas y vasos coloridos, e incluyeron en la carta cócteles seductores y buena música.

Una de las tardes, en plena Semana Santa, con la terraza llena de gente, Mario se acercó feliz a la barra donde Candy preparaba algo en varias copas bicolores y preguntó:

—Y ¿eso qué es?

La mujer le dirigió una sonrisa.

—Tequila Sunrise —respondió y, al ver cómo él la miraba, aclaró—: Uno de los cócteles que Jorge incluyó en la carta.

Mario sonrió y, cogiendo la carta que el joven había ordenado hacer, la abrió y leyó:

—Black Russian, Bloody Mary, White Lady, Margarita, Daiquiri... —y, sonriendo, añadió—: Sabor rojiblanco. Cuando venga mi madre y vea el cóctel que Jorge ha creado en su honor, ¡le encantará! —Siguio sonriendo y miró a Candy.

—¡Te lo aseguro! —dijo ella, suspirando al pensar en aquella señora.

En ese instante, Jorge se acercó a la barra, dejó la bandeja y dijo, dirigiéndose a Mario:

—Mañana a las siete de la mañana necesitaría que estuvieras aquí.

—Lo estaré. Mañana me tocan a mí los desayunos —afirmó Mario y, curioso, preguntó—: Pero ¿para qué quieres verme tan temprano?

—He llegado a un acuerdo con cierta marca de cerveza y mañana nos traen un precioso grifo nuevo para servirla y dos neveras nuevecitas para poner detrás del mostrador —explicó Jorge—. Necesito que me digas qué hago con las viejas que vamos a quitar.

Mario asintió encantado y, chocando la mano con él, indicó:

—Muchacho, ¡no paras de sorprenderme! ¿Te ha dicho alguna vez alguien lo bien que se te da esto?

Jorge sonrió. Él mejor que nadie sabía cómo se le daba aquello porque era parte de su trabajo en la empresa de su familia.

—Gracias, Mario. Es un placer oírlo.

En ese instante, el hombre vio a su hija Esther. Hacía unas horas había discutido con ella por culpa de Sofía y, llamándola, le pidió que se acercara.

—Hija, Jorge nos ha conseguido gratis un grifo nuevo para la cerveza y dos cámaras frigoríficas —contó.

Orgullosa por el buen trabajo de su chico, pero sin querer mostrarse excesivamente afectuosa, ella afirmó:

—Eso es genial.

—Más que genial —repuso Candy encantada mientras se metía en el almacén.

Cuando Mario desapareció detrás de la portuguesa, y, aprovechando que tenía a Esther cerca, Jorge preguntó:

—¿Nos vemos esta noche?

—Puede —respondió ella con sequedad.

—Te besaría en este instante —murmuró él, evitando sonreír.

Sin mirarlo, Esther respondió con frialdad:

—Ni se te ocurra. Estamos trabajando, la terraza está llena, y sería lo último que harías en este hotel.

Sin rozarla, él asintió y susurró, ignorando su comentario:

—Hoy salgo a las siete.

—Me alegro.

—Podemos cenar fuera y luego ir a mi casa, si quieres.

Esther ni se inmutó y, con la máxima indiferencia que pudo, respondió:

—Olvídalo. Si quieres, podemos vernos en la 201, pero sobre las doce de la noche. Mi padre hoy no estará.

Jorge resopló. Aquel frío diálogo de besugos lo estaba matando.

—Vamos a ver —susurró mirándola—, ¿por qué tenemos que seguir ocultándonos?

—Porque sí.

—Pues no lo entiendo.

—Pues tendrás que entenderlo.

Ver cómo ella tensaba la mandíbula le hizo decir:

—Venga, va, no seas tonta...

—Oye —lo cortó Esther con seriedad. Y, levantando la voz, añadió—: Mide tus palabras, que soy tu jefa.

Jorge asintió molesto, cogió la bandeja que había dejado sobre la barra y replicó:

—Continuaré con mi trabajo..., jefa.

Una vez que él se hubo alejado, Esther maldijo para sí. ¿Por qué todo lo pagaba con él? Y, dando media vuelta, desapareció.

*   *   *

Tras la barra, y ajena a lo que ocurría a su alrededor, esa tarde Sofía wasapeaba con Luis. Recibir sus divertidos mensajes, de voz o escritos, se estaba convirtiendo para ella en algo especial, por lo que, cuando le dijo que les habían salido más bolos por el sur y que su regreso se retrasaría, se molestó.

—¿Qué te ocurre? —preguntó Candy.

—Nada —dijo ella y, acto seguido, se alejó unos pasos y llamó a su amiga Adriana. Cuando saliera de trabajar iría con ella a tomar unas copas.

*   *   *

Esa tarde, mientras Jorge se quitaba el delantal negro, Esther salió a la puerta del hotel con la intención de interceptarlo y pedirle perdón.

Al verla, él se tensó. Estaba tan molesto con ella que no quería ni que le hablara. Estaba dejando el delantal bajo el mostrador cuando Candy, poniéndose a su lado, cuchicheó al seguir la dirección de su mirada:

—Es un encanto de muchacha.

Él se encogió de hombros.

—He tratado poco con ella.

La portuguesa, consciente de ciertas cosas, especialmente porque las miradas de ambos los delataban y en ocasiones sus ausencias también, preguntó:

—Pero ¿vosotros no os conocíais de antes?

Jorge se rascó el cuello y, suspirando, mintió:

—No mucho, la verdad.

Candy sonrió y, mientras limpiaba el mostrador con una bayeta amarilla, susurró:

—El que es medio tonto es el que dice ser su novio.

Al oír eso, Jorge la miró.

¿Novio?

¿Esther tenía novio?

Y, mirando a Candy, iba a preguntar, cuando ella musitó apurada:

—¿No sabías que tenía novio?

Sorprendido por esa información, que Esther le había estado ocultando, inquirió:

—Y ¿dónde está ese *novio*? En el tiempo que llevo aquí, todavía no lo he visto.

Al ver su gesto de incredulidad, la mujer dejó de limpiar. Sin duda había metido la pata, y, sintiéndose en un aprieto, se apresuró a susurrar:

—Uis..., ¡clientes!

Pero Jorge no dejó que se alejara y, mirándola, siseó:

—Te he preguntado algo. Por favor, Candy.

Agobiada a más no poder, la mujer finalmente declaró:

—Se llama Carlos y viaja a menudo. Pero no veo mucho futuro en esa relación. De hecho, ella siempre dice que no es su novio.

Jorge la miró boquiabierto. No tenía noticias de la existencia de ese tipo.

—Gracias, Candy. Hasta mañana —se despidió molesto.

—Hasta mañana, Jorge —susurró ella con una sonrisita afectada—, que descanses.

A continuación, el joven salió del hotel por la puerta de la terraza con paso decidido. Se dirigió hacia su coche y se paró junto a él.

¿Cómo había podido esconderle Esther esa información?

Furioso, abrió la puerta del conductor, pero, sin llegar a montarse, la cerró de nuevo de un portazo y, dando media vuelta, regresó al hotel. Una vez allí, se acercó a Esther, que estaba en la puerta, le quitó los auriculares que llevaba puestos y, cuando ésta lo miró, le soltó de sopetón:

—¿Tienes novio?

Desconcertada, ella no supo qué decir, y entonces Jorge, malhumorado, le soltó:

—Criticas a los hombres que engañan a sus mujeres y resulta que tú eres tan infiel como ellos... ¿Ves cómo también existen mujeres infieles? —Y, al ser consciente de pronto de todo, inquirió furioso—: Por eso no querías que nadie nos viera juntos, ¿verdad?

Horrorizada porque él hubiera descubierto la existencia de Carlos, que para ella no era nada importante, Esther murmuró:

—Oye..., en lo referente a Carlos, te...

—Esther —interrumpió su padre—. La yaya al teléfono.

Ella le dirigió un gesto a Mario indicándole que enseguida iría y, cuando éste se marchó, volvió a centrar la atención en Jorge.

—Mira... —empezó a decir—, sé que quizá...

—¡Me has mentido! —la cortó él—. Te hablé de mi exnovia, te conté que la pillé con otro, que la perdoné y que me la volvió a pegar. Te dije que me había prometido no dar oportunidades a mentirosas, y tú vas... ¿y no me lo cuentas?

—¡No era importante porque no es mi novio! —insistió ella.

En ese momento, la puerta del hotel se abrió y salió Sofía comiéndose una manzana. Al oír esa última palabra, dijo:

—Hablando de tu novio..., la yaya te espera al teléfono no muy contenta con lo que papá le ha contado del anillo de compromiso que te regaló el Divino.

Jorge se quedó sin respiración al oírlo.

¿Estaba comprometida?

—¿Adónde se supone que vas? —preguntó Esther a su hermana.

Mirándola, Sofía replicó sin importarle que Jorge estuviera delante:

—He quedado. Vale..., sé que me voy media hora antes, pero, joder..., ¡sólo es media hora!

—¡Sofía! —protestó ella.

Pero, sin inmutarse, la chica desapareció dejando a su hermana sin palabras.

Una vez que Esther dejó de mirarla, centró la atención de nuevo en Jorge, que seguía muy serio a su lado. Se disponía a decir algo cuando éste soltó, dando un paso atrás:

—No me esperes esta noche ni ninguna otra.

Y, a continuación, dio media vuelta y se marchó a grandes zancadas, furioso y enojado.

Consciente de que lo había hecho mal, Esther maldijo para sus adentros. Pero ¿cómo podía no haberle contado aquello?

Horrorizada, se tocó la cara y, suspirando entró en el hotel para hablar por teléfono con su abuela.

Capítulo 26

Esa noche, cuando Esther salió de trabajar, la luna estaba preciosa, y decidió dar un paseo por la playa de la Almadraba para despejarse antes de regresar a su casa.

Saber que Jorge creía que Carlos era su novio la incomodaba y la hacía sentir mal, como también la hacía sentir mal callarse lo que sabía de la exnovia de Hugo.

Vega y ella habían acordado no decir nada, hasta que viesen a su amigo y se lo contasen juntas. No era algo que pudiera decirse por teléfono.

Pero la historia con Jorge la hacía sentirse una mala persona y, como necesitaba darle una explicación, se sacó el móvil del bolsillo, buscó su número en la lista de contactos y lo llamó. El teléfono dio cuatro timbrazos antes de que ella oyera su voz de enfado:

—¿Qué quieres?

Sentándose en un banco, Esther suspiró.

—Creo que he de darte una explicación.

—¿Ahora?

—Sí, ahora. Me siento fatal por lo que puedas pensar de mí y...

—¿Por lo que pueda pensar de ti? —siseó él furioso—. Mira, mejor vamos a dejarlo porque, si alguien está furioso consigo mismo, soy yo. Y ¿sabes por qué, *jefa*? —matizó—. Porque te busqué a pesar de que debías ser tú quien diera el siguiente paso. Decidí creer que necesitabas verme para darte cuenta de que los días que estuvimos juntos en Londres fueron especiales para ti. Lo que me encontré al llegar no fue agradable, pero, aun así, volví a ir detrás de ti para intentar conquistarte, y ahora me entero de que estás prometida a otro tipo...

—¡No estoy prometida!

—¿No?

—No —aclaró ella furiosa.

Ambos permanecieron en silencio durante unos segundos, hasta que él dijo:

—Mira..., mejor dejémoslo.

Y, sin más, le colgó el teléfono.

Durante unos instantes, Esther no se movió mientras sentía cómo su corazón latía desbocado.

Para ella no era fácil verlo sonreír a diario a todas las mujeres en la terraza del hotel y saber que muchas de ellas regresaban sólo por verlo a él.

Unos extraños celos la martirizaban continuamente y, le gustara o no, cada vez le resultaba más difícil contenerlos, porque quería que todas supieran que Jorge estaba con ella.

Angustiada, se levantó del banco y volvió sobre sus pasos al hotel. Entró en el despacho y, al ver que su padre no estaba allí, buscó con rapidez en el viejo ordenador la ficha de Jorge. Como siempre, la lentitud del mismo la desesperó y, cuando estaba a punto de cogerlo y tirarlo contra la pared, por fin la dirección apareció en la pantalla y Esther la memorizó.

Tal y como había entrado, salió de nuevo sin ser vista y, tras caminar hacia su coche, se montó en él y arrancó, dispuesta a dar las explicaciones necesarias.

Mientras conducía y pensaba qué decir, paró frente a un semáforo en rojo. Ansiosa porque cambiara a verde, de pronto miró hacia la derecha y vio a un grupo de jóvenes, entre los cuales estaba su hermana.

Sofía reía con su amiga Adriana, parecía pasarlo bien y, aunque Óscar no estaba allí, aquellos macarras indeseables eran sus amigos. Miró por el retrovisor y, al comprobar que no tenía ningún coche detrás, acercó el suyo a la acera y se bajó del vehículo.

—Sofía —la llamó.

Al verla, la chica la miró sorprendida y se aproximó a ella.

—¿Qué quieres? —preguntó.

Sin decir nada, Esther miró con mal gesto a los macarras que estaban con ella y Sofía protestó:

—Por el amor de Dios, tronca, ¡¿quieres dejarme en paz?!

Al oír la chulería de su hermana y observar que sus amigotes se reían, Esther maldijo en silencio y, sin decir nada, se metió de nuevo en su coche y se marchó.

Diez minutos después, cuando llegó frente al bloque de apartamentos donde vivía Jorge, aparcó y, olvidándose del resto de sus problemas, caminó hacia el portal. Al llegar, un vecino salía del mismo, y Esther aprovechó el momento para entrar y coger el ascensor hasta la quinta planta.

Una vez allí, buscó la puerta C y caminó hacia ella.

Durante unos segundos dudó si llamar o no, pero al final lo hizo.

Instantes después, la puerta se abrió y Jorge la miró sorprendido. ¿Qué hacía ella allí cuando nunca antes había querido ir? Pero, al ver que Esther no decía nada, le cerró la puerta en las narices furioso mientras exclamaba:

—¡Adiós, *jefa*!

Bloqueada, Esther parpadeó. Estaba claro que se lo merecía. Sin embargo, dejando su orgullo a un lado, volvió a llamar con los nudillos.

Jorge la ignoró.

Ella insistió y, momentos después, la puerta se abrió de nuevo y él preguntó:

—¿Qué quieres?

Nerviosa al ver su gesto de enfado, murmuró como pudo:

—Sé que he hecho mal muchas cosas, entre ellas, no hablarte de Carlos, pero...

—¿Me puedes explicar para qué quiero yo saber de él ahora? —preguntó él con voz dura.

Esther se movió nerviosa. Jorge no la invitaba a pasar. Pero no apartó la mirada de él, y respondió:

—No lo sé.

Durante unos segundos permanecieron en silencio, observándose, hasta que él finalmente se echó hacia un lado e indicó, abriendo del todo la puerta:

—Pasa.

Ella obedeció sin dudarlo y, cuando él cerró, lo siguió hasta un bonito salón donde sonaba música soul.

Entonces, fijando la vista en ella, y sin lucir aquella bonita sonrisa que Esther tanto apreciaba, Jorge declaró:

—Muy bien. Di lo que quieras.

Ella soltó su bolso sobre un sillón, pero cuando fue a hablar, no pudo decir nada. Las palabras no le salían de la boca. Estar allí, con él, sintiendo su mirada dura e implacable, le impedía decir nada.

—Vamos —insistió Jorge—. ¿No has venido a contarme algo, o acaso necesitas sentir que eres mi jefa para que tu autoestima te permita decir lo que pretendes?

La joven suspiró, cogió de nuevo su bolso y, contemplándolo, susurró:

—Creo que no ha sido buena idea venir.

Sin más, dio media vuelta, caminó hacia la puerta y, al llegar a ella y poner la mano en el pomo, oyó que él decía:

—Ni te imaginas la de veces que he soñado con que estuvieras aquí, pero no así. No de esta manera.

Con el corazón a mil, Esther se volvió para gritarle lo enfadada que estaba consigo misma, pero, en lugar de eso, dejó caer su bolso al suelo y, dando unos pasos se acercó a él con rabia, ímpetu y deseo y lo besó.

El beso, tan ansiado, pilló a Jorge desprevenido. No lo esperaba para nada y, separándola de él, la miró y, leyendo lo que Esther le gritaba en silencio, esta vez fue él quien la besó.

Ese beso apasionado, necesitado y deseado hizo que ambos se olvidaran de todo. El enfado de él, el arrepentimiento de ella..., y más cuando ella, bajando las manos a la cintura de Jorge, le subió la camiseta y se la quitó.

Sin hablar, se desnudaron.

Sus ropas volaron por el pasillo entre besos y caricias, sólo comunicándose con los ojos y con sus cuerpos. Una vez desnudos, Jorge la cogió entre sus fuertes brazos, la apoyó contra la pared y, de un empellón, se introdujo en ella.

La increíble sensación hizo que ambos temblaran, jadearan,

vibraran..., mientras Jorge se movía y Esther, agarrada a sus hombros, se abría para él.

La excitación y el placer hacía que fuesen rápido, querían complacerse, querían disfrutar, querían sexo.

Tentándose, se mordían los labios sin apartar los ojos del otro. Les gustaba contemplarse mientras sus cuerpos se fundían en uno solo y sus jadeos les recordaban una y otra vez lo que estaban haciendo.

Las embestidas, cada vez más profundas, más certeras, eran enloquecedoras y el ritmo delirante, hasta que Esther alcanzó el clímax y soltó un chillido lujurioso de satisfacción, y Jorge, al oírla, dio una última embestida y se rindió al más puro placer.

Agotados, sudorosos y jadeantes, permanecieron unos segundos en el pasillo mirándose a los ojos. Luego, sin hablar ni soltarla, Jorge caminó hasta el baño. Una vez allí, la depositó en el suelo y, abriendo el grifo de la ducha, la cogió de la mano, tiró de ella y el agua los empapó.

Mirándose a través de las gotas que les caían por el rostro, ninguno supo qué decir, hasta que al final Jorge murmuró:

—Me estás volviendo loco.

Una hora después, tras haber hecho el amor en la ducha y posteriormente en la cama, se quedaron traspuestos.

A las cinco y ocho de la madrugada, con cuidado, Esther se deshizo del abrazo de él, que dormía en un sueño profundo y, tras recoger sus ropas desperdigadas por el pasillo, se vistió sin hacer ruido. Cuando terminó, se acercó a la puerta de la habitación para observar a Jorge dormido y desnudo sobre la cama y, tras unos segundos, dio media vuelta, cogió su bolso y salió con sigilo.

Una vez en la calle se metió en su coche, arrancó el motor y se contempló en el espejo retrovisor.

—Soluciona esto de una vez por todas —murmuró con un suspiro.

Capítulo 27

Cuando Jorge llegó esa mañana al trabajo, buscó a Esther con la mirada.

La noche anterior apenas habían hablado. Sólo se besaron, se acariciaron..., y en el par de ocasiones que habían tratado de hacerlo, habían tenido que dejarlo para hacerse el amor.

Durante gran parte de la mañana, Jorge intentó hablar con ella, pero le resultó imposible. Cada vez que lo veía, ella salía huyendo y, al final, molesto, se dio por vencido. Si ella así lo quería, así sería.

Sin embargo, al mediodía no pudo más y, cuando vio que Mario salía del hotel, sin dudarlo, se dirigió a recepción, agarró a Esther del brazo y la metió en el despacho.

Ella lo miró sorprendida.

—¿Qué haces?

Molesto y ofuscado por la confusión que él mismo tenía en la cabeza, Jorge empezó a decir:

—Apareces en mi casa y...

—¡Baja la voz! —lo reprendió ella.

Jorge fijó la vista en ella. En ocasiones no entendía que aquella chica fuera la misma que había conocido en Londres y, molesto, preguntó:

—Pero ¿tú a qué estás jugando?

Consciente de que no estaba haciendo las cosas bien, Esther replicó:

—Mira, no quiero volver a ser una borde como lo fui el otro día contigo, pero estamos en el trabajo, y creo que esto tenemos que hablarlo en otro lado.

—¿Dónde?

Angustiada por el modo en que la observaba, ella respondió:

—No lo sé. Ya te lo diré.

—¿Ya me lo dirás?

—Sí.

Con fiereza, Jorge resopló y siseó, mirándola:

—Si pretendes tenerme como a un perrito detrás de ti, ¡desde ya te digo que lo olvides!

Y, sin más, salió del despacho dejando a Esther con una terrible sensación.

* * *

Ya entrada la tarde, Sofía, que estaba en la terraza con Jorge atendiendo las mesas, fue hasta la barra donde estaba Candy y se miró el reloj. Su amiga Adriana daba una fiesta de cumpleaños en su garaje y tenía que ir, aunque, para eso, primero Esther debía marcharse del hotel, porque así ella podría suplicarle a su padre que le permitiera irse sin terminar su turno.

Mario, que en ese instante regresaba al establecimiento tras haber descansado en casa durante unas horas para ocuparse del hotel esa noche, sonrió al ver en la terraza a su hija Sofía y a Jorge, que charlaban cordialmente con unos clientes.

En recepción, otros clientes felicitaban a Esther por el excelente trato recibido en la terraza. Sin duda, Jorge y su profesionalidad no dejaban indiferente a nadie, y Esther asentía encantada mientras Mario escuchaba feliz.

Cuando los clientes se marcharon, Mario entró junto a su hija en el despacho, y ella comentó, señalando el viejo ordenador que descansaba sobre la mesa:

—Cualquier día lo estampo contra la pared.

El hombre sonrió y susurró, mirándola:

—Hija, hay que tener paciencia con él.

—¡Paciencia! —se quejó Esther—. Papá, ese cacharro tiene más años que Matusalén. Se queda colgado y hay que reiniciarlo cada dos por tres. Necesitamos un equipo nuevo con un buen programa para hoteles.

Mario suspiró. La informática no era lo suyo, y se ponía enfermo sólo de pensar en aprender a utilizar un nuevo programa, por lo que, negando con la cabeza, respondió:

—Mientras funcione, no pienso gastar un céntimo en otro.

Esther se desesperó al oír eso, pero, como no deseaba discutir con él otra vez, preguntó:

—¿Cuándo llegaba la yaya?

Pensando en su madre, una madrileña cariñosa y algo quisqui-llosa, Mario contestó:

—Dentro de unos días. Hablé con ella y me dijo que avisaría.

Esther asintió.

—Estoy deseando comer su cocido madrileño —murmuró—. Nadie lo hace como ella.

A continuación, mientras observaba a su hija, que recogía sus cosas para marcharse a casa, él preguntó:

—¿Sales esta noche de cena con tus amigos?

Esther negó con la cabeza. Necesitaba aclararse con respecto a Jorge.

—No. Acabo de enviarles un mensaje para decirles que no voy. Me duele la cabeza y necesito dormir.

—¿Me tengo que preocupar?

Esther miró a su padre y, al ver su gesto nervioso, sonrió y respondió:

—No, papá, tranquilo. Estoy cansada, sólo es eso.

Mario asintió. Entonces se oyeron unas risotadas provenientes de la terraza, y comentó, mirando por la ventanita que comunica-ba con aquélla:

—El chico lo hace bien.

—¿Qué chico? —preguntó Esther comprobando su móvil.

—Jorge.

Ella asintió y afirmó sin mirarlo:

—Sí, papá. No te voy a decir que no.

Durante unos segundos, ambos guardaron silencio, hasta que Mario soltó:

—¿Por qué siempre lo tratas con tanta indiferencia?

—Papá..., pero ¿qué dices?

—Si mal no recuerdo, dijiste que os conocisteis en Londres.

Esther se rascó la cabeza. Como era de esperar, aquello había llamado la atención de su padre y, sin querer contarle la verdad, pero sin querer mentirle tampoco, respondió:

—Es complicado, papá. Mejor dejémoslo.

Mario asintió leyendo entre líneas y, como no deseaba inmiscuirse en la vida de su hija, musitó:

—Mira, no preguntaré qué ha ocurrido entre vosotros porque ya eres mayorcita, pero quiero que sepas que Jorge me gusta. Es trabajador, amable y responsable, y se entiende muy bien en la terraza con Candy y tu hermana. Siento que me puedo fiar de él, cosa que nunca me ha ocurrido con el Divino.

Esther asintió a su vez. Su padre había captado la esencia de Jorge. Sin embargo, no quería meterse en camisas de once varas, así que simplemente respondió:

—Me alegra saberlo, papá —y, cambiando de tema, indicó—: Por cierto, esta noche Jorge y Sofía son los encargados de cerrar y recoger la terraza, ¿de acuerdo? —A Mario le pareció bien y ella añadió, saliendo del despacho—: Hasta mañana. Que tengas una noche tranquila.

Al salir al exterior, Esther se asomó sin ser vista a la terraza, y divisó a Jorge y a su hermana sonriendo junto a Candy. Durante unos instantes, su mirada se centró en él, pero de pronto sintió un remolino de emociones contradictorias en su interior, por lo que dio media vuelta y se marchó.

*　*　*

Al ver que Esther salía, Candy les indicó a Jorge y a Sofía que se ausentaría un segundo. Entró en el hotel, caminó hacia el despacho que había junto a recepción y, asomándose, preguntó:

—¿Todo bien?

Mario, que observaba el monitor que tenía sobre la mesa, protestó:

—Este maldito cacharro es insufrible.

Con una sonrisa, Candy entró en el despacho y dijo, colocándose a su lado:

—Todos te lo decimos. Has de cambiarlo.

El hombre asintió, a continuación, la cogió de la mano y, sentándola sobre sus piernas, declaró:

—Cada día estoy más harto de esto. Mis hijas no son felices, y nosotros tampoco. Esther querría tener su propio restaurante y Sofía dedicarse al diseño, y yo...

Con cariño, Candy le dio un ligero beso en los labios y murmuró:

—Tranquilo, tesoro.

Encantado con ese acercamiento, Mario rodeó con las manos la cintura de aquella mujer a la que adoraba y, mirándola, dijo:

—Ni te imaginas lo que daría por irme de vacaciones contigo y olvidarme durante un rato de este hotel.

Candy lo contempló asombrada. Era la primera vez que le decía algo parecido.

—¿Olvidarte del hotel?

Él asintió y, suspirando, cuchicheó:

—Este hotel fue un sueño en otra época, pero hoy por hoy se está convirtiendo en mi pesadilla. Me asfixia. Me agobia.

En silencio, se miraron unos segundos, hasta que ella dijo:

—Sabes que tengo unos ahorrillos y que podría utiliz...

—Ni hablar. Ese dinero es tuyo —replicó él y, para evitar seguir hablando del tema, comentó—: Mi madre llegará pronto.

Al pensar en la vivaracha mujer que se les venía encima, Candy suspiró.

—Lo sé. Me lo comentó Sofía.

El hecho de que aquélla llegara de nuevo a sus vidas suponía inevitablemente un cambio en sus rutinas.

—¿Podrás soportarlo? —preguntó él.

—Creo que sí. Pero ¿y tú? —repuso Candy.

Los dos sonrieron.

La portuguesa llevaba trabajando siete años en el hotel y seis de relación con él; una relación que ambos disfrutaban cuando y como podían, en secreto. Sin embargo, cada vez que la madre de Mario aterrizaba allí, la vida se les complicaba sobremanera.

Tras varios besos y arrumacos, Candy se levantó de encima de él y cuchicheó:

—Tengo que volver al trabajo.

—¿Regresarás esta noche cuando todos se hayan ido?

Ella asintió y, justo cuando se volvía para salir, Sofía, que había estado controlando que su hermana se marchara, entró en el despacho y, al verla, preguntó:

—¿Ocurre algo?

—Estaba peleándome con este cacharro y Candy me ha ayudado —se apresuró a responder Mario.

Sofía suspiró mirando el ordenador, y la portuguesa afirmó con una sonrisa:

—Yo también le digo que tiene que cambiarlo.

Luego Candy salió y Sofía se quedó a solas con su padre en el despacho. Se sentó frente a él y empezó a decir:

—Papá, ¿puedo pedirte un favor?

Mario sonrió al oírla.

—Hija, no me pidas algo que pueda enfadar a tu hermana.

Sin darse por vencida, la chica le sonrió melosa como sólo ella sabía y murmuró:

—Es el cumpleaños de Adriana y todos mis amigos estarán en la fiesta.

—Sofía, te necesitamos en la terraza.

—Papá..., por favor...

—Hija...

La joven, enfurruñándose, gruñó haciendo un puchero.

—Jolín, papá, ¡odio este trabajo! Me gustaría tener horarios normales. Terminar mi trabajo a las ocho de la noche como una persona normal, no de madrugada.

—Sofía..., es lo que tenemos, hija.

—Venga, papá, por favor. Tengo veinticuatro años y quiero divertirme. Por favor...

Mario suspiró. Estaba más que claro que a su hija el hotel la asfixiaba tanto como a él.

—De acuerdo —murmuró—. Pero no quiero que veas a ese sinvergüenza de Óscar.

—Pero si él no estará allí —mintió Sofía.

—¿Seguro?

—Pues claro, papá; ¿tan tonta me crees?

Mario, al que le resultaba muy difícil decirle que no a su hija pequeña, finalmente sonrió e indicó:

—Vete. Pero avisa a Candy, ella necesitará tirar de Alberto, y dile a Jorge que yo lo ayudaré a recoger y a cerrar.

La joven se levantó encantada, le dio un beso a su padre y salió rauda del despacho. Había conseguido lo que buscaba.

¡Se iba de fiesta!

Con una sonrisa, llegó a la terraza y, acercándose a Jorge, que cargaba en su bandeja varias bebidas, exclamó:

—¡Me voy!

Al oírla, él se detuvo, la miró y preguntó:

—¿Cómo que te vas?

—Es la fiesta de cumpleaños de una amiga y...

—De eso nada —protestó él—, tenemos la terraza a tope de gente... ¿Cómo te vas a ir ahora?

Sin importarle lo que Jorge decía, Sofía se encogió de hombros y, quitándose el delantal negro que llevaba, indicó a Candy:

—Mi padre dice que llames a Alberto para que os eche una mano —y, a continuación, dirigiéndose a Jorge, añadió—: Y tú, tranquilo, que papá te ayudará a recoger y a cerrar esta noche. ¡Adiós, troncos!

Y, sin más, se marchó, dejando a Jorge boquiabierto y sin saber qué decir.

Candy, que ya estaba acostumbrada a aquello, suspiró y, mirando a Jorge, iba a decir algo cuando él protestó:

—Pero si sólo son las nueve de la noche.

La mujer asintió.

—Tranquilo. Sacaremos la terraza adelante, pero que no se entere Esther. —Él la contempló desconcertado, y Candy aclaró—: Por si no te has dado cuenta, Esther se pasa la vida pagando los errores de su hermana, que parece no percatarse de nada, y su padre es incapaz de controlarla.

Jorge asintió con la cabeza y suspiró:

—Avisa a Alberto.

Candy asintió, y él, molesto con las dos hermanas, aunque por motivos distintos, continuó trabajando.

Capítulo 28

Esa noche, Vega esperaba sentada en uno de los bancos situados frente a la playa de la Almadraba. La canguro se había quedado con su niña y, feliz, miraba el mar cuando Hugo se sentó a su lado y la saludó:

—Hola.

Ella lo miró encantada. Como siempre, estaba guapísimo.

—Hola. —Sonrió.

Con indiferencia, Hugo se encendió un cigarrillo y dijo mirándola:

—Delia no viene.

—¿Por qué?

—Ha pasado por la óptica a verme y me dijo que su maridito llegaba de viaje y quería estar con él.

Ambos sonreían por aquello cuando recibieron un wasap en el móvil. Se apresuraron a mirarlo y, al leer el mensaje de Esther, Vega indicó:

—Otra que no viene.

Hugo sonrió.

—Pues nada. Esta vez sólo estamos tú y yo.

Ella asintió y, a continuación, preguntó:

—¿Quieres que lo dejemos para otra noche?

Él negó con la cabeza.

—¿Acaso no podemos cenar tú y yo solos?

La joven asintió y, sacando su lado de actriz, le guiñó el ojo y declaró con comicidad:

—Pues, prepárate, porque tengo mucha hambre.

A Hugo siempre le habían encantado el sentido del humor y la locura de Vega y, divertido, sugirió:

—¿Qué te parece si vamos a La Sidrería a cenar?

—¡Excelente idea!

El restaurante estaba en el casco antiguo de Castellón, por lo que cogieron el coche de Hugo para ir hasta allí. Al llegar, el camarero, que los conocía, enseguida los acomodó en una mesita situada al fondo del local para que estuvieran tranquilos. Como siempre que iban allí, disfrutaron con la excelente cocina que el lugar les ofrecía mientras charlaban animadamente y Hugo reía por las ocurrencias de Vega.

En distintos momentos de la cena, ella estuvo a punto de soltarle lo que ella y Esther sabían de Mariluz, pero cada vez decidía morderse la lengua. Algo en ella le indicaba que no debía decirle nada, que bastante se estaba comiendo él la cabeza como para que ella le contase aquello.

Una vez finalizada la cena, salieron del restaurante y decidieron ir a tomar algo.

Mientras caminaban, Vega se sentía nerviosa. Pocas eran las ocasiones que Hugo y ella habían coincidido solos, sobre todo porque Vega lo evitaba, pero esa noche le fue imposible decir que no.

Con una sonrisa, escuchaba lo que él decía, cuando el teléfono de Hugo sonó y, tras contestar, él miró a su amiga y dijo, cogiéndola de la mano:

—Vamos. Tengo que ir a mi casa.

—¿Qué ocurre?

Acelerado, Hugo la miró e indicó:

—No lo sé. Pero mi vecina dice que *Conga* no para de ladrar, y eso es muy raro.

—Y tan raro —se mofó Vega—. Yo creí que *Conga* era muda.

Cuando llegaron a Benicàssim y aparcaron el coche, entraron de inmediato en el portal y oyeron los ladridos de la perra. Sin esperar el ascensor, subieron los escalones de dos en dos hasta el segundo piso y, al llegar arriba, la vecina de Hugo, que estaba en bata en el descansillo, dijo al verlos:

—Lleva ladrando sin parar más de media hora. Me ha extrañado tanto oírla que, al llamar y ver que no abrías la puerta, he decidido telefonearte.

Hugo abrió enseguida la puerta de su casa. Al instante, la perra apareció empapada de agua y, en lugar de saludarlo, se encaminó hacia la cocina. Todos la siguieron, y su sorpresa fue mayúscula al ver que el grifo de la cocina había saltado y el agua manaba como una fuente sin control.

El primer instinto de Vega fue acercarse y poner las manos para contener el agua, pero de inmediato quedó empapada y no sirvió de nada.

—¡Voy a cerrar la llave de paso! —dijo rápidamente Hugo abriendo el mueble del fregadero mientras el agua caía sobre los dos como si saliera de un aspersor.

La vecina, que los observaba desde la puerta de la cocina, señaló:

—Si ya sabía yo que ocurría algo... *Conga* nunca ladra así.

Empapada de agua, Vega asintió y, con una sonrisa, besó la cabeza de la perra y murmuró:

—Muy bien, *Conga*. Buena chica..., buena chica.

Cuando el agua dejó de salir, Hugo miró a su perra y, besándola como momentos antes había hecho Vega, susurró:

—Eres la mejor, *Conga*, ¡la mejor!

Instantes después, la vecina se marchó, la perra se tranquilizó y Hugo y Vega, empapados, comenzaron a recoger el agua. La cocina estaba encharcada, y el agua salía ya por el pasillo.

Sin descanso, para que no calara al piso de abajo, echaron toallas en el suelo para que absorbieran el agua. Así estuvieron un buen rato, hasta que el suelo más o menos quedó seco y Vega exclamó con una sonrisa:

—¡Lo hemos conseguido!

Hugo asintió, pero, al ver a su amiga hecha una sopa como él, comentó divertido:

—¡Nos hemos calado!

Vega se miró de arriba abajo, se tocó el pelo mojado y afirmó al verlo a él empapado también:

—Sin duda, necesitamos una ducha.

Hugo sonrió divertido y, señalando su habitación, indicó:

—Sí, vamos. Creo que es lo mejor.

Al oír eso y entender lo que aquél indicaba, ella murmuró:

—No te preocupes. Creo que lo mejor es que me vaya a casa.

Pero Hugo negó con la cabeza.

—De eso nada. ¿Cómo te vas a marchar así? Venga, pasa a la habitación.

Una vez que estuvieron los dos dentro, Vega miró la cama. La había visto cientos de veces, pero en ese instante la veía de otra manera. Entonces, al observar que él abría el armario, se apresuró a decir:

—¡Ni se te ocurra darme algo de tu ex! Estoy segura de que, si me lo pongo, ¡me sale urticaria! ·

Al oírla, Hugo sonrió. Mariluz y Vega nunca se habían llevado bien y, cerrando el armario, donde todavía había ropa de aquélla, preguntó:

—¿Prefieres algo mío?

—Por supuesto.

—Te va a quedar algo grande...

Vega se encogió de hombros y asintió con una sonrisa:

—No me preocupa. Sólo me vas a ver tú, y no intento conquistarte.

Sin decir nada, Hugo abrió su parte del armario, cogió una camiseta, unos pantalones de chándal y, sacando un bóxer blanco, indicó mirándola:

—Está sin estrenar.

—¡Hugo! —Ella rio al ver los calzoncillos.

Ambos rieron divertidos, y luego él, dejando la ropa sobre la cama, señaló:

—Pasa al baño y dúchate. Yo lo haré cuando termines.

Hecha un manojo de nervios, a pesar de que lo disimulaba muy bien, Vega asintió, cogió la ropa y, sin mirarlo, se metió en el baño que había en la misma habitación.

En cuanto cerró la puerta, estuvo tentada de echar el pestillo, pero no se atrevió. Si lo hacía, tal vez Hugo pensaría que no se fiaba de él.

Mientras se quitaba la ropa empapada, sentía que el corazón le latía a mil por hora.

Hugo y ella solos en su casa y en su habitación... Aquello era una locura, pero, sin querer pensar en tonterías, terminó de desnudarse y se metió en la ducha.

Cuando acabó, cogió un albornoz negro que ella misma le había regalado hacía un par de años por Navidad y, al ponérselo, el excitante olor corporal de Hugo la envolvió.

—Dios, ¡¿qué estoy pensando?! —murmuró con un suspiro.

Se puso una toalla en la cabeza, tomó aire, abrió la puerta con la mejor de sus sonrisas y dijo, al ver que él se había quitado la camisa:

—Ya puedes pasar.

Hugo asintió sin mirarla y, al pasar por su lado, cerró los ojos y se detuvo.

—Vega...

Ella, que ya estaba junto a la cama mirando la camiseta que él le había prestado, se volvió, y entonces él, volviéndose por completo, caminó hacia ella. Ambos se miraron a los ojos, y ella, asustada al ver algo en los suyos que no esperaba, murmuró:

—¿Qué ocurre?

Incapaz de contener la ternura que Vega le provocaba, Hugo levantó una mano, la paseó por el rostro de ella y susurró:

—Siempre he pensado qué podría haber ocurrido entre nosotros si, al regresar de aquellas vacaciones, tú y yo hubiéramos hablado.

Boquiabierta, Vega parpadeó.

¿Hugo recordaba también lo ocurrido?

Estaba confundida; entonces él preguntó:

—¿Eres feliz con tu vida?

Sin aire en los pulmones, ella asintió como pudo, y él añadió:

—Yo no, porque no dejo de pensar que me habría encantado que el Meloncito hubiera sido de los dos.

Boquiabierta, y sin saber qué decir, la joven asintió e, incapaz de callar más, susurró:

—¿Qué estás diciendo, Hugo?

—La verdad —aseguró él.

Sin dejar de mirarse, se comunicaron, se hablaron en silencio, y finalmente Vega afirmó:

—Yo también he pensado muchas veces qué habría sucedido si hubiéramos hablado acerca de lo que ocurrió aquel verano.

Y en ese instante...

En ese momento...

En ese segundo...

Sus cuerpos se rozaron y, cuando sus bocas se encontraron, se besaron sin dudarlo.

Se tentaron con un beso tímido, un beso turbado y modesto, hasta que la electricidad de sus cuerpos desató en ellos lo que durante muchos años habían obviado en silencio.

Un beso..., dos..., tres, y, cuando se separaron para mirarse, Vega murmuró:

—¿Qué estamos haciendo?

Hugo la contempló. Él se preguntaba lo mismo, pero, incapaz de despegarse de ella, susurró:

—Besarnos.

Cuatro, cinco, seis besos..., y al apartarse para tomar aire, Vega dijo:

—Estás pasando por un mal momento con Mariluz y...

—No —la cortó él, paseando la boca por su mejilla—. Ella no tiene cabida aquí. Esto es entre tú y yo.

Vega asintió con la cabeza y, mientras notaba que Hugo la apretaba contra su cuerpo haciéndole sentir su excitación, insistió:

—Es una locura.

Él estuvo de acuerdo. Sin duda lo era. Pero, incapaz de dejarlo así, preguntó mirándola:

—¿Quieres parar la locura?

Vega negó con la cabeza. Nunca antes había estado más segura de nada.

Entonces él, cogiéndola entre sus brazos, sonrió y, sin hablar, la llevó de nuevo al baño.

Allí, Vega se desató el cinturón del albornoz negro, mientras una loca excitación le recorría el cuerpo al ver cómo Hugo la miraba. Movió los hombros y dejó caer el albornoz al suelo para quedar totalmente desnuda frente a él.

Asfixiado, Hugo se quitó los pantalones y los calzoncillos y, una vez desnudo como ella, abrió un cajoncito del mueble, sacó un preservativo y, rasgando el envoltorio, murmuró:

—Te deseo, Vega. Te deseo tanto...

Oírlo decir eso hizo que a ella se le pusiera el vello de punta y, olvidándose de todo, se acercó a él y, abrazándolo, lo besó.

Sin tiempo que perder, ni separar sus bocas, como pudo, Hugo se puso el preservativo. Luego cogió a Vega entre sus brazos y, entrando en la ducha, la apoyó contra la pared y, sin dejar de mirarla a los ojos, la penetró. La hizo suya en un silencio tan sólo roto por los jadeos y el placer de ambos.

Con delirio, se hicieron el amor como siempre habían deseado, disfrutando de cada beso, de cada roce, de cada embestida. Habían soñado durante muchos años con aquello, un sueño imposible, un sueño irreal, y al fin se estaba haciendo realidad.

Cuando alcanzaron el clímax, quedaron apoyados contra la pared, hasta que Vega abrió el grifo de la ducha y, en cuanto el agua comenzó a recorrer sus cuerpos, Hugo la dejó en el suelo y, mirándose, ambos sonrieron.

Durante dos horas, sus cuerpos, sus instintos y sus deseos hablaron por ellos y, cuando, agotados y sudorosos, miraban el techo tumbados sobre la cama, Hugo murmuró:

—Vega...

Ella se apresuró a taparle la boca y, sentándose sobre él, lo miró a los ojos y señaló:

—No. No digas nada —y, al ver su expresión, aclaró—: Sé que quizá no es el momento más indicado para que ocurra esto, pero no quiero que nada lo estropee.

Y, cogiendo otro preservativo de la mesilla, lo abrió, lo sacó de su envoltorio y, echándose hacia atrás, al sentir la erección de él entre sus piernas, se lo colocó con pericia ante la mirada extasiada de Hugo. Una vez que hubo terminado, se aupó, colocó su pene en la entrada de su vagina y, dejándose caer lentamente sobre él, sugirió:

—Disfrutemos de la locura un poco más.

Y, acto seguido, Vega comenzó a moverse sobre él, dispuesta a disfrutar de aquello sin pensar en las consecuencias ni en nada más.

Excitado por la impetuosidad del momento, Hugo la agarró de la cintura y, tras un rápido movimiento, la tumbó sobre la cama para quedar encima. Ni en el mejor de sus sueños había imaginado que disfrutaría así con Vega, y, moviéndose con rotundidad mientras la sentía temblar entre sus brazos, murmuró:

—Tú eres mi amor.

Capítulo 29

Esa noche, a las diez, Sofía aparcó su moto en el barrio de su mejor amiga, Adriana, dispuesta a pasarlo fenomenal.

Al entrar en el garaje donde se celebraba la fiesta, muchos de los chicos la saludaron al verla. Pero, al observar que Óscar se acercaba a ella, Sofía lo detuvo.

—Olvídate de mí.

El chico, que era un chuleras, sonrió al oírla y, cogiéndola del brazo, la miró y murmuró, haciéndole ojitos:

—Te he echado de menos, princesa.

De un manotazo, Sofía se zafó de él y continuó en busca de su amiga, aunque esta vez con una sonrisa en los labios que al llegar no tenía.

Óscar sonrió con suficiencia. La cosa se ponía fácil. Y, como necesitaba a la chica para sus fechorías, pensó qué hacer para retenerla, lo quisiera ella o no.

La fiesta duró horas. A todos les apetecía divertirse, y los porros de marihuana y hachís y la cocaína rularon por el garaje a discreción. Como era de esperar, Óscar consiguió que Sofía bailara con él, y en cuanto la tuvo entre sus brazos, la chica dejó de existir y tan sólo existieron Óscar y sus exigencias. Estar con él la anulaba completamente como persona y, aun siendo consciente de ello, ella lo permitía sin saber por qué.

Dispuesto a seguir adelante con su plan, Óscar sacó una papelina de coca del bolsillo, preparó cuatro rayas sobre la mesa y, pasándole un billete a Sofía, indicó:

—Métete lo que quieras.

Ella lo miró. La cocaína no solía sentarle bien.

—No. No quiero —susurró.

Óscar sonrió y le dio un beso.

—Vamos, princesa, unos tiritos te vendrán de maravilla —insistió sin importarle los problemas de salud de ella—. Cuando los tomas, tu lado salvaje se despierta y me vuelve loco.

—La última vez me sentaron fatal —replicó Sofía.

Él asintió y, metiéndole la mano en el interior de la camisa, la subió hasta tocar sus pezones y susurró mientras se los acariciaba:

—Métete un tirito y prometo hacerte eso que tanto te gusta.

Al oírlo y comprender a qué se refería, la chica sonrió. Sabía mejor que nadie que aquello no era bueno para ella, pero finalmente cogió el billete, lo enrolló e hizo lo que él le pedía.

—Ésa es mi chica —aplaudió él al verla.

A continuación, Sofía se puso en pie y, tirando de él, lo llevó hasta un pequeño cuarto que había en el garaje. Cerró la puerta y dijo, mirándolo con una sonrisa mientras se abría la camisa:

—Ahora, cumple tu parte del trato.

Y Óscar obedeció encantado.

✳ ✳ ✳

Las horas pasaban y en el garaje sonaba música de Iron Maiden mientras todos gritaban.

En un momento dado Sofía, acalorada, necesitó salir al exterior. El cuerpo le pedía aire fresco. Una vez en la calle, se miró el reloj: las doce y cinco, y sonrió al pensar que la noche era joven.

Estaba apoyada en una pared cuando su teléfono vibró. Había recibido un wasap:

Majestad, mañana regreso a Benicàssim. ¿Sigue en pie esa copa?

Al ver que se trataba de Luis, sonrió, pero, cuando iba a contestarle, Óscar salió también. Al verla, la asió por la cintura, la acercó a él y la besó.

El móvil volvió a vibrar en su mano, y esta vez Sofía, sin mirarlo, se lo guardó en el bolsillo del vaquero. Lo que hacía en ese instante le apetecía más que nada en el mundo.

El calentón entre ambos fue subiendo de tono, hasta que él la cogió de la mano y la llevó de nuevo al cuartucho del garaje. Al entrar, Sofía vio que allí había otras dos parejas entregadas al placer.

—Creo... creo que deberíamos salir —dijo.

Pero Óscar sonrió y, desabrochándole los botones de la camisa, murmuró:

—Olvídate de ellos y céntrate en mí.

La chica lo intentó, pero los gemidos de aquéllos le hacían recordar que no estaban solos. Cuando se disponía a protestar de nuevo, él susurró, pasándole un porro:

—Fuma de este chino..., te vendrá bien.

Ella obedeció. A continuación, Óscar le colocó un pañuelo azulado alrededor de los ojos.

—Eso es..., ahora juguemos.

—Óscar, ¿qué haces?

—Tú déjame a mí, princesa.

De pronto Sofía sintió cuatro manos sobre su cuerpo. Rápidamente se quitó el pañuelo de los ojos y vio que junto a ellos estaba un chico al que apenas podía distinguir con claridad por la falta de luz. Cuando iba a protestar, Óscar la agarró de la barbilla haciendo que lo mirara y susurró, dejando caer el pañuelo al suelo:

—Tranquila.

—Pero ese tío...

—Princesa —la cortó él—, es mi colega. Vamos, sé buena y disfrutemos de algo diferente.

Segundos después, cuatro manos se paseaban por sus pechos con total libertad y, cumpliendo los deseos de Óscar, la chica se dejó llevar.

A la una y cuarto, tras salir del cuartucho, Sofía miraba con gesto serio a sus amigos, que se divertían a su alrededor. En silencio, pensaba en lo que había hecho con Óscar y el otro tío, y se horrorizó. Pero ¿cómo podía haber accedido a hacer algo así?

Aterrada por las imágenes que su mente recordaba, salía a tomar aire fresco cuando chocó con un chico que, mirándola, dijo:

—Avísame siempre que quieras.

Ella lo observó boquiabierta. Esa voz era la misma que recordaba junto a la de Óscar en el cuartucho. De inmediato sintió asco de sí misma, mucho asco, y decidió marcharse de allí, pero, al salir, unas sirenas que rompían la tranquilidad de la noche llamaron su atención.

Todos los presentes en la fiesta salieron a mirar al oír el estridente sonido. De inmediato desaparecieron los canutos de maría, la coca y el hachís y, sorprendidos, los chicos observaron cómo varios coches de policía y una ambulancia se paraban ante uno de aquellos bonitos chalets.

Sofía se despejó de golpe al verlo.

Sabía quién vivía en el chalet donde se habían detenido los vehículos y, aun consciente de que eso le acarrearía problemas, no lo dudó y, olvidándose de Óscar, de la fiesta y de todo lo demás, corrió hacia allí.

Capítulo 30

Esther estaba durmiendo cuando la despertó un sonido chirriante.

Rápidamente se sentó en la cama, y en ese instante el teléfono volvió a sonar. Miró el reloj y vio que era la una cuarenta. Asustada porque a esas horas, si el teléfono sonaba, no era por nada bueno, lo cogió y respondió, al ver la foto de su hermana en la pantalla:

—¿Qué ocurre?

Sofía, que iba en una ambulancia al Hospital Universitario de Castellón, murmuró nerviosa:

—Esther...

—Sofía, ¿qué pasa?

La aludida, al entender los nervios de su hermana, dijo antes de que volviera a interrumpirla:

—Escúchame, por favor. Hugo y Vega van a ir a buscarte dentro de cinco minutos. Tienes que venir al Hospital Universitario.

Aterrorizada por el tono de su hermana, Esther insistió:

—¿Qué ha ocurrido? ¿Papá está bien? ¿Tú estás bien?

Como no quería contarle la verdad para que no se asustara en exceso, Sofía tan sólo dijo:

—Papá y yo estamos bien, tranquila. Vístete, nos vemos en urgencias del hospital.

—Sofía, ¿qué has hecho? ¿En qué lío te has metido ahora? —protestó Esther.

Sin replicar, porque no era momento de discutir, la chica colgó el teléfono y, mirando a Delia, que estaba a su lado con el rostro bañado en sangre, murmuró:

—Tranquila, cariño..., tranquila.

* * *

Media hora después, Hugo, Vega y Esther entraban angustiados en urgencias del hospital sin saber realmente qué era lo que sucedía. Al ver a Sofía, corrieron de inmediato hacia ella.

—¿Qué ocurre? ¿Qué te ha pasado?

—Por Dios, Sofía... ¿Qué has tomado? —preguntó Esther al ver los ojos vidriosos de su hermana.

La chica los miró a los tres. Estaba asustada, pero hizo que aquéllos se sentaran y murmuró:

—Estoy bien..., estoy bien. —Y, antes de que pudieran decir nada, añadió dirigiéndose a su hermana—: Estaba en la fiesta de Adriana, que vive cerca de Delia y...

—¿Que estabas en una fiesta? Pero ¿no estabas trabajando?

Sofía suspiró. Para una vez que su hermana no iba a enterarse, finalmente se había delatado ella misma. No obstante, para que le prestara atención y obviara el resto, soltó de sopetón:

—Miguel ha agredido a Delia.

—¡¿Qué?! —preguntaron los tres al unísono.

Al ver sus expresiones de desconcierto, Sofía asintió e indicó:

—No sé qué ha ocurrido. Sólo sé que la policía se lo ha llevado... y... y yo he visto a Delia llena de sangre y me he venido con ella en la ambulancia para el hospital y os he llamado.

Los tres amigos se miraron con incredulidad.

Lo que Sofía decía no podía ser cierto. Delia y Miguel eran una pareja perfecta, una pareja envidiada por todos.

—Lo sé —insistió la chica al ver sus gestos—. Estáis tan desconcertados como yo, pero ha llegado la policía y una ambulancia y... —Tomó aire y susurró—: Al parecer, Delia ha llamado a la policía y, bueno, el resto ya os lo podéis imaginar. —A continuación, miró a su hermana y rompió a llorar nerviosa por todo—. Lo siento...

Al oír eso y ver cómo su hermana pequeña se miraba la camisa manchada con la sangre de su amiga, Esther la abrazó horrorizada. Lo que Sofía había presenciado no debía de haber sido muy agradable y, olvidándose de todo, susurró:

—Tranquila..., tranquila..., al menos Delia te ha tenido a ti.

Lágrimas de desconcierto y rabia corrían por el rostro de Vega.

Pero ¿cómo podía haber sucedido aquello? Hugo la abrazó. Entendía tan poco como sus amigas lo que había ocurrido, y, besándola con cariño en la cabeza, murmuró:

—Tranquila. Delia estará bien. Ya lo verás.

Durante más de una hora esperaron noticias, pero nadie salía a decirles nada. En una de las ocasiones en las que Hugo y Sofía fueron a la máquina a por unos cafés, Esther, mirando la ropa de Vega, que le iba al menos dos tallas grande, preguntó:

—¿Por qué vas vestida así?

Sin saber qué responder, su amiga la miró y se apresuró a decir:

—Me he puesto lo primero que he pillado.

—¿Con quién has dejado a Alma?

—Con la canguro. Acababa de llegar de cenar con Hugo y... me estaba cambiando de ropa cuando ha llamado Sofía.

Esther asintió, pero, cuando iba a decir algo más, la puerta de urgencias se abrió y apareció un médico. Miró a su alrededor y preguntó:

—¿Familiares de Delia Suárez?

Enseguida Hugo y Sofía se unieron a las otras dos para acercarse al doctor. Delia no se llevaba muy bien con su madre y no la habían avisado, por lo que Hugo no dudó en contestar:

—Somos sus hermanos.

El doctor asintió e indicó:

—Al llegar al hospital, su hermana se resentía de un fuerte dolor en el costado izquierdo, concretamente, en las costillas. Al principio pensamos que podía ser el bazo, pero, tranquilos, su bazo está bien y sus costillas también.

El médico, acostumbrado a la confusión de los familiares en momentos así, añadió para tranquilizarlos:

—Dentro de un rato la subiremos a planta, donde podrán verla dos minutos. Por supuesto, luego uno de ustedes podrá quedarse con ella.

—¡Yo! —se apresuró a decir Vega.

Al oírla, Esther la miró y replicó:

—No, tú no. La canguro tendrá que marcharse de tu casa y el

Meloncito te necesitará. Será mejor que me quede yo. Lleváis a Sofía a casa y ella que le explique lo ocurrido a mi padre y que faltaré al trabajo.

Todos asintieron sin rechistar, y el médico prosiguió:

—El aspecto de Delia no es el mejor. En el ojo derecho tiene un derrame y una gran contusión por un fuerte golpe, pero, tranquilos, se repondrá.

A continuación, tras indicarles que una enfermera los avisaría cuando su amiga estuviera en planta, el doctor se marchó.

Una vez a solas, se miraron unos a otros horrorizados, sin entender cómo podía haber pasado aquello.

—Voy a matar a Miguel cuando lo coja... —siseó Hugo nervioso.

—Por favor, no —indicó Esther para tranquilizarlo.

Él asintió, y Vega preguntó mirándolos:

—Pero ¿cómo... cómo ha podido pasar esto?

—No lo sé... —susurró Esther—. Y Miguel..., no lo entiendo... Él siempre ha sido atento con ella y con todos...

—Está claro que nos ha engañado con su falsa amabilidad —la cortó Hugo furioso y, mirándolas, añadió—: He estado con Delia esta tarde. Ha venido a verme a la óptica preocupada por cómo me encontraba yo por lo de Mariluz, y ahora... ahora saber esto me... desespera.

A Hugo le dolía en el alma pensar que su amiga, su buena amiga Delia, había pasado por aquello. Vega, que sentía lo mismo que él, susurró, agarrándolo del brazo:

—No es momento de reproches, sino de ayudar a Delia.

Hugo asintió. Vega tenía razón, pero, furioso con todo, siseó:

—Maldito Miguel... Lo creía un hombre, pero estaba equivocado, porque quien le pone la mano encima a una mujer sólo puede ser un mierda violento.

Ellas asintieron al ver su rabia. Todos estaban furiosos con Miguel. Esther le hizo entonces una seña a Vega y ésta lo abrazó. Hugo hundió la cabeza en el hombro de ella y lloró de frustración.

Al notar a Sofía a su lado con gesto asustado y confuso, Esther le acarició el rostro con cariño.

—¿Estás bien?

Su hermana la miró. La cabeza le iba a explotar, pero, consciente de su irresponsabilidad en la fiesta y de los problemas que eso podía causarle si no ponía medios, respondió:

—Te vas a enfadar, pero necesito una cosa.

—Sofía, ¿qué ocurre?

Al ver cómo la miraba Esther, ella murmuró:

—Necesito comprar la pastilla del día después.

—¡Sofía!

La chica maldijo para sus adentros. Entendía la decepción que veía en los ojos de su hermana y, antes de que dijera nada más, indicó:

—Lo sé. Soy una descerebrada. Llámame lo que quieras, pero he de tomármela porque esta noche he mantenido relaciones sin protección.

—Con Óscar, ¿verdad? —Sofía asintió omitiendo el resto, y a continuación Esther añadió, callando la tromba de cosas que pugnaban por salir de su boca—: Quédate aquí y no te muevas.

Su hermana, abochornada, le hizo caso y no se movió.

Después de indicarles a Hugo y a Vega que regresaría enseguida, Esther se marchó en busca de una conocida que tenía en el hospital. Por suerte, la encontró y, tras pedirle el favor, volvió junto a su hermana con una botellita de agua.

—Aquí la tienes. Tómatela.

En silencio, Sofía obedeció y, cuando la joven se la tragó, Esther murmuró:

—Sofía, esto ha de acabar.

Consciente de que llevaba razón, la chica asintió y, sin poder evitarlo, comenzó a llorar. Hugo y Vega las miraron y, después de que Esther les dijera que estaba todo controlado, cuando Sofía se calmó, la contempló con cariño y preguntó:

—¿Quieres marcharte a casa?

Ella negó con la cabeza.

—Quiero ver a Delia antes de irme.

Esther asintió y murmuró, mirándola a los ojos:

—Estoy convencida de que a Delia le hizo bien sentirte a su lado.

Sofía asintió con la cabeza, con los ojos repletos de lágrimas, y asintió.

—Sé que soy agobiante contigo —añadió Esther—, pero si lo hago es porque no me gustaría estar con papá aquí mientras tú estás donde ahora se encuentra mi amiga.

Sofía no dijo nada.

Veinte minutos después, la enfermera los avisó de que podían pasar a ver a Delia durante un par de minutos. En silencio, la siguieron por el solitario hospital hasta una habitación y, al llegar a ella, la enfermera indicó en un tono de voz bajo:

—Está sedada. Tienen dos minutos.

De inmediato, entraron en la habitación en la que Delia descansaba con los ojos cerrados y el gotero enganchado a su brazo. A pesar de la tenue luz, distinguieron las lesiones en el rostro de su amiga y su corazón se aceleró.

Con cuidado, Hugo, Vega y Sofía se acercaron a ella para besarla con cariño. Delia ni se enteró, y, cuando éstos se marcharon prometiendo dejar a Sofía en casa, Esther se acercó a su amiga, la besó con mimo y, sentándose a su lado, murmuró mientras le cogía la mano:

—¿Por qué, Delia? ¿Por qué no me lo contaste?

Capítulo 31

Mientras la habitación del hospital se iluminaba por el sol, Esther observaba a su amiga, que aún dormía. Se había pasado todo el tiempo mirando a Delia en la penumbra, intentando saber si aquello le había ocurrido más veces.

A las ocho, pasaron dos enfermeras a verla y, al comprobar que estaba dormida, le hicieron a Esther una seña para que no la despertara. Era mejor dejarla descansar.

A las diez, Hugo y Vega no paraban de preguntarle por WhatsApp qué tal estaba su amiga. Como pudo, Esther les contestó que no había ningún cambio y, cuando fue al pasillo para estirar las piernas, se sorprendió al ver salir del ascensor a su padre, a Candy y a Jorge.

Se le acercaron con gesto serio y ella, sorprendida, preguntó:

—¿Quién se ha quedado en el hotel en recepción y en los desayunos?

Al oír a su hija, Mario rápidamente respondió:

—Tú no te preocupes ahora por eso, cariño. ¿Cómo está Delia?

Esther suspiró y, cogiendo una chaqueta que Candy le tendía, murmuró:

—Bien, papá. No sufras.

El hombre se asomó a la habitación y, al ver a aquella chica a la que tanto cariño tenía postrada en aquella cama con el rostro marcado, susurró con desazón:

—Maldito cabrón cobarde. Pegarle a una pobre muchacha...

—Papá...

—Si lo llego a saber, ¡lo capo! ¡Lo estrangulo! Voy a la cárcel, pero ese canalla no le pone la mano encima.

Al oír a su padre, Esther lo abrazó y murmuró:

—Tranquilo, papá. Tranquilo, o te subirá la tensión.

Mario asintió. Debía calmarse.

Entonces Candy, mirando a Jorge, que no había abierto la boca, sugirió:

—Esther, baja a desayunar algo con Jorge. Mientras tanto, tu padre y yo nos quedaremos aquí con Delia.

Esther iba a protestar, pero Jorge la cogió del brazo e indicó:

—Vamos. Tienes que comer algo.

—¿Cómo está Sofía? —preguntó ella preocupada por su hermana.

Mario miró a su hija y suspiró.

—Bien, pero esto la ha impresionado mucho.

Ella asintió. Lo ocurrido impresionaba a cualquiera.

—Vamos, ve con Jorge —insistió él—. Nosotros nos quedaremos aquí con Delia.

Finalmente, Esther, sin muchas ganas, tras ponerse la chaqueta que Candy le había llevado y coger su bolso, caminó junto a Jorge hacia el ascensor mientras su padre y la portuguesa entraban en la habitación.

La quietud del lugar acongojó a Mario, que, acercándose a la cama, murmuró dolido al ver el rostro de Delia:

—Pero, hija... ¿qué te ha hecho ese cabronazo?

Candy, emocionada al sentir su turbación, lo abrazó y susurró, al tiempo que posaba la cabeza en su hombro:

—Tranquilízate, mi amor. Tranquilízate.

* * *

En el ascensor, Jorge y Esther descendían a la planta baja, donde estaba la cafetería. Al ver su expresión de tristeza, él le cogió la mano, la acercó a él y la abrazó. Ella no se retiró. Necesitaba ese abrazo. Y entonces él susurró en su oído:

—Tu padre estaba muy nervioso, por eso me he ofrecido a venir con él y con Candy.

—Gracias —musitó ella agradecida.

Durante unos segundos permanecieron abrazados, hasta que

las puertas del ascensor se abrieron y él, cogiéndola de la mano con seguridad, prosiguió su camino.

Una vez en la cafetería, pidieron dos cafés y un par de tostadas y, cuando se hubieron instalado en una mesa, Jorge indicó sonriendo:

—Vamos. Come.

—La verdad, no tengo mucho apetito.

Él asintió. Entendía cómo debía de sentirse, pero insistió:

—Si vas a cuidar de Delia, necesitará a su lado a alguien que pueda ayudarla, y para ello has de estar bien. Así que ¡come!

Al entender que él llevaba toda la razón del mundo, Esther comenzó a comerse las tostadas.

—Realmente ¿qué es lo que ha ocurrido? —preguntó él cuando se las acabó.

Suspirando, Esther lo miró.

—No lo sé. Sólo sé que la policía se llevó a Miguel por haberla agredido y poco más. Hasta que Delia nos cuente lo ocurrido, no sé qué pensar.

Jorge asintió. Odiaba ese tipo de noticias en relación con el maltrato que por desgracia solía oír en la televisión, y vivirlo allí, con ellas, lo hacía sentirse descorazonado.

—Como dice mi padre —murmuró—, una mujer debe recibir el cariño de un caballero, no el maltrato de un cobarde, y, sin duda, el marido de Delia es un cobarde.

—Y, como dice mi padre, un cabrón —matizó Esther.

Un silencio extraño se generó entonces entre ambos. No era agradable lo que estaban viviendo.

—Sé que no es momento ni lugar —indicó él entonces cogiéndole la mano—, pero quiero que sepas que tenemos una conversación pendiente.

—Lo sé —asintió ella y, levantándose, dijo mientras lo soltaba—: He de regresar. Quiero que Delia me vea cuando despierte.

Jorge se levantó a su vez y asintió, pero la detuvo y convino:

—Vale, pero antes compraré un par de zumos de piña para que te los subas a la habitación.

—De acuerdo —aceptó ella con una sonrisa.

Él le guiñó un ojo y se aproximó a la barra para pedirlos, mientras Esther lo observaba. Aquel hombre, aquel casi desconocido para ella, la hacía sonreír con sus pequeñas acciones.

Ese simple detalle del zumo le hizo ver lo poco que se había esforzado Carlos por conocerla, y estaba sonriendo cuando Jorge se le acercó y, entregándole los zumos para que los metiera en el bolso, preguntó:

—¿De qué te ríes?

Necesitada de afecto, ella lo abrazó y respondió:

—Me ha gustado que vinieras.

Él sonrió y, turbándola, murmuró:

—Estoy aquí siempre. Sólo tienes que querer verlo.

Al entender lo que él había dicho, Esther le dio un dulce beso en los labios antes de encaminarse de nuevo hacia el ascensor.

Una vez que hubieron llegado a la planta donde estaba Delia, caminaron de la mano hasta la habitación. Al entrar, ella seguía dormida, mientras Mario y Candy la observaban.

—Creo que es mejor que te los lleves —indicó Esther, dirigiéndose a Jorge—. A mi padre lo ponen muy nervioso los hospitales.

Él asintió con la cabeza y, sin acercarse a ella ahora que ya no estaban solos, repuso:

—Pídeme lo que necesites, ¿vale?

Ella asintió a su vez y, tras guiñarle un ojo, Jorge le hizo una seña a Candy. A continuación, la mujer cogió a Mario del brazo y lo sacó de la habitación y, tan pronto como se despidieron de Esther en el pasillo, los tres se marcharon.

Sin hacer ruido, Esther entró de nuevo en el cuarto y, sentándose en el butacón, sacó los zumos de piña del bolso y murmuró:

—Delia, Jorge me gusta..., me gusta mucho, y estoy acostándome con él a escondidas de todo el mundo. Me atrae como un imán, soy incapaz de alejarme de él, y no veo el momento de hablar con Carlos para poder estar libremente con Jorge. Porque si no lo estoy ya es porque no quiero que nadie pueda ponerle la cara roja a mi padre por un mal comentario. Bastante tiene ya con lo que debe oír de Sofía.

Capítulo 32

Esa mañana, tras llevar a su hija al colegio, Vega regresó a su casa, encendió el ordenador y solucionó unos temas urgentes de trabajo.

Una vez que hubo contestado los correos, al ir a coger el bolso, vio la ropa de Hugo que se había quitado horas antes y suspiró. Lo ocurrido la noche anterior había sido lo más increíble que había hecho nunca, y, sonriendo, cogió las llaves de su coche y se fue hacia el hospital. Necesitaba ver a Delia.

Cuando llegó allí, Esther sonrió al verla entrar en la habitación.

—Ha abierto su ojo sano hace un rato —le contó.

Vega se apresuró a acercarse a ellas, soltó el bolso en la butaca y preguntó:

—Y ¿qué ha dicho?

Esther meneó la cabeza.

—Nada. Sólo me ha mirado y poco después ha vuelto a cerrarlo.

Ambas intercambiaron una mirada y, suspirando, Esther cuchicheó:

—Todavía no me creo lo que ha pasado.

—Ni yo —afirmó Vega.

Tras un rato juntas, Esther preguntó:

—¿Qué tal la cena con Hugo?

Recordar lo ocurrido entre ellos la noche anterior hacía que el cuerpo de Vega se revolucionara, pero trató de disimular y dijo:

—Bien. Estuvimos en el asturiano y poco más.

Al ver su turbación, Esther murmuró:

—¿Le vas a decir, ahora que está libre, que llevas enamorada de él toda la vida?

Vega simplemente negó con la cabeza. Pero Esther notó algo extraño en ella e insistió:

—¿Qué te pasa?

—Nada.

Obligada por su amiga, diez minutos después, Esther se marchó a casa. Le vendría bien darse una ducha y cambiarse de ropa.

* * *

Una vez que Vega se quedó a solas con Delia, tras darle un beso en la frente, se sentó en el butacón, sacó un libro y se puso a leer. Estaba en ello cuando Hugo entró en la habitación con un precioso ramo de rosas amarillas.

Al verlo, se levantó de inmediato y, antes de que él preguntara, se le adelantó:

—Esther me ha comentado que ha abierto un ojo y la ha mirado, pero luego ha vuelto a cerrarlo. Después ha venido la enfermera y me ha dicho que no me preocupe, que ella está bien.

Hugo asintió. Se acercó hasta la cama y, dándole un cariñoso beso a Delia en la frente, murmuró:

—Preciosa, traigo tus rosas preferidas.

Vega sonrió. Su amiga era una loca de las rosas amarillas.

—Cuando las vea, te lo agradecerá mucho.

Tras dejar las flores sobre una mesa, ambos se miraron y ninguno supo qué decir.

Lo que había ocurrido horas antes entre ellos había sido bonito, pero ahora se sentían extraños.

—Estoy como tú —dijo Vega al final—. No sé qué decir.

Los dos sonrieron, y Hugo cuchicheó:

—No es fácil saber qué decir...

Vega suspiró y, tras mirar a Delia y verla dormida, susurró:

—No quiero estropear nuestra amistad por habernos acostado, Hugo. Eres demasiado importante para mí como para...

—Me siento raro —la cortó él—. Siento que he sido deshonesto con Mariluz. En el tiempo que llevamos juntos, nunca he estado con otra que no fuera ella.

—No pienses eso, por favor —susurró Vega.

Él asintió. Su conflicto interno era increíble y, dando un paso atrás, indicó:

—Estoy decepcionado conmigo mismo, pero te veo y deseo volver a desnudarte y hacerte el amor.

Ambos se miraron y, sin decir nada más, se sentaron cada uno a un lado de la cama de Delia. Ya hablarían otro día de su problema, porque ahora lo importante era cuidar de su amiga.

Cuando Esther regresó dos horas después, fueron bajando por turnos a la cafetería. Ninguno de ellos quería marcharse y dejar a su amiga, y cuando, a las dos de la tarde, Delia abrió su ojo sano y los miró, los tres le sonrieron.

—Hola, guapa. ¿Cómo estás? —preguntó Hugo.

Ella intentó sonreír y susurró, mirándolo:

—La he liado *leoparda*, ¿verdad?

Eso era buena señal. Estaba bien que se lo tomara con humor, pero, cuando los tres amigos se estaban mirando algo más aliviados, Delia de pronto comenzó a llorar y ya nadie pudo pararla durante horas.

Capítulo 33

A mediodía, Jorge decidió salir del hotel y comer algo en cualquier chiringuito de la playa. Lo ocurrido con Delia todavía le tenía el corazón encogido y necesitaba despejarse. Nunca entendería la violencia machista.

Tras la comida, regresaba caminando por el paseo de la playa de la Almadraba cuando sonó su teléfono y, al leer «Bombón» en la pantalla, supo que se trataba de su hermana.

—Hola, loca.

Oriana sonrió.

—George, ¿qué tal tus vacaciones por España?

Apoyándose en un coche para hablar con ella, él respondió:

—Bien. Todo muy bien.

Oriana, que estaba junto a su padre, susurró al ver que éste le hacía señas:

—Te paso con papá, que no sé qué quiere decirte.

A continuación, Jorge oyó:

—Hola, hijo, ¿cómo estás?

—Bien, papá.

—Tu hermana ha vuelto a cambiarse el color del pelo.

Al oír eso, Jorge sonrió y cuchicheó:

—Pues no hace falta que te diga lo que eso significa.

Hunter resopló y, reconduciendo la conversación, preguntó:

—¿Disfrutas de tus vacaciones por España?

Jorge sonrió. Nadie en Londres sabía que estaba trabajando de camarero en ese hotel, y, consciente de que así debía seguir siendo, respondió:

—Sí, papá, España es preciosa.

—¿Dónde estás ahora?

—En Barcelona —mintió.

—Ah..., hijo, tienes que visitar la Sagrada Familia, ¡es una maravilla!

Jorge, que ya había estado en Barcelona en otra ocasión, se apresuró a contestar:

—Estuve ayer allí y, sí, es fabulosa.

Durante un rato hablaron de lugares de España. A Hunter le encantaba ese país y su gastronomía.

—¿Has hablado con tu hermano? —preguntó después.

—No.

—¿Y con tu madre?

—No. —Alarmado, Jorge dijo a continuación—: ¿Qué pasa?

Hunter suspiró y, mirando a Oriana, que se divertía escribiéndole a alguien por WhatsApp sentada en el sillón, respondió:

—Tu hermano se divorcia. Ni te cuento el disgusto que tiene tu madre.

Jorge no dijo nada y, de inmediato, su padre añadió:

—¿No te sorprende la noticia?

—No, papá. La verdad es que no. Lo que me sorprende es que hayan durado tres años.

Con incredulidad, Hunter comenzó a caminar de un lado a otro y protestó:

—Lo que no entiendo es por qué se casaron. He hablado con tu hermano y me ha confesado que él no quería hacerlo, pero como ella sí...

—Papá —lo cortó Jorge—. Raúl ya es mayorcito para hacer lo que quiera. ¿Por qué te enfadas?

Hunter resopló.

—George, me enfado porque el matrimonio es algo sagrado. Algo que se tiene que hacer con cabeza y sabiendo dónde se mete uno. ¡Por el amor de Dios! Nunca entenderé que veáis con tanta normalidad los divorcios.

—Papá..., no sigas o vamos a discutir.

Consciente de por dónde iba su hijo, Hunter decidió cambiar de tema.

—¿Cuándo regresas?

—En septiembre.

—Por el amor de Dios... —volvió a protestar él—. Pero ¿no dijiste que regresarías en agosto? Te necesito a mi lado para los negocios.

Al oír a su padre quejarse, Jorge resopló.

—Julián y Raúl te ayudan, papá. Y, antes de que digas nada, te recuerdo que llevo tres años sin cogerme vacaciones. Te acuerdas, ¿verdad?

Hunter volvió a gruñir. Si no gruñía, no era él, y respondió:

—Sí, me acuerdo. Pero eres muy valioso para tomar decisiones y te echo en falta. Por cierto, en agosto haré un viaje con tu madre a Madrid para ver un hotel; si estás por la zona, necesitaré tu opinión.

—Claro que sí. Recuérdamelo un par de semanas antes de la fecha concreta e intentaré estar por allí —mintió Jorge, pensando en cómo gestionar el tema en el hotel en pleno agosto.

—De acuerdo, hijo. Un beso. Te paso con tu hermana.

—Un beso, papá.

Estaba sonriendo cuando oyó que Oriana exclamaba:

—¡Me apunto a ese viaje a Madrid si tú estás!

—Estupendo. —Siguió sonriendo.

—George, que sepas que mamá tiene los ojos como dos melones de tanto llorar por lo de Raúl. Ya sabes que ella se encariña con todo el mundo y ahora dice que añorará a la tonta de Sarah.

Al oírla, Jorge sonrió y, suspirando, cuchicheó:

—Mamá es mamá. Pero, en cuanto se entere de que Sarah se ha acostado con medio Londres estando casada con Raúl, ya verás cómo pronto cambia de opinión. Por cierto, ¿qué es eso de que te has cambiado el color del pelo?

Oriana sonrió y, mirando a su padre, que se alejaba, respondió mientras se tocaba su cabello azul:

—He conocido a una francesa llamada Cloe. Impresionante..., ¡no te digo más!

Jorge soltó una risotada y ella murmuró:

—Cloe y yo estamos pensando en ir un fin de semana a España. Si nos animamos, te llamo e intentamos vernos por donde estés, ¿de acuerdo?

—Por supuesto.

—Te echo de menos, hermanito.

—Y yo a ti..., bombón.

—¿Estás bien?

—Sí.

—¿Has ligado con alguna española?

Él respondió divertido:

—Adiós, tengo cosas que hacer.

Una vez que se hubo despedido de su hermana, con las manos en los bolsillos, caminó de regreso al hotel.

Al llegar, no había ningún cliente sentado en la terraza; aun así, se extrañó al no ver a Candy en la barra. Acelerando el paso, entró en el almacén que había tras la barra y, sorprendido, se encontró con algo que nunca habría imaginado: a Candy y a Mario besándose.

Apurado, y sin decir nada, se apresuró a salir de nuevo, pero ellos lo habían visto y salieron tras él.

—Jorge, espera —lo llamó Candy.

Al volverse, Jorge se encontró con el gesto angustiado de Mario, e, intentando tranquilizarlo, indicó:

—Yo no he visto nada.

—Jorge, escucha...

—Mario, disculpa —lo cortó él—. Lo que vosotros hagáis es cosa vuestra.

Quiso darse la vuelta de nuevo cuando Candy, sujetándolo, susurró:

—Por favor, escúchalo.

Incómodo por la importancia que ellos le estaban dando al tema, miró a Mario y éste dijo:

—Lo que has visto no es el simple rollo jefe-empleada. Candy y yo llevamos juntos seis años, y si nadie sabe nada es por mis hijas. No sé cómo se lo tomarían las niñas; estaban muy unidas a su madre.

Al oír eso, Jorge señaló mirándolos:

—Mario, las *niñas* ya tienen una edad para entender que necesites a alguien a tu lado.

Candy sonrió, pero él, negando con la cabeza, replicó:

—Lo sé. Pero temo su reacción.

—Y la de tu madre —apostilló Candy.

Al oírla, él la miró y, meneando la cabeza, susurró:

—Vale. Me preocupo por todas. No quiero hacerles daño.

Viendo su apuro y el de Candy, Jorge dijo entonces:

—Tranquilos. Por mí, nadie sabrá nada. Pero andaos con ojo porque, igual que os he visto yo, pueden veros ellas, y no creo que su reacción sea buena si os sorprenden.

Mario asintió y, tras mirar a Candy un instante, dio media vuelta y se alejó.

Jorge y la portuguesa se acercaron entonces a la barra. Allí, él se sirvió un vaso de agua y, mirando a Candy, que lo observaba, preguntó sin dar crédito:

—¿Seis años?

Ella asintió.

—Y, al paso que vamos, creo que pasarán otros seis más.

Jorge iba a decir algo cuando, de pronto, oyeron:

—¡Muy buenas tardes!

Él levantó la vista y sonrió.

Frente a él estaba Luis, el vocalista del grupo Atacados, y rápidamente chocó su mano con la de él.

—¿Qué tal por Andalucía?

—Muy bien, tío. —Luis sonrió—. Hemos hecho más bolos de los que esperábamos, y es probable que regresemos dentro de un mes. —A continuación, preguntó mirando a su alrededor—: ¿Sofía está por aquí?

—No —respondió Jorge y, sin desvelar lo ocurrido, añadió—: Y no sé si vendrá.

Luis asintió y explicó, metiéndose las manos en los bolsillos:

—La llamo, pero no me lo coge. ¿Puedes decirle que he venido cuando la veas?

—Por supuesto. Cuenta con ello.

De nuevo volvieron a chocarse las manos y, cuando el chico se despidió y se marchó, Candy, que había escuchado la conversación, indicó, señalándolo:

—Demasiado educado para Sofía.

Jorge sonrió y, sin decir más, se acercó a unos clientes que se sentaban en ese momento en la terraza y les preguntó qué deseaban tomar.

Capítulo 34

⮞⮜

En su casa, Sofía estaba sentada en el sillón concentrada en sus redes sociales cuando sonó el timbre de la puerta. Al abrir, se encontró con su vecina Marga, que le preguntó moviendo las manos:

—¿Estás bien? ¿Necesitas algo?

Con una cariñosa sonrisa, Sofía negó con la cabeza y respondió:

—Estoy bien. No te preocupes.

La mujer sonrió y Sofía la abrazó. No hacía falta decir más.

Una vez que Marga se marchó, después de decirle que si necesitaba algo la llamara, la chica volvió a tirarse en el sillón en el mismo instante en que sonaba su móvil. Había recibido un mensaje y, al ver quién lo enviaba, sonrió y leyó:

> Estoy en Benicàssim. Cuando su majestad quiera, puede llamarme.

Necesitaba la positividad de Luis, así que marcó su número sin dudarlo y, tras dos timbrazos, oyó:

—Funeraria Agüita *Pa'* Beber. ¿Quién llama?

Al oírlo, Sofía sonrió.

—Hola, tonto.

Luis se sentó en un banco junto a la playa para admirar el mar y cuchicheó:

—De *tronco* he pasado a *tonto*. ¿Qué será lo siguiente?

A Sofía le encantaba la energía positiva de aquel chico y, al recordar los wasaps que él le había enviado y que ella no le había respondido, dijo:

—Siento no haberte contestado antes, pero...

—¡No hay peros! ¿Qué haces?

Ella miró el ordenador.

—Realmente, nada.

—Pues entonces vente para la playa.

—No sé...

—Vamos, chiquilla, hace un día precioso y estoy libre hasta las ocho.

Al final, Sofía aceptó. Llamó a su padre, que estaba muy nervioso por lo de Delia, para indicarle que iba a salir, y una vez que se hubo cambiado de ropa, se encaminó hacia donde estaba Luis.

Como siempre, hacía un precioso día en Benicàssim y, cuando se vieron, él la saludó con una sonrisa:

—¡Hola, Soguapa!

Encantada con su afectuoso recibimiento, la chica se sentó junto a él y, entregándole una bolsita negra, dijo:

—Toma, para ti.

—¿Y esto?

—Un regalo. —Sofía sonrió.

Encantado, Luis desató el cordón de la bolsa y vio una pulsera de cuero marrón con enganches de plata.

—¡Qué bonita! ¡Gracias!

Contenta porque le gustara, ella lo ayudó a ponérsela.

—La he hecho yo.

—¿Tú?

Sofía asintió.

—Trabajo en el hotel, pero la verdad es que me gusta hacer otras cosas.

Enseguida se sumergieron en una conversación donde ella le habló del curso de diseño de joyas que algún día quería hacer en Suiza, y Luis la animó a realizarlo. Debía luchar por sus sueños, como él luchaba por conseguir el suyo con la música.

—Estás algo pálida..., ¿te encuentras bien? —preguntó él de pronto.

Sofía suspiró. No quería pensar en lo ocurrido con Óscar y el otro chico. Recordarlo le revolvía el estómago, así que le habló de lo que le había sucedido a Delia.

—Es terrible... —susurró él sorprendido.

Sofía asintió.

—Sí. Horrible. Te juro que anoche no sabía qué decir ni qué hacer.

—Siempre he pensado que, cuando un hombre maltrata a una mujer, deja de ser un hombre para convertirse en un mierda, por no decir algo peor —afirmó Luis—. Estoy de acuerdo por completo con eso de tolerancia cero contra el maltrato.

Ambos se miraron en silencio y entonces él, al ver una chapita que colgaba del cuello de ella, iba a preguntar, pero Sofía se le adelantó:

—Soy diabética, por eso la llevo.

Luis asintió. Conocía esa enfermedad.

—Y ¿cómo lo llevas? —preguntó sin apartar la mirada.

Sofía se encogió de hombros y respondió con una sonrisa:

—Simplemente lo llevo. No es fácil, pero te acostumbras a vivir con ello. —Luego, como necesitaba sincerarse, preguntó—: ¿Recuerdas que hace un tiempo llevaba cabestrillo y tenía puntos en la cara? —Cuando él asintió, ella añadió—: Tuve un accidente por un bajón de azúcar. Iba en la moto..., y ya te puedes imaginar.

—Lo que te pasó fue muy peligroso, ¿lo sabes? —indicó Luis sorprendido.

—Sí. Por suerte, no le hice daño a nadie excepto a mí.

Él suspiró.

—Unos primos míos que viven en Zaragoza tienen una empresa llamada Canem en la que se dedican a la educación y el adiestramiento de perros de alerta médica.

—¿Perros de alerta médica?

Luis explicó sonriendo:

—Ni te imaginas cómo esos perretes pueden mejorar la calidad de vida de muchas personas que tienen enfermedades como diabetes o epilepsia, entre otras. Alguna vez he ido a Zaragoza y me he quedado impresionado de lo listos que son los animalillos y de cómo aprenden a detectar cosas que para mí o cualquier otra persona son indetectables.

Ambos rieron, y Sofía, retirándose el pelo de la cara, señaló a continuación:

—Ya me gustaría a mí tener un perro, aunque fuera sin esos poderes. Siempre lo he deseado, pero, por falta de tiempo para cuidarlo, nunca lo hemos tenido. Los malditos horarios en el hotel nos tienen esclavizados a todos.

—Lo entiendo. Pero es que en tu caso es necesario un perrete de ésos, básicamente porque él sería quien te cuidara a ti, tanto de día como de noche, alertándote antes de que te sintieras mal para que solucionaras el problema con tiempo.

—¡¿Qué dices?! —exclamó ella riendo.

Luis, que conocía muy bien la empresa de sus primos, prosiguió:

—Piensa que esos animalitos detectan a través del olfato tu nivel de glucosa en sangre, da igual la hora del día que sea, y te avisan antes de que se origine el problema. ¿No crees que puede ser interesante lo que te digo?

La chica, sorprendida porque nunca había oído hablar de aquello, sonrió, y Luis indicó:

—Ya te pasaré su web para que les eches un vistazo, ¿vale?

—Vale.

Cansados de estar sentados, comenzaron a pasear por las calles de Benicàssim y, al llegar a una zona muy comercial, llena de vida y gente, Sofía comentó con una sonrisa:

—Esta calle siempre me ha gustado para abrir algún día mi propia tienda.

Luis la miró, y ella, señalando la pulsera que le había regalado, explicó:

—Como te he dicho, la hice yo, y mi sueño es tener mi propio negocio donde vender las cosas que hago.

—Un bonito sueño que debes tratar de hacer realidad —insistió Luis.

Sofía suspiró y luego cuchicheó, encogiéndose de hombros:

—Mientras mi familia siga con el hotel, lo veo difícil.

Continuaron caminando por aquella zona y, en un par de ocasiones, se cruzaron con algunos de los amigos de Sofía. Chicos tatuados, de orejas dilatadas y pintas escabrosas que miraban sorprendidos a Luis, al que no conocían de nada. Él, divertido, los saludaba con la mano, a pesar de que Sofía, muerta de risa, le indicaba que no lo hiciera.

—Creo que a tus amigos no les gusto.

—Tampoco te pierdes mucho —repuso la chica al ver cómo lo miraban aquéllos.

Sorprendido por su respuesta, Luis iba a decir algo cuando ésta susurró:

—Como bien dijiste una vez, tengo amigos complicados que en ocasiones ni yo misma soporto.

Luego siguieron paseando y deteniéndose en varias tiendas de ropa, donde Sofía le explicaba que la bisutería que había en el escaparate estaba hecha por ella. Él la miró asombrado. Aquella chica era una artista.

El calor apretaba y, tras sentarse en un banco a la sombra, acalorado, Luis se quitó la sudadera gris, quedándose tan sólo con una camiseta blanca de manga corta. Al ver cómo ella lo miraba, preguntó:

—¿Qué ocurre?

Sofía le señaló el brazo sorprendida.

—Nunca pensé que alguien como tú pudiera llevar tatuajes.

—¿Alguien como yo? —se mofó él.

Sin poder evitarlo, Sofía miró a unos amigos suyos que pasaban cerca de ellos, aquellos chicos tatuados y agujereados que tan mala vida llevaban.

—No por llevar tatuajes eres una mala persona, ni por llevar corbata eres alguien decente —indicó Luis al comprender lo que quería decir—. Ni los tatuajes ni las corbatas definen a las personas; quien se define es la persona misma con sus acciones y su manera de proceder en la vida. En mi caso te diré que los tatuajes que llevo son parte de mi historia —y, señalando el que ella miraba, indicó—: La música es importante para mí, y por eso me tatué un micrófono antiguo con notas musicales.

—¡Es muy chulo! —Gracias —y, sonriendo, preguntó—: ¿Te gustan los tatuajes?

—Sí. Y tengo uno.

—Y ¿se puede ver? —murmuró Luis.

Divertida, Sofía se levantó la camiseta y, tras mostrarle el costado derecho, él se quitó las gafas de sol y leyó la frase:

—«Hasta que salga el sol».

No entendía su significado, así que la miró y ella aclaró con una sonrisa:

—Mi madre murió cuando yo tenía catorce años. Era una mujer llena de vitalidad, de fuerza, de optimismo, y ésa era su frase preferida porque decía que le daba positividad. La decía tan a menudo que llegó a formar parte de nuestras vidas, siempre bromeábamos con ella, y lo seguimos haciendo. Por eso, mi hermana Esther y yo, cuando cumplí dieciocho años, nos la tatuamos en el mismo sitio como homenaje a la mujer que nos dio la vida y que, con seguridad, nos cuida desde dondequiera que esté.

Luis la miró boquiabierto. La chica dura y pasota acababa de dejarle ver una parte de su alma que no solía mostrar, y, conmovido, murmuró:

—Sin duda, es una bonita frase y un bonito homenaje a ella.

Sofía asintió y, evitando pensar que su madre estaría decepcionada por sus actos, preguntó:

—¿Tienes más tatuajes?

Con picardía, Luis sonrió y, clavando sus bonitos ojos azules en ella, cuchicheó:

—Sí. ¿Quieres que te muestre incluso los que no se pueden ver?

Sofía soltó una carcajada, y él, divertido, le enseñó el codo izquierdo y dijo, mientras ella se metía un caramelo en la boca:

—Aquí llevo escrita la palabra «Sur» porque soy del sur y me encanta serlo.

—¿De qué zona eres?

—De Jerez —afirmó él orgulloso y, señalando el tatuaje del hombro, prosiguió—: Estas dos rosas son por mis padres.

—¿Y las iniciales «M» y «J»?

—Por mi madre, Marisa, y mi padre, Juan.

—Bonito homenaje también —afirmó ella.

Luis asintió sonriendo y, quitándose la camiseta blanca, indicó:

—También tengo tatuada la frase «Cuanto más difícil es el camino, más grande es la recompensa». —Sofía asintió a su vez y él prosiguió—: Y en el pecho me hice esta brújula con alas para no perder nunca el norte junto con cinco flores, una por cada uno de mis sobrinos. ¡Los adoro!

Encantada por la sonrisa que se le puso al hablar de ellos, la chica comentó:

—Siento que la familia es muy importante para ti.

Al pensar en los suyos, Luis sonrió.

—La familia lo es todo para mí porque siempre están ahí, y en ciertos momentos de mi vida han sido mi salvación, mi refugio, mi colchón, mi locura. Soy afortunado de tener la familia que tengo, como tú eres afortunada de tener la que tienes, aunque te quejes de tu hermana.

Sofía estuvo de acuerdo y, suspirando, convino:

—Mi padre y Esther son lo mejor que tengo en la vida, junto con mi yaya, aunque en ocasiones mi hermana y yo parezcamos más enemigas que amigas. Pero ¿sabes? Cada vez soy más consciente de que si eso ocurre es por mi culpa. Lo sé, y he de trabajar en ello.

Al oírla decir eso, Luis quiso saber más de ella y, mirándola, le propuso:

—¿Comemos juntos?

—Vale —contestó ella y, mientras él se ponía la camiseta, preguntó—: ¿Qué te apetece comer?

Luis sonrió y, poniéndose también las gafas de sol, respondió:

—Me flipan la paella y la pizza.

—Pues vamos —murmuró ella levantándose—. Te voy a llevar a comer la paella más flipante que hayas probado en tu vida.

Y así fue. Sofía conocía los mejores restaurantes de Benicàssim, y llevó a Luis a un restaurante situado frente a la playa, a degustar una excelente paella que él disfrutó encantado.

Después de comer, pasaron la tarde juntos, hasta que él, echando un vistazo a su reloj, indicó que tenía que marcharse.

Al despedirse, se miraron a los ojos. Estaba claro que entre ellos existía atracción. Pero Sofía, al recordar algo que le había dicho su amiga Lucía, murmuró contemplándolo:

—Creo que es mejor que seamos sólo amigos, ¿no te parece?

Aguantándose las ganas que sentía de besarla, Luis contestó:

—Quizá sea lo mejor... hoy.

—¿Hoy? —repitió ella divertida.

El joven músico asintió y, guiñándole un ojo, dijo mientras daba un paso atrás:

—He de irme o mis compañeros me cortarán el cuello. ¿Te llamo para quedar otro día?

Sofía asintió, y él, sonriendo, dio media vuelta y se alejó mientras pensaba por qué no la había besado.

Capítulo 35

Delia pasó cuatro días en el hospital.

Cuatro días en los que apenas habló, y todos respetaron su silencio, a pesar de las ganas que tenían de saber.

La tarde en la que le dieron el alta, nada más salir de la clínica, Delia exigió ir a la comisaría: quería firmar la denuncia por maltrato contra Miguel.

Sin rechistar, sus amigos la acompañaron y, una vez que hubo firmado, la llevaron a su casa.

Al entrar, Delia miró a su alrededor. Aquella bonita casa, comprada con tanto amor, había sido testigo de lo más horrible que le había ocurrido en la vida y, como necesitaba salir de allí, miró a sus amigos y declaró:

—No quiero estar aquí.

De inmediato, todos le ofrecieron sus casas. Delia cogió entonces algo de ropa y finalmente decidió ir a casa de Esther. Le haría bien estar con ella y su familia.

Nada más llegar todos allí, Delia se metió en el baño. Hugo, Vega y Esther se miraron. ¿Qué debían hacer?

Al comprobar que su amiga no podía oírlos, Esther cuchicheó:

—No sé ni qué decirle.

—¿Por qué no ha querido venirse a mi casa? —preguntó Vega.

—Ni a la mía —protestó Hugo.

—Y yo qué sé —respondió ella al ver cómo la miraban sus amigos.

Con gesto hosco, Hugo iba a decir algo cuando Esther le preguntó:

—¿Sabes algo de Mariluz?

Él asintió.

—Ayer pasó por casa para llevarse lo que le quedaba y volvimos a discutir.

—¿Tú estás bien? —preguntó Vega.

Él la miró y afirmó:

—Sí. Tranquila.

Los tres entraron entonces en la cocina y Vega susurró:

—Delia tiene que hablar. Lo necesita.

—Chicas —susurró Hugo—, hay que darle tiempo. Ya hablará cuando quiera. Pensad en lo confundida que debe de estar.

—Pero, Hugo —protestó Esther—, tiene que hablar, llorar, gritar, enfadarse y...

—Esther —gruñó él—. Lo sé, pero debemos darle tiempo.

Vega maldijo para sí y, mirándolos, murmuró:

—Vale. Hay que darle tiempo y todo lo que tú quieras, pero Delia es muy sensible. ¿Acaso no recuerdas que cogió la baja cuando murió Jon Nieve de «Juego de tronos» del disgusto que tenía?

Hugo asintió.

—Por eso lo digo... —indicó Esther—, precisamente por eso.

A continuación, sacó unas bebidas del frigorífico y, mientras se las tendía a sus amigos, Delia apareció frente a ellos.

—¿Sabéis algo de Miguel? —preguntó—. ¿Sigue detenido?

Al oír su pregunta, los tres la observaron y al final Hugo respondió:

—No. Ya no.

Las mujeres lo miraron, y Esther, al ver que él se tocaba los nudillos, inquirió:

—¿Se puede saber qué has hecho?

Hugo se encogió de hombros.

—Lo mismo que haría por ti y por Vega. Pero, tranquilas, está bien, y dudo que vuelva a acercarse a Delia.

Esta última asintió y, a continuación, murmuró con tranquilidad:

—Espero que le doliera —y, antes de que ninguno dijera nada, indicó—: Vayamos al salón, he de hablar con vosotros.

Sin rechistar, todos la siguieron y, en cuanto se sentaron, Delia cogió aire y empezó a decir:

—Sé que esperáis alguna explicación de lo ocurrido y os la voy a dar, pero antes quiero contaros que, por muy duro que sea lo que me ha pasado, estoy bien, estoy fuerte y siento que, una vez tomada la decisión, vuelvo a ser yo.

—Delia, mira..., escucha... —murmuró Hugo al oír eso.

—Déjame hablar, cielote. —Él guardó silencio y ella prosiguió—: ¿Sabéis que, cuando conocí a Miguel en el Camino de Santiago, me sentí muy halagada porque un hombre guapo y atento se fijara en una mujer como yo?

—Delia... —susurró Hugo.

—Vale, Hugo, que sí, que tú me quieres..., pero soy consciente de que no estoy dentro de los cánones de belleza estipulados por la sociedad. Soy gordita, grandota y...

—... y preciosa, encantadora, amiga de tus amigos, cariñosa, buena persona, excelente profesional... ¿Quieres que siga? —la interrumpió él.

Delia sonrió y, guiñándole un ojo a su buen amigo, musitó:

—Tú también eres todo eso y te quiero. Lo sabes, ¿verdad?

Eso hizo que todos sonrieran y el ambiente dejara de estar tan tenso.

Tan pronto como Delia bebió un trago del refresco que Esther le había dado, indicó:

—Por mi trabajo en el bufete, veo todo tipo de divorcios. Divorcios amistosos, divorcios complicados, divorcios por maltrato..., y siempre he afirmado con chulería que un hombre podría ponerme la mano encima una vez, pero no dos. He acudido a reuniones para mujeres donde yo misma he repetido hasta la saciedad que hay que llamar al 016 para pedir ayuda, pero cuando hace tres meses me dio un bofetón..., me olvidé de todo lo que siempre había dicho y lo perdoné.

—¡¿Que te pegó un bofetón?! —gritó Vega—. Me cago en su padre..., ¡será desgraciado!

Pidiéndole que se relajara con la mirada, Delia prosiguió:

—Si os soy sincera, trato de recordar cuándo comenzó a ir mal todo y no lo sé. Sólo sé que un día Miguel dejó de ser el hombre encantador que conocí. De pronto se enfadaba si veía la televisión, si compraba una marca diferente de leche, si mi peinado no le gustaba o si salía con vosotros a cenar. ¿Recordáis los selfis que nos hacíamos cada vez que cenábamos juntos? —Todos asintieron, y ella explicó—: Los hacía para que viera que estaba con vosotros, no zorreando con otros hombres, como él decía.

—Delia... —murmuró Esther mirando su rostro hinchado.

Ella se retiró el pelo de la cara y aseguró:

—En respuesta a lo que os estaréis preguntando, os diré que sólo me ha agredido físicamente en dos ocasiones. La vez que me pegó el bofetón y la otra noche.

—Muchas fueron —siseó Hugo.

Delia asintió e indicó:

—La otra noche llegó malhumorado a casa porque un cliente le había anulado un pedido y decidió pagarlo conmigo.

La angustia en su voz era tangible, pero prosiguió:

—Y os juro que, cuando me vi a través del espejo de la entrada en el suelo, dolorida, acorralada y con sangre en la cara, algo en mí me hizo reaccionar y supe que no podía consentir que eso ocurriera nunca más y que tenía que llamar al 016.

—Joder, Delia —protestó Hugo—. Deberías habernos dicho algo.

—Lo sé. Pero sabía que, si os lo contaba, le diríais algo a Miguel. Por eso hablé con mi madre hace unos meses, obviando nuestra mala relación, pero... sus palabras fueron que Miguel era lo que me había tocado y, como tal, tenía que aguantar.

—¡¿Qué?! —murmuró Esther sin dar crédito.

—Mejor me callo, porque lo de tu madre es de traca —protestó Vega molesta.

Hugo les hizo un gesto con las manos para que se tranquilizaran, y entonces Delia musitó:

—Una vez, una mujer me dijo que del amor al odio sólo había un paso, y yo di ese paso la otra noche. Lo odié por lo que me estaba haciendo y fui consciente de que no podía vivir así, porque ni lo quería ni me lo merecía. Por eso, me levanté del suelo, cogí mi móvil, corrí al baño, me encerré y llamé al 016.

—Delia... —musitó Vega.

Con una tranquilidad pasmosa que dejó a sus tres amigos sin saber qué decir, ésta añadió:

—He ido con vosotros a muchas manifestaciones contra la violencia de género y un sinfín de cosas más. He gritado «¡No... es no!», he voceado «¡Basta ya! ¡Ni una más!»..., pero luego me he estado engañando a mí misma. No quería ver la realidad de mi vida ni quería que nadie la supiera, pero eso se acabó. Y se acabó porque he despertado y me he dado cuenta de que sólo yo puedo tomar la decisión.

Hugo, Vega y Esther se miraron con el corazón encogido; entonces él, sentándose al lado de Delia, le pasó la mano por el pelo y aseguró:

—Has hecho lo correcto. Miguel no te merece. Eres demasiado buena, bonita y valiosa, como para estar con un hombre que no sabe apreciarte ni se merece tu amor.

Ella asintió y murmuró suspirando:

—Nunca imaginé que esto me pudiera pasar a mí. Lo veía en la televisión, en el despacho de abogados, y... y... me da tanta vergüenza...

—¡¿Vergüenza?! —preguntó Esther.

—Pero ¡¿qué dices?! —protestó Vega.

—Sí, vergüenza —asintió ella—. Soy una profesional de la abogacía. Una mujer trabajadora e independiente que siempre ha tenido muy claras las cosas, hasta que lo conocí a él y me dejé embaucar por su falso amor. A menudo he oído decir que las víctimas de malos tratos son las últimas en asumir que son mujeres maltratadas, y ahora soy consciente de que es verdad. No quería reconocerme a mí misma como una víctima —y, al ver cómo sus amigos la miraban, cuchicheó—: Pero eso se acabó. Soy Delia Suárez. Una guerrera. Una tía con un par de ovarios. Y pienso vivir y disfrutar de mi vida, ¡porque para eso es mía!

Tras levantarse de donde estaba, Esther se puso en cuclillas frente a ella y, cogiéndole la mano, dijo:

—Espero que nunca vuelva a haber secretos entre nosotros —y, mirando a Hugo y a Vega, añadió—: Y esto va por vosotros dos también.

Todos asintieron, y Delia, mirándolos con amor, sonrió.

Capítulo 36

Diez días después, Delia se encontraba mucho mejor y, sorprendiéndolos a todos, retomó sus quehaceres en el bufete de abogados y puso el chalet en venta, mientras seguía viviendo en casa de Esther y su familia.

Una tarde en la que esta última llegó al hotel tras acompañar a su amiga al médico, Mario preguntó al verla:

—¿Qué le han dicho?

—Está bien, papá. —Esther sonrió—. Todo va como tiene que ir.

—¿Y el oftalmólogo?

Pensando en el ojo aún hinchado y de color verde y morado de su amiga, la joven indicó:

—Ha dicho que tenga paciencia, pero que no se preocupe, que su vista no está dañada.

Mario asintió y, aún impresionado por lo ocurrido, señaló:

—Nuestra casa es su casa; lo sabe Delia, ¿no?

La joven sonrió. Su padre adoraba a sus amigos.

—Sí, papá. Lo sabe y siempre lo ha sabido. Tranquilo.

Durante un rato hablaron del tema, hasta que ella lo convenció para que se marchara a casa a descansar. Seguramente Delia regresaría del bufete, y nadie mejor que él para sacarle alguna sonrisa.

* * *

Ese día le tocaba a Alberto el turno de noche y, una vez que su padre se hubo marchado, ella le prometió que regresaría lo antes posible para descansar. Lo necesitaba también.

Jorge, que había oído a Mario decirle a Candy que Esther estaba en la oficina, se quitó el delantal negro y se encaminó hacia allí. Quería verla.

Al abrir la puerta la encontró con los codos apoyados en la mesa y la cabeza hundida entre las manos. Sin duda no lo estaba pasando bien. Con necesidad de cuidarla, golpeó con los nudillos en la puerta y, cuando ella levantó la cabeza, preguntó:

—¿Te encuentras bien?

Esther asintió, se levantó y, sin pedirle permiso, Jorge entró y la abrazó.

Incapaz de rechazarlo, Esther se recostó contra su cuerpo y permanecieron unos instantes abrazados en silencio, hasta que ella, tras levantar el rostro, lo miró a los ojos y, poniéndose de puntillas, lo besó.

Al sentir su tibia boca, Jorge le respondió, pero, al ver que se aceleraba, la detuvo y murmuró:

—Esther, no creo que...

Sin embargo, no pudo continuar.

Ella volvió a besarlo, esta vez con más deseo, con más premura y más pasión.

Se necesitaban...

Se gustaban...

Se deseaban...

Y entonces Jorge cerró la puerta de una patada.

Las manos de los dos volaban por sus cuerpos, conscientes de que el despacho no era el sitio más apropiado para hacer lo que ansiaban, y de pronto oyeron que Candy decía en voz alta:

—Sí, Carlos... Esther debe de estar con Jorge en el despacho. Voy a ver.

Al oír eso, ambos se separaron y se recolocaron la ropa rápidamente.

¡¿Carlos?!

Pero ¿qué hacía Carlos allí?

Con celeridad, Esther se sentó en la silla; la puerta se abrió y Candy, entrando antes que él, dijo con gesto de alivio al verlos en condiciones:

—¿Lo ves? Están aquí.

Carlos se apresuró a entrar en el despacho y, sin mirar a Jorge, que estaba desconcertado, se acercó a ella, la abrazó y, tras darle un rápido pico en los labios, sonrió mientras Esther preguntaba asombrada:

—¿Qué haces aquí?

Sin contestarle, él preguntó a su vez:

—Eso ahora no importa, cariño. ¿Qué ha pasado con Delia?

Descolocada, Esther no sabía adónde mirar. Todos la observaban a ella, y, tratando de disimular su confusión, miró al recién llegado y dijo:

—Ahora te lo cuento. Espérame fuera, que tengo que terminar unas cosas. Por cierto, Carlos, te presento a Jorge, el camarero que lleva la terraza con Candy.

Carlos sonrió y, tendiéndole la mano, declaró:

—Vaya, por fin conozco al camarero favorito de mi suegro. Sin duda te tiene en un pedestal. Un placer, soy el novio de Esther.

Jorge asintió. Estrechó la mano que él le tendía y, sin mostrar la rabia que sentía en ese momento, respondió:

—El placer es mío.

Candy, que sabía más de lo que decía, agarró entonces a Carlos del brazo y pidió:

—Acompáñame. Te serviré un cóctel de los que Jorge ha incluido en la carta mientras esperas.

Aquél asintió y, tras mirar a su chica, musitó, tocándole con mimo la cara, dijo:

—No tardes..., preciosa.

Una vez de nuevo a solas, Jorge miró a una descolocada Esther y, cuando oyeron que la puerta de fuera se cerraba, ella se levantó dispuesta a hablar, pero él preguntó furioso:

—¿Por qué él dice que es tu novio?

Esther lo miró perpleja y cuchicheó:

—No lo sé. Sabe tan bien como yo cómo están las cosas y...

—¿Te vas a ir con él?

La joven lo miró. Tenía que hablar con Carlos, así que respondió:

—Sí.

Acercándose a ella, Jorge la abrazó.

—No quiero que te vayas —murmuró.

Deshaciéndose de su abrazo, y nerviosa por la absurda situación, ella siseó:

—Jorge, por favor, déjate de tonterías.

Pero él, ofuscado por lo que aquél podría querer de Esther esa noche después de tantos días sin verse, siseó:

—Yo no comparto. ¡O él o yo!

—¿Qué?

—He dicho que ¡o él o yo!

—¡Jorge, por Dios!

Furioso, y con un ataque de celos por lo que su mente imaginaba, soltó:

—Me enferma pensar que ese tipo pueda tocarte. No quiero que lo beses, ¿me has oído?

Su rotundidad y la manera en que la miraba sublevaron a Esther, que gruñó furiosa:

—A mí no me hables así, que yo no soy de tu propiedad.

Jorge sabía que ella llevaba razón.

Sabía que sus palabras, tal y como las había dicho, se podían malinterpretar, pero preguntó furioso:

—¿No sientes nada por mí?

En cuanto lo hubo dicho, Jorge se arrepintió, y ella, sin pensar ni medir su respuesta, gruñó:

—Trabajas para mí. ¿Qué quieres que sienta cuando entre nosotros básicamente hay sexo?

A Jorge le dolió oír eso.

—Es bueno saber que sólo me utilizas para satisfacer tu apetito sexual —farfulló.

—Eso no es así.

—¿Ah, no? —replicó él—. Pues es lo que acabo de entender.

Esther no supo qué contestar. Visto de esa manera, Jorge tenía razón.

—Esto es ridículo —siseó él entonces, enfadado.

—Sí. Muy ridículo.

El hecho de que ella respondiera de esa manera sulfuró de nuevo a Jorge y, apoyando las manos en la mesa, afirmó en un tono bajo de voz:

—Tengo treinta y seis años, siempre he dirigido mi vida, y un impulso me trajo hasta ti porque creí que había encontrado a esa persona especial que todos queremos conocer. No obstante, llegados a este punto, donde contigo todo siempre es confuso, ya no sé qué pensar.

—Piensa lo que quieras.

Su indiferencia volvió a dolerle, y preguntó:

—¿Te dan igual mis palabras?

Ofuscada por todo en general, Esther lo miró y siseó con frialdad:

—Por Dios, no me agobies tú también. Bastante tengo en mi vida como para que ahora tú también me vengas con tonterías.

Al oírla, Jorge asintió y espetó furioso:

—Si no me voy ahora mismo de este maldito hotel es por el cariño que le he cogido a tu padre. A partir de ahora, no te agobiaré, pero haz el favor de no acercarte a mí, porque ya no me interesa nada de ti.

Y, sin más, dio media vuelta y salió del despacho, dejándola con la boca abierta y sin saber qué decir.

* * *

Diez minutos después, cuando Carlos y Esther se marchaban, Jorge los observaba malhumorado mientras recogía los vasos vacíos de una de las mesas de la terraza. Intuir lo que esa noche podía ocurrir entre ambos lo ponía enfermo; entonces le sonó el teléfono en el bolsillo y, al llevárselo a la oreja, oyó:

—¡Hola, hermanitoooooooooooooooooo!

Escuchar la voz de su hermana Oriana era un soplo de aire fresco, e, intentando suavizar su tono, saludó:

—¿Qué quieres?

—Uis..., ¿qué te pasa?

—Nada.

—George..., George..., que te conozco.

Suspirando, él maldijo y respondió:

—Bombón, acabo de tener un percance con alguien y estoy cabreado.

—¿Qué ha pasado?

—Nada importante. Una tontería —indicó, quitándole importancia—. Vamos, dime para qué has llamado.

Oriana, que conocía a su hermano y sabía que en ciertos momentos no era bueno ahondar en la herida, contestó:

—Como te dije, Cloe y yo vamos a ir un fin de semana a España, y hemos decidido que sea el que viene. Como nos da igual el lugar, he pensado que para verte sería buena idea ir a donde tú estés.

Jorge maldijo para sus adentros. Nadie de su familia sabía dónde estaba ni lo que hacía. Sólo sabían que estaba de vacaciones.

—Estoy en Valencia en este momento —se apresuró a decir—, ¿os viene bien?

—¡Genial!

—¿Cuándo llegáis?

—El viernes por la noche y regresamos el domingo, que el lunes Cloe trabaja.

Jorge lo pensó. Le debían varios días libres que no se había tomado. Iría a Valencia, se alojaría en un buen hotel y alquilaría un buen coche para que su hermana no sospechara nada.

—Vale —asintió—. Reservaré otra habitación en el hotel donde estoy para vosotras. ¿Necesitáis que vaya a recogeros al aeropuerto?

—Ah..., pues estaría genial.

—De acuerdo.

—¡Estupendo! —aplaudió Oriana encantada.

Una vez que se hubo despedido de ella y hubo colgado el teléfono, malhumorado tras dejar la bandeja sobre el mostrador, cogió una de las cajas vacías de bebidas y la metió en el almacén. Al notar que Candy lo seguía, dijo mirándola ofuscado:

—El fin de semana que viene, incluido el viernes, me lo tomo a cuenta de mis días libres. Y no voy a aceptar un no por respuesta o tendrás que buscarte otro camarero.

—De acuerdo, hombre..., de acuerdo —contestó ella boquiabierta.

Incapaz de contener la rabia que llevaba por dentro, Jorge dejó caer la caja con fuerza contra el suelo. Candy, que seguía mirándolo, dijo entonces:

—Soy mujer y, además de tener un sexto sentido, tengo ojos y percibo cosas. ¿Entiendes lo que digo? —Jorge no respondió, y ella, suspirando, cuchicheó—: Entre Esther y tú hay algo, ¿verdad?

—No...

La mujer sonrió y afirmó:

—Da igual lo que digas, ¡lo sé! ¿Por qué te crees que he entrado voceando el nombre de Carlos en la recepción del hotel? ¿Porque estoy loca o porque quería advertiros de su llegada?

Jorge maldijo, y ella murmuró:

—Llevar una relación oculta hace que te des cuenta de pequeños detalles en lo relativo a otras parejas, y aunque vosotros os empeñáis en disimularla muy bien, hay pequeños matices que sois incapaces de controlar.

El joven, sentándose entonces sobre una de las cajas y sintiéndose como un tonto, respondió:

—Eso se acabó. Ya no hay vuelta atrás.

Sorprendida por su respuesta, Candy se disponía a decir algo cuando él preguntó:

—¿Mario sabe algo?

Ella negó con la cabeza.

—No. Pero si lo supiera estaría feliz, porque tú le gustas, no como el idiota ese de Carlos.

Al oír eso, Jorge murmuró:

—Pero a quien he de gustarle es a su hija, no a él.

—Y le gustas —aseguró la portuguesa—. Conozco a Esther y, por cómo te mira cuando cree que nadie la observa y aparece en la terraza cada dos por tres, sé que le gustas mucho. Además, tú eres un buen chico y...

—Tampoco me pintes de santo, que no lo soy —se mofó Jorge.

Si Esther o cualquiera de los demás supiera que él y su familia eran los propietarios de la cadena hotelera más poderosa del mundo, ésa a la que tanto odiaban, lo echarían de allí a palos.

Candy, viendo el desconcierto en sus ojos, indicó:

—No pienso que seas un santo porque aquí ninguno lo somos, pero sí te considero mejor persona que el idiota del Divino de Carlitos.

Enfadado con la situación, Jorge resopló y declaró, al tiempo que la miraba:

—Todo esto es absurdo, Candy. Vine hasta aquí esperando algo mágico, pero me equivoqué.

—Jorge..., te creía más luchador...

Él asintió. Sin duda lo era.

Pero Esther lo utilizaba como un muñeco a su antojo siempre que quería sexo. Entonces observó a unas jóvenes que todas las noches iban a tomarse allí la última copa y respondió, mientras le sonreía a una de las morenas:

—Y lo soy, pero con lo que merece la pena.

Candy miró a la chica y, al ver cómo le devolvía la sonrisa, cuchicheó:

—No deberías.

—Yo creo que sí —afirmó él, guiñándole un ojo a aquélla.

Boquiabierta por su forma descarada de ligar, Candy lo agarró del brazo y murmuró:

—Haz lo que quieras. Pero antes déjame decirte algo que el otro día oí en la radio y me hizo mucha gracia: el amor es como el wifi, está en el aire, pero pocos tienen la clave.

Jorge la miró boquiabierto, y Candy terminó divertida:

—Y tú, y no Carlos, eres quien tiene la clave del wifi de Esther.

Dicho esto, dio media vuelta y no le dirigió más la palabra.

Capítulo 37

Cuando Carlos y Esther estaban llegando a la casa de ésta, la joven tenía ya la cabeza como un bombo de oír lo buen comunicador que era él y las grandes ofertas en televisión que tenía.

Carlos no hablaba más que de él, él y él. Su egocentrismo era cada vez más extremo. Sin embargo, Esther no lo detuvo, sino que lo dejó hablar, mientras ella intentaba aclarar sus ideas.

Cuando entraron en casa, Mario, Delia y Sofía, que charlaban frente al televisor, miraron extrañados a Carlos y lo saludaron con frialdad.

¿Qué estaba haciendo él allí?

Sin tener en cuenta el gesto molesto del padre de Esther, el joven se interesó por Delia y lo ocurrido. Ella respondió a sus preguntas durante un rato, pero cuando Carlos comenzó a hablar de lo estupendo que era, Delia y Sofía se levantaron y se marcharon a la habitación. No estaban para soportar tonterías.

Durante un rato, Esther y Mario aguantaron estoicamente que aquél les hablara de sus viajes, de sus trabajos y de lo bueno que era en lo suyo, hasta que ella vio que su padre movía la pierna y supo que su paciencia estaba llegando a su fin. Así pues, dirigiéndole con disimulo un gesto con la cabeza, le pidió que desapareciera y la dejara a solas con Carlos.

Al ver que padre e hija se levantaban, éste pidió:

—¿Me traes una cervecita fresca, preciosa? Ah..., y acuérdate de traerme también un vaso. No es bueno beber a morro de la botella: frunces de tal manera los labios que potencias las arrugas en el labio superior.

Esther asintió sin más, cuando oyó decir a su padre, que caminaba a su lado:

—No lo soporto.

—Papá...

—Hija, pero ¿cómo lo aguantas tú?

—Papá, Carlos no es mala persona, sólo...

—Ese idiota se cree el ombligo del mundo.

—¡Ya lo conoces!

Mario asintió y, mirando a su hija, añadió:

—Sabes que, por ti, lo que sea, pero a ése no lo soporto. Sé que no es tu novio porque ya te encargas tú de aclarármelo, pero, hija, ese hombre te regaló un anillo y algún día tendrás que darle una contestación, ¿no?

Esther asintió y, segura de lo que iba a hacer, afirmó:

—Tranquilo, papá. Le voy a devolver el anillo esta misma noche para que todo esto se acabe.

—¡Alabado sea Dios! —exclamó él.

En ese instante sonó el teléfono móvil de Carlos y éste contestó. Durante unos segundos, Esther y su padre lo escucharon, y de pronto Mario cuchicheó desesperado:

—No lo soporto... No lo soporto. Cinco minutos más con él y juro que le habría metido esos zapatos rojos que lleva en la boca para que se callara. ¡Maldito patán! Pero ¿cómo se puede ser tan egocéntrico?

Esther resopló. En ocasiones, Carlos podía ser insoportable y ésa era una de ellas, por lo que, mirando a su padre, le dio un beso y murmuró:

—Papá, buenas noches, y vale ya, por favor.

Cuando él se fue, Esther cogió dos cervezas del frigorífico y un vaso de la alacena y regresó al salón. Carlos terminó de hablar por teléfono y, al dejar el móvil sobre la mesita, preguntó:

—Cielo, ¿no traes vaso para ti?

Esther negó con la cabeza.

—No —respondió, pasándole la cerveza y el vaso.

Carlos sacudió la cabeza.

—Pues muy mal. Hay que cuidar el «código de barras» del labio superior. Y más tú, que eres mujer.

Ella lo miró con ganas de estrangularlo, y entonces él, cambiando el gesto, declaró:

—Tengo que contarte algo increíblemente maravilloso. Resulta que hice unas pruebas para un canal de habla latina en Nueva York... ¡y me han hecho una oferta flipante!

—Me alegro.

Esther lo dijo con tal desánimo que Carlos murmuró, mirándola:

—El taxista que me ha traído se ha puesto más contento que tú.

Ella se encogió de hombros y, cuando iba a responder, él indicó cortándola:

—Por cierto, he visto tu vestido de novia en una tienda de Nueva York de Vera Wang. Fue increíble imaginarte con él puesto, sin duda deberías probártelo.

Esther maldijo en silencio.

Pero ¿en qué mundo vivía Carlos?

Y, dispuesta a solucionar de una vez por todas aquel tema, dijo levantándose:

—Dame un segundo.

—Todos los que quieras, preciosa, y hazme caso y coge un vaso cuando regreses o pasarás por el quirófano para arreglarte el código de barras antes que yo.

Calentita por todos sus desafortunados comentarios, Esther se dirigió a su habitación. Al abrir la puerta, Delia la miró y preguntó:

—¿Ya se ha ido don Perfecto?

Ella negó con la cabeza y su amiga cuchicheó:

—Te juro que, cuando ha dicho que no hay que fiarse de los hombres que nos hacen sentir como unas princesas para ganársenos, me han dado ganas de sacarle los ojos, porque que Miguel sea un desgraciado no quiere decir que el resto de los hombres, por el simple hecho de ser cariñosos, sean como él.

Esther asintió. Lo de Carlos iba de mal en peor, y, resoplando, murmuró:

—Yo puedo... yo puedo... yo puedo...

Delia se disponía a preguntar, pero Sofía entró en la habitación y cerró la puerta tras de sí. Al verla, Esther abrió un joyero, sacó la cajita de terciopelo que Carlos le entregó en su día y murmuró histérica:

—Se lo voy a devolver. No lo soporto. No puedo con él. Pues ¿no me dice que ya ha visto mi vestido de novia?

—¡*Pa'* matarlo, como diría Vega! —se mofó Delia.

—¡Si es que el que es tonto es tonto! —gruñó Sofía.

Al oír eso, Esther sonrió, y su hermana añadió:

—Te mereces a alguien mejor que el Divino.

—Estoy totalmente de acuerdo contigo —cuchicheó Delia.

—Pues tú le tenías mucho cariño —susurró Esther al oírla.

Delia asintió. Tenía razón. Sólo le había hecho falta un gran baño de realidad para volver a ser consciente de cómo era la vida.

—Como dice Vega —afirmó—, en ocasiones es mejor estar sola que mal acompañada y, con el Divino, es mejor estar sola, cielo.

Esther sonrió.

—Métele el anillo por... —insistió su hermana.

—Sofía... —Esther rio y, mirándola, dijo—: Sabes que te quiero, ¿verdad?

Ella sonrió y, a continuación, preguntó divertida:

—¿Aunque te llame *doña Perfecta*, abolle tu coche y sea una descerebrada?

—Menuda joyita de hermana eres, hermosa... —se mofó Delia.

Esther asintió.

—Eres mi hermana y te quiero, hagas lo que hagas.

Ambas se abrazaron entonces, y Delia murmuró:

—Siento haberte metido en este berenjenal y haberle aconsejado a ese idiota cuál era el anillo que debía comprarte. Pero ahora, por favor, sal y... ¡mándalo a freír espárragos!

Todas rieron y, a continuación, Esther salió de la habitación con paso seguro y regresó al salón.

Allí, Carlos estaba medio tumbado en el sofá con su americana y, al verla, la dejó a un lado y, señalando una pintura que había colgada en la pared, comentó:

—Por Dios, ¿cuándo va a quitar tu padre esa acuarela tuya de cuando tenías seis años de ahí? ¡Qué vulgaridad!

Esther miró aquel dibujo, al que tanto cariño le tenía su padre, y replicó:

—Es su casa y lo quitará cuando él quiera. —Y, extendiendo el brazo hacia él, agregó—: La respuesta es no.

Al mirarla y ver qué era lo que sostenía en la mano, Carlos preguntó sorprendido:

—¿Me rechazas?

—Sí.

—No puede ser...

—Pues lo es —afirmó Esther.

Él no se movió y, poniendo su gesto de Divino, siseó:

—¿Cuántas ofertas como la mía crees que vas a recibir?

—Pues, seguramente, muchas y mejores..., ¡maldito sinvergüenza!

Al oír la voz de su padre en el pasillo, Esther protestó:

—¡Papá, por favorrrrrrrrrr!

Carlos la miró y, como si nunca hubiera oído nada parecido, preguntó asombrado:

—Pero ¿a tu padre qué le pasa? ¿Por qué me tiene tanta ojeriza?

—¡Este tío no es más tonto porque no se entrena!

—¡Papáaaa! —volvió a exclamar ella, y, dirigiéndose a Carlos, añadió—: Coge el anillo. Yo no soy la mujer a quien debes dárselo.

—Esther..., no seas cabezota.

—Carlos, pero ¿no ves que tú y yo no vamos a ninguna parte?

Él parpadeó boquiabierto y, sin querer creer lo que estaba oyendo, insistió:

—¿No sólo no te casas conmigo, sino que también cortas nuestra relación?

De pronto resonó un «¡Sí!» emocionado en el salón.

Ambos reconocieron la voz del padre de Esther otra vez, y la joven, ignorándolo, respondió:

—Sí. Se acabó.

—Pero ¿por qué?

—Porque no estoy enamorada de ti... Sólo eres mi amigo, y yo deseo magia y romanticismo.

Carlos se levantó del sofá, momento en el que ella le cogió una mano y, depositando la cajita en ella, indicó:

—Podemos ser amigos.

—¿Amigos?

—Sí, Carlos, ¡amigos!

Él sacudió la cabeza.

—Escúchame —dijo intentando convencerla—. Démonos un tiempo.

—No, Carlos —replicó ella, negando con la cabeza—. Darnos un tiempo es un pretexto mediocre para no tomar una decisión, y la decisión ya está tomada. ¿Es que no lo ves?

Él se limitó entonces a abrir la cajita y, acto seguido, susurró con dramatismo:

—Compré un anillo deslumbrante para ti.

Esther asintió conmovida.

—Y yo te lo agradezco.

Él la miró con los ojos llenos de lágrimas. Al verlo, la joven se sintió fatal, pero, cuando fue a abrazarlo, él dio un paso atrás.

—¿Estás segura? —preguntó.

—Sí.

Carlos dio otro paso atrás y, levantando el mentón, susurró:

—Siento decirte que una chica como tú nunca va a encontrar a alguien como yo.

—Ésa es la idea —afirmó Esther molesta.

El gesto de él se contrajo y, cuando iba a hablar de nuevo, ella lo cortó:

—Mira, Carlos. Creo que...

—Soy un buen partido..., ¡no lo entiendo!

Al ver una lágrima rodar por su mejilla, Esther se sintió fatal, y él, alejándose de ella con dramatismo, dijo:

—Necesito ir al baño, ¿puedo?

Esther asintió y Carlos desapareció del salón.

Una vez a solas, la joven se sentó en el sofá sintiéndose la peor persona del mundo.

Acababa de romperle el corazón a Carlos y se sentía peor que Cruella de Vil.

Pesarosa, cogía su cerveza para beber cuando él salió del baño y, mirándola fijamente, preguntó:

—¿Te ves con otro?

Ella pensó en negarlo, pero necesitaba decir la verdad, así que asintió con la cabeza.

—Esto es indignante —siseó él horrorizado—. A saber con qué mindundi sin clase te ves...

—Carlos, no descalifiques, por favor.

Estirándose como un pavo real, él replicó:

—Te pedí matrimonio cuando yo me muevo en un mundo repleto de mujeres preciosas; estaba dispuesto a casarme contigo..., ¡contigo!, que ni eres famosa, ni rica, ni despampanante.

Boquiabierta, la joven no pudo más y siseó:

—Tienes más cara que espalda... ¿Tan estupendo te crees?

—Por supuesto —y, mirándola, añadió con rebaba—: Las mujeres se mueren por mí. Soy famoso. Y, antes de que digas nada que me haga daño, déjame explicarte que, casada conmigo, tu vida y tu imagen habrían mejorado muchísimo. Incluso habrías conseguido sacar a flote tu desastroso hotel.

Esther parpadeó. Carlos no cambiaría nunca, y, mirándolo, gruñó:

—Aunque fueras el último hombre sobre la faz de la Tierra, no me casaría contigo, ¡¿te enteras?!

—¡Será cabronazo...! ¡Lo que le ha dicho a mi niña!

Al oír de nuevo la voz de su padre, Esther gritó sin poder evitarlo:

—¡Papáaaaaaaaaaaaaa, totalmente de acuerdo contigo!

Carlos se disponía a protestar, pero de pronto ella lo empujó y le espetó:

—Se acabó. Y, si eres inteligente, márchate y no digas una sola palabra que pueda cabrearme más, porque como sueltes alguna tontería, te juro que cojo una silla, te la estampo en la cabeza y después te comes esa horterada de zapatos rojos que llevas.

—Son de cocodrilo canadiense... —murmuró Carlos con incredulidad—, ¡carísimos!

—¡Me cago en sus muelas! —exclamó Mario desde el pasillo—. ¡Soltadme, que la silla se la estampo yo en la cabeza y se come el cocodrilo canadiense!

—¡Mario! —voceó Delia, sujetándolo.

—Papá..., papá..., que te sube la tensión —protestó Sofía mientras intentaba retenerlo ella también en el pasillo.

Incapaz de no sonreír por la que se estaba liando, al ver el gesto de víctima de Carlos, Esther le abrió la puerta de la calle, le tiró la americana y murmuró, invitándolo a marcharse:

—Adiós, Carlos.

Cuando él salió, sin darle opción a decir nada, la joven le cerró la puerta en las narices y, mientras se volvía de nuevo hacia el salón, su padre gritó, haciéndolas reír a todas:

—¡Viva la madre que te parió, hija mía!

Capítulo 38

Pasó una semana y todo volvió a la normalidad para Esther, excepto su relación con Jorge, que era inexistente. De pronto era él quien la rehuía haciéndola sentir como una tonta y, un día, cuando consiguió acorralarlo, con una frialdad pasmosa, él le pidió que recordara su última conversación.

Tras lo ocurrido, Carlos llamó a Esther veinte veces, hasta que al final desistió. Estaba claro que no iba a hacerle cambiar de opinión.

El sábado, cuando Mario y Esther se marcharon a trabajar, Sofía acompañó a Delia al mercadillo. Mientras ésta compraba, la chica atendió una llamada de Óscar y la sonrisa se le borró de los labios. Consciente de con quién hablaba, cuando acabó de comprar Delia le propuso:

—¿Te apetece que tomemos algo?

Al ver a la joven tan animada, Sofía aceptó, y fueron a sentarse a una terracita al sol.

Durante un buen rato hablaron de un sinfín de cosas, y entonces Sofía recibió un mensaje de Luis diciéndole que esa noche actuaban en un municipio llamado Onda. Pero no le respondió.

—Me equivoqué al enamorarme de quien no lo merecía —comentó Delia de pronto—. Me dejé deslumbrar como una tonta por las palabras y las acciones de alguien que las utilizaba para engañarme, hasta que la realidad me aplastó. Como suele decirse, de los errores se aprende, y yo he aprendido... ¿Cuándo vas a hacerlo tú?

Sin saber qué decir, Sofía la miró, y ella insistió:

—Sé cuánto te gusta Óscar. Sé que has hablado con él por teléfono hace un rato, y, por tu tono de voz y tus gestos, intuyo que no te apetecía hacerlo... Escucha, Sofía: soy consciente de que, cuando él parpadea, olvidas todas las cosas que te han hecho sufrir. Pero, cariño, abre los ojos: ese chico no te conviene.

—Delia...

—Cielo, puedes dar gracias a Dios porque anoche, cuando llegaste a casa, no te vieran ni tu hermana ni tu padre... Pero yo sí te vi, y te aseguro que tu aspecto no era muy bueno, y olías a cerveza que echabas para atrás. Ese muchacho te está llevando por el mal camino, ¿es que no lo ves?

Sin querer darle la razón, Sofía resopló.

—Pero ¿qué dices? No seas exagerada.

—Sofía —insistió ella—, recuerda la vez que tu hermana y yo tuvimos que ir a buscarte a Peñíscola porque ese malnacido te dejó allí tirada a la una de la madrugada.

—Delia...

—O cuando te recogimos en Castellón en unas condiciones pésimas, mientras llorabas porque te habías peleado con ese idiota. —Al ver que la chica iba a decir algo, insistió—: Ese muchacho no te va a dar buena vida, y lo sabes tan bien como lo sé yo. Sólo tienes veinticuatro años y...

—¡Basta ya! —la cortó Sofía y, mirándola, increpó—: Quizá él no sea el chico perfecto, pero tampoco yo soy perfecta.

—Nadie es perfecto, cielo, todos tenemos defectos... Pero, contéstame, ¿realmente quieres a tu lado a alguien como Óscar? ¿De verdad ves futuro con una persona que está todo el día fumada, que es maleducada, problemática y agresiva, y cuya única meta en la vida es hacer botellón, fumar porros y vender droga?

Sofía resopló. No le gustaba hablar de aquello.

—Hace días —prosiguió Delia—, oí que la educación es la vacuna contra la violencia, y a Óscar, como a otros, le falta esa vacuna. Me preocupa tu vida tanto como les preocupa a tu hermana y a tu padre, porque vemos que Óscar no es una buena persona. Y si te estoy diciendo esto es porque no quiero que te pase algo parecido a lo que me ha pasado a mí. Intento prevenirte, abrirte los ojos a pesar de que tú te empeñas en cerrarlos. Y si me ocurrió a mí, siendo Miguel el hombre perfecto a ojos de todo el mundo y yo una mujer adulta y preparada en la vida,

¿qué no te puede ocurrir a ti, que eres una niña que sólo comienza a vivir?

Ambas se miraron sabiendo que Delia tenía mucha razón, pero, cuando iba a contestar, oyeron una voz tras ellas que decía:

—Sofía, ¡qué alegría verte!

Al volverse, la joven se encontró con Gorka, el chico que había conocido durante sus sesiones en el fisioterapeuta y amigo de Luis y su grupo. Caminaba ayudándose de unas muletas, y, feliz de verlo, la chica se levantó, le dio dos besos y, a continuación, cuchicheó con complicidad:

—Vaya..., vaya... ¡Veo que *Volsung* y tú ya os lleváis mejor!

Gorka sonrió y, mirando su pierna, indicó:

—Le ha quedado claro que el que manda aquí soy yo y ha claudicado.

Ambos rieron, y a continuación Sofía le presentó a Delia, y ésta preguntó con curiosidad:

—¿Quién es ese *Volsung*?

Con una sonrisa, el chico le señaló la prótesis de su pierna, que se veía a la perfección, pues llevaba unas bermudas caqui, y Sofía indicó:

—Gorka llama así a su prótesis. Es el nombre de un guerrero vikingo de la mitología nórdica.

Sorprendida, Delia sonrió, y Gorka susurró, guiñándole el ojo:

—Nunca debe faltar el humor.

Encantada con aquel muchacho, que le daba muy buen rollo, Delia lo invitó a tomarse algo con ellas, y él aceptó.

Durante una hora, los tres hablaron animadamente sobre mil cosas, mientras Sofía agradecía en silencio su aparición, pues así había evitado tener que seguir hablando de Óscar.

Cuando decidieron regresar a sus casas, los tres se levantaron, e iban caminando por la calle cuando oyeron un brusco frenazo acompañado de un:

—¡*Sofea!*

De inmediato, Sofía miró hacia atrás, y, al ver a Óscar bajarse del coche, oyó que Delia decía:

—Será imbécil, el tío... ¿Cómo le permites que te llame así?

Ella no contestó, pero, cuando Óscar llegó a su altura, protestó:

—¿Cuántas veces te he dicho que no me gusta que me llames así?

Con su sonrisa burlona, él le dio un beso en los labios y, después, mirando con descaro la prótesis de Gorka, saludó:

—¡¿Qué pasa, Robocop?!

El chico no respondió, y Delia, molesta por la falta de educación de Óscar, siseó:

—Si los tontos fueran flores, tú serías la primavera.

Al oírla, él la miró de arriba abajo. Sabía quién era. La conocía de otras ocasiones.

—Eres un idiota, Óscar —se quejó Sofía molesta—. Haz el favor de tener más educación.

El aludido sonrió y, mirando de nuevo a Gorka, que no había abierto la boca, preguntó:

—¿Te ha molestado mi comentario, colega?

El chico, mientras observaba a aquel macarra de manual, replicó sin inmutarse:

—Punto uno, no soy tu colega. Y, punto dos, estoy por encima de tus gilipolleces.

Sin dejar de sonreír, Óscar asintió y, mirando a Sofía, preguntó:

—¿Éstos son tus nuevos amigos? —Ella no contestó, y él añadió—: Me dijo Chino que el otro día te vio con un tipo con una camisa de cuadros muy divertida... ¿Quién era?

Al pensar en Luis, Sofía no respondió, y Óscar, dando un paso hacia ella, se disponía a cogerla del brazo cuando Delia masculló, interponiéndose entre ambos:

—Cuidadito con lo que haces.

Gorka dio entonces un paso al frente para colocarse también a su lado.

—*Sofea* —cuchicheó Óscar divertido—, ¿desde cuándo te rodeas de perdedoras y discapacitados?

—¡Serás gilipollas! —se quejó Delia.

Entonces, de pronto, él se dio la vuelta. Caminó hacia el coche que lo esperaba y, una vez allí, abrió la puerta y ordenó, mirando a Sofía:

—Vamos, ven aquí y entra.

Delia y Gorka intercambiaron una mirada y se colocaron cada uno a un lado de la chica. No pensaban dejar que se marchara. Óscar, al ver aquello, insistió:

—He dicho que vengas.

Sofía, descolocada, lo miró. Sin embargo, no pensaba moverse de donde estaba, así que respondió:

—Estoy con mis amigos.

Óscar cabeceó y, finalmente, cuchicheó:

—Ya vendrás...

Y, sin más, se montó en el coche y dos segundos después se alejaba a toda pastilla con sus amigos.

Una vez de nuevo solos, Sofía miró a Gorka apenada.

—Lo siento. Te pido disculpas por...

No pudo terminar. Él le puso un dedo sobre los labios y murmuró:

—Sofía, no te disculpes por algo de lo que tú no tienes culpa. Y déjame explicarte algo que me dijeron cuando tuve el accidente: la verdadera discapacidad está en el cerebro de las personas que piensan que ser diferente es ser menos.

—¡Olé tú! —aplaudió Delia.

Él sonrió y, dirigiéndose de nuevo a una descolocada Sofía, añadió:

—Ahora entiendo muchas cosas de ti y de tus inseguridades. Los idiotas como ése son los culpables de la tristeza que siempre hay en tu mirada y, con respecto a eso, espero que aprendas a obsequiar con tu ausencia a quien no aprecie ni desee tu presencia. Tú vales mucho, Sofía. Demasiado para estar con fracasados como ése. Nunca lo olvides.

Media hora después, cuando Gorka se marchó y las chicas regresaban a casa, Delia, mirando a una Sofía más callada de lo habitual, murmuró:

—Qué majo es Gorka.

—Sí, es un cielo.

—Y qué bueno lo que te ha dicho.

—¿El qué?

—Eso de que la verdadera discapacidad está en el cerebro de las personas que piensan que ser diferente es ser menos. ¡Me encanta!

Sofía asintió; sin duda Gorka tenía mucha razón, y, mirando a Delia, le propuso:

—¿Te apetece ir a un concierto esta noche?

Capítulo 39

Esther arreglaba la ducha de una habitación del hotel mientras, frustrada, pensaba dónde estaría Jorge, que se había tomado varios días libres y no le cogía el teléfono.

Llevaba haciendo chapuzas toda la mañana, algo que la ponía enferma y, una vez que hubo terminado, sucia y agotada, agarró la caja de herramientas de su padre y la bajó para dejarla en su sitio.

Enfadada por tener la sensación de estar haciendo algo que a nadie le importaba, entró en una habitación y se quitó la ropa empapada de agua de la ducha mientras maldecía y se repetía mil veces que debía hablar con Mario muy seriamente para acabar con aquella situación.

Cuando estuvo lista, se dirigió a recepción y se encontró con su padre, que hablaba con Candy. Ambos se miraron, y él preguntó, al ver su gesto serio:

—¿Qué te ocurre?

Molesta por la situación, Esther siseó:

—He arreglado la ducha de la 105, la pata de la cama de la 109, el grifo de la 203 y el maldito cerrojo de la 207... ¿Continúo o te puedes imaginar ya lo que me pasa?

—Hija...

—No, papá —lo cortó ella—. Esto no puede continuar así.

Mario asintió, pero, como no deseaba discutir, se metió en el despacho mientras Candy murmuraba, para tranquilizar a la joven:

—Respira, Esther, por Dios, respira...

—¡Estoy harta! Pero ¿es que sólo yo me doy cuenta de lo que está pasando? Pero ¿mi hermana y mi padre en qué mundo viven?

Abrazándola, Candy le pasó la mano por el pelo para sosegarla. Aquella muchacha cargaba con más responsabilidades de las que debería y sólo buscaba respuestas. Respuestas que su padre, por cobardía, era incapaz de darle.

Con palabras cariñosas, la portuguesa consiguió tranquilizarla y, una vez que sintió que su respiración se normalizaba, le aconsejó:

—Vete a dar un paseo y a comer fuera.

—No me apetece. Te falta ayuda en la terraza y...

—Vete —la cortó Candy—. Sal del hotel y que te dé el aire. Lo necesitas.

Esther lo valoró. Sin duda, la mujer tenía razón y, tras darle un beso, dio media vuelta, cogió su bolso y se marchó.

Una vez fuera del hotel, se le ocurrió llamar a sus amigos, pero lo pensó mejor. Necesitaba estar sola y darse un respiro de todo y de todos.

Tras mirar el cielo y verlo algo nublado, decidió entrar en un bar. Allí, compró un bocadillo de tortilla y una Coca-Cola y, después, alquiló una bicicleta en el negocio de Tina.

Un paseo en bici por la Vía Verde, que comenzaba en la playa del Voramar y llegaba hasta la playa de la Concha, en Oropesa, le vendría muy bien.

Mientras pedaleaba en paralelo a la costa, percibió cómo poco a poco la angustia y la tensión iban desapareciendo. Todo lo concerniente al hotel la estresaba. Sentía que ella y sólo ella tiraba del negocio familiar, y luego estaba lo de Jorge... Pero ¿dónde se había metido?

Cuando llegó a la playa de la Concha, en Oropesa del Mar, Esther tenía una sonrisa dibujada en el rostro. Metió la bicicleta en la arena y la arrastró hasta llegar a un sitio donde decidió sentarse a comerse el bocadillo.

Durante una hora, permaneció sentada en la playa mirando el mar, sumida en sus pensamientos, mientras disfrutaba del paisaje, del aire y del olor. Pero cuando el cielo se oscureció un poco más, decidió que tenía que regresar. Aquello no pintaba bien.

Tirando de la bici, salía de la arena cuando, de pronto, divisó a Jorge a lo lejos. Encantada de verlo allí, sonrió. Seguro que estaba haciéndose el encontradizo con ella, así que, acercándose a él, lo saludó:

—Hola.

Jorge se quedó de piedra al verla. Pero ¿qué hacía ella allí?

Esther, al distinguir el asombro en su mirada porque lo había descubierto, preguntó:

—¿Cómo sabías que estaba aquí?

Sorprendido por su pregunta, él negó con la cabeza.

—Perdona, pero no sé de qué hablas.

Sin darse por vencida, ella sonrió. Habían sido tantas las veces que Jorge se había hecho el encontradizo con ella por el hotel que, dando un paso hacia él, cuchicheó:

—Te he llamado por teléfono.

Él asintió, lo sabía. Y, dando un paso atrás, respondió:

—Estoy librando y no atiendo llamadas de trabajo.

Esa frialdad la mataba. Intentaba acercarse a él, pero él parecía no querer darse cuenta, y, resoplando, susurró:

—Venga, va..., por favor, deja de hacerte el duro.

Al oírla y sentirla tan receptiva, el corazón del joven se aceleró, pero, convencido de que debía mantenerse firme tras su última discusión, indicó:

—No me hago el duro. Y ahora, si no te importa, estoy esperando a alguien.

Sin moverse de su sitio, Esther asintió y, sin creerlo, preguntó:

—¿A quién esperas?

—A unas amigas.

Ella sonrió al oírlo y, segura de sí misma, cuchicheó:

—Venga, va..., deja de mentir, no me vas a poner celosa...

—¿Crees que intento ponerte celosa?

Con una seguridad aplastante, Esther afirmó:

—Por supuesto que sí. Venga, Jorge..., va..., hablemos. Tengo que cont...

El sonido de un claxon los interrumpió de pronto, y él, mirando hacia la carretera, afirmó con una sonrisa:

—Vaya, ¡mis amigas! ¿Quieres que te las presente?

Desconcertada, Esther observó el bonito deportivo rojo en el que había dos mujeres, una rubia y otra con un escandaloso pelo azul que, mirándolos, les sonreía.

Abochornada, y sintiéndose como una tonta, no sabía dónde meterse cuando comenzaron a caer unas gotas del cielo y él, viendo el panorama que se presentaba, preguntó:

—¿Quieres que te acerquemos al hotel?

Humillada, negó con la cabeza y, sin decir nada, se montó en la bicicleta y empezó a pedalear con fuerza. Necesitaba alejarse de allí.

No muy contento por lo ocurrido, Jorge maldijo en silencio, pero dio media vuelta y se montó en el coche, y entonces su hermana le preguntó:

—¿Quién era esa chica tan mona?

—Una amiga —respondió él sin ganas de dar muchas explicaciones.

Oriana asintió y, al ver que su hermano le rehuía la mirada, supo que no tenía que preguntar más, por lo que arrancó el vehículo y condujo hasta Valencia.

Cuando Esther llegó al hotel, estaba empapada. Su humor era sombrío, pero sonrió cuando recibió un mensaje de su amiga Delia indicándole que esa noche se irían de concierto. Necesitaba desfogarse.

Capítulo 40

A las once de la noche, cuando Vega, Delia, Esther, Hugo y Sofía llegaron a Onda, no paraban de sonreír. Estaba claro que todos querían pasarlo bien por diferentes motivos.

Una vez que aparcaron el coche de Vega, se encaminaron hacia la sala donde tendría lugar la actuación, y, al entrar y ver a una gran cantidad de gente joven, Hugo cuchicheó divertido:

—Me siento un abuelo.

—¡Qué exagerado eres, tronco! —se mofó Sofía.

—Madre mía..., ¡cuánto yogurín! —exclamó Esther.

Vega, que observaba cómo Hugo hablaba con Sofía, sonrió. Le encantaba que él hubiera accedido a ir aquella noche. De pronto, Delia la agarró del brazo y cuchicheó, dirigiéndose a ella y a Esther:

—Por Dios, ¿habéis visto qué monada de niño?

Las tres miraron a un moreno de grandes ojos negros, y Vega susurró:

—Sin duda..., un aliciente para pecar sin compromiso.

—Eso necesito yo..., ¡pecar sin compromiso! —afirmó Esther, pero al pensar en Jorge murmuró—: Aunque mis miras están ahora tan altas que yo al yogurín, en vez de echarle un polvo, le echaría cacahuetes para que creciera.

—¡Serás bruta! —se mofó Delia y, al ver a Hugo reír, matizó—: Para ser un abuelito, querido Hugo, las niñas te miran con ojitos. ¡Creo que esta noche pillas!

A Vega le dolió en el alma el comentario y, sin poder evitarlo, replicó:

—Por Dios, pero si son unas crías.

Esther sonrió al oírla, y entonces Delia, mirando a Vega, dijo en voz baja:

—Pues no es por nada, pero ese crío de metro noventa no te quita ojo.

Todos miraron hacia el chicarrón que le sonreía a Vega, y Hugo, al darse cuenta, siseó:

—Pero si no tiene ni bigote.

Delia soltó una risotada y, mirando a sus amigos, exclamó:

—Por Dios, ¡¿queréis relajaros y disfrutar?!

Vega y Hugo se miraron, y éste, volviéndose, cogió entonces a Delia del brazo e indicó:

—Venga, vayamos a por unas copas.

En el escenario había un grupo tocando y, cuando salió Lucía Gil, Esther, que estaba con Vega, aplaudió y murmuró, acercándose a su amiga:

—Disimula en lo referente a Hugo, o Delia y él se darán cuenta.

Evitando mirar hacia donde él estaba, Vega asintió.

—Lo sé. Lo sé.

Tras recibir el cariñoso aplauso de la gente, Lucía comenzó a cantar enseguida una preciosa balada titulada *Cuando deja de llover.*[5] Vega miró entonces a Hugo, que la observaba por encima de las cabezas de los chavales, y, agarrándose a Esther, cuchicheó:

—Qué canción más bonita.

—Preciosa —afirmó ella, pensando en Jorge.

Segundos después, Hugo y Delia se reunieron con ellas con varias bebidas y, cuando él le entregó la suya a Vega, se puso a su lado y, acercándose a su oído, murmuró:

—Como dice la canción, estás bajo mi piel.

Nerviosa y, al mismo tiempo, halagada, ella sonrió.

Desde la noche en que ocurrió lo de Delia, no habían vuelto a encontrarse íntimamente, y cuando Hugo, sin que nadie lo viera, la agarró de la mano y se la apretó, juntos escucharon aquella romántica canción sintiendo cada cachito de la letra en su corazón.

En cuanto acabó, al ver a una joven que le hacía ojitos a Hugo, Delia insistió:

5. *Cuando deja de llover,* © y ℗ Carlito Records, S. L., interpretada por Lucía Gil. *(N. de la E.)*

—La tienes loquita.

Él sonrió, y entonces Esther, mirando a Vega, preguntó en voz baja:

—¿Qué hacemos? ¿Le contamos a Hugo lo de Mariluz?

—No sé...

Mientras observaba cómo su hermana saludaba a sus amigos, Esther insistió:

—Creo que deberíamos contárselo, ¿no te parece?

—¿Qué cotorreáis? —preguntó Delia.

Sin dudarlo, Esther y Vega le explicaron lo ocurrido con Mariluz. Cuando acabaron, su amiga exclamó:

—Ah, no..., ni de coña vamos a permitir que Hugo no esté al corriente de esa información.

Y, antes de que aquéllas pudieran pararla, Delia tocó el brazo de su amigo y lo incluyó en la conversación.

Según ella hablaba, la expresión de Hugo iba cambiando y, en un momento dado, preguntó molesto, mirando a sus amigas:

—¿Lo sabíais y no me lo habíais dicho?

—Entiéndelo —murmuró Esther—, deseábamos contártelo, pero debíamos buscar el momento apropiado.

Él asintió y, disgustado, pero no por Mariluz, sino por el silencio de Vega, preguntó, dirigiéndose a ella:

—Y ¿eso cuándo ocurrió?

Las chicas se miraron apuradas, y Vega, nerviosa por el modo en que él la observaba, respondió:

—Hace tiempo.

—¿Tiempo? ¿Cuánto? —Ninguna contestó y, sin apartar los ojos de Vega, Hugo insistió—: ¿Ocurrió antes de la noche de lo de Delia?

Vega se revolvió incómoda. Sabía por qué lo preguntaba y, como no quería mentirle, finalmente musitó:

—Sí.

Enfadado, sin dar crédito y ofuscado al entender que Vega ya sabía aquello la noche que estuvieron juntos y no se lo había contado, él asintió y siseó, mientras se alejaba de ellas:

—¡Estupendo! Me parece muy mal por tu parte, Vega, fatal, que te guardaras esa información.

Cuando se marchó, Esther preguntó sorprendida:

—¿Por qué se ha puesto así contigo?

Confundida, Vega parpadeó e, intentando parecer lo más natural posible, respondió:

—No lo sé.

Delia, que estaba a su lado, cuchicheó, mirándola con seriedad:

—Pues piénsalo, porque no es normal que Hugo se enfade así.

En ese instante, Sofía se acercó a ellas junto a Gorka y su novia, y Delia, al verlos, los saludó con cariño.

Estaban charlando cuando la gente que había a su alrededor comenzó a aplaudir porque los cuatro componentes del grupo Atacados salieron al escenario. Sofía intercambió una mirada con Luis y sonrió.

—Vaya..., vaya... —susurró Delia al verlo—. Y ¿ése quién es?

—¡Cállate! —se mofó Sofía.

Delia sonrió y, acercándose a ella, afirmó:

—Sin conocerlo, ya me gusta más que el imbécil de Óscar.

En ese instante, Jesús empezó a tocar el bajo, lo siguió Arturo con la guitarra, se les acopló Iván con la batería, y Luis, caminando por el escenario con el micrófono en las manos, sonrió y dijo, mirando al público:

—Esta canción está dedicada a todas las guerreras que, por distintas razones en la vida, han llorado, y espero de todo corazón que nunca más vuelvan a llorar.

Todos aplaudieron la dedicatoria y, a continuación, Luis se puso a cantar una preciosa canción titulada *Nunca más*.[6]

A Delia le llegó al corazón y, levantando las manos, coreó el estribillo junto a Esther, que, emocionada al entender a su amiga, se colocó a su lado.

La canción hablaba sobre la libertad, sobre la vida y la superación. Sobre quererse a sí misma por muchas dificultades que una encuentre por el camino y sobre saber levantarse tras haber caído.

---

6. *Nunca más*, © y ℗ M2 Music Group, S. L., interpretada por Atacados. (*N. de la E.*)

A Delia se le llenaron los ojos de lágrimas y, mirando a Esther, afirmó:

—Te aseguro que, en adelante, esta canción va a ser mi bandera.

Ambas asintieron mientras Sofía se sacaba el móvil del bolsillo del pantalón y leía:

Ven al bar de Koke ¡ya!

Por un momento la descuadró recibir ese mensaje de Óscar, pero, guardándose el móvil, decidió pensar en sí misma y seguir disfrutando de la noche y de la actuación.

Vega, que, tras lo ocurrido con Hugo, estaba preocupada, al ver a sus amigas tan entregadas con la canción, se acercó a la barra donde él se encontraba.

—Lo siento. Debería habértelo contado esa noche, pero...

—Pero ¿qué? —siseó él.

Molesta por el modo en que la miraba, gruñó:

—No es justo que te pongas así conmigo, Hugo. Si esa noche no te dije nada fue... fue porque había quedado con Esther en que buscaríamos el mejor momento para contártelo. Nunca imaginé que entre nosotros fuera a ocurrir lo que ocurrió y...

—Podrías habérmelo dicho —la cortó él—. Podrías haberme ahorrado lo mal que me he sentido estos días pensando que había sido deshonesto con Mariluz al estar contigo, pero, en cambio, te callaste, dejaste que me sintiera culpable, que pensara que era una mala persona y...

—Hugo...

—¿Sabes? —la cortó él con dureza—. Creo que es mejor que lo dejemos aquí.

Y, sin más, dio media vuelta y se alejó.

Boquiabierta por su desplante, Vega asintió y, tras suspirar, regresó junto a sus amigas. Como la buena profesora de teatro que era, se colocó su máscara de felicidad en el rostro y sonrió. Bailó, cantó, disfrutó con sus amigas y, cuando miró hacia la barra de nuevo, vio que Hugo ya no estaba. Se había marchado.

Cuando acabó la actuación del grupo Atacados, Delia miró a su alrededor y preguntó:

—¿Dónde está Hugo?

Esther miró también, y Vega indicó:

—Se ha ido.

—Pero bueno..., ¿qué bicho le ha picado? —protestó Esther.

—A saber —señaló Delia—. Los tíos son muy raros.

Vega se encogió de hombros y, cuando Esther vio que Delia estaba entretenida hablando con su hermana, se le acercó y preguntó:

—¿Estás bien?

Vega asintió con una sonrisa.

—Por supuesto, ¡divirtámonos!

En ese instante, la gente de la sala aplaudió de nuevo porque volvió a salir al escenario Lucía Gil. La joven era muy conocida, no sólo por su música, sino también por haber aparecido en varias series de televisión y, en cuanto comenzó a cantar, todo el mundo empezó a saltar.

Estaban encantadas y divertidas cuando Sofía se marchó con Gorka y su novia, y Esther, Vega y Delia se acercaron a la barra para pedir algo de beber. Estaban sedientas.

Mientras charlaban sobre mil cosas diferentes, disfrutaron de las canciones de Lucía, hasta que ésta interpretó un tema titulado *No necesito a nadie*.[7]

Esther, que se la sabía, la coreó, y pronto Vega y Delia la siguieron al tiempo que cada una de ellas sonreía sin querer pensar en lo dolido que podía estar su corazón.

En otro lugar de la sala, Sofía charlaba con Gorka, y entonces Luis se le acercó y murmuró en su oído:

—Hola, Soguapa.

Se miraron felices, y ella, consciente de lo que hacía, se aproximó a él, y, tras darle un beso en los labios, susurró:

—Hoy sí, simplemente porque lo digo yo.

---

7. *No necesito a nadie*, © y ℗ Carlito Records, S. L., interpretada por Lucía Gil. *(N. de la E.)*

Él asintió encantado y, pasando las manos por su cintura, afirmó:

—Me encanta tu decisión.

* * *

Esa madrugada, después de que Vega hubiera dejado a Esther y a Delia en su casa, al regresar a la suya y aparcar el coche, llegó al portal y un silbido llamó su atención. Al volverse, se encontró con Hugo, que estaba apoyado en un banco con las manos en los bolsillos.

Sin moverse, lo miró desconcertada, y él echó a andar en su dirección.

—Me odio por lo que te he dicho esta noche —declaró cuando estuvo apenas a un palmo de ella.

—No pasa nada.

Hugo asintió.

—Sí, sí pasa. Lo he pagado contigo.

Durante unos segundos, ambos guardaron silencio, hasta que él habló de nuevo.

—Mis sentimientos por ti...

Vega, que no quería oír aquello, le puso la mano en los labios y murmuró:

—No, por favor. No te excuses. Soy consciente de que hicimos algo que no deberíamos haber hecho. Tú estabas en un momento flojo de tu vida con Mariluz, y yo, sin pensar en nada más, me dejé llevar por el momento, y ahora... no puedo ni debo exigir nada.

Sorprendido por sus palabras, él sonrió. Esa noche había decidido darle un giro a su vida, y murmuró:

—Pues quiero que exijas y pidas.

—¿Qué?

—Vega, lo que ocurrió entre nosotros es lo que debería haber ocurrido hace mucho tiempo. Me gustas, te gusto, y sé que nos queremos. Soy consciente de que acabo de salir de una relación y he de poner muchas cosas en orden en mi cabeza, pero deseo estar contigo. Lo sé, siempre lo he sabido.

—Hugo...

Acercándose a ella, él la agarró entonces por la cintura y prosiguió:

—Tú eres parte de mi pasado, te siento mi presente y quiero que seas mi futuro. Adoro a Alma desde el primer instante en que la cogí en brazos, y nada me gustaría más que formar parte de su vida y de la tuya. Y, ahora, dime si tú quieres lo mismo que yo.

Hechizada por las palabras tan bonitas que él le había dicho, Vega sonrió.

—Claro que quiero lo mismo que tú, y seguro que Alma también querrá. Las dos te adoramos.

Se besaron con delicadeza, gozo y disfrute y, cuando se separaron, Hugo cuchicheó divertido:

—Cuando se enteren dos que yo me sé..., ¡les va a dar algo!

—Uf..., miedo me dan —murmuró ella, acordándose de sus amigas.

Durante un rato, ambos permanecieron pensativos, pero luego él preguntó:

—¿Crees que deberíamos decírselo ya?

Vega reflexionó. Delia y Esther no estaban pasando por un buen momento personal, por lo que, negando con la cabeza, respondió:

—Creo que deberíamos esperar.

Dicho esto, posó sus labios sobre los del hombre que siempre había amado y, a continuación, murmuró:

—Subamos a casa. Alma está durmiendo en casa de su amiga Marta y tenemos la cama y la casa para nosotros solos.

Sonrieron y, cogidos de la mano, entraron en el hogar de ella, donde cerraron la puerta de la calle y, con tranquilidad, deleite y pasión, se hicieron el amor durante horas.

Capítulo 41

Llegó el lunes y, cuando Esther se levantó, su padre le indicó que se iba a Valencia a recoger a su madre, que llegaba en el AVE procedente de Madrid a las tres.

Sonriendo por saber que pronto se encontraría con su yaya, la joven se vistió en silencio para no despertar a Delia y, en cuanto le dijo a Sofía que la vería al cabo de una hora en el hotel, se encaminó hacia allí.

Sin embargo, las horas pasaron y Sofía no aparecía. Esther la llamó por teléfono, pero ella no se lo cogió y, ofuscada, maldijo para sí. Odiaba que su hermana hiciera eso.

Tras pasarse la mañana haciendo chapuzas de nuevo, Esther decidió acercarse a la terraza. Sabía que Jorge no tardaría en llegar para incorporarse a su turno de trabajo tras su fin de semana libre, y quería verlo. Lo necesitaba.

Al verla salir, Candy le ofreció:

—¿Quieres un cafetito?

—A eso venía.

Con cariño, la mujer asintió y, señalándole una mesa, indicó:

—Ve a sentarte. Ahora te lo llevo.

Sin rechistar, Esther obedeció. Se sentó a la mesa y, levantando el rostro, permitió que el sol le diera de lleno en él.

Durante unos minutos disfrutó del calorcito rico que el sol le proporcionaba, hasta que Candy, dejando frente a ella un café, se sentó a su lado y preguntó:

—¿Y Sofía?

Esther suspiró.

—No lo sé. Se suponía que debería haber venido hace horas, pero ni ha aparecido ni me coge el teléfono.

La portuguesa asintió.

—Sabes que nunca digo nada, pero creo que lo de Sofía ya roza el mal gusto.

—Ya no sé qué hacer con ella —se lamentó Esther—. Cuando creo que todo va bien, de pronto da tres pasos atrás y volvemos al mismo ridículo punto de partida. Y con mi padre ya sabes que no puedo contar. Sofía le hace un puchero y puede con él.

Ambas permanecieron unos segundos pensando en aquello, hasta que Candy, que no deseaba seguir hablando de lo mismo, preguntó:

—¿Preparada para la visita de tu abuela?

Al oír eso, la joven sonrió.

—Preparadísima. ¡Llega el terremoto yaya!

Ambas sonrieron. Todos los años, aquella mujer dejaba su casa en Madrid para ayudarlos en el hotel hasta el final de la temporada, y todos los años terminaban diciendo que ése sería el último. La yaya los volvía locos a todos.

Al ver a Candy sonreír, y, consciente de lo pesadita que era su abuela, Esther cuchicheó:

—Sé que la yaya nos ayuda a todos, pero no entiendo por qué es especialmente pesada contigo.

—No, mujeeerrr —se mofó ella al oírla.

Ambas rieron, y Esther añadió:

—Te lo digo de verdad. Cuando veas que se propasa, dímelo e intentaré pararle los pies. Todos sabemos cómo es la yaya.

Candy suspiró. Entonces Esther la miró y dijo, sacándose un regalo del bolsillo:

—Felicidades. Aunque sé que no te gusta celebrarlo, recuerdo que hoy es tu cumpleaños.

Con una sonrisa, Candy cogió el paquete que le tendía y, mirándola, murmuró:

—Cincuenta y cuatro me caen.

—Estás estupenda.

La mujer sonrió.

—¡Soy una orgullosa cincuentañera!

Ambas volvieron a reír y luego Esther indicó, animándola:

—Venga, abre el regalo.

Candy lo abrió y sacó de él una pulserita de Tous.

—Es preciosa, cariño —murmuró—. Pero no deberías haberte gastado tanto dinero.

—¿Te gusta?

—¡Me encanta!

—Tú te mereces lo mejor —aseguró Esther—, para mí, eres una más de la familia.

A continuación, le ayudó a ponérsela y Candy la miró y dijo, señalándose unos pendientes que llevaba:

—Éstos me los regaló ayer Sofía. Según ella, son de su colección «Desafío».

—Son preciosos —afirmó Esther.

Emocionada por el cariño que recibía de aquella familia, la mujer iba a decir algo cuando Esther se le adelantó:

—¿Puedo preguntarte algo?

—Claro que sí.

—Con lo guapa que eres y lo estupenda que estás, ¿cómo no sales con nadie?

Al oírla, Candy suspiró. Le encantaría poder decirle que salía con su padre desde hacía seis años y que él le había regalado un precioso anillo, pero, consciente de que debía ser él y no ella quien le diera la noticia, respondió:

—Si te soy sincera, trabajo tantas horas al día en el hotel que no tengo tiempo para otras cosas.

Apenada, Esther asintió. Como todos, Candy echaba demasiadas horas al día en aquel negocio. Y, mirándola, inquirió:

—Y ¿te merece la pena seguir trabajando aquí? —Al ver su expresión, se apresuró a aclarar—: Que yo encantada de que lo hagas y nunca nos dejes, porque pienso que eres uno de mis pilares, pero ¿realmente te compensa seguir con nosotros?

Feliz de saber el cariño que aquélla le tenía, la mujer afirmó:

—Sois mi familia. ¿Dónde voy a estar mejor que aquí?

Ambas se abrazaron emocionadas y, a continuación, Candy dijo, al tiempo que la observaba:

—¿Puedo preguntarte yo a ti ahora?

—Claro.

La portuguesa, que valía más por lo que callaba que por lo que contaba, soltó entonces:

—¿Te merece a ti la pena seguir trabajando aquí?

—Sé que mi sueño es otro —señaló Esther con sinceridad—, pero este hotel es parte de mi vida porque lo es de mis padres y...

—Pero tú —la interrumpió ella— has de perseguir tus sueños, no los de tus padres, o algún día te arrepentirás de ello. ¿No lo has pensado?

Esther asintió. Claro que lo había pensado y, señalando la terraza, cuchicheó:

—Siempre he creído que esta terraza, reformada, podría ser mi bonito restaurante frente al mar. Lo he imaginado con unas luces de neón rosa en la puerta, con el nombre de mi madre en el letrero y...

No dijo más. Se interrumpió y, mirando a Candy, afirmó:

—Quizá, si convenzo algún día a mi padre de que pidamos ese préstamo al banco, pueda hacer realidad mi sueño, pero mientras tanto seguiré trabajando aquí.

Candy asintió apenada. Lo que Esther quería era poco probable.

—¿Cuándo sabrás si eres una de las seleccionadas por ese tal Shilfrierld?

—A partir del 15 de julio pondrán en la web del chef los nombres de los seleccionados.

Consciente de lo que podía llegar a ocurrir, Candy indicó entonces:

—Te irás si tu nombre está en esa lista, ¿verdad?

Con cara de circunstancias, Esther la miró y se rascó la oreja.

—No lo he pensado, porque no tengo muchas esperanzas.

—¿Por qué?

—Porque había cocineros buenísimos de otros países compitiendo conmigo.

—Pero, cariño, la esperanza es lo último que se pierde, ¿no lo sabías? —cuchicheó Candy.

Ella sonrió y, con la verdad en la mirada, afirmó:

—Sí. Claro que lo sé, pero si te soy sincera, dudo que me vaya a Nueva York dejando solos a mi padre y a mi hermana.

A Candy le dolía la responsabilidad que Esther cargaba a sus espaldas. Aquella muchacha necesitaba vivir, disfrutar, cumplir sus sueños, y murmuró:

—Mi consejo es...

—No —le tapó la boca—. No me lo digas, que lo sé. —La mujer sonrió y Esther susurró—: Hace unos días le devolví el anillo a Carlos y rompí con él.

Haciéndose la sorprendida, Candy abrió la boca y preguntó, a pesar de que ya lo sabía todo:

—Y ¿cómo se lo tomó?

—No muy bien, la verdad.

Ambas se miraron, y la portuguesa, cogiendo las manos de la joven, musitó:

—Y tú, ¿cómo estás?

—Bien —dijo ella encogiéndose de hombros—, y, si te soy sincera, hasta aliviada. Nuestra relación siempre estuvo plagada de problemas.

—Problemas que originaba él... —matizó Candy.

Esther asintió. Ésa era la realidad.

—Carlos es una buena persona, pero como pareja es un desastre. Le pierden las mujeres. —Y, aclarándose la garganta, continuó—: No te digo que yo...

—Él se lo buscó —la cortó Candy—. Y, si tú has tenido tus escarceos con otros hombres, ¡olé por ti! Y espero de todo corazón que los disfrutaras.

—Te aseguro que mucho —replicó la joven, mirándola con complicidad.

—Uis, pillina... —susurró Candy con una sonrisa.

De pronto Esther vio que Jorge se despedía en la puerta de la terraza de una chica morena.

—No. No lo conoces.

—Ahora eres totalmente libre. Disfruta de la vida y no te prives de lo que te mereces. Gracias otra vez por la pulsera, ¡es preciosa! —indicó Candy levantándose de la silla.

Esther la observó sonriendo mientras ella se alejaba ya hacia la barra. En ese momento agradeció mucho la discreción de la portuguesa.

Jorge, que se incorporaba en ese instante al trabajo, saludó a Candy con una sonrisa. Luego llegó el repartidor de Coca-Cola y éste y Jorge se metieron en el almacén para hacer el pedido.

Cuando el repartidor se marchó y el joven salió de nuevo a la barra, Candy preguntó mirándolo:

—¿Qué tal tu fin de semana?

—¡Estupendo!

—¿Hoy no saludas?

Al oírla, la miró y respondió con una sonrisa:

—Te he saludado.

—No me refiero a mí —cuchicheó ella.

Consciente de por quién lo decía, Jorge se puso el delantal negro y, guiñándole el ojo, se alejó para atender a unos clientes que acababan de llegar.

Esther, que continuaba sentada a una mesita, al ver que Jorge pasaba por su lado y no le decía nada, maldijo para sus adentros, y, cuando lo vio regresar a la barra, se puso en pie y se le acercó.

—Hola.

—Hola —musitó él, mirándola.

Durante unos segundos, ambos se observaron en silencio y, cuando él vio que ella no decía nada, prosiguió a lo suyo.

—Quería pedirte disculpas por el ridículo que hice el otro día —dijo ella entonces—. Me comporté como una tonta.

Sin mirarla, Jorge respondió:

—Disculpas aceptadas; y ahora, si no te importa, estoy trabajando.

La joven asintió y, al ver que Candy se alejaba de la barra, susurró:

—Si quieres, cuando acabes el turno podemos vernos.

—He quedado —la cortó él.

—¿Has quedado?

—Sí.

El buen humor de Esther desapareció de repente al oír eso, y preguntó con impertinencia:

—¿Con quién? ¿Con la del pelo azul o con la morena con la que has venido?

Jorge la miró fijamente y, sonriendo, a pesar de lo tonto que se sentía por dentro, respondió mientras se alejaba con su bandeja:

—Eso a ti no te importa.

Con paciencia, ella esperó a que regresara de nuevo a la barra e insistió:

—Jorge, creo que...

Molesto con ella, y sin importarle la mirada de Candy, agarró a Esther de la mano, la metió en el almacén y, una vez solos, le soltó:

—No soy tu juguetito sexual, aunque seas mi *jefa*. Te dije que te alejaras de mí y ahora te pido que me dejes trabajar, ¿entendido?

Sobrecogida por sus palabras y sin saber qué decir, Esther se limitó a asentir y Jorge, soltándola, salió del almacén con gesto serio.

Durante unos segundos, la joven no se movió. No estaba acostumbrada a que él se comportara de ese modo y, cuando tomó conciencia de su negativa, iba a salir del almacén, pero chocó con Candy. Ambas se miraron, y Esther, al leer en su expresión, murmuró:

—Ahora no.

La mujer asintió y, cuando ella desapareció, se acercó a Jorge.

—¿Qué has hecho? —le soltó.

No muy contento con su actuación, pero consciente de que había sido necesaria para que ella se diera cuenta de que no era un pelele manipulable, Jorge resopló y replicó, mientras se alejaba:

—Cancelar totalmente el wifi entre Esther y yo.

Candy lo miró boquiabierta, pero no dijo nada.

Capítulo 42

En la playa, Sofía disfrutaba con Adriana de una mañana preciosa.

Cuando su amiga la había llamado para desayunar e ir juntas allí, había aceptado de inmediato, sin pensar en las consecuencias que eso le originaría si no aparecía en el hotel para trabajar.

Tumbada sobre una toalla y en bikini, Sofía disfrutaba del calor de los rayos del sol en su piel. Sin abrir los ojos, le pidió a su amiga:

—Pásame la crema, Adri.

—Si quieres, te la doy yo..., princesa.

Al oír la voz de Óscar, la chica se incorporó de pronto.

Pero ¿qué hacía él allí?

Frente a ella vio a Óscar, a Xuxo y a varios amigos más con unas cuantas litronas de cerveza. Los chicos se sentaron enseguida a su alrededor, y Sofía, mirando a Adriana, iba a protestar, cuando ésta cuchicheó con gesto cómplice:

—Óscar me comentó que quería verte y no pude decirle que no.

Molesta por la presencia de aquél, Sofía empezó a levantarse, pero él se lo impidió y se sentó a su lado.

—Me tienes celoso... —murmuró—, muy celoso.

Ella lo miró sorprendida. Desde que lo conocía, era la primera vez que le decía algo así y, sintiendo cierto regocijo en su interior, preguntó:

—Y ¿eso por qué?

—Ya lo sabes, princesa..., lo sabes muy bien —respondió él sonriendo.

Sofía asintió al pensar en Luis y, mirándolo, musitó:

—Entre tú y yo no hay nada serio. ¿No es eso lo que siempre me dices?

Óscar dio un trago a una de las litronas que le pasaron y, una vez que se la hubo devuelto a su colega, cuchicheó, entregándole a ella un porro de maría:

—Eres mi chica, y lo sabes.

Con el corazón latiéndole con fuerza, Sofía dio una calada. Siempre había querido oír eso, siempre había querido ser su chica, y, con incredulidad, preguntó:

—¿Por qué dices eso ahora?

Sin dudarlo, él acercó sus labios a los de ella, la tumbó sobre la toalla y, mirándola a los ojos mientras paseaba un dedo por su estómago, susurró en voz baja para que nadie lo oyera:

—Sé que andas tonteando con un cantamañanas de un grupo de música, pero, nena, tú eres mi chica, no lo olvides.

—Óscar..., tú no...

—Princesa..., no voy a permitir que nadie te aleje de mí.

Hechizada por esas palabras tan apasionadas que nunca había imaginado oír de boca de él, Sofía se sintió valorada, querida y especial. Y, encantada, y olvidándose de todo, acercó sus labios a los de él y lo besó.

Consciente de que volvía a tenerla donde quería tras decirle lo que deseaba oír, Óscar sonrió y disfrutó del momento.

Mientras todo el grupo se divertía en la playa bebiendo y fumando, Óscar y Sofía se prodigaban cariñitos, hasta que finalmente, con ganas de algo más, él se quitó los pantalones y, en calzoncillos, se metió en el agua con la chica, donde dieron rienda suelta a sus deseos ocultos por el agua, sin preocuparse de quién pudiera observarlos.

Una hora después, Sofía miró su móvil y, al ver lo tarde que era, pensó en su abuela y en su padre. Tenía que presentarse en el hotel antes de que ellos llegaran y, mirando a Óscar, que estaba sentado a su lado, indicó:

—Tengo que irme.

Él arrugó el entrecejo al oírla.

—Vamos..., no te vayas. Lo estamos pasando bien.

Sofía asintió con la cabeza, pero diez minutos después insistió:

—Lo siento, pero tengo que irme.

Se puso en pie y él se levantó también. Esta vez no le dijo nada, pero, agarrándola de la cintura, la acompañó unos metros y, después de besarla unas cuantas veces, indicó con una sonrisa al tiempo que le entregaba una mochila:

—Guárdame esto.

Al ver que la bolsa estaba repleta de bolsitas de marihuana, Sofía iba a protestar, pero entonces él la besó de nuevo y susurró:

—No puedes decirme que no.

—Óscar, ¡no puedo!

—Vamos, tronca, tírate el rollo...

—Pero ¿dónde pretendes que guarde esta mochila? —protestó ella.

Él, meloso, rozó su nariz con la de ella y murmuró:

—En el hotel, como en otras ocasiones.

—¡Noooo!

—Vamos, princesa, hazme ese favor. Sólo serán unos días.

—No, Óscar, imposible. Además, sigo molesta contigo por lo que ocurrió en el garaje de Adri el día de su fiesta.

—Pues no parecías pasarlo mal... —cuchicheó él con una sonrisa.

Asqueada, ella iba a contestarle cuando él sacó su móvil, buscó algo en él y, enseñándole una foto, declaró:

—Aquí está la prueba.

Sofía observó horrorizada las imágenes que él le enseñaba, pero, cuando iba a hablar, Óscar se le adelantó:

—Y, ahora, coge la mochila y guárdamela si no quieres que todo el mundo vea tus fotos de zorrita.

—Óscar..., pero ¿qué dices?

—Nena, eres muy viciosilla.

Boquiabierta por su sucio juego, que, por otra parte, nunca habría imaginado, Sofía escupió:

—Eres una mala persona...

—¡Malísima!

—No tienes escrúpulos, y espero que...

—¿Quieres que empapele la puerta del hotel con estas fotos? —la cortó él.

A Sofía la horrorizó la idea. Si Óscar lo hacía, mataría a su padre del disgusto.

—No serás capaz —siseó.

—Ponme a prueba.

Durante unos segundos, ambos se retaron con la mirada, hasta que él declaró:

—Eres mi chica y estarás para mí siempre que yo quiera, porque yo soy quien manda en tu vida, ¿entendido? —Ella no contestó, y él prosiguió—: Coge la mochila, guárdala hasta que yo te la reclame y no me cuestiones si no quieres que tu papaíto vea lo guarrilla que es su niña.

A Sofía le iba el corazón a mil, y, agarrando la mochila de mala gana, siseó:

—Guardaré tu mierda, pero en cuanto te la devuelva quiero que borres esas fotos de tu teléfono y te alejes de mi vida.

—Por supuesto, princesa. Por supuesto.

Cuando ella se marchó enfadada, Óscar regresó junto al grupo con una sonrisa en los labios, consciente de que, una vez más, se había salido con la suya.

Capítulo 43

—¡Hola, mi vida!

Esther levantó la cabeza de la mesa del despacho y se encontró con la mirada guasona de su abuela, que llegaba acompañada de su padre. De inmediato, se puso en pie y exclamó, mientras corría a abrazarla:

—¡Yaya..., qué alegría que estés aquí!

La mujer sonrió y, al ver que su hijo salía, miró a su nieta y dijo:

—Tu padre me ha contado lo ocurrido con el Divino..., y quiero que sepas que me alegro. Ese cebollino engreído no era para ti. Lo soportaba porque tú así lo querías, porque, si por mí hubiera sido, le habría dicho cuatro cosas bien dichas al atontado ese, y más cuando, por jorobarme, animaba al Madrid... ¡Uf, lo que me entraba por el cuerpo...!

Esther rio, pero, antes de que pudiera hablar, la mujer añadió:

—Hija de mi vida, ¡qué ojeras tienes! ¿Cuánto hace que no duermes más de seis horas seguidas? —La joven iba a contestar, pero ella la cortó—: No digas nada. Seguro que desde hace mucho, pero ya estoy yo aquí para que descanses un poquito más. Por cierto, ya me ha contado tu padre lo de Delia. ¡Válgame el Señor! Pobrecita, mi chica, con lo encantadora que es la muchacha...

Esther sonrió. Era imposible intentar hablar cuando su abuela tenía mucho que decir.

—¿Y tu hermana? —preguntó a continuación la mujer—. ¿Dónde está? ¿Sigue escaqueándose de sus obligaciones?

—Yaya...

—¡Ni yaya, ni yoyo! —protestó ella—. Sofía debe entender que esto es un negocio familiar y que ha de arrimar el hombro para que el engranaje no se enquiste. Cuando la vea yo, verás cómo...

—¡Yayaaaaa!

Ambas levantaron la vista y descubrieron a Sofía entrando por la puerta. La chica abrazó a su abuela y cuchicheó:

—Aisss, yayita..., yayita..., yayita, cuántas ganas tenía de verte.

La mujer, al sentirse estrujada por su nieta pequeña, se olvidó al instante de la reprimenda que pensaba echarle por los agobios que les hacía pasar a su padre y a su hermana y, devolviéndole el abrazo, murmuró:

—Pero, mi amor, si estás hecha un saquito de huesos... ¿Ya comes bien, sinvergüenza?

—¿Ya empezamos, yaya? —resopló Sofía, separándose de ella.

Esther, que estaba molesta con su hermana, preguntó al ver su indumentaria:

—¿Se estaba a gustito en la playa?

Ella no respondió, e, imaginando que ya iban a comenzar a discutir, la abuela las miró y dijo:

—Tú tienes cara de cansancio y tú estás muy delgada; pero ¿tu padre qué hace? —Y, antes de que ninguna pudiera contestar, añadió—: A ése le busco yo novia este año sí o sí, o al final venderé mi piso en Móstoles y me vendré a vivir aquí, aunque tenga que viajar todos los fines de semana a Madrid para ver jugar a mi Atleti. Tu padre necesita una mujer a su lado, y vosotras, a alguien que os cuide.

Sofía rio, y Esther, segura de lo que decía, replicó:

—Yaya, ya somos mayorcitas para cuidarnos solas.

—Y así estáis: la una ojerosa y la otra, seca como un espárrago.

De pronto comenzó a sonar el himno del Atlético de Madrid. Enseguida, Flora abrió su bolso ante el gesto guasón de sus nietas, y, sacando su móvil, afirmó al tiempo que miraba la carcasa con el escudo:

—¡Aúpa, mi Atleti!

Esther y Sofía rieron mientras su abuela, tras saludar a quien la llamaba y escuchar durante unos segundos, indicó:

—Sí, hija, sí, tranquila, que pasé a regarte las plantas antes de venir. Por cierto, el poto del baño lo tienes hecho una mierda, a ver si le echas el abono que nos vendió la gitana, que mis plantas están preciosas. —Escuchó de nuevo unos instantes y contestó—: Pues claro, mujer. Veníos a tomar algo. Os espero en la terraza del hotel de mi hijo. Ya sabes, el Agamar.

Mientras ella hablaba, Esther cogió su bolso, sacó un bote de colirio, se lo entregó a su hermana y cuchicheó, mirándola con dureza:

—Échate esto en los ojos antes de que papá vea cómo vienes, y métete un caramelo en la boca para enmascarar la pestuza a cerveza que traes.

Sin dudarlo, Sofía se dio la vuelta, se echó las gotas y se metió un chicle en la boca, al tiempo que cogía la llave de un pequeño cuarto que usaban a modo de trastero. Allí podría guardar la mochila del cerdo de Óscar.

Una vez que la yaya hubo colgado, besó el escudo del Atlético de Madrid que llevaba en el móvil y, guardándolo en el bolso, aclaró, mirando a sus nietas:

—Era Pili, mi vecina. Está en Castellón de vacaciones, en casa de su hija Gema, y he quedado con ellas para tomar algo en la terraza.

Mientras su abuela seguía contándoles cosas de su vecina, sonó el móvil de Sofía. Un mensaje de Luis:

> Esta semana tocamos en Castellón con Lucía y otros grupos; ¿irás?

La chica suspiró al leerlo, pero al pensar en Óscar y en su maldad, respondió:

> Imposible. Otra vez será.

Recibió un nuevo mensaje y leyó:

> Vamos, anímate. Lo pasaremos bien.

Se disponía a contestar cuando su abuela le quitó el teléfono de las manos.

—Sofía, haz el favor de guardar el móvil. Estamos hablando y me molesta que no se me preste atención por estar con el *jodío* aparatito.

—Vale..., yaya..., vale. —Ella sonrió, recuperando su móvil y guardándoselo en el bolsillo del pantalón—. Tengo que ir un momento al baño. ¡Esperadme aquí!

Cuando salió, la yaya miró a Esther y cuchicheó:

—Tu hermana está tísica. La tengo que engordar.

Ella asintió, pero no dijo nada.

Entretanto, Sofía se apresuró hacia el lugar donde había dejado la mochila. La agarró y, a toda prisa, abrió el cuartito con la llave, entró y, después de esconderla tras unas sillas, cerró de nuevo y regresó al despacho.

—¡Ya estoy aquí! —saludó al entrar mientras trataba de disimular lo mal que se sentía.

Esther, que hablaba con su abuela, asintió. Sofía dejó entonces rápidamente la llave del cuartito en su sitio, justo en el instante en que su abuela decía:

—Venga, enseñadme cómo habéis cambiado la terraza. Ya me ha contado vuestro padre que ha contratado a un muchacho muy apañado que le da muy buenas ideas...

Esther asintió. Entre lo ocurrido con Jorge hacía unas horas y la caradura de su hermana, que pasaba de todo, no estaba siendo un buen día.

—Sí, abuela —intervino Sofía con una amplia sonrisa—. Jorge es un tipo increíble y muy competente. Papá está muy contento con él, y la terraza se llena a reventar.

—¡Qué maravilla! —aplaudió Flora y, mirando a su nieta mayor, susurró—: Ahora sólo falta que el hotel se llene también.

Al oírla, Esther suspiró y murmuró:

—Ése es otro cantar.

Felices por la llegada de la abuela, salieron del hotel en dirección a la terraza. Allí, vieron a Mario hablando con Candy, y Flora, mirando a su alrededor, musitó:

—Bendito sea Dios..., ¡pero si hasta parece más grande! ¡Y qué modernooo!

Esther observó a Jorge, que hablaba con unas chicas en la barra. Como siempre, su preciosa sonrisa no lo abandonaba, y sintió un pellizco en el corazón.

Tratando de disimular, acompañó a su abuela hasta una de las bonitas mesas nuevas y, una vez que se hubieron acomodado, Candy se acercó con Mario para saludar.

—¡Hombre, *Randy*!... —exclamó Flora, mirándola.

—Mamá, es Candy —la corrigió Mario.

La mujer asintió y, sonriendo, indicó:

—Randy, Candy..., ¡¿qué más da?! Otro año que nos vemos.

—Sí, señora. —La portuguesa sonrió—. Un placer tenerla de vuelta.

—Me alegra saberlo. —Y, mirándola, preguntó—: ¿Aún recuerdas cómo me gusta el café?

Sintiéndose observada por todos, Candy asintió con la cabeza. ¿Cómo iba a olvidarlo? Y, observando fijamente a la mujer, respondió:

—Café con dos azucarillos y con la leche, caliente, no..., lo siguiente.

—¡Muy bien! Así me gusta, que no olvides las cosas importantes. Ahora, ¡ve y ponme uno! Vamos..., vamos...

—Yaya... —protestó Sofía.

—Digo lo que me sale de la flor —replicó aquélla.

—Yaya, por favor —gruñó Esther molesta.

Cuando Candy se alejó, Mario miró a su madre.

—Mamá, por favor..., no comiences ya a atosigar a Candy. Pero ¿qué te pasa con ella?

Flora sonrió con satisfacción, y Esther la regañó:

—Yaya..., papá tiene razón. No empieces con Candy, que es maravillosa.

La mujer suspiró y, a continuación, susurró mirándolos:

—Vale..., vale... —y señalando a Jorge, pidió—: Mario, preséntame al muchacho nuevo.

Sin dudarlo, el hombre llamó a Jorge, que, al ver a Esther, se encaminó hacia ellos sin muchas ganas. Una vez junto a ellos, antes de que Mario pudiera decir nada, Sofía se le adelantó:

—Jorge, te presentamos a la yaya.

El joven sonrió y, mirando a la mujer, que lo contemplaba con gesto pícaro, preguntó:

—Y ¿su nombre es...?

—Flora, y háblame de tú, hermoso —dijo ella.

De inmediato, Jorge le cogió la mano como le había enseñado su padre que se saludaba a las damas de edad, y cuchicheó, mirándola a los ojos:

—Un placer conocerte, Flora.

Incómoda, Esther los observó en silencio mientras su abuela y él hablaban y sonreían. Sin lugar a dudas, se habían caído muy bien.

—Por cierto, Flora —dijo Jorge de pronto—, cuando creé la carta de cócteles, alguien me habló de ti y de cierto amor que tienes, además de la familia, e incluimos un cóctel llamado «Sabor rojiblanco» en tu honor.

La mujer se llevó la mano al corazón al oír eso; sonrió y, mirando a aquel muchacho de acento extranjero, susurró:

—Acabas de ser incluido en mi testamento.

—¡Yaya! —Sofía rio.

Todos rieron por aquello, incluida Esther, y entonces la abuela preguntó:

—Y ¿qué lleva ese cóctel, muchacho?

Sonriendo, Jorge le guiñó el ojo y murmuró, al tiempo que se alejaba:

—Prefiero que lo pruebes primero y luego me digas qué crees que lleva.

Flora sonrió y, cuando él se fue, inquirió, mirando a su hijo:

—Pero ¿de dónde ha salido este muchacho tan adorable y caballeroso?

Mario, que se había sentado junto a su madre y sus hijas a la mesa, respondió con una sonrisa:

—Esther lo conoció en Londres y, posteriormente, él apareció por aquí en busca de trabajo, y, la verdad, cada día estoy más contento de haberlo contratado.

Flora asintió y, dirigiéndose a su nieta mayor, preguntó:

—¿Lo conociste en Londres?

Notando la mirada de su abuela, Esther asintió y contestó, to-cándose el pelo:

—Sí.

Flora miró entonces de nuevo al muchacho, que preparaba unas bebidas, y afirmó:

—Me gusta. Tiene una sonrisa preciosa. ¿Está soltero?

—¡Yaya! —protestó Esther.

—Mujer —insistió ella—, ahora que el atontado del Divino ya no está en tu vida, puede ser un buen candidato, ¿no crees?

—Yaya —gruñó la joven—, no empecemos. Jorge trabaja en el hotel. Nada más.

Divertida, la mujer sonrió.

Durante un rato, rodeada de su familia, Flora disfrutó del momento, hasta que vio aparecer a su vecina y, levantando la mano, llamó:

—Pili..., Pili, ¡estamos aquí!

La mujer se acercó a ellos y, tras darles besos a todos y presentar a su hija, ambas se sentaron a su lado.

Al ver que se les añadía gente, Candy se apresuró a acercarse a la mesa para preguntar qué deseaban tomar y, mientras lo anotaba, Flora miró a su hijo e indicó:

—Mario, cariño, ¿sabes que Gema, la hija de Pili, está soltera y vive en Castellón?

Al oír eso, Candy los miró, y Flora, al ver que los observaba, señaló:

—Vamos, *Mandy*. Ve a por lo que te han pedido.

—Candy..., mamá..., Candy —insistió Mario.

Tomando aire, la portuguesa dio media vuelta y, al llegar a la barra, la rodeó y se metió directamente en el almacén. Jorge, que la había visto llegar mordiéndose los labios, entró extrañado detrás de ella y, al verla parada con los ojos cerrados, preguntó:

—¿Qué te ocurre, Candy?

—No la soporto —dijo ella contemplándolo al tiempo que negaba con la cabeza.

—¿A quién no soportas?

Necesitando hablar con alguien sobre lo que le ocurría, la mujer murmuró:

—A la madre de Mario.

—Pero si parece una abuelita encantadora —susurró él sin dar crédito.

—¿Abuelita?... Ésa es una *destroyer* del infierno —se mofó Candy. Jorge soltó una risotada, y ella añadió cuchicheando—: Todos los años, lo mismo. No me deja en paz, me cambia el nombre, cuestiona todo lo que hago, y el remate es tener que oír cómo le busca novia a Mario; ¡eso me enferma! Creo que cualquier día voy a...

Jorge la abrazó. En los meses que llevaba con ella, nunca la había visto perder la sonrisa.

—Tranquila —dijo—. Trataré de quitártela de encima siempre que pueda.

Ella asintió y, una vez que se separaron, Jorge la miró y aseguró:

—No os entiendo. Mario y tú os queréis, sois una pareja estable..., ¿por qué seguís ocultando lo que hay entre vosotros?

—Porque no sabe cómo contárselo a sus hijas, y yo lo respeto —musitó ella con gesto abatido—. Sin embargo, cada vez que esa bruja de Móstoles aparece por aquí, te juro que estoy a punto de meterle el café con los dos azucarillos y la leche abrasando por...

No dijo más. Se calló y, al ver el gesto guasón de aquél, susurró:

—¡Puede con mi paciencia!

Ambos sonrieron.

—Vamos, dime qué te han pedido y yo se lo llevaré —murmuró él a continuación.

Cuando, cinco minutos después, Jorge se acercó a la mesa con los refrescos que las mujeres habían pedido, Flora preguntó, mirándolo:

—¿Y *Taty*?

Sin abandonar su sonrisa, él la observó e indicó:

—Si te refieres a Candy, está atendiendo a unos proveedores.

Dicho esto, dio media vuelta y prosiguió con su trabajo, consciente de que Candy no iba a pasarlo bien con aquella mujer allí.

Capítulo 44

Cuando Mario se fue con su madre a su casa, Esther, consciente de que tenía que hablar con su hermana, la agarró del brazo y la metió en el despacho.

—¿Tú de qué vas? —le soltó.

Sofía suspiró al oírla, y entonces Esther prosiguió:

—Sabías que papá no estaba porque había ido a recoger a la yaya y, aun así, ¡desapareces, no me coges el teléfono y luego vienes como vienes! Pero ¿tú en qué mundo vives?

—Valeeeeeeee, tronca...

—¡Que no me llames tronca! ¿Cómo te lo tengo que decir? —gruñó Esther.

Sofía, que estaba todavía nerviosa por las fotos que Óscar guardaba, afirmó:

—De acuerdo, pesadita. Tienes razón, pero surgió algo y...

—¿Surgió algo? Pero, vamos a ver, niñata —siseó Esther, perdiendo los estribos—, tienes un trabajo y unas obligaciones y debes priorizar. Y, si eres consciente de la realidad de la vida, tendrías que darte cuenta de que este hotel ha de ser tu prioridad.

—Mira, colega, lo siento, pero no...

—¿Colega? Soy tu hermana, ¡no tu colega ni tu tronca!

—También tienes razón —se mofó ella con chulería, sentándose en la silla—. En cuanto al hotel, ya sabes lo que opino. Estoy aquí de momento, pero tan pronto como pueda, me iré.

Desesperada al ver cómo de nuevo su hermana y ella se alejaban, Esther siseó:

—De acuerdo, pero luego no te quejes cuando, a final de mes, tu nómina no sea lo que esperas.

—¡Ni se te ocurra tocar mi nómina! —bramó Sofía levantándose—. Tú no tienes derecho. Eso lo lleva papá.

Molesta y muy cabreada, Esther replicó:

—No, bonita, no te equivoques. Eso lo llevo yo también, como todo.

Sofía se acercó a ella en actitud intimidatoria y, perdiendo totalmente las formas porque los problemas se la comían, aproximó su frente a la de ella y musitó:

—Atrévete y te las verás conmigo.

Sin miedo, pero boquiabierta por la actitud de su hermana, Esther susurró, sin moverse de su sitio:

—Ya has estado con ese macarra, ¿verdad? —Sofía no respondió, y ella añadió—: Me lo dicen tus ojos, tus palabras, la peste a tabaco y a cerveza que traes, y tu chulería.

—Esther..., me estás cabreando, y mucho.

—Y ¿qué vas a hacer? —replicó ella sin dar un paso atrás—. ¿Me vas a pegar?

Sofía sonrió con frialdad.

—Esther...

Pero ella ya no la escuchaba. Estaba furiosa, pálida, e insistió:

—Cada vez que ese chulo de mierda, ese malnacido, se acerca a ti, no sé qué te dice o qué te hace, pero consigue que te transformes en otra persona... ¿No te das cuenta?

—Es mi vida.

—No es tu vida. Es la nuestra, mientras vivamos juntas.

Sin saber por qué, Sofía cerró el puño y lo levantó, y entonces la puerta del despacho se abrió y entraron Candy y Jorge, que las habían visto discutir desde la terraza. Al ver el gesto de Sofía, él se apresuró a colocarse entre las dos y, mirando a la chica, preguntó ofuscado:

—Pero ¿qué haces?

Candy cogió a Esther de la mano y la atrajo hacia sí. Estaba pálida.

—Tranquilízate —murmuró observándola.

A continuación, los cuatro permanecieron en silencio unos segundos, hasta que Candy, reaccionando, declaró:

—Si vuestro padre se entera de esto, se va a disgustar mucho. Pero ¿qué os pasa?

Sofía, que no quería oír nada más, cogió su bolso y salió del despacho sin decir palabra. Candy miró entonces a Jorge, le hizo una seña y él fue tras ella, mientras Esther, desconcertada por la agresividad que su hermana le había mostrado, se derrumbó sin poder evitarlo.

Jorge, que había sido testigo, al igual que la portuguesa, de lo que ocurría desde la terraza, agarró a Sofía del brazo y la obligó a detenerse.

—¿Puedes decirme qué pensabas hacer? —gruñó.

La chica lo contempló y se soltó de mala gana de su agarre. Estaba pagando con su hermana y con todos lo que no podía pagar con Óscar, pero, protestando, siseó:

—A ti no te importa.

Continuó andando, y Jorge, cogiéndola de nuevo, la paró y musitó mientras la miraba a los ojos:

—Me importa, claro que me importa. ¿De verdad pensabas golpear a tu hermana?

Consciente de lo que había estado a punto de hacer por lo nerviosa que estaba por culpa del chantaje de Óscar, Sofía cerró los ojos y respondió confundida:

—No.

—Entonces ¿qué es lo que pretendías? —Ella no respondió, y Jorge insistió—: Mira, no sé cuál es tu problema con tu hermana, pero lo que yo veo es que eres una irresponsable con tu trabajo y, por los ojos que llevas, también con tu vida. Eres muy joven, creo que te estás equivocando, y sólo espero que cambies de actitud antes de que destroces tu vida, además de la de tu padre y la de tu hermana.

Sin abandonar su expresión altanera, Sofía se soltó nuevamente de su mano y, señalándolo, siseó:

—No te metas donde no te llaman, ¿entendido?

Y, sin más, se volvió y se marchó, dejando a Jorge desconcertado.

Capítulo 45

Los días pasaban y Esther y Sofía se hablaban lo mínimo.

Con cordialidad, disimulaban delante de su yaya y de su padre, que, ajenos a lo ocurrido, sólo veían a dos hermanas algo secas entre sí.

Candy y Jorge intentaban estar alerta ante los gestos de ambas. No se fiaban un pelo de lo que pudiera ocurrir. Sin embargo, las dos sabían controlar muy bien sus emociones delante de los demás, aunque a Esther se le quedó un pellizquito en el corazón, y Sofía, intranquila, pensaba continuamente en las fotos que aquel sinvergüenza tenía de ella.

El hotel estaba ocupado al setenta por ciento, y a Esther le daba cierta tranquilidad que la yaya estuviera con ellos.

A la mujer le encantaba encargarse de recepción y de los desayunos y, lo mejor, controlaba como nadie a Sofía en sus horarios y comidas, y eso le dejaba tiempo libre a Esther para poder ocuparse de otras cosas, entre ellas, observar a Jorge.

De pronto se habían vuelto las tornas. Ahora era Esther quien estaba pendiente de él y, con el corazón encogido, lo veía disfrutar de la compañía de distintas mujeres, mientras ella guardaba silencio y trataba de mirar hacia otro lado y disimular.

Consciente de lo que ocurría entre ellos, Candy intentó hablar con los dos, pero le resultó imposible. Ni Jorge quería escuchar, ni Esther hablar.

Un viernes a las once de la noche, cuando Sofía y su hermana acabaron su jornada laboral y se despidieron de su padre, que hacía noche en el hotel, al salir por la puerta, Esther le preguntó por cortesía:

—¿Vas para casa?

Sofía, que estaba tecleando algo en su móvil, replicó:

—Si consigo que alguien me lleve a Castellón, no.

—¿A Castellón a estas horas?

Al oír a su hermana, ella indicó con cierto retintín:

—Tranquila. Mañana entro a trabajar a las tres de la tarde y pienso cumplir con mi horario.

Esther asintió y, encaminándose hacia su coche, no dijo más.

Al ver que se alejaba, Sofía suspiró. Necesitaba hablar con ella y disculparse por lo ocurrido.

—Esther —la llamó.

Ella se volvió y Sofía, acercándose, declaró:

—Siento lo que ocurrió el otro día en el despacho. La situación se me fue de las manos...

—No te preocupes.

—Sí..., sí me preocupo. Lo que hice estuvo mal. Sé que tú y yo tenemos nuestras diferencias, pero nunca debería haberte levantado la mano. Me pasé, me pasé mucho, y necesito pedirte perdón por ello.

Esther asintió. Era un bonito gesto por su parte, e, intentando sonreír, susurró:

—Vale..., acepto tus disculpas.

El gesto de Sofía se relajó y, a continuación, murmuró:

—Gracias.

Al ver cómo su hermana la miraba, Esther abrió los brazos y la chica se refugió en ellos. Permanecieron abrazadas unos segundos hasta que, al separarse, la primera dijo:

—Sabes que puedes hablar conmigo de lo que sea, ¿verdad?

—Lo sé —afirmó la otra.

Esther, que había observado a su hermana en silencio los últimos días, murmuró entonces:

—Te noto tensa. ¿Qué te ocurre?

De todos era sabido que Esther era como su madre, muy perceptiva, e, intentando fingir que estaba equivocada, Sofía respondió:

—No me ocurre nada. Sólo que estas situaciones me ponen nerviosa.

Su hermana, que no quería ahondar más en el tema, asintió y, sin apartar los ojos de ella, preguntó:

—¿Por qué quieres ir a Castellón?

—Porque hay un concierto benéfico en el que actúan Lucía, Atacados y otros grupos, y me gustaría ir, aunque no sé si Gorka y los demás ya están allí.

Consciente de que estar con aquéllos y no con los macarras de siempre era bueno para ella, Esther dijo sin dudarlo:

—Vamos. Yo te llevaré a Castellón.

—¿Lo dices en serio? —susurró su hermana sorprendida.

Esther asintió con una sonrisa y, caminando con ella hacia su coche, afirmó:

—Por supuesto. Venga, ¡vamos!

Encantadas, las dos hermanas llegaron hasta el coche, se montaron en él y, con dos bonitas sonrisas en los labios, se dirigieron hacia Castellón.

* * *

Una hora después, cuando Esther llegó a su casa tras haber dejado a su hermana en la puerta de la sala donde se celebraban los conciertos, sonrió al entrar y ver a su abuela sentada en el sofá hablando con Delia.

—Buenasssssssss —las saludó.

Delia y Flora sonrieron al verla, y la última preguntó:

—¿Y tu hermana?

—En un concierto.

La mujer cuchicheó levantándose:

—Por el amor de Dios..., ha estado trabajando todo el día; ¿por qué no ha venido a descansar?

Delia y Esther se miraron y, con una sonrisa, Esther respondió:

—Porque tiene veinticuatro años, está llena de vitalidad y quiere pasarlo bien con sus amigos.

—¿Qué amigos? No serán los macarras esos... —preguntó su abuela.

Esther negó con la cabeza.

—No, abuela. Éstos son buenos chicos.

Flora asintió y, mirando a su nieta mayor, cuchicheó:

—Tu hermana sale más que el camión de la basura.

—Flora, por Dios, ¡que es joven! —se mofó Delia.

—¡No me gusta nada el orejas *taladrás*!

Al entender que se refería a Óscar, Esther replicó:

—Ya no está con él, yaya. Yo misma la he llevado y se ha quedado con su amiga Lucía y otros chicos que nada tienen que ver con ese muchacho.

—Me alegra saberlo. No me gustaba ese macarra para mi nieta. Y ¿hasta qué hora se quedará con esos amigos?

Esther suspiró. Su abuela era muy preguntona, y, tras mirar a Delia y sonreír, respondió:

—Hasta que salga el sol.

—¡¿Qué?!

—Yaya, no lo sé... —Esther rio—. Ya tiene veinticuatro años y ella decide cuándo regresar.

Flora refunfuñó.

—Tu padre hace noche en el hotel, ¿verdad?

—Sí.

La mujer asintió y no dijo más.

—Por cierto, Esther, libras el fin de semana —indicó entonces Delia.

Sorprendida, ella miró a su amiga y a su abuela y preguntó:

—Y ¿eso por qué?

Delia sonrió y susurró acercándosele:

—Porque mañana es tu cumpleaños, ¿o lo has olvidado?

Al recordarlo, Esther asintió y musitó, llevándose la mano a la boca:

—Treinta y cinco. Dios mío..., ¡voy a cumplir treinta y cinco años!

—¡Quién los pillara, hermosa! ¡Quién los pillara, sabiendo lo que ya sé...! El Cholo Simeone no se me escapaba... —se mofó su yaya.

Estaban sonriendo por aquello cuando Delia hizo que su amiga se sentara.

—He hablado con Vega y está todo solucionado —aseguró—. Lo principal es que pasemos el día juntas, luego nos iremos las tres a dormir a casa de Vega y el domingo disfrutaremos del Meloncito. Por cierto, tu padre y tu abuela están de acuerdo.

—Por supuesto —afirmó Flora.

—Pero, yaya, ¿cómo voy a faltar al trabajo dos días?

—Pues faltando —replicó la mujer—. De entrada, ya le he dicho a tu hermana que la necesito mañana y el domingo y que, como se le ocurra no aparecer, vamos a tener más que palabras.

Esther sonrió, y su abuela apostilló:

—La he amenazado con quitarla del testamento.

Las tres sonreían cuando Delia dijo:

—Primero, nos iremos a la playa a recargarnos de su energía; las tres lo necesitamos. Disfrutaremos del sol y del agua como llevamos tiempo sin hacer. Después iremos a casa de Vega, donde esperamos que nos deleites con tu arte culinario. —Esther sonrió—. Más tarde iremos de compras y, por la noche, hemos organizado un fiestorro en Burriana con los amigos ¡que lo vas a flipar!

—¡Madre mía, Delia, estoy por apuntarme! —se mofó la abuela.

Esther miró a su amiga sorprendida. Entre todas, le habían planificado el día.

—¿Y Hugo? —preguntó entonces.

—Hugo está en la convención de ópticos de Barcelona y regresa el lunes.

—Pero ¿cómo lo vamos a celebrar sin él?

Delia asintió y, encogiéndose de hombros, indicó:

—Ha sido precisamente él quien nos ha animado a organizarlo todo. Quiere que lo celebremos, que lo pasemos bien y, cuando regrese, dice que volveremos a celebrarlo. Por tanto, tú, Vega y yo tendremos nuestros días de chicas.

—¿Y el Meloncito?

—¿Quieres dejar de pensar en todo el mundo y pensar en ti? —protestó su abuela.

Esther sonrió, y Delia cuchicheó:

—El Meloncito se queda en casa de su amiguita Marta. ¿Más tranquila?

Esther asintió y no dijo más. Le esperaban un par de días estupendos.

Capítulo 46

Esa noche, cuando Sofía entró en el local donde se estaba celebrando el concierto, se sintió extraña. Le gustaba estar con Lucía, Luis y los demás, lo pasaba bien con ellos, pero ése no era su ambiente.

Estaba caminando entre la gente y buscando a sus amigos cuando Lucía, al verla, corrió hacia ella y murmuró, al tiempo que la abrazaba:

—¡Qué bien que hayas venido!

—Te dije que lo intentaría.

Lucía sonrió y, cogiéndola de la mano, la llevó hasta la barra, donde pidieron algo de beber.

Durante un rato, ambas disfrutaron de sus confidencias, hasta que se les fueron uniendo Gorka, su novia y otros amigos de éstos, que le presentaron a Sofía, y ella los saludó ya más animada.

Mientras charlaban, buscó con la mirada a Luis. Estaba al fondo del local con su grupo, rodeado de chicas que reían y bromeaban, por lo que decidió ignorarlo. Centrándose en Gorka y sus amigos, comenzó a bailar cuando alguien le tocó el hombro. Al darse la vuelta se encontró con Luis, que, tras besarla con gusto en los labios, exclamó:

—Pero, chiquilla, ¿no me dijiste que no podías venir?

Al encontrarse con aquellos ojos azules que tanto la tranquilizaban, Sofía sonrió y afirmó, sin querer pensar en Óscar:

—Al final, me he animado ¡y aquí estoy!

Durante un rato hablaron de mil cosas. La vida con Luis se veía de diferente manera que con Óscar. Algo más tarde, Lucía se dirigió a ellos mientras se alejaba y dijo:

—Os dejo, ¡me toca salir!

Encantada, Sofía le tiró un beso, y luego Luis y ella buscaron un buen sitio desde el que ver su actuación. Cuando, minutos más tarde, el presentador anunció a Lucía Gil y ella salió al escenario, Sofía aplaudió a rabiar.

Junto a Luis y el resto de sus amigos, disfrutó de la actuación. Su amiga tenía una voz preciosa y sabía moverse con gracia. Emocionada, Sofía entonó a pleno pulmón el tema *No necesito a nadie*.[8] Le encantaba esa canción y, feliz, la disfrutó.

A su lado, Luis sonrió al oírla cantar. De pronto, ella lo miró y dejó de saltar.

—¿De qué te ríes?

Divertido, él no podía parar de reír, y Sofía, al entender por qué, soltó, dándose importancia:

—Eh..., que no todos somos cantantes como tú. A ver si tú eres capaz de llevar un hotel como lo llevo yo.

Entonces ella miró los chupitos de tequila que había preparados para ellos, e iba a coger uno cuando Luis murmuró, negando con la cabeza:

—No, señorita. Tienes que cuidarte —y, entregándole un zumo, afirmó—: Esto te sentará mucho mejor.

Que se preocupara por ella, algo que Óscar nunca había hecho, le gustaba y, tras darle un beso, continuó bailando y entonando aquella canción tan cañera.

Mientras tanto, Luis la observaba embobado, hasta que, de repente, la cogió del brazo y dijo:

—¿Puedo preguntarte algo?

—Claro. —Sofía sonrió.

—El otro día te vi con el macarra ese bebiendo unas litronas cerca de la playa. ¿Estás con él?

Al oírlo, Sofía se paró y, sin querer contarle la verdad, respondió:

—No sé de qué me hablas.

Luis insistió:

—Sabes perfectamente de lo que hablo, Sofía.

Durante unos segundos, ambos se miraron a los ojos, hasta que ella murmuró:

8. Véase la nota 7.

—Luis, tú no eres de aquí. No creo en las relaciones a distancia, y además... además está tu mundo, que...

—¿Mi mundo? —preguntó él desconcertado.

Sofía asintió con una sonrisa.

—Sí, tu mundo. Tu mundo es la música, tu grupo, las fans, y yo no...

Luis le tapó la boca con la mano e, intentando sonreír, indicó:

—Dejémoslo aquí.

Lo atraía mucho aquella chica complicada y, cuanto más se alejaba ella, más le gustaba, aunque algo en su interior le gritaba que debía pararlo antes de que la cosa se complicara.

En ese instante se les acercó Arturo, el guitarrista del grupo, y, tras saludar a Sofía, dijo, dirigiéndose a Luis con una sonrisa:

—Vamos. ¡Salimos después de Lucía!

Cuando se alejó, Luis miró de nuevo a Sofía.

—No te vayas de aquí sin mí, ¿vale?

Ella asintió, y Luis, intentando sonreír después de lo que habían hablado, se encaminó hacia el escenario.

Una vez que Lucía se retiró, entre bambalinas, los componentes del grupo Atacados se miraban con complicidad mientras el presentador del evento caldeaba el ambiente hablando de ellos.

Aquellas miradas que intercambiaban entre los cuatro antes de una actuación era una especie de código. Y, cuando la gente aplaudió al oír el nombre del grupo, dispuestos a comerse el mundo como siempre, subieron al escenario con fuerza y seguridad.

En cuanto las guitarras comenzaron a sonar, Sofía aplaudió desde su posición. Le encantaba ver actuar a personas que conocía, y más aún a aquéllos. Durante un rato observó a los chicos tocar y a Luis cantar.

Este último no tenía nada que ver con Óscar. Eran totalmente antagónicos. Era como hablar de la luna y el sol, la noche y el día o el norte y el sur. Así eran Luis y Óscar, y ella no estaba procediendo bien.

Sorprendida al oír a Luis cantar sobre el escenario, se dio cuenta de que, por primera vez desde que Óscar se había cruzado en su vida, otro muchacho conseguía que se le acelerara el corazón.

Con curiosidad, observó a cientos de chicas de distintas edades gritar y corear la canción y el nombre de Luis. Todas se morían por besarlo, por tocarlo, por acariciarlo, y eso no le gustó un pelo. De hecho, lo odiaba, como odiaba que Óscar estuviera con otras.

—No sé por qué, pero algo me dice que la estás liando...

Apurada, Sofía no supo qué decir cuando Lucía añadió, acercándose a ella:

—No quiero que le hagas daño.

—Pero ¿de qué hablas?

Su amiga la miró.

—Sabes tan bien como yo de lo que estoy hablando, y te pido, por favor, que no juegues con él. Luis es un buen chico y no se lo merecería.

Sofía asintió y, confundida por los extraños sentimientos que aquel muchacho le despertaba, lo miró mientras él comenzaba a interpretar otra canción sobre el escenario y las chicas del grupo de al lado coreaban enloquecidas su nombre.

A las dos de la madrugada, el festival de música acabó y salieron del local; Sofía caminaba junto a Gorka y su novia cuando Luis se acercó a ella.

—¿Con quién regresas a Benicàssim?

—En nuestro coche hay sitio —comentó Olga, la novia de Gorka.

Luis sonrió al oír eso y no dijo nada más.

Al llegar al parking donde tenían los coches, Sofía se fijó en que Lucía, Arturo y Jesús se metían en el coche de Gorka y de Olga, e Iván, que iba agarrado a una chica que había conocido esa noche, se alejaba tras despedirse de ellos.

Luis, que ya había hablado con sus amigos y con Lucía para que se metieran todos en el coche de Gorka, indicó, dirigiéndose a Sofía:

—Vamos, yo te llevaré a casa. Quiero hablar contigo.

Ella asintió sin dudarlo.

Al llegar a Benicàssim, Sofía le pidió que la llevara al hotel de su familia.

Cuando aparcaron, Luis cogió su guitarra y, entre risas, entraron con la llave de ella en la terraza del hotel, que estaba ya cerrada. De inmediato, Sofía cogió una botella de ron y un par de vasos de chupito y, cuando él iba a quejarse, murmuró:

—Tranquilo. Sé lo que hago.

Provistos con aquello, salieron de nuevo de la terraza, cerraron la puerta con llave y se encaminaron hacia la playa, donde esa noche había una preciosa luna llena que lo iluminaba todo a su alrededor.

Durante varios metros caminaron por la arena, empujándose mientras reían y bromeaban, hasta que decidieron sentarse, y Luis comentó, al ver que había varias parejas en torno a ellos:

—Vaya..., la playa está muy concurrida.

Aspirando el maravilloso aire marino, Sofía sirvió un poco de ron en los vasos y respondió:

—La playa... es la playa, y ya comienza la temporada de los amores de verano.

Luis sonrió divertido y preguntó, mirándola:

—¿Has tenido muchos amores de verano?

Tras llenar los vasos de chupito con un poco de ron, Sofía le entregó uno de ellos y contestó:

—Alguno que otro. ¿Y tú?

Luis asintió con una sonrisa.

—Recuerdo a una chica holandesa, llamada Ulche, a la que conocí un verano en Jerez cuando yo tenía dieciséis años. Lo más gracioso de todo era que ni ella hablaba español ni yo holandés, pero pasamos un verano maravilloso juntos. Eso sí, la noche antes de marcharse, uf..., cómo llorábamos... Te juro que, en ese instante, sentí que el mundo se abría bajo mis pies.

—Y ¿os volvisteis a ver?

—No. Ni nos vimos, ni hablamos por teléfono, ni nos escribimos. ¿Para qué? Si no íbamos a entendernos...

Ambos rieron y, a continuación, Luis preguntó:

—Y ¿tú qué?

La joven se encogió de hombros.

—Cuando tenía quince años, en el hotel se alojó una familia italiana con un hijo llamado Filippo. Era guapísimo. Logramos entendernos y creamos un idioma al que llamamos *itañol*. —Sonrió—. Fue un bonito verano, y nosotros sí nos escribimos una vez que él se marchó, pero con el tiempo dejamos de hacerlo. Sólo espero que guarde un bonito recuerdo de ese verano como lo guardo yo.

—Seguro que sí —afirmó Luis. Y, levantando su vaso, indicó—: Hagamos un brindis por esos amores de verano que, al recordarlos, nos hacen sonreír.

Encantados, ambos chocaron sus vasos. Después de beber, Luis preguntó abiertamente:

—¿Qué es lo que quieres de mí, Sofía?

Confundida por aquella pregunta tan directa, la chica no supo qué responder, y entonces él prosiguió:

—Sabes que me gustas, pero no entiendo que me beses y beses también a ese tal Óscar.

Incómoda con la conversación, ella no sabía qué decir, así que Luis cuchicheó sonriendo:

—Vamos, Sofía, habla. Somos amigos.

Consciente de que tenía razón, la joven murmuró:

—No... no sé qué decirte.

—No tienes quince años, Sofía. ¿Cómo no vas a saber qué decir? —Y, al ver cómo ella lo miraba, inquirió—: ¿Qué haces besándome a mí si estás con él?

La chica estaba descolocada por su franqueza.

—No —respondió—. Eso no es así.

—Mientes —afirmó él—. Y no sé por qué lo haces.

En silencio se miraron unos segundos, y luego aquél prosiguió:

—Te vi el otro día con él y tus amigos.

—¿Qué viste?

—Sofía —susurró Luis—, si él es tu chico, creo que...

—Óscar no es mi chico.

—¿Ah, no?

—No —contestó ella, sorprendiéndose a sí misma con su respuesta.

Él, que no entendía nada, iba a hablar cuando Sofía prosiguió:

—Óscar es... es alguien especial en mi vida, pero tú me gustas. Eres diferente, me proporcionas seguridad, y quiero conocerte.

—Yo no comparto, Sofía, y si estás con él, no...

Pero no pudo acabar la frase. Consciente de que Luis era un buen chico, ella lo besó y, en cuanto terminó, cuchicheó mirándolo a los ojos:

—No estoy con él, porque, como dice tu canción, quiero estar contigo.

Deseoso de creerla, Luis asintió, la acercó a él y la besó. La devoró. Le hizo saber cuánto le gustaba y, después de separarse, murmuró:

—De acuerdo.

Ambos soltaron una carcajada, y, tras coger la botella de ron, Luis sirvió dos chupitos. Le entregó uno a ella y, a continuación, dijo, levantando su vaso:

—Por la buena sintonía entre nosotros.

—Por la sintonía —repitió Sofía.

Sonriendo brindaron, bebieron el chupito y, tras dejar los vasos sobre la arena, se recostaron para mirar la luna. Algo inquieta por las mentiras que le estaba diciendo, Sofía susurró:

—Es increíble lo bonita y grande que está esta noche.

—Sí.

—Mi madre siempre decía que la luna estaba llena de miradas que un día se perdieron en busca de respuestas.

—Cuánta razón hay en esas palabras y qué bonitas para utilizarlas en una canción —afirmó Luis.

Permanecieron un rato en silencio admirando la luna iluminada hasta que ella, incorporándose, preguntó:

—¿Las canciones que cantas las compones tú?

—Sí. ¿Por...?

—Porque son todas preciosas

Ambos volvieron a reír, y ella añadió:

—Admiro a las personas que crean canciones o escriben libros. A mí me das un papel y un boli y soy incapaz de escribir más de tres líneas con sentido.

Incorporándose como ella, Luis iba a decir algo cuando la chica preguntó:

—¿Compondrías una canción para mí?

Él sonrió y, cogiendo la guitarra, miró a su alrededor y tocó unos acordes mientras canturreaba:

—Un vaso de tequila y un beso de ron...

—¡Me encanta! —exclamó ella.

Divertido al ver su sonrisa, él preguntó:

—¿Sobre qué quieres que trate la canción que voy a componer para ti?

Ella sonrió.

—Me encantaría que hablara sobre los amores de verano.

El joven asintió. Acto seguido, como necesitaba la cercanía de ella, dejó la guitarra a un lado y la besó. Paseó los labios con delicadeza sobre los de la joven y, cuando sintió que Sofía los abría, ahondó en su boca sin dudarlo.

Un beso...

Dos...

Tres...

Al cuarto beso, la chica se sentó a horcajadas sobre él y, enredando los dedos en el cabello de Luis, murmuró, mirándolo a los ojos :

—Me gustas mucho.

Sin hablar, volvieron a besarse, a saborearse, a tentarse, y él susurró:

—Y tú a mí.

Sus bocas volvieron a encontrarse con mayor impetuosidad. El morbo de lo complicado siempre atraía, y ése era su caso.

Las sensaciones eran dulces, intensas, apasionadas, mientras sus corazones, acelerados con cada beso, con cada explosión de sabor y deseo, latían más y más deprisa.

Deseosos de un contacto más directo, más íntimo, sus manos comenzaron a volar por sus cuerpos y, cuando la locura se apoderó de ellos, Luis dijo con voz entrecortada:

—Nada me apetecería más, pero me gusta la intimidad.

Acalorada, Sofía asintió y paró.

Pensó en lo que había hecho con Óscar y su colega y en las malditas fotos, y murmuró:

—Tienes razón.

Ajeno a lo que ella pensaba, Luis se levantó, le dio la mano y, una vez que los dos estuvieron de pie, se besaron y él preguntó:

—¿Nos vemos mañana?

—Imposible.

—¿Por qué?

—Es el cumpleaños de mi hermana y tiene el fin de semana libre. —Y, suspirando, cuchicheó—: Mi yaya me obliga a trabajar el fin de semana completo. Me ha amenazado con desheredarme si no lo hago...

Luis sonrió.

—Vaya con tu abuela.

—Ni te imaginas cómo es doña Flora.

Agarrados por la cintura, se dirigieron de nuevo hacia el hotel, donde dejaron la botella de ron y los vasitos en su sitio. Después fueron al parking y montaron en el coche de Luis, que llevó a la chica a su casa y, tras darse varios besos en el portal, se marchó.

Sin moverse del sitio, Sofía observó cómo su coche se alejaba, y de pronto la asaltó un sentimiento de culpabilidad. Le había mentido. Había mentido a un buen chico, y se sintió fatal.

Capítulo 47

Cuando Esther abrió los ojos el sábado, sonrió al oír a su abuela cantar.

A su yaya le encantaba la copla. Entre risas, solía decir que esas canciones eran el rap de su época, y, encantada, aguzó el oído para oír cómo cantaba *Y sin embargo te quiero*.

Estaba escuchándola en la cama cuando Delia, que dormía a su lado, abrió un ojo y murmuró:

—Qué bien canta la yaya.

Esther asintió, y ella y su amiga se sentaron en la cama para escuchar a Flora entonar aquella bonita copla llena de sentimiento y amor.

Estaban abstraídas, y de repente Esther, mirando a Delia, la vio emocionada. Cuando se disponía a preguntar, ella se le adelantó:

—Cuando yo era pequeña, mi madre también cantaba esta canción.

Con una triste sonrisa, Esther agarró la mano de su amiga y, en silencio, ambas siguieron escuchando a la abuela. Tan pronto como la canción terminó, Delia y Esther aplaudieron y vitorearon.

Al oírlas, Flora, que estaba lavando a mano una blusa delicada de su nieta, dejó lo que hacía y sonrió. Caminó hacia la habitación, abrió la puerta y murmuró:

—Gracias, hermosas —y, dirigiéndose hacia ellas, miró a su nieta y dijo—: ¡Feliz cumpleaños, mi amor!

A partir de ese instante, todo fueron besos y tirones de orejas para Esther. Incluso su padre acudió del hotel para felicitar a su hija. En esa casa, un cumpleaños era un gran acontecimiento. Cuando llegó Vega, Esther tenía las orejas como dos tomates de tanto tirón.

Una vez que le hubieron dado sus regalos a Esther, ésta, Vega y Delia, divertidas, decidieron pintarse las uñas de los pies. Cuando acabaron y el esmalte se secó, se dirigieron a la playa. Hacía un día precioso y pensaban disfrutarlo a tope.

—Ni se te ocurra estar pendiente del hotel o nos vamos a otra playa —protestó Vega al ver que su amiga miraba hacia el Agamar.

—Me cago en tu padre, Esther —gruñó Delia—. Que hoy es tu cumpleaños y tu fin de semana libre. ¡¿Quieres hacer el favor de desconectar?!

Al oírlas, la cumpleañera sonrió.

—Vale..., vale. Os lo prometo.

A partir de ese instante, Esther cumplió lo prometido y disfrutó con sus amigas del precioso día.

Más tarde, un vendedor ambulante que paseaba por la playa cargado de cosas llamó la atención de Vega y ésta, levantándose, corrió hacia él.

—¿Qué va a comprar? —preguntó Delia.

—No sé.

Durante unos minutos la observaron y, cuando ella se dio la vuelta y vieron lo que había comprado, Esther murmuró:

—La madre que la parió...

Divertida, Vega se reunió de nuevo con ellas y, tras mostrarles las bonitas pamelas de colores que había comprado, preguntó mientras les entregaba una a cada una:

—¿A que son ideales?

Las tres amigas se las colocaron, y Delia afirmó:

—Pues sí. Al menos, tapan el sol y son tremendamente glamurosas.

—Vamos a hacernos una foto para enviársela a Hugo, le gustará —propuso Vega.

Encantadas, se hicieron un selfi y se lo enviaron a su amigo.

—Menos mal que ya se le ha pasado el enfado con nosotras —murmuró Esther.

—Sí —afirmó Delia mientras metía el móvil en su cesta y Vega miraba hacia otro lado.

Minutos después, esta última abrió una pequeña nevera azul,

sacó varias cervezas y, pasándole una a cada una de sus amigas, iba a decir algo cuando Delia se le adelantó.

—Tengo que contaros algo.

Esther y Vega se miraron y, al ver la seriedad de aquélla, la segunda murmuró:

—Ay, madre, no me asustes...

Delia negó con la cabeza y, tras darle un trago a su bebida, indicó:

—Ayer me llamó Miguel.

Boquiabiertas, Vega y Esther comenzaron a decir los mayores improperios que se les ocurrieron. Tras el juicio por lo sucedido, se le había impuesto una orden de alejamiento de quinientos metros y se lo condenó a noventa días de trabajos a la comunidad, por lo que oír hablar de ese hombre después de lo que había pasado las enfurecía.

—Escuchadme... —insistió Delia.

—¡No vas a volver con él! —sentenció Esther.

—Por encima de mi cadáver... —siseó Vega.

De nuevo comenzaron a decir improperios, hasta que Delia pidió, levantando la voz:

—¡¿Queréis cerrar esas bocazas?!

Esther y Vega se callaron.

—Le han llegado los papeles del divorcio y la venta de la casa, y me llamó para pedirme otra oportunidad... —aclaró Delia, poniendo la mano en la boca de Vega, que ya iba a saltar—. Sin embargo, le dije que la única oportunidad que le daba era para decirme adiós, porque una vez que colgara el teléfono, nunca más volvería a hablar con él. —A continuación, mirando a sus amigas, preguntó—: Pero ¿tan tonta me creéis como para dejarme embaucar de nuevo por ese sinvergüenza?

—No, Delia, pero...

—Pero nada —cortó ella—. Si algo he aprendido con lo que me ha ocurrido es a quererme, a valorarme y a no dejar que nadie vuelva a tratarme como no me merezco.

—No puedes imaginarte lo mucho que me gusta oírte decir eso —afirmó Esther.

—Por Dios, ¡qué susto me has dado! —cuchicheó Vega.

—Por cierto —se mofó Delia—, luego se puso al teléfono la bruja de mi exsuegra.

—¿Qué?

—¡¿Cómo?!

Al ver el gesto de sus amigas, Delia sonrió.

—Quiere que le devuelva la cubertería que nos regaló para la boda.

Esther y Vega la miraban boquiabiertas, y ella añadió divertida:

—Por supuesto, le dije que le enviaría la cubertería y..., después..., me di el lujo, el placer y el gustazo... ¡de mandarla a freír espárragos!

Al oír eso, las tres comenzaron a reír a carcajadas.

Seguían riendo con ganas cuando a Esther le sonó el teléfono y, al ver el número en la pantalla, señaló, mirando a sus amigas:

—El Divino.

Vega y Delia pusieron los ojos en blanco mientras ella atendía la llamada.

—Dime, Carlos.

—¡Felicidades!

Sorprendida de que aquél se acordara, Esther respondió:

—Gracias.

Segundos después, él le comentó que estaba en Nueva York, donde le había salido un estupendísimo trabajo en un canal de habla latina. Durante un rato, Carlos habló y habló, hasta que, cansada de oírlo, Esther lo cortó y colgó la llamada. Estaba visto que ése no cambiaba.

Guardó el teléfono de nuevo en la cesta de playa, miró a sus amigas e indicó:

—¡¿Queréis dejar de mirarme así?!

Delia sonrió, pero Vega siseó molesta:

—¿No pensarás...?

—¡Ni loca! Sólo me ha llamado para felicitarme —aclaró ella sin necesidad de escuchar más.

La mañana transcurría entre risas y confidencias; poco después, Sofía apareció en la playa con unos refrescos para las chicas.

—¿Vais de divinas? —les preguntó al verlas.

Las tres sonrieron, y la chica se acercó entonces a su hermana y cuchicheó:

—¡Felicidades!

Con gusto, Esther recibía un beso y un gran abrazo de su hermana cuando la oyó decir:

—Que sepas que si curro todo el fin de semana sin rechistar es por ti, no por la herencia de la abuela.

Divertida por aquello, ella la estrechó con fuerza.

—Es para ti —explicó Sofía al tiempo que le entregaba un paquetito.

Encantada, Esther lo abrió y, al ver un bonito conjunto de collar y pendientes, murmuró:

—Es precioso.

Delia y Vega admiraban el fino trabajo de Sofía cuando ésta musitó:

—A esta colección la he llamado... «Esther».

Su hermana sonrió feliz.

—Gracias, bonita mía —dijo con cariño.

Ambas se abrazaron de nuevo y, al separarse, Sofía propuso:

—Hagámonos unos selfis.

Durante varios minutos, las cuatro chicas se lo pasaron pipa haciéndose fotos.

—Y ahora os voy a hacer una bonita, diferente y original sólo de vosotras tres —afirmó luego la chica.

—No pienso quitarme el sujetador —advirtió Delia.

Todas sonrieron y, a continuación, Sofía indicó, entregándoles las pamelas:

—Ponéoslas, sentaos en la orilla mirando al mar, enlazad los brazos y tumbaos boca arriba.

Al hacerlo, las tres se rieron, y Delia murmuró:

—Cuidado, que como nos vean los de Greenpeace..., ¡vienen a salvarnos!

Las chicas soltaron de nuevo una carcajada y Sofía insistió:

—Ahora, tal y como estáis, tumbadas, levantad las piernas y cruzadlas. Desde aquí queda una foto genial con las pamelas.

Entre risas y cachondeo, las amigas hicieron lo que Sofía les pedía, aunque ésta tuvo que repetirla al menos veinte veces hasta que finalmente exclamó:

—¡Vaya fotaza! —y, riendo, afirmó—: Pero si parece que estáis desnudas.

Rápidamente las chicas se levantaron y, mirando la imagen que les enseñaba, en la que sólo se las veía a ellas, las pamelas, el mar y el cielo, Vega murmuró:

—Me encanta. ¡Pásamela!

Veinte minutos después, Sofía regresó al hotel, pues tenía que trabajar. Las demás recogieron sus cosas, se montaron en el coche y se fueron a comer a casa de Vega, donde Esther disfrutó cocinando algo especial para sus amigas.

Por la tarde, las tres amigas se fueron de compras, pero el padre de Esther las llamó para que se pasaran por el hotel. Había comprado una tarta y quería que su hija soplara las velas.

Encantadas, fueron al Agamar, donde sentaron a la homenajeada en una silla en la terraza, y su familia y sus amigos le cantaron el *Cumpleaños feliz*. De reojo, Esther observaba a Jorge, que no se acercó en ningún momento al grupo. Seguía atendiendo las mesas, y eso la apenó. Luego cortaron la tarta para degustarla entre todos y le entregaron los regalos a la cumpleañera.

En un momento dado, Candy se acercó a Jorge.

—Es el cumpleaños de Esther. ¿No vas a felicitarla?

Él miró la mesa donde estaban todos y negó con la cabeza.

—Disculpa, Candy, pero mi wifi no da señal.

Dicho esto, se alejó y la mujer sonrió. Vaya guasa se traía aquél con el wifi.

Vega, que observaba al joven mientras trabajaba, cuchicheó sin querer evitarlo:

—Hay que ver lo bueno que está el guiri y la sonrisa tan bonita que tiene... ¡Quién lo pillara!

Esther y Delia miraron entonces a Jorge, que estaba de lo más arrollador con aquel vaquero y la camiseta blanca, mientras hablaba con unas mujeres que pestañeaban encantadas.

—Pues ponte a la cola —señaló Esther con fingida indiferencia—, ya ves que no eres la única que lo piensa.

—¿No has vuelto a tener nada con él? —preguntó Delia.

—Pues no. Trabajamos juntos y poco más —respondió ella sin mirarlo.

—Qué pena y qué desperdicio —murmuró Vega al oírlo.

Sorprendida, Esther miró a su amiga y, cuando iba a hablar, Delia añadió:

—Mira, guapa, yo te quiero, pero tengo que decirte que eres tonta. Ese tipo vino desde Londres por ti, le gustabas, estuvo detrás de ti... ¿Cómo lo has dejado escapar?

Esther resopló.

—Pues porque ya no hay *feeling* entre nosotros, y yo no voy detrás de nadie.

—Wooooo..., contigo no habrá *feeling*, pero con la morena del escotazo de infarto se lo ve más que encantado —se mofó Vega.

Al mirar, Esther contuvo las ganas de gritar. Jorge y la morena parecían pasarlo muy bien conversando.

—Hace bien —siseó, apartando la mirada—. ¡Que lo disfrute!

Delia sonrió y, sin quitarles ojo, murmuró:

—Por Dios..., qué osada es la tía.

—Demasiado —convino Vega viendo cómo aquélla se pasaba la lengua por los labios.

—Las cosas, como son —afirmó Delia—. Ese tío está muy, pero que muy bueno, y yo, que estoy en el dique seco, sólo con imaginármelo en la cama desnudo..., uf..., ¡lo que me entra por el cuerpo!

Vega soltó una risotada y susurró:

—Cuando quieras, te regalo un Ryan Gosling a pilas, y te digo yo que, con ése en tu cama, cantas «lalala» y «lololo» y el dique seco se va a hacer puñetas.

Ambas rieron de nuevo, y entonces Vega preguntó, mirando a Esther:

—¿El guiri era bueno en la cama?

Ella resopló. No pensaba responder a eso.

—Menuda lagarta está hecha esa tiparraca —cuchicheó Delia—. Menos mal que Jorge no es tu chico, porque, si lo fuera, te molestaría mucho que lo tocara así.

Al oír eso, Esther se apresuró a volverse para mirar y, al ver a sus amigas reírse, masculló:

—¿Queréis hacer el favor de dejarme en paz?

—Te gusta el guiri..., no disimules..., ¡te gusta!

Enfadada por sus reacciones, pues podían delatarla, Esther negó con la cabeza y respondió:

—De eso nada, y bajad la voz.

Cuando se terminaron las cervecitas en la terraza y la tarta, deseosa de marcharse de allí, Esther se levantó y las animó a seguir con el cumpleaños en otra parte.

Después de irse del hotel, sin volver a mencionar a Jorge, decidieron ir a casa a arreglarse. Sin duda la noche iba a ser larga y divertida.

Capítulo 48

Durante horas, esa noche Esther bailó, cantó, saltó y disfrutó de la fiesta en su honor con sus amigos de toda la vida, olvidándose por primera vez en mucho tiempo de todo, excepto de Jorge.

Sus amigos le habían organizado una fiesta sorpresa. En un momento dado, incluso, le pusieron delante una enorme caja roja con un lazo plateado, de la que salió un *boy* de cuerpo musculado y sinuoso que le bailó una sensual canción.

Acalorada, una vez que éste acabó su show, Esther se acercó a Vega y a Delia y cuchicheó:

—Madre mía..., qué abdominales tenía el niño.

Las tres soltaron una carcajada. El chico que había bailado para ellas no debía de tener más de veinticinco años.

—Definitivamente, me los pido así —cuchicheó Delia—, ¡dejaré de engañarme!

—Me uno a tu propuesta —afirmó Vega.

Divertidas, acaloradas y encantadas, continuaron hablando, y Esther murmuró:

—Estoy sedienta.

—¿Quieres otra agüita con misterio? —preguntó Vega.

—Sí —afirmó ella sonriendo.

El camarero del local se apresuró a servirles tres cubatas de ron con Coca-Cola. Mientras Vega salía a bailar con un amigo, Esther cogió uno de los vasos, le dio un buen trago y preguntó, mirando a Delia:

—¿Qué te pasa?

—Nada.

—Deliaaaaaaaaaaa.

Ella sonrió.

—Es mi primer fiestorro sin Miguel —declaró.

—¿Y...?

—Que me encuentro extraña. Pero, tranquila, si superé lo de Jon Nieve, supero lo de Miguel porque estoy feliz y me he dado cuenta de que puedo volver a bailar con quien quiera, cuando quiera y como quiera. No como antes, que tenía que estar centrada sólo en él para que no se molestara.

Enternecida por su amiga, Esther afirmó:

—Eso ya es pasado, Delia. Ahora tienes un precioso futuro por delante.

—Lo sé, y te aseguro que pienso disfrutarlo. —Ambas rieron, y luego ella añadió—: ¿Sabes, reina? Creo que tú y Vega estáis bebiendo demasiada agüita con misterio.

—Pero ¡¿qué dices?!

Delia señaló a su amiga, que bailaba despendolada en la pista, y cuchicheó:

—Con eso de que esta noche no tiene a la niña, ¡lo está dando todo!

Ambas soltaron una carcajada, y Esther, deseosa de que Delia lo pasara tan bien como ella y Vega, la animó:

—Vamos, ¡descontrólate! Prometo cuidar de ti.

Su amiga soltó una carcajada.

—Venga, ¡vamos a bailar! —insistió Esther.

Sin rechistar, de la mano de ésta, Delia salió a la pista, donde, entre risas, bailó con sus amigos y disfrutó del momento.

Sobre las cuatro de la madrugada, sus amigos se marcharon, y Delia, mirando a Vega y a Esther, que estaban sentadas a una mesa, se acercó a ellas y preguntó:

—¿Nos vamos, chicas?

Ellas la miraron y, al ver su risa tonta, Delia suspiró:

—Confirmado. Habéis bebido demasiada agüita con misterio.

Durante un rato las tres rieron de tonterías, hasta que Delia le quitó las llaves del coche a Esther y dijo:

—Vamos, conduciré yo.

En ese instante, por los altavoces empezó a sonar la voz de Lucía Gil, y Esther, al reconocerla, murmuró:

—Ay, mi rubia, qué bien canta...

En silencio, las tres amigas escucharon la preciosa canción de amor *Cuando deja de llover.*[9]

—Está bajo mi piel y no lo puedo remediar —murmuró Vega cuando acabó.

Delia miró a Esther, y ésta cuchicheó:

—Y yo que odio los tatuajes, sólo puedo pensar en él...

Con una sonrisa tonta en los labios, Vega miró a sus amigas y dijo, poniendo su móvil sobre la mesa:

—¿Y si llamamos a Hugo?

Delia se apresuró a coger el teléfono.

—Por Dios —siseó—, ¡no digas tonterías, que estará durmiendo, el pobre!

Vega y Esther soltaron una carcajada y esta última indicó:

—Pues yo llamo al guiri.

Horrorizada, Delia volvió a protestar:

—Ni se te ocurra. Dame el teléfono. Son las cuatro de la madrugada y estás borracha.

En un rápido movimiento, Esther dejó su móvil sobre la silla, se sentó sobre él y, mirando a su amiga, la retó:

—¡Cógelo si puedes!

Delia sonrió, pero en ese momento Vega se levantó de la silla con el rostro algo verdoso y se llevó la mano a la boca.

—Creo... creo que voy a potar.

—¡Vegaaaaaaaaaaaaaa...! —Esther rio.

Apurada, Delia se puso en pie al ver a su amiga correr con dificultad hacia el baño y siseó, mirando a Esther:

—Ni se te ocurra llamarlo.

Ella negó con la cabeza, pero, al ver que Delia se marchaba detrás de Vega, se sacó el teléfono de debajo del trasero y marcó el número de Jorge.

Éste, que estaba dormido en su casa, dio un salto en la cama al oír el timbre del móvil. Miró el reloj que tenía sobre la mesilla y, al ver la hora, se asustó. Nadie llamaba a esas horas. Cuando cogió el teléfono y vio la foto de Esther en la pantalla, se sorprendió aún más.

---

9. Véase la nota 5.

—Helloooooooooooooooooooooooo...

—¿Esther?

—Síiiiiiiiiiiiiiii...

—¿Qué ocurre?

—Holaaaaaaaaaaaaaaaaa...

Mirando a su alrededor, la joven sonrió y exclamó:

—¡Es mi cumpleañooooosssssssssssss! —y, bajando el tono, cuchicheó—: Y creo que me he pasado tomando agüita con misterio...

—¡¿Qué?! —preguntó él sin entenderla.

La joven soltó una risotada, y Jorge, poniendo los pies en el suelo, preguntó:

—¿Dónde estás?

Esther miró de nuevo a su alrededor y murmuró:

—No sé...

—¿Cómo que no lo sabes? —gruñó él.

—Paredes grises, techo marrón... Uiss..., hay un foco roto y el suelo... está algo sucio.

—Esther —dijo Jorge inquieto—. ¿Dónde estás?

Dejando caer la cabeza sobre la mesa, ella cuchicheó:

—Le devolví el anillo a Carlos y tú no me hablas, y me gustas mucho..., mucho..., muchoooo, pero que muchooooo..., mucho..., muchooo.

A Jorge le gustó oír eso, pero estaba intranquilo por ella e insistió:

—Dime dónde estás.

—¡De fiesta!

Él suspiró. Estaba claro que no iba a ser fácil averiguar dónde estaba. Cuando iba a hablar de nuevo, ella prosiguió:

—¡Ha sido mi cumpleaños! He cumplido treinta y cinco, y confieso que desde hace dos años me tiño el pelo porque ya tengo canas. Por Dios..., me estoy haciendo mayorrrrr...

Jorge no pudo evitar sonreír.

—Mis amigos me han preparado una fiesta increíble —continuó ella—. Han traído una caja roja de la que ha salido un buenorro que me ha bailado... Pero, oye..., ahora que lo pienso, ¿por

qué no has salido tú de la caja? Creo que me habría gustado más...
—se mofó, muerta de la risa.

Preocupado por las condiciones en que se encontraba Esther, él se levantó de la cama y le pidió:

—Mándame tu ubicación.

—Nooo..., no..., no estoy en la uvi..., es mi cumpleañosssssssssss.

Desesperado, Jorge se disponía a protestar cuando la llamada se cortó. Miró el teléfono unos segundos con incredulidad y, sin dudarlo, marcó su número. Sonaron tres timbrazos y, al cuarto, oyó:

—Holaaaaaaaaaaaaaaa...

—Esther, soy Jorge.

—Jorgeeeeeeeeeeeee, ¡qué alegría oírte!

De nuevo, habló con ella e intentó sonsacarle dónde estaba, pero nada.

—¿Hay alguien a tu lado que pueda decirme dónde estás? —dijo luego con paciencia.

Esther miró a su alrededor y, al ver al camarero fregando el suelo, afirmó, bajando la voz:

—Hay un hombre bailando con una mujer, pero yo no sé quién es.

Jorge caminaba nervioso de un lado a otro de su habitación.

—Pásale el teléfono a ese hombre, le preguntaré quién es y te lo diré.

Esther asintió y, tras llamar al camarero, cuando éste se acercó, le dio el teléfono e indicó:

—Quiere saber quién eres.

Sonriendo, él lo cogió, luego habló con Jorge y le dio la dirección del local. En cuanto le devolvió el móvil a Esther, ella se lo guardó de nuevo debajo del culo con una sonrisa.

Cuando sus amigas salieron del baño, Vega estaba blanca como el papel.

—Todo me da vueltas... —murmuró sentándose a la mesa.

Esther soltó una risotada y, cuando iba a decir algo, Delia se mofó:

—Menos mal que la que tenía que descontrolarse esta noche era yo...

Durante un rato, ésta se ocupó de sus amigas.

Habían bebido de más y, después de media hora, durante la cual Vega se calmó un poco, Delia se puso en pie y la cogió de la mano.

—Vamos, ese hombre tiene que cerrar el local. Te acompañaré al coche y después vendré a por Esther.

Pero cuando iba a dar el primer paso, de pronto entró Jorge en la sala, y Delia murmuró, dirigiéndose a esta última:

—La madre que te parió..., ¿lo has llamado?

Con una sonrisa, Esther se sacó el móvil de donde lo tenía y cuchicheó mientras la miraba:

—Debe de haber sido mi culo..., ¡qué deshonesto!

Jorge se acercó a ellas y fijó la vista en Delia, que cargaba con Vega.

—¿Quieres que la lleve yo al coche? —murmuró.

Ella negó con la cabeza y, con las llaves del coche de Esther en la mano, respondió:

—No, yo la llevaré. Siento que...

—Holaaaaaaaaaaaaaaaaaaaaaa, guaperas... ¡Qué bien que hayas venido! —la interrumpió Esther.

Al intentar levantarse, las piernas se le enredaron, y Jorge la sujetó para que no cayera al suelo.

—Creo que necesitaré tu ayuda para subirla a casa de Vega —musitó Delia al ver aquello—. Con las dos no voy a poder.

Jorge sonrió. Nunca habría imaginado que la responsable Esther se emborrachara de esa manera.

—Tranquila —contestó—. Yo te ayudaré.

Con una pícara sonrisa, Delia lo miró.

Estaba claro que entre aquellos dos había algo, aunque Esther no lo confesara, y, mientras seguía mirándolo, preguntó:

—¿Quieres llevarla a tu casa?

Él la observó confundido.

—Al fin y al cabo —insistió ella—, ha sido su culo el que te ha llamado...

Ambos rieron, y entonces Esther susurró entre los brazos de él:

—Mmmmm... ¡Qué bien hueles, George de mi vida!

Delia y él sonrieron, y ésta señaló:

—Esther siempre ha dicho que eres una buena persona, un tío de fiar. Algo me dice que tenéis que hablar, por lo que, como te ha llamado su culo, te dejo con ella. —Ambos rieron de nuevo—. Pero si me entero de que te has pasado lo más mínimo en el estado en el que está, te juro que soy capaz de arrancarte el pescuezo.

Jorge asintió divertido y, sentando a Esther de nuevo en la silla, aseguró:

—Tranquila. Puedes fiarte de mí.

Dicho esto, Delia salió del local con Vega a cuestas, y él se sentó a la mesa con Esther.

—Creo que has bebido más de la cuenta.

—Y yo... —afirmó ella.

Durante unos segundos, ambos se miraron y, cuando ella comenzó a reír sin sentido, él suspiró, se levantó y, cogiéndola en brazos, dijo:

—Venga. Vámonos de aquí.

En el trayecto de vuelta a Benicàssim, Esther se quedó medio dormida en el coche. Cuando llegaron a casa de Jorge, él la cogió de nuevo en brazos para subirla.

Una vez en casa de él, Esther, ya más despejada, lo miró y cuchicheó:

—Eres tentador, no como el idiota del Divino.

—Voy a hacer café, te vendrá bien —repuso él mientras la sentaba en un sillón.

Cuando desapareció del salón, a Esther le entró calor. Un calor sofocante.

Sentada, se quitó la camiseta que llevaba, quedándose en sujetador, y, levantándose, comenzó a desabrocharse los pantalones, justo en el momento en que Jorge volvía.

—¿Qué haces? —preguntó al verla.

—Muero de caloooorrrrrrrrrrrrr.

Él se apresuró entonces a hacer que se sentase de nuevo.

—Estate quietecita —murmuró.

—Tengo caloooorrrrrrrrrrrrr.

Al ver lo que iba a ocurrir, Jorge fue a su habitación a por una camiseta de tirantes. Esther era muy tentadora. Cuando regresó y vio que se estaba quitando los pantalones tirada en el sofá, se le acercó, la ayudó a quitárselos y luego indicó:

—Ponte esta camiseta, vamos.

No obstante, ella se negó. Durante unos segundos luchó con él y, cuando por fin Jorge consiguió ponerle la camiseta, murmuró mirándolo, mientras se acercaba a él:

—Te deseo...

El deseo era mutuo, pero él lo contuvo y susurró:

—Ahora no, Esther..., ahora no.

Ella lo miró, parpadeó e hizo un puchero.

—Pero es mi cumpleañosssssssssssss.

Tenerla a un palmo de su boca era una gran tentación. Sin embargo, consciente de que no era un buen momento para tener relaciones sexuales con ella, Jorge susurró:

—Creo que es mejor que te lleve a la cama.

—Síiiiiiiiiiiiiiiiiii... —exclamó Esther sonriendo.

Divertido por el gesto de la joven, él se levantó del sofá con ella enganchada a su cuerpo.

—Vamos —indicó cuando llegó a la cama—. Túmbate y duerme. Te vendrá bien.

Pero Esther no se movió. Sus piernas rodeaban la cintura de él y, mirándolo a los ojos, murmuró:

—No vas a besarme.

—No.

—Quiero ¡sexo loco!

—Esther, no.

—Vamos..., no se lo diremos a nadie.

Jorge no se movió, y ella, cerrando los ojos, paseó la boca por su rostro, regándoselo de pequeños besos tentadores que a él le estaban haciendo perder la razón.

Esther le gustaba, le gustaba mucho, y, cuando sus fuerzas comenzaban a flaquear, de pronto ella lo miró a los ojos y musitó:

—Creo... creo que voy a vomitar.

Sin tiempo que perder, Jorge corrió al baño. Una vez allí, la dejó en el suelo y, cuando ésta se arrodilló frente a la taza del váter, lo único que pudo hacer fue sujetarle la cabeza y preocuparse por ella.

Capítulo 49

Esther sonrió tumbada en la cama. De pronto, su mano chocó con algo duro y lo miró, pero la semioscuridad del lugar no le permitía distinguir qué era.

Se incorporó extrañada, pero, al hacerlo, la cabeza empezó a darle vueltas. Se echó de nuevo sobre el colchón mientras murmuraba:

—Madre mía..., ¿qué me ha pasado?

Tras unos segundos en los que sintió que tomaba el control de su cuerpo, observó el cabecero de la cama. Le sonaba. Se sentó, volvió a mirarlo y, cuando lo reconoció, se llevó las manos a la boca.

—Pero ¿qué hago aquí? —susurró.

Era la habitación de Jorge, la había reconocido de inmediato, y más cuando el olor de su colonia le inundó las fosas nasales.

Sin dar crédito, se destapó y, al ver que iba sólo vestida con una camiseta que ni siquiera era suya, se creyó morir.

Desconcertada por encontrarse allí, bajó los pies al suelo y, fijándose en el reloj que había sobre la mesilla, vio que era la una y diez del mediodía. Entonces oyó música fuera de la habitación, se levantó y salió.

—Buenos días —la saludó Jorge, que tocaba la guitarra sentado en una silla.

Sin saber qué decir, Esther se rascó la sien.

—¿Qué hago aquí?

Él dejó la guitarra, le pidió que se sentara a su lado y respondió, mirándola:

—Al parecer, me llamó tu culo.

—¡¿Qué?!

—Eso dijiste.

Bloqueada y sin poder creérselo, la joven parpadeó, y entonces él musitó con una sonrisa:

—Si no me crees, tu amiga Delia puede confirmártelo cuando hables con ella.

Esther se pasó la mano por la cabeza. Al tocar su pelo enredado, se levantó de la silla y, contemplándose en un espejo que había frente a sí, cuchicheó:

—Esto es terrible...

—Tranquila. Sólo necesitas una ducha —repuso él y, observándola, indicó—: Por cierto, ya sé lo que es agüita con misterio. Lo busqué en Google y, al parecer, anoche te pusiste fina...

—¡Oh, Dios! —murmuró ella tapándose la cara.

Sin poder evitarlo, Jorge sonrió.

Esther tenía una pinta desastrosa pero encantadora al mismo tiempo. Al no haberse desmaquillado, todo el maquillaje estaba corrido, y su pelo parecía un nido de golondrinas.

—¿Y mi ropa? ¿Por qué llevo esta camiseta?

Él señaló su ropa tirada en el sofá.

—Lo creas o no, te la quitaste tú misma a pesar de mi negativa. Esa camiseta te la puse yo, aunque tú estabas más que empeñada en..., bueno..., imagínatelo. Sin embargo, debo añadir que, después de vomitar, se te quitaron por completo las ganas de sexo loco, como pedías, y te quedaste dormida.

Esther se tapó la boca avergonzada. Pero ¿qué había hecho?

Viendo su desconcierto, Jorge le entregó su ropa y señaló el baño.

—Creo que te vendría bien una ducha. Ya sabes dónde está.

Sin rechistar, ella cogió la ropa que le entregaba, dio media vuelta y se metió en el baño bajo la atenta mirada de Jorge, que sonreía sin poder evitarlo.

Una vez sola en el baño, Esther sacó su móvil del bolsillo del pantalón y marcó el número de Delia.

—¿Me puedes explicar qué hago en casa de Jorge? —cuchicheó cuando ella respondió.

Al oír la voz de su amiga, Delia miró a Vega, que estaba de resacón, y contestó:

—No lo sé. Pregúntaselo a tu culo: fue él el que lo llamó.

Esther cerró los ojos con fuerza. Sin duda, la noche anterior había dicho y hecho muchas tonterías, y, como necesitaba respuestas, preguntó:

—¿Vega y tú estáis bien?

—Sí —asintió su amiga—. Aunque yo, un poco *jodía* de las lumbares por tener que cargar con la señorita, que pesa más de lo que aparenta. Por cierto, vaya tela, hay que ver cómo os pusisteis las dos anoche de agüita con misterio...

—La liamos *leoparda*...

—¡Muy *leoparda*! —matizó Delia.

Vega miró a su amiga al oír eso y murmuró, arrugando el entrecejo:

—No me lo recuerdes...

Confundida por el modo en que había terminado su cumpleaños, Esther dijo al otro lado del teléfono:

—Voy a ducharme...

—¿Con guiri o sin él? —la cortó Delia.

—Sin guiri —replicó Esther—. Pero ¿qué te has creído?

—Pues, chica, con lo bueno que está, no sé por qué no lo incluyes en la ducha, yo no lo dudaría.

—Delia...

Ella sonrió.

—Mira, Esther, no sé qué te pasa con Jorge, pero te conozco y algo me hace pensar que anoche tu culo lo llamó porque necesita hablar con él... ¿Me equivoco?

—No —resopló ella—. No te equivocas.

—Pues entonces, ¡hazlo! Habla con él.

Esther asintió y, a continuación, murmuró, mirándose al espejo:

—Ni te imaginas la pinta tan horrible que tengo con la cara llena de churretes. Pero ¡si parezco el Joker!

—La que es guapa es guapa hasta con churretes.

—Por Dios... —musitó Esther horrorizada, y, tras despedirse de ella, dejó el teléfono.

Con las manos apoyadas en la encimera del lavabo, se miró de nuevo al espejo. No podía estar peor, con la cara llena de churretes y el pelo encrespado; por ello, cuchicheó resignada, mientras seguía mirándose:

—Vale..., está claro que más horrible no me puede ver.

Dicho esto, se desnudó y se metió en la ducha, sintiendo cómo su cuerpo se lo agradecía al notar cómo las gotas de agua corrían con mimo por su piel.

Media hora después, cuando apareció de nuevo en el salón vestida con su ropa y el pelo mojado, Jorge la miró y, sonriendo como siempre, preguntó:

—¿Te encuentras mejor?

—Sí —afirmó ella, sentándose en una silla a su lado.

Durante un rato permanecieron en silencio, hasta que ella lo miró y susurró:

—He hablado con Delia y me ha dicho que te llamé de madrugada. Lo siento.

—Ah... Pero ¿no fue tu culo?

Al oír eso, que ya se le quedaría grabado para siempre, Esther se mofó:

—Mi culo y yo te pedimos disculpas.

Jorge sonrió y, sin moverse de su silla, afirmó:

—Disculpas aceptadas.

En ese instante sonó su móvil. Había recibido un mensaje. Con disimulo, Esther lo miró, y, al ver que sonreía y tecleaba algo en el teléfono, notó que su cuerpo se revolucionaba.

¿Se estaba mensajeando con otra?

Cuando él dejó el teléfono de nuevo sobre la mesa, indicó con indiferencia:

—Entro a trabajar dentro de media hora. ¿Quieres que te lleve a tu casa?

Bloqueada por la apatía de él, y segura de que no tendría otra oportunidad como ésa, señaló mirándolo:

—Quiero hablar contigo.

—Si es de lo que creo, no merece la pena. Está todo dicho.

—Pero, Jorge...

—No... es no —repuso él sin apartar la mirada—. Te lo dije.

Pero ella, dispuesta a que escuchara lo que tenía que contarle, indicó de carrerilla:

—Tengo tanto trabajo ocupándome del hotel y del bienestar de mi padre y mi hermana, que salir con Carlos era simplemente un aliciente. Pero luego apareciste tú, y mi mundo se volvió del revés. A tu lado me he dado cuenta de lo bonito que es tener complicidad con alguien, de lo maravilloso que es besar y que te besen... Carlos nunca fue mi novio, pero él me regaló un anillo y el otro día se lo devolví y...

No pudo decir más.

Jorge le puso un dedo sobre los labios, la miró y susurró, conteniendo las ganas de besarla que sentía:

—He de marcharme o llegaré tarde a trabajar y la jefa es muy borde. ¿Te llevo a tu casa?

Su frialdad le hizo sentir a Esther que debía dejar el tema, así que cogió su bolso y replicó:

—No hace falta.

—¿Segura?

Intentando ser juiciosa a pesar de la desazón, ella afirmó:

—Sí. Segura.

Jorge asintió, abrió la puerta y, acto seguido, salieron juntos de la casa. Caminaron en silencio y, cuando llegaron al coche, se despidieron con una sonrisa y cada uno se fue por su lado sumido en sus propios pensamientos.

Capítulo 50

Ese domingo por la tarde, para dejar que Vega descansara, Delia recogió a Alma de la casa de su amiga Marta y se llevó a las niñas al parque. Le encantaba estar con aquellos dos bombones y sentir su inocencia, y, dispuesta a disfrutar de ese momento, se sentó en un banco para verlas jugar.

Durante un rato observó los juegos de las chiquillas, que correteaban entre otros niños, hasta que llegó Beatriz, la madre de Marta. Se acercó a ella y le entregó una bolsa de patatas.

—Sabor jamón, como te gustan.

Delia sonrió. Conocía a Beatriz desde que su amiga Vega había empezado a llevar a Alma a la guardería. Posteriormente, se había ocupado de su divorcio, y sabía que aquella mujer era una madre coraje y luchaba sin descanso por su pequeña.

—¿Cómo lo llevas? —preguntó Beatriz, sentándose a su lado.

—Mejor de lo que pensé que lo llevaría —respondió ella sonriendo—. De nuevo, soy la dueña y señora de mi vida, de mi tiempo y de mi cama.

—No es fácil comenzar, pero se puede, te lo aseguro.

—Lo sé —afirmó Delia.

Beatriz sonrió.

—Una de las cosas buenas de divorciarse es que tienes toda la cama para ti sola —cuchicheó, mofándose.

Estaban abstraídas en su conversación cuando oyeron voces. Al levantar la mirada vieron que Alma estaba empujando a una niña. Delia y Beatriz se levantaron de inmediato y corrieron para ver lo que ocurría.

—Pero ¿qué pasa?

Enfadada, Alma miró a su tía e indicó:

—Que Aitana es tonta.

Marta asintió dándole la razón a su amiga y, dirigiéndose a su madre, dijo:

—Mami, Aitana no para de llamarme *David* otra vez.

—Pero es que mi mamá dice que te llamas David y no Marta —protestó Aitana.

Beatriz y Delia se miraron y suspiraron.

Marta era una niña que había nacido encerrada en un cuerpo de niño, algo que ella misma se había encargado de hacerles notar a sus padres a la edad de cuatro años. Tras acudir a unos cuantos especialistas en busca de ayuda, su madre —que no su padre— había terminado por aceptarlo.

Al ver el gesto triste de Beatriz, Delia maldijo en silencio. Esa mujer estaba luchando lo indecible por que su hija fuera una niña feliz. No obstante, cuando se disponía a decir algo para apoyarla, apareció Elena, la madre de Aitana.

—¿Qué ocurre aquí?

Beatriz, que ya había pasado por eso demasiadas veces por causa de distintas personas, miró a Elena y replicó con tranquilidad:

—Por favor, ¿podrías decirle a tu hija que la mía es una niña igual que ella?

—No.

La rotundidad de su respuesta hizo que a Delia se le revolviera el estómago y, sin poder evitarlo, siseó:

—Por el amor de Dios..., ¿cómo puedes ser tan mala persona?

La madre de Aitana iba a contestar, pero Beatriz miró a las niñas e indicó:

—Marta, Alma, en mi bolso hay refrescos y patatas fritas.

De inmediato, las pequeñas corrieron hacia el banco, y entonces Beatriz pidió, cambiando el tono:

—Por favor, Elena, ¿puedes decirle a tu hija que se aleje unos metros? Me gustaría hablar contigo, de adulta a adulta, y quizá mi vocabulario no sea el más apropiado.

Elena ordenó a su hija que se marchara y, cuando las mujeres se quedaron a solas, Beatriz comenzó:

—No sé qué te pasa ni qué tienes en contra de mi hija, pero

nos conocemos desde que las niñas nacieron, y tú te empeñas en no ver que...

—Ya estamos con la misma cantinela de siempre —la cortó Elena.

Molesta, Beatriz prosiguió:

—Sabes tan bien como yo que Marta siempre se ha sentido una niña. Por el amor de Dios, Elena, ¿acaso no recuerdas cuando, siendo un bebé, siempre se refería a sí misma en femenino? Siempre dijo que se llamaba Marta y no David, y que era una niña. ¿Por qué te niegas a aceptar la realidad?

—Por Dios... —resopló aquélla.

Cada vez más enervada, Beatriz siseó:

—Sabes perfectamente que aceptar que Marta fuera una niña transgénero me costó mi matrimonio. ¿Acaso crees que es fácil, pedazo de imbécil? Pero quiero a mi hija y, por ella y por su felicidad, soy capaz de remover cielo y tierra y comerme a las malas personas como tú...

—Si sigues por ese camino, no pienso escucharte.

Delia maldijo en silencio, y entonces Beatriz añadió:

—Elena, mi hija es una preciosa chiquilla que nunca estuvo de acuerdo con su sexo biológico y su género, pero ella es tan niña como Aitana, y tan sólo necesita comprensión, apoyo y amor.

Cuando Elena resopló, Delia murmuró, enfadada por su indiferencia:

—Beatriz, ¿por qué te molestas en darle explicaciones que no merece? —y, mirando a Elena, cuchicheó—: Visto lo visto, no creo que nunca lleguéis a un entendimiento.

—Soy cristiana, y hay ciertas cosas que no...

—Yo también soy cristiana —la cortó Delia—. Pero eso no significa que tengas que cerrar tu mente a la realidad de la vida.

Elena suspiró y, cuando iba a darse la vuelta para marcharse, Beatriz la sujetó por el brazo.

—Marta es una niña, no porque yo lo diga, sino porque ella lo dice y, lo creas o no, tiene derechos que yo, como su madre que soy, pienso defender ante quien sea. No es fácil encontrarse con el problema con el que yo me encontré, y ojalá nunca te ocurra, y si digo esto no es por ti, sino por la personita que a tu lado sufrirá el resto de su vida.

—¿Ahora vas de madre coraje? —se mofó aquélla.

—Lo es —afirmó Delia y, agarrando a Beatriz del brazo, dijo mientras miraba a la tercera en discordia—: El otro día estuve con un muchacho que me dijo algo que, cada vez que lo pienso, cobra más fuerza, y es que la discapacidad está en el cerebro de las personas que piensan que ser diferente es ser menos.

Dicho esto, ambas dieron media vuelta, y Elena gritó a su espalda:

—¡Me da igual lo que digáis. Seguiré pensando lo mismo!

—Así te irá en la vida, guapa..., así te irá —afirmó Delia, alejándose de ella.

Tan pronto como llegaron al banco, donde las niñas comían patatas fritas, Marta se dirigió a su madre con una sonrisa.

—Mami, no te preocupes, yo sé que soy una niña.

—Y mi mejor amiga —apostilló Alma.

Delia y Beatriz se miraron. Las pequeñas tenían tan sólo seis años.

—Sigue quedando esperanza en el mundo, ¿no crees? —dijo Beatriz emocionada.

—Por supuesto que lo creo.

Cuando las chiquillas se alejaron de nuevo a jugar, apareció Esther.

—Woooo... —murmuró Beatriz al verla—. Ya veo que a ti también te afectó la agüita con misterio.

Esther miró a su amiga Delia y, al ver que sonreía, siseó:

—Vengo muy cabreada. No me cabreéis más.

—Joder —se mofó ésta—, pues podrías haber llegado hace veinte minutos.

—¿Por qué?

A continuación, le contaron a Esther lo ocurrido con la madre de Aitana, y ésta masculló, meneando la cabeza:

—Si llego a estar aquí, ¡me la como!

Todas rieron justo en el momento en que a Beatriz le sonaba el teléfono y, levantándose, dijo:

—Chicas, es muy agradable vuestra compañía, pero hemos quedado con mis padres en que iríamos a verlos.

Dicho esto, les dio dos besos a cada una y, tras llamar a su hija, la cogió de la mano y ambas se marcharon.

Al ver a su tía Esther, Alma corrió a abrazarla y, cuando se alejó de nuevo a jugar, Delia preguntó, dirigiéndose a su amiga:

—¿Has hablado con él?

—He desnudado mis sentimientos delante de él —murmuró Esther con desgana—, me he abierto en canal..., y a él sólo se le ocurre decirme que tiene que irse a trabajar porque la jefa es una borde.

—El chico es trabajador...

—¡Delia!

—Vale —replicó ella con una sonrisa—. Entiendo tu enfado y, aunque no me has contado nada, creo que entre vosotros hay algo...

—Indiferencia. Eso es lo que hay —gruñó Esther.

—No le cuentes cuentos a quien ya sabe de historias.

Esther se disponía a protestar cuando su amiga añadió:

—Anoche vi algo especial en su mirada. De lo contrario, ¿por qué iba a presentarse en Burriana a esas horas después de que lo llamase *tu culo*?

—¡¿Quieres dejar ya eso?!

Ambas rieron, y Delia apostilló:

—También cabe la posibilidad de que, tras haberte visto en plan Joker churretoso, se le cayera la venda de los ojos.

—¡Delia! —Esther rio.

Al final, su amiga siempre la hacía reír.

—¿Qué hago? —murmuró con un suspiro—. No estoy acostumbrada a ir detrás de ningún hombre.

—Eso has de decidirlo tú y sólo tú. Pero, si te gusta y sientes que entre vosotros puede haber algo especial, inténtalo. No olvides que no siempre podemos elegir la música que la vida nos pone, pero al menos podemos escoger cómo bailarla.

Esther asintió y en ese instante sonó el teléfono de su amiga. Era Vega.

—¿Dónde estás?

—En el parque, con el Meloncito y Esther.

Vega suspiró.

—Anda, veníos para casa y tomamos un cafetín —sugirió, mirando a su alrededor.

—Vale. Dentro de diez minutos estamos ahí.

Capítulo 51

Vega sonrió y cuando dejó el teléfono sobre la mesa, oyó que sonaba el timbre del portero automático. Al contestar, se sorprendió al oír la voz de Hugo.

Sin tiempo que perder, se miró en el espejo. Estaba pálida y demacrada. Nunca le había sentado bien beber. Se pellizcó las mejillas para que cogieran algo de color y en ese instante sonó el timbre de la puerta.

Tras comprobar que hasta el último pelo estaba en su sitio, abrió y lo saludó con la mejor de sus sonrisas.

—Hola, ¡tú por aquí!

—Sí.

—Pero ¿no regresabas mañana?

Sin moverse de la puerta, Hugo preguntó con gesto ceñudo:

—¿Falto a una fiesta en toda nuestra vida juntos y os emborracháis?

Sorprendida porque estuviera al corriente de ello, Vega iba a responder cuando él siseó, entrando en el piso:

—Cuando he hablado con Delia y me ha contado lo que sucedió, me he sentido fatal. Pero, vamos a ver, ¿cómo se os ocurre a Esther y a ti perder el control de ese modo sin que yo estuviera presente?

Vega, que había cerrado la puerta de su casa, respondió al ver cómo aquél la miraba:

—Pues no lo sé. Pero ocurrió.

—Se suponía que era el cumpleaños de Esther y la primera vez que Delia salía de fiesta desde lo ocurrido, y ¿tú vas y te emborrachas?

Tal y como él lo decía, lo cierto era que sonaba fatal.

—¿Has venido a echarme en cara que no cuidé de ellas? —preguntó Vega molesta—. Porque, si es así, vale, lo siento. No sé qué ocurrió, pero...

Sin embargo, se interrumpió de pronto cuando Hugo se acercó a ella y la besó.

Con necesidad y delirio, devoró aquella boca en la que no había podido dejar de pensar en todo el fin de semana y, cuando se separaron, murmuró mirándola:

—Estoy aquí porque estaba preocupado por ti.

Al oír eso, Vega sonrió.

—Estoy bien —cuchicheó sacudiendo la cabeza—. Estamos todas bien.

Hugo sonrió, y ella, tan necesitada como él, murmuró, leyendo en su mirada:

—Delia, Alma y Esther están volviendo del parque. Llegarán dentro de diez minutos.

Hechizado, él asintió y, desanudándose la corbata, la tiró sobre el sofá.

—Pues no perdamos tiempo.

Besos...

Caricias...

Deseos...

Todo eso, unido a la pasión del momento, hizo que Hugo y Vega hicieran el amor en el sofá del salón. No había tiempo para preliminares. Sólo había minutos para sexo y disfrute sin más.

* * *

Una vez finalizado el momento de locura, fueron al baño riendo.

Allí, se adecentaron y, cuando salían de nuevo, la puerta de la calle se abrió y Alma gritó corriendo hacia él al verlo:

—¡Tío Hugo...! ¡Tío Hugo!

Él abrió los brazos sonriendo y, aún acalorado, murmuró:

—Meloncito, ven aquí.

Al entrar por la puerta y ver a Hugo allí, Delia y Esther se miraron sorprendidas, y esta última inquirió:

—Pero ¿tú no llegabas mañana?

Hugo dejó a la niña en el suelo y la abrazó.

—¡Felicidades, borrachuza!

Durante un rato, los cuatro rieron por lo ocurrido la noche anterior, hasta que Vega cuchicheó, mirando a Delia:

—Eres una *jodía* chivata. Se ha venido un día antes de tiempo preocupado por cómo pudiéramos estar Esther o yo. ¿Cómo se te ocurre contarle cómo terminó la fiesta?

Delia asintió.

—Yo no lo llamé —musitó sentándose—. Lo ha hecho él esta mañana.

—Sí..., pero podrías habértelo callado...

—Y ¿por qué tendría que hacerlo? —preguntó ella.

Vega resopló.

—Pues no sé, hija, pero podrías haberlo hecho para no preocuparlo.

Esther, que las escuchaba en silencio, dijo de pronto:

—¿No huele raro?

—No —señaló Vega, acalorada por lo ocurrido cinco minutos antes, mientras abría la puerta de la terraza.

Tan acalorado como ella, Hugo se secó la frente.

—Chico, estás sudandito... —indicó Esther en voz baja.

En ese instante, la pequeña Alma se fue a su habitación a jugar, y Delia susurró, mirando a su amigo:

—Lo que te perdiste, Hugo, ¡lo que te perdiste! Con decirte que hasta el culo de Esther llamaba por teléfono...

—¡Serás bruja! —exclamó Vega carcajeándose.

Todos reían mirando a Esther, cuando ésta, abriendo la boca sorprendida, de pronto murmuró:

—Ya sé a qué huele.

—¿A qué huele? — preguntó Delia divertida.

A continuación, tras mirar a una colorada Vega y a un sudoroso Hugo, su amiga afirmó, segura de lo que decía:

—Aquí huele a sexo.

Capítulo 52

Sofía, que trabajaba sirviendo copas en la terraza, vio a Jorge algo pensativo y se acercó a él.

—¿En qué piensas?

—Pienso en lo mucho que me apetece darme un baño —respondió él con su acento guiri.

Eso le hizo gracia a Sofía, que, mirándolo, dijo:

—Si quieres, yo te cubro durante la próxima media hora.

Él sonrió divertido.

—Gracias, pero no. Abandonar el trabajo no es muy profesional.

—Venga, va..., si todavía quedan un par de horas para que esto esté a reventar.

Jorge negó con la cabeza y, cuando iba a contestar, señaló en cambio:

—Creo que cierto músico viene a verte.

Al mirar y ver a Luis, Sofía sonrió y se aproximó a él. Luego lo besó en los labios e inquirió:

—¿Qué haces aquí?

Encantado por su recibimiento, él iba a devolverle el beso, pero la chica dio un paso atrás.

—No vayamos a excedernos, que mi yaya está por aquí.

Luis soltó una carcajada y preguntó, sentándose a una mesa:

—¿A qué hora acabas?

—Tarde —mintió ella.

—¿Te apetece que venga a buscarte?

Sofía lo miró. Óscar la había llamado para verla. La chica había evitado quedar, pero él la había chantajeado diciendo que, o iba, o las fotos que tenía en su móvil empapelarían Benicàssim entero, por lo que se había visto obligada a aceptar.

—Estoy muy cansada. Otro día —le contestó sin ningún escrúpulo a Luis—. ¿Qué quieres tomar?

Ocultando la decepción que sentía, pues tenía el día libre, él respondió:

—Una cervecita.

Sofía se marchó con una sonrisa y Jorge se acercó a él para saludarlo.

Veinte minutos después, Candy preguntó, al ver a Jorge sonreír:

—¿Y eso?

Él la miró.

—Hace un bonito día.

A continuación, Jorge se alejó a atender a unos clientes.

Una vez que Candy terminó de ponerse el delantal negro, vio que Flora, o *la yaya*, como la llamaban todos, salía del hotel junto a su amiga y la hija de ésta. Sabía por Mario que habían quedado con él para comer todos juntos, y aunque no le gustó, no dijo nada. No quería parecer una psicópata celosa.

Con una maestría espectacular, la portuguesa se escabulló entonces hacia el despachito de recepción para ver a Mario. Como bien imaginaba, lo encontró allí, concentrado mirando un papel.

—Hola, amor —saludó al entrar.

Mario sonrió al verla y, levantándose, cerró la puerta del despacho y la estrechó entre sus brazos. El abrazo se prolongó más de lo normal y, cuando se separaron, ella preguntó:

—¿He de preocuparme por ese abrazo?

El hombre sonrió al entender a qué se refería.

—No, cielo, simplemente me he alegrado de verte.

—¿Qué tal la comida con tu madre y la novia que quiere endosarte?

Al oír eso, Mario volvió a sonreír y suspiró.

—Bien, pero en lo que se refiere a Gema no debes preocuparte. Tú eres mi chica, por mucho que mi madre se empeñe en otras cosas.

Ambos sonrieron. Pero, aunque Candy aceptara aquello, algo en su interior se rebelaba más y más a cada segundo que pasaba.

Si tanto la quería Mario, ¿por qué no lo hacía público? Pero no deseaba demostrarle lo que pensaba, así que una vez más calló y acató.

Estaba mirándolo cuando él le entregó un papel que tenía en las manos.

—Esta mañana he recibido una llamada de alguien interesado en comprar el hotel y, dos horas después, me han enviado esto por email.

Candy lo miró.

—No es para tirar cohetes, pero está bien —comentó. Luego preguntó mientras le devolvía la hoja—: ¿Y Esther y Sofía?

Él negó con la cabeza y, guardando el documento, señaló:

—Sofía no me preocupa. La que me preocupa es Esther. Está muy unida a este hotel porque era la ilusión de su madre, y no sé cómo decirle que yo ya no estoy interesado en él.

Candy asintió. En los últimos tiempos, Mario sólo le daba vueltas a aquello.

—¿Le vas a decir algo sobre ese email? —preguntó.

—Debería. Pero antes me reuniré con los distintos compradores y, cuando pasen ofertas en firme, hablaré con las chicas. Mientras tanto, guárdame el secreto. Nadie puede saberlo, ¿vale?

Candy asintió, y él afirmó mirándola:

—Cariño, estoy cansado. Siento que mi tiempo en este hotel ha acabado y que todos debemos hacer un cambio en nuestras vidas.

En ese instante sonó el teléfono, y Candy, dándole un beso en los labios antes de marcharse, murmuró:

—Quiero que sepas que, hagas lo que hagas, tendrás todo mi apoyo.

—Lo sé, cariño, lo sé —dijo él sonriendo.

Candy regresó a la terraza con gesto serio. Jorge, que preparaba unos cócteles, preguntó al verla:

—¿Qué te ocurre?

Al darse cuenta de que seguía algo desconcertada por lo hablado con Mario en el despacho, Candy sonrió.

—Nada..., nada...

Y se alejó a atender una mesa.

Cuando Jorge terminaba de preparar los cócteles, Flora se acercó a él.

—¿Quién es el muchacho que está con mi Sofía? —preguntó.

Sonriendo, al ver a los dos chicos entretenidos, Jorge respondió:

—Se llama Luis y es un buen muchacho.

—Eso, porque lo dices tú —replicó ella.

—Exacto, Flora. —Rio—. Porque lo digo yo.

Encantada con la complicidad que se había creado con él, la mujer sonrió y, a continuación, preguntó, mirando los cócteles que él colocaba en la bandeja:

—¿Me preparas un Sabor rojiblanco?

Él asintió.

—En cuanto regrese, será un placer —indicó, cogiendo la bandeja.

En ese instante, Candy regresó a la barra y saludó a Flora.

—¿Qué tal todo por aquí, *Randy*? —preguntó la anciana.

Ella la miró y, sin hacerle notar que no se llamaba así, respondió con una sonrisa:

—Bien. Trabajando a tope, como siempre.

Flora sonrió y, cuando Jorge volvió para preparar su cóctel, comentó:

—Hoy, Mario y yo hemos ido a comer con mi amiga y su hija. Algo me dice que entre ellos podría surgir algo...

—¡Qué bien! —afirmó Candy.

Jorge la miró y le pidió prudencia con los ojos; entonces la anciana prosiguió:

—Si Gema y mi hijo llegan a ser algo más que amigos, ni te imaginas la alegría que me darán. Mario necesita una compañera, y Gema me gusta.

Al ver que Candy movía el pie con nerviosismo, Jorge comprendió que, o hacía algo, o allí se iba a desencadenar una masacre, por lo que, mirando a la anciana, preguntó:

—Flora, ¿en qué mesa te vas a sentar para tomarte el cóctel?

—Donde me salga de la flor.

Al oír su respuesta, Jorge la miró, y ella sonrió y dijo entonces, mirando a su nieta pequeña:

—Allí.

Sin tiempo que perder, Jorge puso el cóctel sobre la bandeja y, ofreciéndole el brazo para que se le agarrara, dijo mientras la alejaba de Candy:

—Vamos, será un placer acompañarte hasta allí.

La portuguesa suspiró aliviada cuando Flora se marchó.

* * *

Cuando Jorge y la abuela aparecieron, Sofía los miró extrañada.

—Y ¿tú quién eres? —preguntó la yaya, dirigiéndose a Luis.

El chico se apresuró a levantarse del asiento.

—Soy Luis. ¿Y usted?

Cogiendo la butaca que había junto a la suya, la abuela se sentó y anunció con una sonrisa:

—Yo soy la yaya de Sofía.

—¿La que la desheredará si falta al trabajo y se llama Flora? —preguntó él divertido.

Al ver la cara de asombro de su nieta, la anciana asintió y afirmó sonriendo:

—La misma, muchacho. La misma —y, mirando a su nieta, indicó—: Y tú, deja de holgazanear y ponte a trabajar. Vamos..., vamos...

A partir de ese instante, la yaya y Luis se enzarzaron en una conversación que dejó a Sofía sin palabras. Parecía que se conocían de toda la vida. Cuando se acercó a Jorge, éste se apresuró a aclararle:

—Lo siento, pero necesitaba alejarla de Candy. Ya sabes cómo se pone con ella.

—Vale —asintió Sofía—. No te preocupes.

Durante más de una hora, Flora y Luis hablaron con cordialidad, mientras ambos reían y lo pasaban bien, hasta que él se puso en pie y dijo:

—He de marcharme, Flora. Pero ha sido un placer conocerte.

—El placer ha sido mío, muchacho. Espero verte más por aquí.

Cuando Luis se acercó a la barra para despedirse de Sofía, la chica lo miró y él declaró con una sonrisa:

—Me encanta tu abuela. Lo que me he reído con ella —y, consciente de que aquélla los miraba, cuchicheó—: Descansa y te llamo mañana, ¿vale?

—Vale —convino ella, sintiéndose la peor persona del mundo.

Capítulo 53

❧

En casa de Vega, Esther miraba a sus amigos cuando Delia cuchicheó divertida:

—Pues, ahora que lo dices, es verdad... Huele a sexo.

Vega contuvo el aliento y Hugo miró hacia otro lado.

Sorprendida por lo que intuía, Esther no sabía qué decir cuando de pronto Delia preguntó:

—¿Conocéis el cuento de Pinocho?

—¿Qué? —dijo Hugo.

Delia se levantó con un suspiro y, mirando a sus tres amigos, que permanecían sentados, soltó:

—¿Qué tal si dejáis todos ya de mentir?

Los tres la miraron, y ella insistió:

—Creo recordar que hace poco uno de vosotros dijo algo de que nunca más volveríamos a ocultarnos cosas importantes, ¿lo recordáis?

Ninguno dijo nada, y Delia, cansada, murmuró, mirando a Vega y a Hugo:

—Vamos a ver, ¿cuándo pensáis decirnos que estáis liados?

—¡¿Qué?! —inquirió Esther.

Delia, que estaba al corriente de más cosas de las que los demás creían, miró a esta última y susurró:

—Sí, hija, sí. Estos dos han pasado de ser amigos a follamigos.

—¡Delia! —murmuró Vega boquiabierta.

—¿Sois follamigos? —preguntó Esther con incredulidad.

—Eso no es así —matizó Hugo, que no salía de su asombro.

Horrorizada por el modo en que la miraba Esther, Vega murmuró:

—Esto tiene una explicación.

—¿Te acuestas con Hugo? —insistió Esther.

—Por supuesto —afirmó Delia—. Y me muero por conocer la explicación desde el día que me enteré.

—Y ¿desde cuándo lo sabes? —preguntó él.

—Entonces es cierto..., ¡¿estáis liados?! —exclamó Esther.

—¿Queréis bajar la voz? —gruñó Vega—. Os recuerdo que Alma está en casa.

En el salón se hizo un silencio sepulcral, hasta que Hugo lo rompió finalmente.

—Delia, no somos follamigos como tú dices —señaló—, sino algo más.

—¡Qué fuerte! —susurró Esther.

Al oírla y ver su expresión, Delia replicó:

—¿Fuerte? Fuerte lo tuyo, que te has estado cepillando al guiri, día sí, día también y nos lo has ocultado.

—¡Cállate! —protestó Esther.

—Pero ¿qué dices? —preguntó Hugo sorprendido.

—¿Te has liado con el guiri y no me lo has contado? —cuchicheó Vega.

—Y ¿tú te has liado con Hugo y te lo has callado?

Las dos se miraban con asombro hasta que él intervino:

—Pero, vamos a ver, Delia, ¿cómo sabes tú estas cosas?

Ella suspiró y, con una tranquilidad pasmosa, susurró sonriendo:

—En el hospital... os fuisteis todos un poquito de la lengua cuando me creíais dormida...

Estaban desconcertados y conscientes de que sus secretos habían quedado al descubierto; Vega cogió entonces la mano de Hugo y declaró:

—De acuerdo. Estamos juntos.

Esther los observaba todavía boquiabierta cuando él añadió:

—Ocurrió la noche en que Delia terminó en el hospital. No vinisteis a la cena, Vega y yo cenamos solos, hablamos, una cosa llevó a la otra..., y cuando Sofía llamó a Vega para contarle lo que le había ocurrido a Delia, estábamos juntos en mi casa.

—Vaya..., y os jodí la noche —se mofó esta última.

—¡No digas eso! —protestó Vega.

Sorprendida por no haberse percatado, Esther recordó algo de pronto.

—Por eso ibas vestida así esa noche...

Ella asintió y, acto seguido, su amiga sonrió.

Una vez revelado ese secreto, todos miraron a Esther.

—Vale —dijo ella finalmente—. He tenido algo con Jorge, pero hemos terminado fatal.

—¿Por qué? —preguntó Vega.

Ella suspiró y, tras pensarlo unos instantes, al cabo respondió:

—Por mi culpa. Lo hice mal, tensé demasiado la cuerda y ésta se rompió.

—Pues algo me dice que no la tensaste tanto cuando el guaperas se presentó en Burriana anoche a las tantas en plan caballero andante...

—Delia —susurró Esther—, créeme, no quiere saber nada de mí.

Durante un rato hablaron sobre el tema, cada uno dando su punto de vista, hasta que Vega, en un momento dado, se acercó a Hugo y lo besó en los labios. Ese beso daba por sentada la relación que había entre ambos, pero de pronto se oyó:

—Mami...

Todos levantaron la vista y se encontraron a Alma de pie en el salón, que los miraba con un gesto raro.

Vega se apresuró a levantarse del sofá y se acercó a su hija.

—¿Qué quieres, cariño? —le preguntó, agachándose frente a ella.

Alma, que miró a Hugo y luego a su madre, susurró:

—Sólo los novios se besan en la boca. ¿El tío Hugo es tu novio?

Vega se sintió bloqueada por tener que responder aquella pregunta sin haber hablado antes en profundidad con el tercero en discordia. Pero entonces Hugo se aproximó a ellas y, agachándose también para estar a la altura de Alma, comenzó a decir:

—Tú sabes que yo os quiero mucho a tu mamá y a ti, ¿verdad?

—Sí.

—Y también sabes que para mí eres, además de mi Meloncito, mi niña, ¿verdad?

—Sí. —La pequeña sonrió.

Al ver su sonrisa, y después de mirar a Vega, que estaba a su lado, Hugo preguntó:

—¿A ti te gustaría que fuera el novio de mami?

De pronto, la niña negó con la cabeza y todos contuvieron el aliento desconcertados.

Aquello podía suponer un gran problema. Tan descolocada como Hugo, Vega preguntó entonces con un hilo de voz:

—¿No quieres que Hugo sea mi novio?

La niña volvió a negar con la cabeza y, tras un silencio, soltó:

—No quiero que sea tu novio, mami. Quiero que sea mi papá.

Todos se miraron aliviados al oír eso.

A Vega se le llenaron los ojos de lágrimas, y Hugo, sin dudarlo, murmuró, mirando a la pequeña:

—Me encantará ser tu papá, pero entonces creo que debo pedirle a tu mamá que se case conmigo; ¿qué te parece? ¿Crees que es un buen momento para hacerlo?

La niña asintió, y Delia cuchicheó:

—¡Ay, Dios mío, que me meo *toa* entera!

Esther y Vega se miraron sorprendidas, mientras Alma aplaudía encantada.

—¡Sí..., sí..., sí!

Con el corazón a mil, Vega miró a Hugo.

Ni en el mejor de sus sueños habría esperado algo así.

—No me van las bodas..., ya lo sabes —musitó.

Pero él, sonriendo, le cogió la mano y empezó a decir:

—Cariño, llevo enamorado de ti más de la mitad de mi vida, y ahora sé que tú también lo estás de mí. Hemos ido de viaje juntos, hemos compartido el embarazo de nuestra niña juntos y hemos disfrutado miles de momentos especiales juntos. Sé cómo es tu cara al despertar, reconozco tus ronquiditos al dormir, sé cuál es tu comida preferida, tu película, tu flor...

—No sigas —murmuró ella.

—Sigue... —lo animó Esther.

—Dicho esto —continuó Hugo—, sólo me...

Sin embargo, al intuir lo que iba a preguntarle, Vega le tapó la boca.

—No..., no..., no... —replicó.

—¡Vega, no me cortes el orgasmo! —protestó Delia.

Pero ella, asustada, susurró sin apartar la mirada de Hugo:

—Tengo miedo de eso que dicen...: «Te casaste, ¡la cagaste!». Piénsalo, por Dios.

Esther soltó una risotada. En su vida había visto a Vega tan asustada. Entonces Hugo, retirándole la mano con mimo de la boca, prosiguió:

—Cariño, ya lo he pensado, y sólo me queda decirte que para mí sería un gran honor que te casaras conmigo y pasaras el resto de tu vida junto a mí.

—Por el amor de Dios, Hugo —murmuró Vega—. ¿Qué acabas de hacer?

A ninguno le sorprendía su reacción. Vega era una dramática. Y, mirándola, él replicó:

—Pedirle matrimonio a la chica de mi vida.

—Mami, ¡di que sí! —protestó Alma.

—Vamos, Vega, ¡tú puedes! —animó Delia emocionada.

Conmovida por el bonito momento que estaban viviendo, afirmó, al sentir la mirada desconcertada de su amiga:

—Ésta sí que es una petición preciosa, y si tú no te casas con él, te juro que lo hago yo.

Todos sonrieron y, a continuación, mirando al príncipe azul que había estado siempre a su lado, Vega finalmente cuchicheó:

—Sí. Claro que sí quiero casarme contigo.

Cuando ella, Hugo y Alma se fundieron en un abrazo, Delia y Esther se miraron emocionadas con lágrimas en los ojos y, sonriendo, se abrazaron también. Por fin llegaba algo bueno a sus vidas.

Capítulo 54

Esa tarde, cuando Sofía salió de trabajar, se fue directamente al bareto que Óscar le había indicado.

Nada más entrar allí, lo vio al fondo del local charlando y sonriendo con Gloria, pero, por primera vez, eso no le importó. Iba andando hacia ellos cuando Adriana la interceptó en el camino.

—Pero ¿no decías que trabajabas hoy?

Sofía asintió y Óscar se acercó a ellas.

—Pero si ha venido mi chica... —exclamó.

Al oírlo, Sofía lo miró con mala cara.

—¿Para qué me has llamado?

Óscar la alejó unos pasos de los demás y musitó:

—Tenía ganas de verte, princesa.

A cada instante más molesta por tener que estar allí en vez de con Luis, la chica siseó:

—No me llames así. Yo no soy tu princesa.

Óscar parpadeó. Le hizo un mohín de los suyos y, acercándose a ella, afirmó:

—Tú serás mi princesa hasta que yo lo diga.

Ella lo miró confundida por sus palabras, y a continuación él añadió, dando un paso atrás:

—Mañana tengo que ir a por mercancía. Te vendrás conmigo y, a la vuelta, pasaremos por el hotel y así me guardarás ciertas cositas allí.

—¡Ni hablar! Ni me iré contigo ni dejarás nada en el hotel. Es más, esta misma noche te devuelvo la mochila que tengo allí.

Óscar sonrió y, agarrándola, la acercó a su cuerpo y murmuró:

—Princesa..., me pones a cien.

Acto seguido, posó su boca sobre la de ella y, cuando se separaron, añadió:

—Sé buena conmigo si no quieres que tu papaíto sea la vergüenza de todo el mundo.

—Atrévete y juro que te las verás conmigo —replicó Sofía sin pensar en las consecuencias.

Óscar soltó una risotada y, al ver que sus colegas los miraban, susurró sin soltarla:

—Ni te imaginas lo cachondo que me pones cuando me hablas así...

Treinta segundos después, la metió a rastras en el baño del local y, agarrándola por el cuello, siseó:

—Si vuelves a hablarme como lo has hecho delante de mis colegas, la que lo va a lamentar vas a ser tú.

Acto seguido, la soltó con desprecio y, mientras la chica luchaba por respirar, él señaló, bajándose la cremallera del pantalón:

—Por tu culpa, estoy cachondo, y tú lo vas a solucionar.

Diez minutos después, todavía en el baño, Sofía se miró al espejo y se sintió fatal.

Con los ojos clavados en su reflejo, sintió lástima de sí misma. Ella sola se había metido en un lío del que ahora no sabía cómo salir, y tampoco sabía cómo pedir ayuda a quienes la querían sin que éstos se sintieran decepcionados cuando se enterasen de ciertas cosas.

Óscar, que había preparado dos tiritos, le pasó un billete después de meterse él uno.

—Ahora tú.

Como una autómata, Sofía hizo lo que él le pedía y, cuando acabó, el chico la agarró por la cintura y murmuró mientras le pasaba un porro:

—Contigo siempre es divertido, preciosa.

Ella asintió de mala gana, pero no respondió.

* * *

Esa noche, como no tenían actuación, Luis salió de copas con Lucía y sus compañeros de grupo.

Después de cenar en un chiringuito junto a la playa, decidieron ir a tomar algo antes de regresar al apartamento y visitaron algunos de los locales de moda.

Entre risas, los cinco amigos disfrutaban de su noche libre cuando, de pronto, Lucía divisó a su amiga sentada encima de Óscar.

Rápidamente miró a Luis. No sabía qué clase de relación había entre ellos, pero los había visto besarse, por lo que se apresuró a decir:

—Vámonos a otro local. Éste está petado de gente.

Pero Luis ya había pedido unas bebidas.

—¿Qué más da? —repuso—. Nos tomamos algo aquí.

Nerviosa, Lucía se colocó entre él y Sofía y, por suerte, Luis no vio a la chica. Cuando el camarero les sirvió las consumiciones, la cantante propuso a sus amigos que saliesen fuera del local a tomar las copas, y éstos aceptaron encantados.

Entonces, vio un movimiento extraño de Sofía y, cuando comprendió que Óscar le ofrecía una raya de cocaína, se horrorizó. Aquello no era bueno para su amiga.

—Voy al baño, enseguida salgo —indicó, dirigiéndose a Arturo.

Cuando comprobó que los cuatro habían salido ya del local, se acercó a su amiga con gesto de enfado.

—¿Me puedes explicar qué estás haciendo? —siseó.

Sofía, que estaba dispersa y hundida, respondió al verla:

—Vete, Lu... Vete.

—¿No me digas que quieres que te invite? —preguntó Óscar al verla. Lucía lo miró con mal gesto y él se mofó—: Lo siento, estrellita, si quieres probar lo que vendo, tendrás que comprarlo.

A cada segundo más enfadada, Lucía replicó:

—Tu mierda y tú me sobráis. —Acto seguido, cogió a su amiga de la mano y ordenó, tirando de ella—: ¡Vamos!

Sofía se levantó de las rodillas de Óscar, pero él la sujetó.

—Eh... —exclamó, dirigiéndose a Lucía—, ¿quieres dejarnos en paz?

Ésta miró a Sofía. No le gustaba su aspecto y, negando con la cabeza, masculló:

—No pienso dejarte aquí.

Sofía, fuera de sí, al ver que Óscar se levantaba mirando con dureza a su amiga, dijo, intentando protegerla:

—Vete y déjame en paz.

Enfadada, ella iba a replicar cuando Sofía dijo en voz alta:

—¡He dicho que te vayas!

Óscar, sentando de nuevo a Sofía sobre sus piernas, miró a la cantante y cuchicheó:

—Ya la has oído, estrellita..., ¡pírate!

Furiosa y molesta, ella se separó unos metros y decidió hacer algo que nunca había hecho: llamar al hotel. Sofía necesitaba ayuda con urgencia.

En recepción no había nadie. Mario se había ido a su casa, y la llamada saltó a la terraza. Candy, que esa noche cerraba, al oír lo que Lucía le contaba, asintió asustada y, después de colgar el teléfono, dijo mirando a Jorge:

—Tengo que irme.

—¿Pasa algo? —preguntó él al ver sus prisas.

Ella pensó en pedirle ayuda, pero, consciente de que cuanta menos gente supiera lo que ocurría, mejor, indicó:

—Tranquilo. Termina por mí.

Sin insistir, él la observó alejarse y prosiguió con su trabajo.

En el exterior del local, Lucía esperaba nerviosa a que acudieran Mario o Esther. Candy había dicho que los avisaría. Era consciente del disgusto que eso les provocaría, pero no podía permitir que Sofía acabara así. Sofía no.

Mientras aguardaba, no se percató de que Luis entraba de nuevo en el local a por otra ronda de copas con Arturo.

Ambos estaban charlando en la barra cuando este último, al ver a Sofía, le preguntó:

—¿Qué tienes tú con la chica del hotel?

—¿Con Sofía? —dijo Luis. Cuando su amigo asintió, él aclaró—: De momento, una bonita amistad. ¿Por...?

Arturo señaló entonces hacia la derecha y Luis se quedó sin palabras al ver a la chica sentada sobre las piernas de Óscar, besándose.

Durante un rato se envenenó mirándola, sin saber qué hacer ni qué decir. No estaba enamorado de ella, pero esa situación lo superaba.

Lucía, que charlaba fuera con Iván y Jesús, se apresuró a entrar en el local al darse cuenta de que Luis no estaba, y, acercándose a él, lo miró a los ojos.

Él le ordenó callar con una mirada y, sin ganas de jaleos, salió del bar.

Viendo la decepción en los ojos de su amigo, Lucía se aproximó a Sofía y le soltó:

—Estarás contenta, ¿no?

—¿A qué te refieres? —preguntó ella desconcertada.

Óscar las miró y, dándole un azote a Lucía en el trasero, exclamó:

—Hombre..., tú otra vez por aquí.

Al notar el golpe, sin poder contenerse, Lucía lo empujó y siseó:

—¡Imbécil!

Divertido, él se levantó entonces y se alejó de ellas mientras Lucía se encaraba con su amiga.

—Te dije que no le hicieras daño, que no te acercaras a él, pero tú, como siempre, si no la lías, no te quedas a gusto. Pero ¿se puede saber qué te pasa? ¿Por qué has tenido que hacerle daño a Luis?

Sofía sintió que el corazón se le aceleraba y, con un hilo de voz, preguntó:

—¿Luis está aquí?

Lucía no contestó, se limitó a dar media vuelta y salió del bar.

Horrorizada, Sofía salió detrás de ella, pero Lucía exclamó volviéndose:

—Déjalo en paz. ¿Adónde vas?

Consciente de que Luis no se merecía eso, al salir del local, Sofía lo llamó:

—¡Luis! —Él iba a protestar cuando ella prosiguió—: Lo siento..., siento hab...

—Creía que al menos éramos amigos, pero me he dado cuenta de que no.

—Luis..., por favor..., escucha...

Sofía iba a agarrarlo del brazo cuando él, rechazándola, siseó, tras pedirle a Lucía que se calmara con la mirada:

—Mira, guapa: he tonteado contigo, nos hemos besado, pero eso no significa que esté enamorado de ti. Si realmente estoy enfadado es porque odio la mentira y tú me has mentido. Te creía una tía legal. Pensé que eras una amiga que merecía la pena conocer, pero me he dado cuenta de que contigo la confianza es nula, y los mentirosos no tienen cabida en mi vida.

En ese instante, Óscar y varios de sus colegas salieron del local.

—¡Joder! —exclamó Iván, observándolos—. La cosa se anima.

Ninguno se movió del sitio, sólo se miraban unos a otros; entonces, de pronto Óscar se acercó a ellos con actitud chulesca y preguntó:

—¿Éste es el cantamañanas?

Luis lo miró furioso, pero de repente Jesús soltó:

—El cantamañanas lo será tu padre.

—¡Jesús! —protestó Lucía histérica.

Aquello no pintaba bien, y sin duda tenían todas las de perder. Entonces Óscar, al ver la pulsera que llevaba Luis en la muñeca, se la arrancó con rapidez y la arrojó al suelo.

—Tú no tienes por qué llevar esto —siseó.

Luis dio un paso al frente. No le gustaban las peleas, las odiaba, pero, llegados a ese punto, gruñó:

—La vas a recoger con la lengua.

En ese instante, un coche aparcó a toda prisa frente a ellos y Candy salió de él.

Angustiada, se acercó al grupo, y Lucía preguntó:

—¿Dónde está Mario?

La portuguesa negó con la cabeza y cuchicheó:

—Si puedo evitarle el disgusto, mejor.

Lucía resopló, y Candy, acercándose a Sofía, indicó, al ver el estado en que se encontraba ésta:

—Cariño..., vámonos a casa.

—¿Qué haces tú aquí? —inquirió ella sorprendida.

—Vaya..., pero si ha venido la camarera tonta —se mofó Óscar.

Al oír eso, Candy lo miró con furia, y Sofía siseó, al tiempo que lo empujaba:

—No la insultes, ¡imbécil!

Antes de que ninguno pudiera hacer nada, Óscar le soltó un bofetón a la chica que la tiró al suelo. Horrorizada, Lucía se agachó para levantar a su amiga mientras los macarras les cortaban el paso a Luis y a sus amigos. La portuguesa escupió sin miedo, encarándose a Óscar:

—Eres un maldito mierda... Si vuelves a tocar a mi niña, te arranco la piel a tiras.

De un rápido movimiento, él agarró entonces a la mujer del cuello. Sofía dio un grito, y Luis y el resto intentaron ayudarla, pero los amigotes de aquél se lo impedían. Los golpeaban y los tiraban al suelo, mientras Óscar, mirando a Candy, que apenas podía respirar, mascullaba:

—Tu niña... es mía y haré con ella lo que quiera. ¿Cuándo te vas a enterar? —A continuación, tras soltarla con desprecio, ella cayó también al suelo.

Sofía se apresuró a acudir en ayuda de la mujer, que respiraba con dificultad, pero Óscar la amenazó:

—Aléjate de ella si no quieres sufrir las consecuencias.

Pero la chica no se movió. No le importaba lo que pudiera ocurrirle a ella.

—Óscar..., por favor, ¡para! —suplicó.

Él, mirándola fijamente, la agarró entonces del brazo y la arrojó hacia un lado con fuerza.

—Quítate de en medio, zorra, que no vales una mierda —siseó.

Los chicos seguían peleándose cuando Luis, metiéndose entre los amigotes de aquél, consiguió llegar hasta Óscar y le soltó un derechazo en el estómago que lo dobló en dos.

—¡Ay, Dios! —gritó Lucía.

Rápidamente, Candy reunió fuerzas, cogió a Sofía y tiró de ella, y Luis, enfadado con el mundo en general, al ver a aquel macarra doblado sobre sí mismo, se acercó a su oído y soltó:

—El que no vale aquí una mierda eres tú, gilipollas.

Aquello se convirtió en una batalla campal entre los dos bandos que, por suerte, fue parada enseguida por los gorilas que custodiaban la puerta del local, ante los gritos de Candy diciendo que iba a llamar a la policía.

Óscar, que, como Luis y otros, tenía sangre en la boca, espetó, dirigiéndose a él:

—Ya te pillaré.

—Temblando estoy —replicó él acalorado.

Sin decir más, Óscar ordenó entonces a Sofía:

—Vamos.

—¡Ni se te ocurra moverte! —exclamó Luis, mirándola.

Candy, que tenía sujeta a la muchacha, no la soltó. Sofía no podía regresar con aquél.

—Voy a denunciarte a la policía, ¡sinvergüenza! —aseguró mirándolo.

Óscar sonrió con chulería. Acto seguido, miró a Sofía y señaló:

—Tú verás lo que hacen éstos, pero mañana no llores cuando todo el mundo sepa lo guarrilla que eres.

A continuación, dejando a la chica taquicárdica tras lo que había dicho, Óscar entró de nuevo en el bar seguido de sus colegas.

Luis miró a sus amigos, que, como él, estaban hechos un desastre, y preguntó:

—¿Estáis bien?

Jesús e Iván asintieron, mientras Arturo afirmaba, tocándose la mandíbula:

—Por suerte, el que canta eres tú.

Lucía, acelerada, se sacaba un clínex del bolso para atenderlos cuando Luis, acercándose a Candy, que aún tenía sujeta del brazo a Sofía, preguntó:

—¿Estáis bien?

—Sí, muchacho. Gracias —aseguró la mujer nerviosa.

Luis miró entonces a Sofía. Estaba blanca como la cera. Pero, sin permitirse compadecerse de ella, dio un paso atrás y añadió:

—¿Queréis que os acerquemos a casa o a la comisaría?

—Tengo... el coche aquí. Tranquilo, no hace falta —respondió Candy.

Él asintió y, dando media vuelta, dijo a sus amigos, sin ganas de más problemas:

—¡Vámonos!

Al ver que se alejaba, Sofía se soltó de Candy y, cuando se le aproximó, Luis la miró y siseó:

—Por tu propio bien, haz el favor de quererte un poquito más y no permitir que ningún mierda te trate así..., ni a ti, ni a las personas que quieres. Cuanto antes entiendas qué es lo que haces mal, antes lo solucionarás, Sofía.

Y, sin más, prosiguió su camino con sus amigos.

Lucía, enfadada por primera vez de verdad con su amiga, masculló, mirándola:

—Te quiero, Sofía, te quiero mucho y puedes enfadarte conmigo porque he sido yo quien ha pedido ayuda a Candy, pero déjame decirte que tus malas decisiones te van a separar de todo el mundo que te quiere —y, al ver que ella comenzaba a llorar, murmuró—: Abre los ojos y ve la realidad de una maldita vez. ¿De verdad es ésta la vida que quieres?

Dicho esto, dio media vuelta y se alejó con sus amigos.

Angustiada, Sofía observó cómo se marchaban y se sintió fatal. Ella era la culpable de todo lo ocurrido. Tras recoger la pulsera rota de Luis del suelo, miró a Candy y susurró:

—Lo siento. Lo siento...

La mujer asintió con gesto apurado y, cogiéndola de la mano, declaró:

—Tú y yo nos vamos ahora mismo a la comisaría a denunciar a ese sinvergüenza.

—¡No!

Al oírla, Candy la miró y protestó, arrugando el gesto:

—Por el amor de Dios, Sofía, ese imbécil nos ha agredido...

—No, por favor..., no podemos.

—¿Que no podemos? ¿Cómo que no podemos?

Horrorizada, asustada y terriblemente descentrada, la chica clavó la mirada en aquella mujer que había acudido a ayudarla y dijo:

—Óscar tiene unas fotos mías terribles... En ellas estamos

practicando sexo... y, si papá las ve..., yo... yo... Oh, Candy..., no podemos denunciarlo. Si lo hacemos, Óscar se encargará de enseñarle esas fotos a todo el mundo y...

Y, sin más, rompió a llorar.

Su vida era una mierda. Una mierda que ella misma había alimentado por no hacer caso a quienes se lo advertían, y allí estaba el resultado de su desacertado comportamiento.

Al ver su desesperación y entender su miedo, Candy asintió con la cabeza.

—De acuerdo, Sofía... No pondremos denuncia, pero te llevaré a tu casa y tú no volverás a acercarte a ese sinvergüenza si no quieres que sea yo quien le cuente a tu padre lo que acaba de ocurrir, ¿entendido?

Ella asintió con gesto conmocionado. Entonces se llevó las manos a la boca y murmuró:

—Tu cuello está rojo... Por Dios, casi te ahoga.

Sin ganas de permanecer un segundo más allí, la portuguesa llevó a Sofía hasta el coche y, una vez dentro, le tendió una botellita de agua para que bebiera.

—Cálmate, cariño. Cálmate o terminaremos en el hospital contigo.

Sofía bebió agua y, a continuación, cuchicheó de nuevo, mirándole el cuello:

—Tienes la marca de... de..., en tu cuello.

Ella se miró en el espejo retrovisor y suspiró.

—Sí, cariño. Llevo la marca de un desgraciado que no te merece. De un sinvergüenza que cualquier día puede hacerte esto a ti o algo peor porque no te quiere y sólo te utiliza... ¿Es ésa la vida que deseas, Sofía?

—Candy...

—Muchacha, abre los ojos y date cuenta de la realidad. Con ese chico estás expuesta constantemente al riesgo y a la violencia; pero ¿no lo ves? ¿No ves cómo te trata y te chantajea para que hagas lo que él quiere?

Sin poder apartar la vista del cuello rojo de Candy, ella asintió. Por primera vez veía la realidad de cuanto la rodeaba.

—Candy..., lo siento..., lo siento —sollozó.

Consciente de lo desconcertada que estaba la chica, la aludida afirmó:

—Si esta marca en mi cuello significa que te has dado cuenta de lo que te está ocurriendo, entonces no me arrepiento de tenerla, porque habrá servido para algo. Y, tranquila, esto será un secreto entre tú y yo. Nadie más tiene por qué saberlo.

Necesitada de comprensión y cariño, Sofía se lanzó a los brazos de la mujer en busca de protección. Lo ocurrido esa noche había sido terriblemente grave como para no abrir los ojos del todo y darse cuenta de que su vida debía dar un giro.

Una hora después, ya más relajada, Candy la dejaba en la puerta de su casa y se marchaba a la suya con la esperanza de que la vida de Sofía pudiera empezar a cambiar esa misma noche.

Capítulo 55

A la mañana siguiente, ajena a lo ocurrido la noche anterior, cuando Esther llegó al hotel junto a Sofía, se encontró con un problema en recepción. Los clientes de la 103 se quejaban de que la ducha no funcionaba y aseguraban que abrir la ventana de la habitación era toda una odisea.

Con paciencia, Esther los escuchó; tenían toda la razón del mundo. Cuando por fin se marcharon, entró en el despacho y, mirando a su padre, que estaba allí de pie, iba a protestar, pero él murmuró:

—Lo sé.

—¿Lo sabes? —Pero, sin ganas de discutir, indicó—: Hay que cambiarlos de habitación.

Mario asintió y, al ver que Sofía estaba con ella, dijo, dirigiéndose a ambas:

—Sentaos un momento.

Asustada al oír eso, Sofía palideció. Entonces su hermana, viendo lo nerviosa que se había puesto de pronto, preguntó:

—¿Qué te ocurre? Estás blanca.

La chica no contestó, no sabía qué decir, y su padre, dulcificando la voz, insistió:

—Sofía, cariño, ¿te encuentras bien?

Al oír el tono tranquilo de su padre, se relajó. Como le había dicho Candy, no le había contado nada.

—No he descansado mucho esta noche —murmuró—, pero estoy bien, no os preocupéis.

Mario la creyó y se sentó en la silla. Hizo a un lado todos los papeles y, dejando la mesa despejada por completo, declaró:

—Esto no puede continuar así. Vosotras no sois felices, ni yo tampoco.

Al oír eso, Esther cuchicheó:

—Exacto, esto no puede seguir así.

Sin mirarla, su padre cogió aire y continuó:

—Soy consciente de que el hotel necesita una buena inversión porque, tal y como está, difícilmente podrá seguir abierto un par de años más. Tú —dijo, señalando a Esther— eres una excelente cocinera, has estudiado para ello, y lo tuyo es eso y no este hotel. Y tú —añadió, indicando a Sofía—, está más que claro que esto no te gusta, y que lo tuyo es otra cosa.

—Escucha, papá, yo...

—Cállate, Sofía, y déjame hablar. —La joven asintió, y Mario musitó—: Este hotel era el sueño de vuestra madre y mío. Lo disfrutamos juntos varios años, pero cuando ella, por desgracia, murió, poco a poco el hotel dejó de importarme a mí. Y ¿sabéis por qué? —Cuando sus hijas negaron con la cabeza, él añadió—: Porque ese sueño murió con ella.

—Pero, papá, ¿qué dices? —susurró Esther.

—Digo la verdad, hija. Y si he seguido adelante con el hotel ha sido porque no sabía cómo encarar este tema sin haceros daño, y... —agregó, mirando a Esther— por el enorme empeño y esfuerzo que tú pones todos y cada uno de los días para que el negocio salga adelante.

—Papá, el hotel es nuestro sueño.

—No, hija. Estamos viviendo el sueño de tu madre, no el nuestro, y yo... yo estoy cansado.

Sofía, que estaba tan sorprendida como su hermana, murmuró:

—Papá, sé que nunca he mostrado el mismo interés que Esther, pero...

Mario levantó la mano para hacerla callar e indicó:

—Voy a vender el hotel, y espero contar con vuestro apoyo.

—¡Papá! —murmuró Esther boquiabierta.

—Estoy harto de problemas, de horarios interminables, de facturas sin pagar, de sentir que os veis en la obligación de hacer algo que no queréis y de ver que abandonáis vuestros sueños. No puedo más. Quiero tiempo libre. Quiero que todos disfrutemos un poquito de la vida. Quiero vivir y que viváis, hijas... Necesitamos vivir.

Al comprender que aquellas palabras le salían del corazón a su padre, Esther y Sofía fueron incapaces de rebatírselas; entonces él, sacando unos papeles del cajón, dijo al tiempo que se las entregaba:

—He recibido estas ofertas por el hotel, y espero alguna más.

Esther cogió los papeles y, al ver el logo, se mofó:

—¡Tauranga, ¿cómo no?!

Mario no dijo nada, y Sofía, al ver la cifra final, preguntó:

—¿Esto... esto... es lo que nos darían por el hotel?

—Sí —asintió él—. Y una vez que hubiésemos pagado lo que debemos, había pensado repartirlo a partes iguales entre los tres.

Al oír eso, Sofía sonrió por primera vez en esa mañana.

—Podría ir a la escuela de diseño de joyas de Suiza que siempre he querido... —murmuró—. Allí podría aprender cosas que aquí ni me planteo y luego abrir mi... Oh, Dios..., papá...

Mario la miró y, al ver la ilusión en sus ojos, afirmó:

—Sí, hija. Podrías hacerlo.

Sofía asintió emocionada. Ésa podía ser la oportunidad que necesitaba para encauzar su vida y, mirando a Esther, sugirió:

—Tú podrías abrir tu restaurante.

Con el corazón encogido, Esther dejó los papeles sobre la mesa y murmuró:

—Pero es el hotel de mamá...

—Cariño —la cortó su padre—. Como ella diría, no sueñes tu vida y vive tus sueños. Mamá vivió el suyo y tú te mereces vivir el tuyo.

Los tres estaban sumidos en un sinfín de dudas y emociones cuando se abrió la puerta del despacho y Flora anunció:

—Hijo, tenemos un problema.

Sofía, Esther y Mario suspiraron, y este último preguntó, con gesto desesperado:

—¿Qué pasa ahora?

La abuela entró en el despacho y, plantándose frente a él, indicó:

—Que *Mandy* se va.

—¡¿Qué?! —exclamaron los tres a la vez.

Antes de que pudieran moverse siquiera, Candy entró en el despacho seguida de Jorge y gritó fuera de sí, mirando a la mujer:

—Maldita sea, vieja estúpida, ¡es *Candy*! ¡*Candy*! ¡Y como me suelte eso de «Digo lo que me sale de la flor», le juro que la flor se la pongo yo de peineta!

—Uis..., ¡lo que me ha dicho la *Wandy*...! —se mofó la anciana.

—Señora..., por favor —protestó Jorge, agarrando a una enfadada Candy.

Todos parpadearon sin dar crédito. Pero ¿qué había ocurrido?

Horrorizada al ver a la portuguesa fuera de sus casillas y después de comprobar que en su cuello ya no estaban las marcas de la noche anterior, Sofía se acercó a ella y le cogió la mano para que sintiera su apoyo.

Conmovida, Candy la miró, pero, acto seguido, soltó, dirigiéndose a Mario:

—¡Prepárame el finiquito que me voy. Pero que me voy ahora mismo! —gritó—. No puedo pasar un segundo más junto a tu madre o juro que soy capaz de cometer un asesinato.

Esther se acercó a la mujer y, cogiéndole la mano helada, murmuró:

—Candy, por Dios, relájate.

—Yaya, ¿qué has hecho? —gruñó Sofía.

La anciana suspiró y replicó, sin moverse de su sitio:

—¿Yoooooo? Nada...

—¿Nada? —siseó Esther molesta—. Conozco a Candy y ella no se pone así por nada. Pero, yaya, ¿qué bicho te ha picado con ella?

Con gesto inocente, Flora miró a los demás y, después, clavando la vista en su hijo, comenzó a decir:

—Sólo le contaba a *Randy*...

—¡Candy! —gritaron todos a coro.

La anciana sonrió y prosiguió:

—Le decía a Candy que he preparado una cenita romántica en

casa para mi hijo y Gema y que, con un poco de suerte, esta noche..., ¡pues eso!, ¡habrá fuegos artificiales!

—Yaya... —susurró Esther alucinada.

—¡Mamá! Pero ¿de qué hablas? —protestó Mario.

—Hijo de mi vida —insistió ella—, ya sé que me entrometo donde no debo, pero estás muy empanado y necesitas una mujer a tu lado. Y, como madre tuya que soy, si hace falta, ¡la buscaré!

—Dios..., no puedo con ella —siseó Candy.

—¡Yaya! Pero ¿por qué te metes donde no te llaman? —protestó Sofía.

—¡Mamá, basta ya! —gruñó Mario, entendiendo de pronto lo que ocurría.

Sin embargo, la anciana prosiguió, ignorándolos a todos:

—Y cuando he dicho que he comprado unas sábanas negras de seda monísimas para ponerlas esta noche en tu cama, *Flapy* se ha puesto como un basilisco conmigo. Por el amor de Dios, ¡ni que tú no pudieras cenar y acostarte con quien te venga en gana...!

—Prepárame la cuenta ¡ya! —repitió Candy después de mirar a Jorge, que le pedía calma.

Desconcertados, todos se miraron unos a otros y, cuando la portuguesa iba a dar media vuelta para salir del despacho, Mario, que había intercambiado una mirada cómplice con Jorge, la asió del brazo, la acercó a él y la besó.

—Papáaaaaaaaaaaaaaaaaa —murmuraron Esther y Sofía sorprendidas.

—¡Bendito sea Dios, por fin! —exclamó Flora dando una palmada.

Al oír a la mujer, Jorge fijó la vista en ella y, al ver que sonreía y le guiñaba un ojo, resopló. Sin lugar a dudas, la abuelita *destroyer* era una experta jugadora y sabía muy bien lo que hacía.

Cuando el beso acabó, la portuguesa los miró a todos roja como un tomate, y Mario dijo de carrerilla y sin soltarla:

—Tengo una relación con Candy desde hace seis años. La quiero, me quiere, y mi futuro está con ella. Si no os había dicho nada había sido por vosotras, no sabía cómo contároslo. Pero, llegados a este punto, no voy a permitir que Candy se aleje de mí bajo ningún concepto.

Esther y Sofía se miraron. Nunca habían imaginado nada de aquello.

—Yo tampoco quiero que te vayas bajo ningún concepto —murmuró entonces Sofía—, porque te quiero, sé que me quieres, y creo que mi padre no ha podido elegir mejor compañera.

Emocionada, la mujer la abrazó y respondió, mirándola a los ojos:

—Gracias, cariño.

Mario sonrió y a continuación se dirigió a Esther, que estaba boquiabierta.

—Hija, ¿qué piensas? —preguntó.

Ella parpadeó y, observándolos a los dos, murmuró:

—Pienso que no me lo creo.

Candy y Mario se miraron, y ella, al ver cómo se apretaban las manos bajo la atenta mirada de su abuela, al final indicó sonriendo:

—Yaya..., ¡eres de lo que no hay!

—Lo sé, hija..., lo sé..., pero había que forzar la situación.

Divertidos, todos sonrieron, y Esther afirmó, dirigiéndose a su padre:

—Candy es maravillosa por muchos motivos. Me he sentido siempre querida por ella, la quiero y estoy enormemente feliz de que forme parte de nuestra familia.

Emocionada, la mujer se tapó la boca. Aquello era un sueño.

Entonces la yaya, al verla, le dio con el codo en las costillas para atraer su atención.

—Sé lo vuestro desde hace tres años, hija —confesó.

—¿Qué?

—Y si no paraba de meterme contigo, de equivocarme con tu nombre y de decir las mayores sandeces que he dicho en mi vida era para que Mario explotara, contara la verdad y pudierais vivir vuestro amor en libertad.

—Mamá...

—Pero mi *jodío* hijo es un huevón como lo fue su padre, que en gloria esté, y al final has explotado tú en vez de él. Sólo espero que me perdones por haber sido una vieja estúpida y haber dicho todo lo que me salía de la flor para enfadaros. Eres portuguesa como mis adorados Paulo Futre, Tiago, Simão, Maniche y otros más, y si ellos fueron y son buenos para mi Atlético de Madrid..., ¿cómo no lo vas a ser tú para mí?

Candy sonrió al oír eso y, después de darle un abrazo a la mujer, que se lo pedía emocionada, al soltarla, la anciana dijo mirando a Jorge:

—Tú también lo sabías, ¿verdad?

Esther se volvió hacia Jorge cuando él afirmó con una sonrisa:

—Sí, Flora. Lo sabía.

Esther y Sofía lo miraron y, boquiabierta, la primera preguntó:

—¿Sabías lo de mi padre y Candy y no dijiste nada?

—Sí —asintió él—. Pero yo no era nadie para contarlo.

—Muchacho —añadió la yaya—, me di cuenta de que lo sabías porque, cada vez que me veías por la terraza, intentabas alejarme de Candy para protegerla.

Jorge sonrió y, mirando a la portuguesa, que seguía junto a Mario, murmuró:

—A los buenos amigos como ella hay que cuidarlos y protegerlos.

Al oír eso, a Sofía se le encogió el corazón al pensar en Luis. ¡Qué tonta había sido...!

Entonces Candy, soltándose de la mano de Mario, se colocó frente a sus hijas y declaró:

—Siento habéroslo ocultado, pero era vuestro padre quien os lo tenía que contar, no yo. Y, ahora que lo sabéis, sólo espero que entre nosotras siga habiendo la misma buena sintonía de siempre.

Esther asintió emocionada y sonrió a aquella mujer a la que le tenía tanto cariño.

—Nada cambiará entre nosotras —afirmó—. Te lo aseguro.

—Yo te lo aseguro también —dijo Sofía con todo su amor.

Las tres se fundieron en un abrazo, y entonces Mario se acercó a ellas y cuchicheó, mirando a Esther:

—Hay alguien más que también lo sabe y me lo confesó.

—¿Quién? —preguntó ella sorprendida.

Candy y Mario se miraron.

—Delia —dijo él.

Al oír eso, Esther sonrió.

—En el hospital, ¿verdad?

Ambos rieron y Mario exclamó:

—¡Será *jodía*! ¡Qué bien se hace la dormida!

Esther y Sofía intercambiaron una mirada de complicidad. Nunca olvidarían a su madre, pero ella se había marchado hacía mucho y querían que su padre fuera feliz, por lo que, abrazándolo, lo besuquearon una y otra vez.

—Papá —murmuró luego Esther—, dame tiempo para asumir tu decisión en lo referente a la venta del hotel, pero creo que ha llegado el momento de que vuelvas a vivir tus sueños y tu vida.

Capítulo 56

Esa tarde, cuando Sofía terminó su turno de trabajo, entró con sigilo en el despacho y cogió la llave del cuartito. Luego fue allí y se apresuró a sacar la mochila que guardaba de Óscar.

Debía devolvérsela y acabar con aquello de una santa vez.

Veinte minutos después, y tras pensar qué le diría a aquel sinvergüenza, se sentó en un banco del paseo marítimo y lo llamó por teléfono.

Un timbrazo...

Dos...

—*Sofeaaaaaaaa* —saludó él al responder.

Al oír la voz de aquel chico, que en otro tiempo había sido el centro de su vida y que ahora sólo le daba asco, iba a replicar cuando él añadió:

—Estoy muy cabreado contigo y eso traerá consecuencias, ¿lo sabías?

La voz le sonaba algo distorsionada, y ella supo que él hablaba por el manos libres del coche.

El corazón le iba a mil. Si Óscar le hacía daño con las fotos, ella también podía jugar sus cartas por cosas que sabía de él, pero, como no quería entrar en provocaciones, dijo simplemente:

—Tengo tu mochila. Dime adónde te la llevo.

—Déjala en el hotel.

—No. Ya está fuera del hotel y nunca volverá a entrar.

—*Sofea...*, *Sofea...*, no me provoques.

Molesta por lo cegada que había estado por aquel imbécil, que de pronto ya no significaba nada para ella, siseó:

—Ayer cogiste a Candy del cuello y eso no te lo voy a perdonar en la vida.

—Fue culpa tuya.

—No deberías haberlo hecho.

—Tú y tus amiguitos me calentasteis.

—Olvídate de ellos. Son demasiado buenas personas para que los nombres siquiera.

—Imposible —afirmó él riendo—. No veo el momento de echármelos a la cara, especialmente a ese tal Luis. Cuando lo coja, se va a enterar de quién es Óscar Ramírez.

Sofía se sublevó. Pensar que Óscar pudiera tocar a Luis, a Lucía o a los chicos hizo que le hirviera la sangre.

—Por tu bien —escupió—, más vale que no les toques un pelo, porque, si me entero de que les pones la mano encima, te juro que lo vas a lamentar.

Óscar soltó una carcajada. Decirle a él aquello era una sandez.

—Si algo les pasara a las personas que quiero o las fotos que hay en tu móvil ven la luz —cuchicheó Sofía—, te juro que iré a la policía. Les contaré de dónde sacas toda la mierda que vendes y dónde la guardas o, mejor, buscaré a Nando y le contaré los trapicheos que haces con su mercancía.

—Princesa..., no me jorobes —susurró él, cambiando el tono.

Pero Sofía, que estaba segura de lo que decía, prosiguió:

—Eres una mala persona. Un sinvergüenza egoísta que sólo piensa en sí mismo. Ni yo te importo, ni te importa ninguno de los que están a tu alrededor. Tan sólo somos piezas de ajedrez en tu tablero y nos mueves a tu antojo mientras nos chantajeas.

—Estás filosófica hoy... —se mofó él.

En ese instante se oyeron unas risas de mujer, y Óscar murmuró:

—Gloria se parte la caja con lo que dices.

Sofía sintió pena al pensar en aquella chica, que, como ella, estaba cegada por Óscar.

—Gloria, no seas tonta y aléjate de él —dijo—. Sólo te utilizará como me ha utilizado a mí.

—Olvídate de mí, *Sofea* —oyó que respondía ella mientras Óscar se carcajeaba.

—A ver, princesa...

—No soy tu princesa. Y ahora, dime dónde dejo tu maldita mochila o te juro que la tiro al mar.

Óscar resopló. Era la primera vez que Sofía no entraba en razón y, tras pensar, indicó:

—Dentro de una hora te veo en el bar de Koke.

—No.

—¡¿No?!

—No, Óscar —replicó ella—. No pienso volver a quedar contigo en mi vida.

—*Sofea*, harás lo que yo te diga o...

En ese instante, el teléfono quedó mudo.

Sin entender lo ocurrido, Sofía volvió a llamar. Debía finalizar aquella conversación y decirle dónde iba a dejar la mochila, pero una y otra vez le saltaba el buzón de voz.

Cabreada con Óscar y consigo misma por lo idiota que había sido, miró la mochila, que estaba apoyada en el suelo, y murmuró:

—¡Genial! Y ¿ahora qué hago con ella?

Esperó sentada en el banco durante más de una hora a que Óscar la llamara.

Él sabía que ella tenía algo que le interesaba. No tardaría en llamar. Pero, transcurrido ese tiempo, su paciencia se agotó y, al ver pasar cerca de ella a uno de sus amigotes, lo llamó:

—¡Xuxo!

El chico se acercó a ella de inmediato y comentó nervioso:

—Joder, Sofía, no me lo creo. No me lo creo.

—¿El qué no te crees?

Al comprender que ella no sabía nada, él se sentó a su lado y susurró:

—Es Óscar. Me acabo de enterar en el súper de sus padres de que su coche ha chocado con un camión cuando venía por la AP-7 con Gloria... Están los dos muertos.

La chica lo miró boquiabierta.

—Pero... pero si he hablado con él hace...

No pudo decir más y, horrorizada, se tapó la boca al darse cuenta de la gravedad de lo ocurrido, mientras sentía cómo su corazón se aceleraba y comenzaba a sudar y a temblar.

Durante unos segundos, Xuxo y ella se miraron desconcertados sin saber qué decir y, cuando él se levantó para marcharse, ella dijo:

—Esta... esta mochila es de Óscar.

Xuxo miró su contenido y, a continuación, la cogió con sangre fría y, sin añadir nada, se la llevó.

Mientras tanto Sofía, que todavía estaba conmocionada por la noticia, no podía ni respirar. ¡Óscar y Gloria habían muerto!

Angustiada, de inmediato supo que le estaba dando un bajón de azúcar a causa de la impresión.

Abrió su bolso y buscó algo que le subiera el azúcar, pero, al no encontrar nada, supo que tenía que pedir ayuda cuanto antes.

Como pudo, se levantó del banco tremendamente mareada y, mirando a unos chicos que pasaban cerca de ella haciendo *footing*, perdió el conocimiento y se desmayó.

Media hora después, Esther, su padre y su abuela salían corriendo del hotel en dirección al hospital. Sofía estaba en urgencias.

Capítulo 57

❧

Al día siguiente, Sofía volvía a estar en casa.

Por suerte para ella, detrás de los chicos que hacían *footing* caminaba su vecina Marga, que la atendió junto a los muchachos.

Cuando llegó el Samur, histérica mientras trataba de hacerse entender, la mujer les mostró la chapita que Sofía llevaba al cuello para advertirles de que era diabética.

En todos los noticiarios apareció el accidente ocurrido en la AP-7, cuando un turismo que circulaba a una velocidad excesiva chocó contra un camión, y cuyo resultado fue la muerte en el acto de los dos ocupantes del coche.

Poca gente lloró la muerte de Óscar, pero mucha más la de Gloria. Las personas como Óscar no eran buenas para los demás, y casi nadie sintió su muerte, a excepción de sus pobres padres.

Sin embargo, no todo era dramático a su alrededor.

Vega y Hugo habían anunciado su boda. La noticia los pilló a casi todos por sorpresa, y más cuando los informaron de que sólo les daban una semana para prepararse. Hugo tenía un primo cura que los casaría sin problemas.

Emocionado por lo mucho que quería a los amigos de su hija, a los que conocía desde niños, Mario les brindó la cafetería del hotel para celebrarlo. Los novios aceptaron encantados y todos se ofrecieron a ayudar.

Sofía, a pesar de que ya se encontraba mejor, sentía dolor.

Dolor por la muerte de Óscar y de Gloria, pero más dolor por el daño que su insensatez le había ocasionado a su familia.

Consciente del estado en el que se encontraba su hermana, una tarde, tras comentarlo con su padre, Esther salió del trabajo y se fue a casa. Al llegar allí, mandó a su yaya al hotel. Sofía necesitaba hablar.

Al llegar a la habitación de la chica, ésta, que estaba frente a su ordenador, sonrió al verla entrar. Esther se sentó a su lado, le dio un beso y preguntó:

—¿Cómo estás?

—Bien —afirmó ella.

Viendo que estaba en el Facebook del grupo Atacados, Esther iba a decir algo cuando Sofía se le adelantó:

—Actúan esta noche en Villarreal.

—¿Quieres ir?

La muchacha se apresuró a negar con la cabeza y, suspirando, dijo mientras la cogía de las manos:

—Gracias. Gracias por quererme como me quieres, por soportarme y por haberme cuidado toda mi vida. Sé que no soy una buena hermana por ser una fuente inagotable de problemas y...

—Eh... —la interrumpió Esther con cariño—. Pero ¿qué dices?

—Digo la verdad —afirmó con tristeza—. He sido una egoísta que ha actuado siempre sin pensar en el dolor que estaba causando a su alrededor. Y, ahora que soy consciente de ello, me da tanta vergüenza que no sé ni cómo pediros perdón.

Esther la abrazó con cariño.

Aquella niña que de pronto se había hecho mujer era su hermana. Una de las personas que más quería en el mundo.

—Lo pasado —murmuró— pasado está, y ahora debes continuar hacia adelante. Y, en cuanto a mí, sólo puedo decirte que te quiero, que por ti haría lo que fuera.

Con los ojos anegados en lágrimas, Sofía murmuró:

—Eres tan buena... que no te merezco.

Esther sonrió y, mirándola, cuchicheó:

—Estoy convencida de que, si hubiera sido al revés, tú te habrías preocupado por mí y me habrías querido igual.

—Tengo que contarte algo —murmuró entonces Sofía, necesitando soltar todo lo que guardaba en su interior.

Con pelos y señales, la chica le habló de las veces que había guardado droga en casa y en el hotel, de las fotos, de su sumisión frente a Óscar... Esther asintió horrorizada, pero cuando Sofía se derrumbó, la consoló. Habló con ella. Le hizo entender que había que aprender de los errores y que debía seguir adelante.

Más tranquila, Sofía le habló de Candy, de lo que ésta había hecho por ella, y Esther, sorprendida, pensó en que la mujer no había comentado nada a nadie.

—Si antes la quería —dijo cuando su hermana terminó de hablar—, ahora la quiero más aún. Y olvídate de Óscar y su maldad, eso ya acabó. Lo siento por Gloria, pero ese cerdo nunca volverá a acercarse a ti.

Ambas asintieron, y entonces Sofía susurró:

—Mamá debe de estar muy decepcionada conmigo.

Consciente de sus palabras, Esther afirmó:

—Mamá te quiere como te queremos todos, y seguro que en este instante sonríe y está muy orgullosa de ti porque ve que eres capaz de admitir tus errores...

—Y corregirlos..., quiero corregirlos. Quiero demostraros que soy consciente de mi error, y por ello voy a cambiar, para que estéis orgullosos de mí.

—Ya lo estamos, tontusa —afirmó Esther.

Durante un buen rato, Sofía se sinceró con su hermana como nunca antes lo había hecho y, en silencio, Esther la escuchó y le dio su opinión cuando ella se lo pidió. De pronto les resultaba fácil comunicarse entre ambas y, cuando Sofía sintió que le había dicho todo lo que su corazón le pedía —lo bueno, lo regular y lo malo—, murmuró para finalizar:

—Esther, en cuanto a la venta del hotel, creo que deberíamos facilitarle a papá las cosas. Sé cuánto adoras ese sitio porque era de mamá, pero es papá quien está con nosotras y quien nos pide un cambio.

Ella asintió. Sabía que su hermana tenía razón.

—Lo sé, y lo haremos —indicó. A continuación, sin ganas de pensar en ello, cambió de tema—: Pero ahora te voy a necesitar para organizar la boda de Hugo y de Vega; ¿me ayudarás?

—Por supuesto.

Ambas sonrieron, y Esther preguntó, mirando la pantalla del ordenador:

—¿Quieres que vayamos a ese concierto? Quizá si ves a Luis...

—No creo que quiera verme.

—Tienes que ser valiente, Sofía. Ese chico se merece una explicación y debes enfrentarte a...

—Lo sé, pero no puedo. Me porté fatal con él.

Ambas se contemplaron en silencio.

—Pues has de saber que Vega los ha contratado para la fiesta —musitó entonces Esther—. A ellos y a Lucía.

Sofía resopló. Por su cabeza pasaron mil cosas y, al ver cómo su hermana la miraba, dijo:

—Entonces será mejor que vaya a ese concierto e intente pedirle perdón.

Esther asintió mientras se levantaba.

—Iremos juntas tú y yo.

Después de que Esther hablase por teléfono con su padre para explicarle que saldrían por la noche, avisó a Delia al bufete y, cuando ésta llegó, las tres se fueron de concierto.

* * *

Sofía estaba nerviosa al llegar al local. Nada más entrar, las tres amigas se colocaron junto a la barra, desde donde podrían ver bien el escenario.

Cuando el concierto empezó, el corazón de la chica se aceleró aún más al ver salir a Luis, que estaba tan guapo como siempre y, tras mirar a su hermana y sonreír, se dispuso a disfrutar del concierto.

Como siempre que actuaban, los chicos daban lo mejor de sí mismos y transmitían alegría y emociones al público. Su música destilaba buen rollo, y éste disfrutaba al máximo.

Desde donde estaban, Sofía observaba a la gente corear las canciones, y sonreía al oír a las chicas gritar el nombre de Luis, Arturo, Jesús o Iván. Aquello era lo que tocaba. Por aquello era por lo qué esos chicos habían luchado.

Esther sonrió al ver que Delia saludaba a un amigo. No obstante, suspiró sumida en sus propios problemas. Le dolía pensar en Jorge, le rompía el corazón, y, cuando las luces del local se volvieron más íntimas y Luis comenzó a entonar con su guitarra una canción titulada *Qué pasaría*,[10] se le formó un nudo en la garganta.

La letra de ese tema hizo que un sinfín de sentimientos se removieran en su interior. Casi sin respirar, escuchó cómo Luis cantaba aquella preciosa y descarnada canción, cargada de sensibilidad, que hablaba de los recuerdos, de los reproches y del amor, y cuando él terminó y todos aplaudieron, Esther miró a su hermana y, al ver que, como ella, tenía los ojos llenos de lágrimas, murmuró con una sonrisa:

—Qué canción más maravillosa.

Sofía asintió. La había oído en otros conciertos, pero en ese momento, tal y como estaba su corazón, la sintió mucho más hondo.

—Tan maravillosa como Luis —afirmó.

Delia se acercó entonces a ella y comentó:

—Madre mía, qué canción tan bonita, ¿no?

Ambas asintieron y sonrieron intercambiando una mirada.

La actuación continuó durante una hora más y, cuando acabó, Esther preguntó, dirigiéndose a su hermana:

—¿Vas a hablar con él?

Sofía asintió. Debía ser valiente y enfrentarse a las cosas.

Sin embargo, cuando vio a los chicos de Atacados hablando con sus fans y haciéndose selfis con ellas, algo en su interior le dijo que no era ni el momento ni el lugar.

---

10. *Qué pasaría*, © y ® M2 Music Group, S. L., interpretada por Atacados. (*N. de la E.*)

Luis no merecía que empañase ese instante tan feliz para él, por lo que, mirando a su hermana, indicó:

—¡Vámonos! Buscaré otra ocasión.

Entendiéndola, Esther avisó a Delia y, tras despedirse de unos amigos que estaban también en el local, salieron juntas y regresaron a casa en silencio.

Capítulo 58

Al día siguiente, cuando Esther se levantó, Delia y su abuela bromeaban en la cocina.

—Me apena que te marches, pero me alegra que retomes tu vida, corazón.

—Opino como tú, yaya —intervino Esther.

Delia sonrió. Había estado encantada de pasar ese tiempo viviendo con ellos. Esther, Hugo, Vega y los suyos eran su familia, la familia que ella nunca había tenido.

—Echaré de menos que alguien me planche la ropa —afirmó sonriendo.

—Tendrá morro, la tía —se mofó Sofía, apareciendo en la cocina.

Todas rieron y, durante un rato, estuvieron hablando de la boda de Hugo y Vega, que se celebraría en la cafetería del hotel. Mario, para que sus hijas, Candy y él pudieran asistir, había contratado a dos personas que, junto a Jorge, se encargarían de la terraza mientras Alberto se ocupaba de recepción.

Tras un buen comienzo de mañana, Delia y Esther se encaminaron hacia el Agamar. Delia quería comentarle a Mario que pasada la boda se mudaría.

Al llegar allí, se encontraron a Mario y a Candy en el despachito.

—¿Qué pasa, tortolitos? —saludó Delia al entrar.

Ambos sonrieron, y Mario cuchicheó:

—Será puñetera, la *jodía*. ¡Cómo nos cazó!

Todos soltaron una carcajada y, a continuación, Esther comentó:

—Papá, Delia quiere decirte algo.

Al oír eso, Candy se apresuró a anunciar:

—Me voy a trabajar.

—Puedes quedarte, si quieres —indicó Delia.

La portuguesa sonrió y, guiñándole el ojo, afirmó:

—Gracias, cielo, pero Jorge está solo en la terraza, y creo que es mejor que le eche una mano.

Cuando ella se marchó, los tres se sentaron, y Delia explicó, mirando a Mario:

—Quería darte las gracias por haberme permitido quedarme en tu casa durante este tiempo, y decirte que, una vez que pase la boda, me mudaré.

—Pero, hija..., si mi casa es la tuya.

Esther y Delia sonrieron, y esta última indicó:

—Lo sé, y no sabes cuánto te lo agradezco, pero como Hugo y Vega se casan, le voy a comprar su apartamento a él y, bueno..., creo que ha llegado el momento de que vuelva a vivir sola.

Mario asintió y, cuando los ojos se le humedecieron, Esther cuchicheó sonriendo:

—Papá, ¿en serio vas a llorar?

El hombre negó con la cabeza y, al ver que a ambas les hacía gracia ver su lado sensible, le sonrió a Delia, a la que quería como a una hija, y murmuró:

—Te voy a echar de menos, *jodía*. Ya sabes dónde está tu casa.

Ella asintió. Lo sabía muy bien. Acto seguido, levantándose, se fundieron en un cariñoso abrazo.

* * *

Por la tarde, después de regresar de comer, Esther echó un vistazo por la ventana. Desde ella veía la terraza abarrotada de gente tomándose un cafetito, y a Jorge hablando con unas chicas.

Trató de ignorarlo.

Trató de no pensar en ello.

Pero, al final, la canción que Luis había interpretado la noche anterior que decía aquello de «Qué pasaría...» no dejaba de dar vueltas en su cabeza, y la ansiedad la hizo encaminarse hacia la terraza. Cuando Jorge la vio, la saludó sin moverse de donde estaba.

—Buenas tardes, *jefa*.

Las chicas de la mesa la miraron, y Esther, disimulando su malestar, sonrió y se sentó en un taburete en la barra.

Candy, que la había visto llegar, se acercó a ella con un cafetito y se lo puso delante.

—Tómatelo —le dijo—. Te vendrá bien.

Durante unos segundos, ambas guardaron silencio, hasta que Esther cuchicheó:

—Me gusta mucho que mi padre y tú estéis juntos. Y gracias por lo que hiciste la otra noche por Sofía. Sin duda, nadie mejor que tú para formar parte de nuestra familia.

Candy la miró emocionada y murmuró:

—Gracias a ti, preciosa.

Estuvieron en silencio hasta que oyeron una risotada procedente de la mesa de las chicas que estaban con Jorge.

—Vale —suspiró Esther entonces—. Ya sé que lo imaginabas. Lo admito. Tuve algo con él.

Al oírla, Candy sonrió.

—Y ¿por qué ese algo no continúa?

Esther lo miró. La ponía enferma verlo sonreír y bromear con aquéllas.

—Porque metí la pata de todas las maneras posibles y ahora no quiere saber nada de mí.

—Lo dudo —se mofó Candy.

Sorprendida al oír eso, Esther la miró, y la mujer añadió, bajando la voz:

—Me voy a meter donde no me llaman, pero durante estos meses, aunque no he dicho nada, he sido testigo de lo que ocurría entre vosotros.

—¿Mi padre sabe algo?

—No. Tu padre ni se lo imagina, pero he de decirte que, si quieres a ese chico, hagas el favor de hacérselo saber con acciones.

—¿Acciones? ¿Qué acciones?

Candy sonrió.

—Mira, cariño, en ocasiones los hombres necesitan saber que una mujer puede cometer locuras por ellos. Jorge cometió la locura de aparecer aquí sin avisar. Te sorprendió, se arriesgó, y creo que eso es lo que él necesita también, que tú lo sorprendas. Que te arriesgues y hagas algo que él no espere de ti.

—Pero ¿cómo? Si no me deja acercarme a él.

—No lo avises. Hazlo sin advertirle. Sorpréndelo.

Después de decir eso, Candy se alejó para atender a unos clientes, mientras Esther observaba con disimulo a Jorge, que seguía hablando con aquéllas. Pensó en lo que le había dicho la portuguesa. Sin embargo, sorprender a Jorge no era fácil: cada vez que intentaba acercarse a él, éste sabía muy bien cómo frenarla.

Agobiada, se tomó el café y, tras ponerse en pie, iba a marcharse cuando una nueva carcajada de aquellas chicas la detuvo. Al mirar en su dirección, vio cómo todas y cada una de ellas competían con miradas para ver quién se llevaba las atenciones de Jorge. De pronto, harta, y sin pensarlo dos veces, se encaminó hacia él. Cuando llegó a su lado, sin previo aviso, lo agarró del cuello, acercó su cuerpo al de él y lo besó.

Sorprendido, él se quedó parado, pero al sentir el aliento de Esther sobre su boca, no pudo rechazarla y, abriendo los labios, acogió su lengua. Con pasión, desenfreno y locura, se besaron en medio de la terraza, sin pensar en nada más.

De repente, al verlos, la gente comenzó a aplaudir y a gritar «¡Viva el amor!», mientras ellos disfrutaban de aquel reencuentro que tanto necesitaban y deseaban.

Cuando el beso acabó y Esther se separó de él unos centímetros, permanecieron mirándose a los ojos, hasta que ella dijo:

—Si no te ha quedado claro lo que siento por ti, puedo volver a repetirlo.

A Jorge lo emocionó oír eso. Para él había sido un suplicio verla todos los días y tener que esquivarla, por lo que, satisfecho de comprobar que Esther había sido capaz de romper sus barreras y besarlo en aquella terraza llena de gente, murmuró:

—Creo que tendrás que volver a repetirlo.

Desinhibida y encantada, ella lo besó de nuevo ante el gesto sorprendido de las chicas que segundos antes hablaban con Jorge. El bullicio que se había organizado en la terraza era tal que Mario, que llegaba en ese instante con Sofía y la abuela, se acercó a la barra, donde Candy estaba apoyada, y le preguntó:

—¿Qué ocurre?

La mujer, con una maravillosa sonrisa en los labios, señaló con el dedo en su dirección. Cuando la yaya vio a su nieta, exclamó sonriendo:

—¡Bendito sea Dios! ¡Eso es un besazo, y lo demás son tonterías!

—¡Yaya! —Sofía rio sorprendida.

Boquiabierto al ver la escena, Mario preguntó:

—Pero ¿y eso?

Encantada de poder agarrarlo por la cintura, Candy apoyó la frente en su hombro y murmuró:

—Eso es amor y contraseña de wifi correcta.

Satisfecho al ver aquello y porque su hija le diera una oportunidad a un muchacho como Jorge, Mario se unió a los aplausos de los demás mientras sentía que, por fin, todo podía ir a mejor.

Capítulo 59

Los días pasaron, y la felicidad para Jorge y Esther era completa.

Poder mirarse, tocarse, besarse era lo que necesitaban, y estaban haciéndolo cuando el viernes, Flora, que entraba en ese instante con Sofía en el despachito, murmuró al verlos:

—Por el amor de Dios..., ¡¿no os cansáis?!

Ellos se miraron y Sofía comentó divertida:

—Chicos..., idos a un hotel.

Todos empezaron a reír, y en ese momento Mario entró también y preguntó, dirigiéndose a Esther:

—¿Os vais ya?

—Sí, papá, en cuanto lleguen Vega y Delia.

El hombre asintió y, mirando a Jorge, a quien en ese momento le sonaba el móvil y lo paraba, indicó:

—Como sé que Hugo y Vega te han invitado a la boda, vendrá a cubrir tu turno un amigo de Alberto.

Él lo miró sorprendido y, cuando iba a decir algo, Esther abrazó a su padre.

—Gracias... —cuchicheó—, gracias, papá.

Mario sonrió. Ver la felicidad de su hija esos últimos días era lo mejor que le había pasado en mucho tiempo, y afirmó con cariño:

—Por verte sonreír, lo que sea.

Ella asintió y, abrazando ahora a Jorge, exclamó nerviosa:

—Así que, ya lo sabes, ¡mañana libras y vamos de boda!

Él asintió encantado y, tras agradecerle el detalle con la mirada a Mario, le dio un beso a Esther en los labios y susurró:

—Será un placer disfrutarla contigo.

Feliz, Mario preguntó a continuación:

—¿A qué hora regresaréis de Valencia?

Esther se encogió de hombros.

—Pues no lo sé, papá, pero sobre las nueve imagino que ya estaremos aquí.

En ese instante se oyó una voz en recepción. Mario salió y, segundos después, volvió a asomarse por la puerta y dijo, mirando a su hija mayor:

—Esther..., han venido los del catering para la boda de mañana. Necesito que les expliques cómo quieres las mesas, el escenario y todo lo demás.

Ella se apresuró a salir y Flora, dejando su bolso sobre la mesa, preguntó a Jorge:

—¿Y tus padres? ¿Conocen a mi nieta?

—No, pero espero que pronto lo hagan.

—Jorge —llamó Esther.

Al oír su voz, él miró a la mujer e indicó:

—Me reclama tu nieta. Ya hablaremos en otro momento.

—¡Anda, ve!

Sofía, al ver a su padre entrar de nuevo, lo besó en la mejilla.

—¿Lleváis todas las direcciones apuntadas de los lugares a los que tenéis que ir? —preguntó él.

—Sí, papá, tranquilo, ya hemos ido otras veces a Valencia de compras.

En ese instante entraron Vega y Delia, y ésta soltó con gracia:

—¡Estoy en un punto que a *tó* me apunto! ¡Que viva la novia!

Divertidos, todos rieron, y Mario preguntó, acercándose a Vega:

—¿Estás nerviosa por lo de mañana?

Ella asintió y cuchicheó:

—No sé ni cómo me he dejado convencer para meterme en este berenjenal.

Los demás rieron, y la yaya susurró, mirándola:

—Qué ilusión me hace recoger tu vestido de novia... ¡Qué ganitas de verlo!

Delia observó a Vega y, cuando vio que Flora no las escuchaba, murmuró:

—Verás cuando vea tu vestido...

Ambas soltaron una carcajada, y es que el de Vega no era el típico vestido de novia.

Al darse cuenta de que su hijo miraba por la ventana a Candy, Flora se acercó a él.

—A ver si te casas pronto con esa maravillosa mujer —le soltó de pronto.

—Mamá..., por favor —protestó él.

Sofía sonrió y, al ver que aquellos dos se ponían a discutir, mientras Vega y Delia los tranquilizaban, indicó:

—Estaré fuera.

Cuando salió del hotel, aspiró el maravilloso olor del mar. Hacía un día precioso, y la playa estaba llena de gente.

Estaba mirando a su alrededor cuando de pronto vio a Luis.

Sorprendida, lo siguió con la mirada hasta que él se plantó frente a ella y saludó:

—Hola, majestad.

—Hola —respondió ella sonriendo.

Durante unos segundos, ambos se miraron a los ojos, hasta que él preguntó:

—¿Tienes un rato libre para hablar?

Sofía asintió y, tras entrar en el hotel y buscar a su hermana para decirle que regresaría al cabo de treinta minutos, volvió a salir.

—Tengo media hora.

En silencio y sin rozarse, los dos fueron a sentarse a un banco que había frente a la playa.

Permanecieron sin hablar unos segundos, hasta que Luis la miró y comentó:

—Me alegra saber que estás bien. Lucía me contó lo que ocurrió. Lo siento.

Sofía asintió.

—Pero, aunque suene muy feo lo que voy a decir —añadió él—, me alegra saber que ese personaje ya no volverá a acercarse a ti.

—Opino lo mismo que tú. Tranquilo.

Luego, tras otro silencio, Luis cuchicheó:

—Te vi el otro día en el concierto.

Ella lo miró sorprendida y, al encontrarse con aquellos encantadores ojos azules, susurró:

—Fui para pedirte disculpas, pero me di cuenta de que no era ni el momento ni el lugar.

Él, que ya lo intuía, asintió.

—He venido porque no quería que mañana fuera incómodo vernos en la boda de Vega y Hugo. Nos han contratado para tocar en la fiesta y...

—Lo sé..., sé que os han contratado a vosotros y a Lucía. —Entonces Sofía, que necesitaba decir lo que sentía, susurró—: Lo siento. Siento haber sido una mala persona contigo. Me avergüenzo de mis hechos, de mis acciones, y te pido perdón por ello. No lo hice bien, lo hice fatal...

Luis volvió a asentir y, al ver su apuro, murmuró:

—Tranquila, Sofía. Lo creas o no, te entiendo.

—¿Me entiendes?

Él hizo un gesto afirmativo y, a continuación, señaló con un suspiro:

—Todos hemos tenido en algún momento dado a alguien no muy recomendable a nuestro lado. Lo importante es darte cuenta de ello, no dejarte influenciar y saber dirigir tu vida.

—Lo sé..., lo sé... Me he dado cuenta, tarde, pero al fin he abierto los ojos y he despertado.

—Pues eso es lo importante. Quédate con eso.

Ella sonrió. Luis era un encanto de chico.

—He estado obcecada y anulada por una persona que no lo merecía. Pensaba que mi familia era una pesadilla y que yo era una incomprendida, cuando la verdad era que la pesadilla era yo y los incomprendidos, mi familia y todo el que se acercaba a mí. Me creé un cuento en el que Óscar era una de las mejores cosas de mi vida, cuando en realidad era todo lo contrario. Él era una mala influencia, una mala persona que sabía dominarme con palabras edulcoradas y chantajes.

—¿Me permites un consejo? —preguntó entonces Luis. Ella asintió, y él añadió—: Nunca renuncies a tus sueños porque otros piensen que no los mereces.

—Creo que es un bonito consejo —afirmó Sofía con cariño.

Ambos sonrieron, y Luis prosiguió:

—Tienes un padre y una abuela que te quieren, una persona como Candy a tu lado, que es capaz de enfrentarse con quien sea, y una hermana que me consta que siempre ha luchado por ti. ¿No crees que ellos merecen lo mejor de Sofía?

—Tienes razón —dijo ella, cogiendo aire—. Tengo una familia increíble, y en cuanto a mi hermana, ella siempre ha tirado de mí, de mi padre, del hotel, de mi abuela... Esther ha cargado con todo a sus espaldas durante muchos años, y yo sólo le he dado problemas, preocupaciones y malas contestaciones cuando ella simplemente quería lo mejor para mí. Sin embargo, eso se acabó, porque a partir de ahora pienso luchar y trabajar para demostrarles a todos que la Sofía inmadura, caprichosa y problemática ya se marchó.

—¡Estupendo!

—Y, aunque entre tú y yo ya no pueda haber nada, quiero darte las gracias por...

No fue capaz de continuar. La emoción la embargó cuando Luis declaró, cogiéndola de la mano:

—Sofía, si estoy aquí es porque me encantaría ser tu amigo. Otra cosa no me nace, pero si tú quieres podemos retomar nuestra amistad.

La chica lo miró emocionada.

—¿Lo dices en serio?

Él asintió enternecido y, abriendo los brazos, afirmó:

—Claro, majestad, claro que lo digo en serio.

Con cariño, los dos se fundieron en un fuerte abrazo. Un abrazo limpio, claro y nítido.

—Por cierto —dijo Luis cuando se separaron—, me debes una pulsera.

—Eso está hecho, y te recuerdo que tú me debes una canción.

Luis sonrió al oírla.

—Prometido.

Cuando todo quedó aclarado entre ellos, se levantaron del banco, caminaron hacia el hotel y, al llegar a la puerta, se miraron a los ojos y ella murmuró con una sonrisa:

—¿Amigos?

Luis asintió y declaró con seguridad:

—Por supuesto. Amigos.

Luego, tras abrazarse de nuevo, él se marchó.

Esther, que había estado pendiente de su hermana desde que ésta le había dicho que necesitaba unos minutos para hablar con Luis, al verla entrar en el hotel, la miró a la espera de una respuesta.

—Seguimos siendo amigos —aclaró Sofía con una sonrisa que le llegó al alma.

Cinco minutos después, la yaya, junto con sus nietas, Vega y Delia, se montaron en el coche de Esther y se encaminaron hacia Valencia. Tenían muchas cosas que hacer.

Capítulo 60

Esa tarde, mientras las chicas estaban en Valencia de compras y Jorge terminaba de organizar la cafetería para la boda de Vega y Hugo, que se celebraría al día siguiente, Mario aprovechó para programar varias reuniones en el hotel con posibles compradores. Quería hablar con ellos antes de volver a abordar el tema con sus hijas.

Candy, que estaba al corriente de aquellas reuniones, entró alguna que otra vez en el despacho para llevarles algo fresco de beber. El día era caluroso y, sin duda, debido a la dificultad del tema que abordaban, Mario lo necesitaba.

Durante varias horas, éste habló de cifras con los posibles compradores, hasta que la última reunión se dio por finalizada y acompañó al hombre a la puerta.

—Señor Sánchez, piense en las ofertas que le he dejado sobre la mesa —dijo aquél entregándole una tarjeta—. Ambas son realmente interesantes. Por favor, llámeme y comuníqueme su decisión.

—Lo haré —afirmó Mario guardándose la tarjeta.

Una vez en la puerta del hotel, el hombre miró a su alrededor y preguntó, señalando hacia la derecha:

—Ésa es la cafetería y la terraza que usted no quiere vender, ¿verdad?

Mario asintió. Quería conservarlos para su hija Esther.

—Aun así —insistió el hombre—, mírese bien las dos ofertas, con cafetería y terraza y sin ellas. Le aseguro que, si acepta, no se arrepentirá.

Él volvió a asentir. Sin lugar a dudas, la suma que aquél le ofrecía era tentadora, pero antes tenía que hablar con sus hijas. Ellas tenían parte en todo aquello y no quería hacer nada a sus espaldas.

Cuando se dieron la mano para despedirse, Mario observó cómo se alejaba el hombre mientras éste tecleaba en su teléfono. Luego vio que se acercaba a un bonito deportivo biplaza blanco y se apoyaba en él para hablar.

Durante unos segundos, aquél habló, hasta que de pronto se quedó mirando fijamente hacia el hotel. Desde la puerta, y consciente de su reacción, Mario no lo perdió de vista.

—¿Ocurre algo? —preguntó cuando volvió a acercarse a él.

Señalando a Jorge, que servía unas bebidas en la terraza, bandeja en mano, el hombre dijo de pronto:

—Mi hermano —y, levantando la voz, exclamó, caminando hacia él—: ¡Géorge! ¡George!

Al oír esa voz, el joven levantó la cabeza y, al ver a su hermano que se aproximaba a él, se quedó sin palabras. Raúl lo abrazó y, en cuanto lo soltó, preguntó mirándolo:

—¡¿Camarero?! Pero ¿no estabas de vacaciones?

Totalmente descuadrado, Jorge parpadeó.

—Pero ¿qué haces tú aquí?

Raúl, al ver el gesto de su hermano, cuchicheó:

—He tenido una reunión con el dueño para hacerle una oferta por el hotel. ¿Qué ocurre?

Al ver cómo los miraba el padre de Esther, Jorge preguntó sorprendido:

—¿Has tenido una reunión con Mario?

Raúl asintió. Entonces Mario caminó hasta ellos y, con gesto extrañado, preguntó:

—Jorge, ¿puedes explicarme qué pasa?

En ese instante, a Raúl le sonó el teléfono y, tras hacerles un gesto, se separó de ellos unos metros.

—Mario —dijo Jorge mientras tanto—, esto tiene una explicación.

Candy se acercó a ellos, y Mario asintió ofuscado:

—Por supuesto que ha de tenerla porque, si eres hermano de ese muchacho y él es el hijo de Hunter Henderson, el dueño de la cadena Tauranga..., ¿qué haces trabajando de camarero en mi hotel y por qué dijiste que te apellidabas Álvarez en vez de Henderson?

—Dios santo —murmuró Candy al oír eso e intuir que se avecinaban problemas.

Apabullado, Jorge resopló. Siempre había sabido que tendría que decir la verdad, pero nunca habría imaginado que ocurriría algo parecido. Entonces, dirigiéndose a Mario y a su hermano, que se acercaba de nuevo tras hablar por teléfono, pidió:

—Vayamos al despacho, por favor.

Mario miró a Candy y, cuando ella le indicó que podía quedarse sola en la terraza, se encaminó junto con aquéllos hacia el despacho. Una vez allí, Jorge le contó quién era en realidad, y por qué su apellido era Álvarez y no Henderson.

Cuando terminó, Mario susurró boquiabierto:

—Muchacho..., ¿Esther sabe esto?

Él negó con la cabeza, y Mario comenzó a andar nervioso de un lado a otro del despacho.

—Maldita sea, Jorge —gruñó—. ¿Cómo has podido ocultarle ese detalle? ¿Acaso no sabes la tirria que le tiene a tu padre por algo que su madre le contó cuando era una niña?

—Lo sé, claro que lo sé —replicó él molesto—. Lo que no sé es por qué nadie le aclaró que ese hotelero se suicidó al enterarse de que su mujer lo dejaba por un amigo del matrimonio, y no porque mi padre lo presionara nunca para comprar su hotel.

—¿Lo dices en serio? —dijo Mario sorprendido.

Jorge asintió y, a continuación, afirmó, seguro de lo que decía:

—Sólo hay que tirar de hemeroteca.

Durante unos segundos, los tres guardaron silencio. Estaban sorprendidos al haberse encontrado con algo que no esperaban. Entonces Jorge, mirando a Mario, indicó:

—Te pediría que me guardaras el secreto hasta...

—¡Ni hablar! —protestó él—. No pienso mentirle a Esther ahora que lo sé —y, pensando en su hija, cuchicheó—: ¿Te has parado a pensar en la reacción de ella cuando se entere de quién eres y quién es tu padre en realidad?

—Mario, yo te guardé tu secreto con Candy porque querías ser tú quien se lo dijera a tus hijas... ¿Acaso no entiendes que he de ser yo quien se lo diga a Esther?

Él maldijo para sí. El muchacho tenía razón.

—¡Que Dios te pille confesado! —murmuró.

—Lo sé... —afirmó Jorge con un resoplido.

A continuación, Raúl, que no comprendía nada, los miró a ambos y preguntó:

—¿Alguno me puede explicar lo que pasa?

—Ahora te lo explicaré —indicó Jorge y, al ver varias carpetas sobre la mesa, una de ellas con el logo de Tauranga, preguntó, dirigiéndose a Mario—: ¿Ésas son las ofertas por el hotel? ¿Puedo verlas?

Él lo miró con desconfianza.

—¿No sabías nada de la venta del hotel?

—No. Claro que no.

Mario le entregó las carpetas. Jorge las abrió y, tras echar un vistazo por encima a los papeles, miró a su hermano y, antes de que dijera nada, Raúl indicó:

—De acuerdo, se puede mejorar.

A continuación, Jorge le entregó la carpeta con el logo de su empresa.

—Espérame fuera, Raúl —le pidió—. Tengo que hablar con Mario.

Él asintió y, una vez que hubo salido del despacho, Jorge miró a Mario y murmuró:

—Lo siento. Siento haberte ocultado quién era en realidad, y sólo espero que entiendas que lo hice por Esther. Desde el momento en que la conocí, me dejó bien clara su aversión por la cadena Tauranga, y no fui capaz de decirle que la empresa pertenecía a nuestra familia. Pensé que, si la conquistaba por mí mismo, Tauranga pasaría a ser algo secundario y...

—Jorge —lo cortó Mario—, no voy a negarte que mi hija siente algo por ti, como sé que lo sientes tú por ella porque sólo hay que veros para entender que entre vosotros hay algo muy especial. Sin embargo, juegas con algo en contra, y es que eres hijo de quien eres y uno de los propietarios de la cadena Tauranga.

Jorge asintió. Sin duda, tenía razón.

—Puedo ayudarte a reflotar este hotel —dijo entonces de pronto—. Si tú quieres, yo podría invertir en él, y así vosotros seguiríais siendo los dueños y...

—Noooooooooo —negó Mario—. Quiero cerrar este capítulo de mi vida y comenzar otro, y para ello he de vender el hotel. Si lo hago, Esther podrá montar su restaurante, Sofía podrá dedicarse al diseño de joyas y yo empezaré una nueva vida con Candy. Quizá monte una tiendecita, algo pequeño para nosotros dos que nos dé lo suficiente para poder vivir y disfrutar de la vida, algo que, con el hotel, hasta el momento no hemos podido hacer.

Jorge asintió. Lo entendía perfectamente.

—Mañana es la boda de Vega y no quiero que le amargues el día a mi hija —dijo entonces Mario—, pero después, el lunes, como muy tarde, tendrás que contárselo. Si, pasado ese tiempo, no se lo dices tú, se lo contaré yo, ¿entendido?

Desesperado, Jorge asintió. Acto seguido, pensó en su hermano y pidió:

—Necesito unas horas libres. He de hablar con Raúl, pero estaré de vuelta antes de que Esther regrese de Valencia. En cuanto al hotel, mañana recibirás una nueva oferta. Me encargaré personalmente de que consigas lo máximo por él.

—De acuerdo —repuso Mario.

Según dijo eso, Jorge salió del despacho. Raúl, al verlo, iba a decir algo cuando él se le adelantó:

—Vamos. Tenemos que hablar.

Mientras caminaba a su lado, Raúl le señaló el deportivo blanco y, al montarse en él, susurró, mirando a su hermano:

—Algo me dice que mi aparición te ha jodido algún plan.

Jorge asintió.

—¡Joder, Raúl! Esta gente no sabía quién era yo, y ahora me temo que voy a tener problemas con Esther.

—¿Esther? ¿Quién es Esther?

Con la cabeza a mil, él miró a su hermano.

—¿Recuerdas a la chica que te vaciló con los idiomas en...?

—¿La española?

—La misma.

Boquiabierto, Raúl miró a su hermano.

—¿Estás aquí por ella? —preguntó. Cuando Jorge asintió, Raúl insistió—: Y ¿ese hotel es de su familia?

—Sí. Y evité contarle quién era mi familia y quién era yo, y ahora, cuando se entere, sé que no se lo va a tomar bien... No sólo les vamos a comprar el hotel que ella adora, sino que encima yo..., papá..., ¡joder!

Al ver a su hermano desesperado y, sin llegar a entender del todo qué ocurría, Raúl murmuró:

—No has estado de vacaciones..., ¿deduzco bien?

—Deduces bien. Y lo que más me joroba es que ahora que por fin habíamos conseguido conectar de nuevo, voy yo y... y... —Y, tras maldecir para sus adentros, siseó—: ¿Qué más puede pasar?

Desconcertado, Raúl resopló y susurró confundido:

—Que papá aparezca por aquí.

Jorge lo miró con unos ojos como platos.

—Hablaba con él cuando te he visto —cuchicheó Raúl.

—¡¿Qué?!

—Saben que estoy contigo.

—Raúl..., ¡joder!

—George: papá, Oriana y yo te hemos llamado varias veces por teléfono para decirte que estábamos aquí, pero tú no respondías. Nuestra hermana dijo que estarías un tiempo en Valencia, y mamá quería sorprenderte el lunes por tu cumpleaños.

Acordándose de pronto de que iba a ser su aniversario, algo que había olvidado por completo, Jorge preguntó ofuscado:

—¿Dónde están?

—En Valencia. Han llegado esta mañana.

Él se llevó las manos a la cabeza. Todo, absolutamente todo, se había complicado. Su mente iba a mil mientras pensaba cómo solucionarlo. De pronto, miró a su hermano y dijo:

—Vamos a Valencia. Tengo que hablar con papá.

Y, sin más, los dos hermanos se marcharon en el deportivo blanco, mientras Mario, que los observaba junto a Candy desde el hotel, musitaba:

—Algo me dice que esto no va a acabar bien.

Capítulo 61

Esa noche, cuando las chicas regresaron, el buen humor reinaba en el ambiente. Al llegar al hotel, Esther se dirigió de inmediato a la terraza.

—¿Y Jorge? —preguntó.

Disimulando su inquietud, Candy la miró y, cuando se disponía a contestar, vio el cielo abierto al divisar a Jorge saliendo del hotel con el delantal negro puesto.

—Ahí lo tienes —indicó, señalándolo.

Encantada, Esther esperó a que se acercara a ella y, tras recibir un maravilloso beso en los labios de él, dijo:

—Te he comprado una camisa preciosa para mañana. Espero que te guste.

Jorge sonrió. Había ido y regresado a Valencia para ver a su familia en un tiempo récord.

—Seguro que sí —afirmó.

Durante un rato, Esther le habló de lo bien que lo había pasado en Valencia y de la cantidad de compras que habían hecho, hasta que, observándolo, preguntó:

—¿Qué te ocurre? Te encuentro raro.

El joven trató de disimular, pero lo cierto era que no estaba bien. El día no había sido fácil para él y, mirándola, murmuró:

—Estoy cansado, nada más.

Esther lo abrazó y cuchicheó:

—Si quieres, esta noche cenamos juntos y luego...

—Nooo —dijo él sonriendo—. Has de estar con tus amigas y preparar la tarta de la boda. Piensa que es la última noche de soltera de Vega...

Esther asintió.

—Tienes razón. No puedo fallarle.

—Exacto. No puedes fallarle —repitió él.

En ese momento, Sofía se acercó a ellos.

—Esther, papá quiere que pasemos por su despacho un momento.

—¿Qué ocurre?

—No lo sé. Sólo me ha dicho que te avise.

Jorge, que le había llevado una nueva oferta a Mario por el hotel, sabía que era de eso de lo que éste quería hablar con sus hijas.

—Anda ve —dijo guiñándole un ojo a Esther y, abrazándola, susurró—: Dame un beso antes de marcharte, ¿de acuerdo?

Ella asintió feliz y, tras besarlo con dulzura en los labios, se alejó de él.

Una vez que Jorge se quedó solo, Candy se le aproximó y él murmuró:

—Temo perder la clave del wifi definitivamente...

Ella no dijo nada, y, agarrándolo del brazo, se lo llevó a la barra.

Esther y Sofía entraron en el despacho, donde estaban Flora y Mario.

—Sentaos —pidió él.

Las chicas obedecieron y, a continuación, su padre, sacando varias carpetas, comenzó a decir:

—Como sabéis, mi intención es vender el hotel, y hoy he tenido varias reuniones con posibles compradores.

—Papá..., pero ¿cómo no me habías dicho nada? —protestó Esther.

Al ver ya el gesto de su hija, y consciente de todo lo que se le venía encima, él replicó:

—Porque quería ser yo quien gestionara el tema y, ahora que tengo sobre la mesa las ofertas en firme, es cuando creo que tenemos que hablar y tomar decisiones.

Sofía y Esther se miraron, y la yaya, entendiendo las palabras de su hijo, intervino:

—Chicas, vuestro padre quiere lo mejor para todos. Dadle una oportunidad.

Esther asintió. Por mucho que intentara evitar lo inevitable, tarde o temprano llegaría, por lo que, tratando de sonreír, indicó:

—Muy bien, papá. Tú dirás.

Mario colocó tres carpetas frente a ellas y las abrió.

—Tenemos tres ofertas, pero sin duda la mejor es la de la cadena Tauranga.

—¿Tauranga? —protestó Esther.

—Sí, hija. Tauranga.

—Papá, sabes lo que pienso al respecto, y creo que no deb...

—Madre mía —la cortó Sofía, mirando aquellos papeles—. La oferta de Tauranga casi duplica las otras dos.

Esther miró lo que su hermana indicaba y parpadeó. Sin lugar a dudas, la suma que aquéllos ofrecían era impresionante.

—Esta oferta no incluye la cafetería —aclaró Mario—. Es sólo por el hotel.

—¿En serio? —preguntó Esther boquiabierta.

Su padre asintió. Había sido de lo más positivo que Jorge hubiera metido mano en la negociación y, sin apartar la vista de su hija mayor, añadió:

—Esther, podrías utilizar el local de la cafetería para montar tu restaurante frente al mar. Siempre has querido eso, ¿no?

Confundida y desconcertada, ella asintió con la cabeza. La oferta que les hacían tan sólo por el hotel, en las condiciones en que estaba, era realmente increíble. Era tan tentadora que, sin lugar a dudas, era difícil de rechazar, pero el hotel era el sueño de su madre. Sin embargo, cuando iba a decir algo, su hermana comentó emocionada:

—Madre mía, papá, esto nos soluciona la vida a todos... ¡Tenemos que decir que sí! ¿Qué más da que lo compre Tauranga o Perico el de los Palotes, si el hotel ya no va a ser nuestro? —Y, mirando a su hermana, murmuró—: Sé que piensas en mamá, Esther, pero sé positiva y piensa que quizá ella, desde donde esté, ha movido los hilos para que Tauranga nos ofrezca ese dinero y podamos cumplir nuestros sueños.

Mario miró entonces a su madre.

—Ten por seguro que así es —señaló Flora con cariño.

Esther no podía hablar. No sabía qué responder. ¿Por qué venderles el hotel precisamente a Tauranga?

—He quedado en dar la contestación el lunes —dijo Mario cerrando las carpetas—. Pensadlo. Valorad lo que queréis hacer en el futuro y el lunes volvemos a sentarnos, ¿de acuerdo?

Las chicas asintieron, y su padre añadió:

—Ahora, venga, a descansar, que mañana debemos asistir a una preciosa boda —y, mirando a Esther, que por fin sonreía, matizó—: Y vosotras, no la liéis *leoparda*, que mañana Vega tiene que estar radiante.

Al oír a su padre decir eso, Esther soltó una risotada y afirmó, dándole un beso:

—Te lo prometo, papá. Nos portaremos bien.

Cinco minutos después, tras besar con cariño a Jorge en los labios, la joven montó con su hermana y su abuela en su coche. Las dejaría en casa y después se iría a pasar la noche con sus amigos.

Al ver el coche alejarse, Jorge se acercó a Mario.

—¿Cómo se ha tomado la oferta Esther?

Él miró al joven a su lado y musitó:

—Cuando ha leído *Tauranga*..., no muy bien.

Capítulo 62

Tras una noche plagada de recuerdos y de divertirse un rato bailando en el festival de música de Benicàssim con Hugo y las chicas, al regresar a casa de Vega, Esther comenzó a preparar la tarta de la boda ayudada por sus amigos. Cuando estaban en ello, les habló de la oferta que habían recibido por el hotel, y la respuesta que todos le dieron fue la misma: «¡Vende..., vende... y vive!».

No obstante, se le revolvían las tripas de pensar en venderle el hotel de su madre precisamente a Hunter Henderson, el hombre que había provocado la muerte del amigo de Ágata y al que ella odiaba.

Un rato después, cuando una estupenda tarta se erguía frente a ellos, Vega comentó mirándola:

—Es preciosa.

—Da hasta pena comérsela —afirmó Delia.

Esther sonrió y aseguró, guiñándole un ojo a Hugo:

—Pues mañana se verá más bonita, cuando le ponga varias flores frescas de colores encima. ¡Estará buenísima!

—No lo dudamos —dijo Hugo sonriendo encantado.

Durante horas, los cuatro amigos charlaron del pasado, el presente y el futuro, hasta que, a las cinco de la madrugada, Hugo se marchó a su casa y las tres amigas se acostaron.

* * *

Al día siguiente, la novia, presa de los nervios, se encerró en el baño y se negó a salir. Esther y Delia intentaron de todo, hasta echar la puerta abajo, pero al final Hugo acudió al rescate y, hablando con ella, consiguió que saliera del baño y la tranquilizó.

Vega tenía una fobia horrible a las bodas, y la suya no iba a ser menos.

Por la tarde, a las cinco menos cuarto, el novio y sus familiares comenzaron a hacer acto de presencia en la pequeña parroquia donde su primo oficiaría el enlace.

Nada más llegar, Mario, Candy, Sofía, Jorge y la yaya fueron directos a saludar a Hugo, que estaba muy nervioso.

—¡Qué guapo! —afirmó la portuguesa.

Él sonrió.

—Muchacho... —dijo Mario abrazándolo—, sé que las vas a cuidar.

El novio, encantado de oír aquello, asintió y declaró con una sonrisa:

—Me alegra que lo sepas, Mario.

Emocionados se fundieron de nuevo en un abrazo. Al igual que adoraba a las chicas, Mario quería mucho a aquel joven, que nunca, nunca le había fallado a su hija Esther. Siempre había podido contar con su apoyo, y eso no lo olvidaba.

Jorge, que estaba guapísimo con su camisa celeste y su pantalón oscuro, aguardó su turno y, chocando la mano con Hugo, murmuró:

—¡Que seáis muy felices!

A las cinco en punto apareció el coche de la novia, que no era otro que el de Esther. Esta última, al ver a Jorge allí esperando, sintió que se le aceleraba el corazón.

¿Cómo era posible que cada vez estuviera más guapo?

Una vez que hubo detenido el vehículo, Alma y su amiga Marta bajaron de él con dos preciosos vestidos rojos y todo el mundo comenzó a aplaudir. Detrás de ellas salió el padre de Vega y, tras él, la novia, con un largo vestido rojo y un velo corto del mismo color en el pelo. La yaya, al verla, cuchicheó en dirección a Candy:

—Casi me da un patatús ayer cuando lo vi. Está claro que a esta juventud le gusta hacerlo todo al revés.

La portuguesa sonrió y, mirando a Esther y a Delia, que lucían dos vestidos blancos preciosos, comentó:

—Pues yo creo que están divinas.

—Y lo están —afirmó Jorge sin poder quitarle la vista de encima a Esther.

Hugo y Vega se miraron, y él, al ver lo roja y contenida que estaba su chica, tras pedirle a su madre que esperara un segundo, se acercó a ella.

—¿Qué ocurre?

Delia, al oírlo, preguntó con gesto sonriente:

—¿Tú qué crees?

Consciente de lo que Vega podía sentir en ese instante, Hugo dijo entonces para infundirle ánimos:

—Vamos a ver, cariño, respira y tranquilízate.

—Lo intento...

—Cariño, esto es un mero trámite y...

—Pero ¿por qué tenemos que pasar por este trámite?

—Hija..., piensa en lo feliz que tu madre y yo estamos —afirmó el padre de Vega, que nunca había pensado en verse en esa situación.

La joven miró a su padre e intentó sonreírle, pero luego insistió, dirigiéndose a Hugo:

—¿Acaso no podemos vivir juntos sin más?

—Sí, cariño —afirmó él—. Pero queremos algo más, ¿no?

Al ver a su niña sonreír feliz, Vega suspiró.

—Sí..., tienes razón.

Acto seguido, él le dio un beso en los labios.

—Nos vemos en el altar —dijo mirándola.

A continuación, el novio, junto a su madre, familia e invitados, entraron en la iglesia, y Vega, su padre y sus dos amigas se quedaron a solas.

Esther vio entonces que Vega miraba hacia los lados.

—Como me hagas correr detrás de ti con estos tacones..., ¡no te lo perdono! —la amenazó.

Ella sonrió, y su padre, agarrándola con fuerza del brazo, preguntó:

—Hija, ¿estás preparada?

En silencio, caminaban hacia el interior de la iglesia cuando Vega se detuvo, y Delia, que iba detrás de ellos, susurró, después de intercambiar una mirada con Esther:

—Vamos, Vega... Pie derecho, adelante..., luego pie izquierdo..., vamos..., vamos...

Al oír eso, su amiga reaccionó y, sin una sola interrupción más, llegó frente al altar.

Sus amigas se sentaron junto a sus familiares, y a las cinco y diez dio comienzo la ceremonia. Fue una ceremonia repleta de emociones, durante la cual Vega fue relajándose poco a poco mientras escuchaba cómo su pequeña y su amiga Marta cuchicheaban con sus vocecitas divertidas. Las niñas, sentadas junto a Mario y Candy, disfrutaban del momento, mientras Esther y Delia, emocionadas, observaban cómo sus grandes amigos se juraban amor eterno.

Cuando llegó el momento del intercambio de anillos, tras pedirle un segundo a su primo y a Vega, Hugo se volvió y llamó a Alma para que se acercara.

—Alma —dijo arrodillándose frente a la pequeña—, sabes que eres mi niña, ¿verdad?

—Sí —afirmó ella.

Entonces él sacó una cajita roja de terciopelo del bolsillo, sonrió y, mirando a aquella niña que le había robado el corazón desde el primer instante en que la vio, murmuró, cogiendo del interior un precioso anillo en forma de margarita:

—Alma, por el amor que te tengo y que sé que tú me tienes a mí, ¿me concederías el honor de ser tu papi?

—Ohhh..., qué bonito —susurró Esther, emocionada como todo el mundo, al ver aquello.

Jorge, que la tenía sujeta por la cintura, sonrió y, besándole la frente, murmuró, al descubrir cómo se secaba una lágrima:

—No llores, llorona.

Sorprendida al ver el precioso anillo y sentirse la protagonista de aquel cuento, Alma miró a su madre y, cuando ésta le guiñó el ojo, afirmó dirigiéndose a Hugo:

—Sí, papi, claro que quiero.

Todos aplaudieron emocionados cuando él le puso el anillo a su hija y la besó con cariño mientras la niña lo abrazaba encantada.

Tras ese momento tierno que a Vega le robó el corazón, tan pronto como su hija regresó junto a su amiga Marta para enseñarle el anillo, Hugo se colocó de nuevo a su lado y murmuró, mirándola a los ojos:

—Ahora sólo me faltas tú.

Veinte minutos después, Hugo y Vega salían de la parroquia bajo una lluvia de arroz, entre los vítores y los aplausos de sus invitados, ya convertidos en marido y mujer.

Capítulo 63

≈⌒≈

$\mathcal{T}$ras pasar una agradable tarde en la terraza del hotel, a las ocho, el servicio de catering abrió la puerta de la cafetería. Vega, emocionada, entró mirándolo todo a su alrededor. Sus amigas habían hecho un trabajo fabuloso con aquel lugar, y la novia las abrazó emocionada.

Una vez acomodados, dio comienzo la cena, y el catering elegido por Esther los dejó a todos maravillados. Cuando apareció la tarta, todo el mundo aplaudió encantado.

Esther, que disfrutaba junto a sus seres queridos, en un par de ocasiones vio a Jorge mirar su teléfono. Parecía nervioso, inquieto.

—¿Esperas alguna llamada? —preguntó mirándolo.

Él sonrió al oírla y, acercando su boca a la de ella, murmuró:

—Estoy pendiente de los músicos, por si hay algún problema.

Una hora después, cuando llegaron Atacados y Lucía con sus músicos, todos los recibieron con aplausos. Estaban deseando pasarlo bien.

Sofía se acercó a la cantante. Durante unos segundos, ambas se miraron a los ojos, hasta que Sofía dijo:

—¿Qué haría yo sin mi mejor amiga?...

No hizo faltar decir más. Las dos chicas se fundieron en un abrazo, y algo en ellas les hizo saber que el pasado... quedaba atrás, y que a partir de ahora todo iría bien.

Después de saludar a Luis, Sofía se acercó también a Arturo, Jesús e Iván, aquellos muchachos que, como Luis, Lucía y Candy, habían sufrido la maldad de Óscar y, tras cruzar con ellos unas palabras de agradecimiento, todos terminaron sonriendo.

Jorge, que no conocía a mucha gente en la boda, al ver al grupo Atacados, se acercó a ellos y durante un buen rato charlaron de música mientras compartían unas cervezas.

Una vez que los músicos de Lucía estuvieron preparados, la joven cogió el micrófono y dio la enhorabuena a los recién casados.

—Un pajarito —dijo a continuación con una sonrisa— me contó que mi canción *Cuando deja de llover*[11] es especial para los recién casados, y he pensado que sería estupendo que fuera vuestro primer baile como marido y mujer. Por tanto, parejita..., ¡a la pista!

Entre aplausos, Vega y Hugo salieron encantados a la improvisada pista. Segundos después, sonaron los primeros acordes de un piano y, acto seguido, Lucía comenzó a interpretar aquella increíble canción y los novios, abrazados, bailaron con amor.

Jorge se acercó a Esther por detrás y, acercando la boca a su oído, preguntó:

—¿Bailas?

Ella se volvió encantada y bailó con Jorge allí mismo al tiempo que ambos se miraban a los ojos. Adoraba a ese hombre, se sentía segura entre sus brazos y, sonriendo, murmuró:

—No veo el momento de que estemos tú y yo solos en tu casa.

Jorge sonrió y, divertido, cuchicheó:

—Woooo..., veo que mi *sex-appeal* vuelve a funcionar contigo.

Feliz entre sus brazos, Esther prosiguió bailando aquella preciosa canción, mientras sentía que la vida, junto a él, por fin le sonreía.

Durante tres horas, Atacados y Lucía, intercambiándose en el escenario, interpretaron canciones suyas y de otros artistas, y la gente bailaba, disfrutaba y lo pasaba bien.

En un momento dado, cuando Esther observaba a Jorge bailar con Delia, Candy y su padre se acercaron a ella cogidos del brazo.

—¿Qué te ocurre? —le preguntó la portuguesa.

Esther, que no podía deshacerse del raro malestar que tenía, murmuró:

—No sé. Pero siento que pasa algo.

—¿Algo de qué? —preguntó su padre alarmado.

11. Véase la nota 5.

Arrugando la nariz, la joven sacudió la cabeza y respondió:

—No sé, papá. Pero noto como si a Jorge le pasara algo.

—Pues yo lo veo la mar de animado bailando —dijo Candy riendo.

Esther asintió. Sí, era cierto, pero suspiró.

—Lo sé. Sin embargo, su mirada...

Candy no replicó, pero Mario se aclaró la garganta y miró hacia otro lado con nerviosismo. Al ver la reacción de su padre, Esther susurró:

—Papá...

—¿Qué, hija?

Clavando sus claros ojos en él, ella murmuró:

—Te has aclarado la garganta y has mirado hacia otro lado.

—¡¿Y...?!

—Papá...

Mario frunció el ceño e, intentando salir del paso, gruñó:

—Hija..., no veas fantasmas donde no los hay.

Pero ella, que lo conocía muy bien, siguió mirándolo, hasta que éste protestó:

—Me cago en la leche, Esther, ¡ya estamos! A ver si uno no va a poder toser ni desviar la mirada.

Dicho esto, se alejó de su hija todo lo rápido que pudo.

Ella miró a Candy sorprendida.

—Si me entero de algo, te lo digo —susurró la mujer.

Esther le guiñó el ojo.

A continuación, Candy se marchó para reunirse con Mario.

—Casi te pilla tu hija, amor —cuchicheó—. Haz el favor de disimular mejor lo que sabes.

Él asintió y, meneando la cabeza, murmuró:

—Hasta en eso se parece a su madre... ¡Hay que ver qué perceptiva es!

Al verlo angustiado, y para hacerlo sonreír, Candy lo agarró de la mano y tiró de él.

—Vamos, guapete. ¡A bailar!

Y, sin más, se unieron a la fiesta dispuestos a seguir pasándolo bien.

En uno de los descansos del grupo, Jorge se acercó a ellos y, cogiendo la guitarra de Luis, tocó unos acordes bajo la atenta mirada de los chicos. Entre risas, cantaron un tema que ambos se sabían y, cuando les tocaba salir de nuevo al escenario, Luis dijo:

—Vamos, pichita..., sal con nosotros, ¡atrévete!

Jorge asintió divertido. Ya había cantado sobre un escenario anteriormente y, sin darle ninguna vergüenza, pidió una guitarra a uno de los músicos del grupo de Lucía y salió acompañando a aquéllos.

Al verlo, Esther se quedó sin habla.

¿Qué hacía Jorge allí?

No obstante, sonrió cuando Luis comenzó a interpretar una canción de M Clan y él lo siguió.

Encantada, Esther aplaudió, cantó y disfrutó de la improvisada actuación rodeada por sus amigas y su hermana, que alucinaban tanto como ella, mientras bailaba y le gritaba a Jorge cosas subidas de tono que a él lo hacían sonreír.

Cuando la actuación acabó, bajaron del escenario y Jorge preguntó, mirando a los chicos:

—¿Quién es vuestro mánager o productor?

Ellos rieron al oírlo, y Luis respondió:

—En eso estamos, pero no es fácil llegar a ellos.

Sorprendido, Jorge asintió. Aquellos muchachos tenían un potencial enorme. A continuación, seguro de lo que iba a decir, comentó:

—Mi hermano es muy amigo del productor musical Omar Ferrasa, ¿lo conocéis?

Los chicos se miraron entre sí. ¿Cómo no iban a conocerlo?

—¿Hablas del productor de Yanira? —preguntó Iván.

Jorge asintió.

—Sí. Llamaré a mi hermano, le daré el teléfono de Luis y que os ponga en contacto con Omar, ¿os parece?

Los demás asintieron boquiabiertos, mientras Luis chocaba la mano con él.

—Salga algo o no salga, te lo agradeceremos toda la vida —declaró.

A las seis de la madrugada, Jorge y Esther acompañaron a Bea, la madre de Marta, a su casa. Ella se quedaría con las niñas para que los novios pudieran tener una perfecta noche de pasión.

Una vez que las hubieron dejado en casa, se encaminaron hacia el apartamento de Jorge. Al cerrar la puerta, Esther se apoyó en ella, soltó el bolso en el suelo y apagó la luz.

—Desnúdate —ordenó.

Al oírla, Jorge la miró y susurró con una sonrisa:

—Comienzas fuerte.

Ella asintió y, segura de lo que quería, afirmó mientras se quitaba los zapatos:

—Muy fuerte...

Hechizado por aquella mujer, Jorge se desabrochó sin dudarlo la camisa celeste y dejó que cayera al suelo. Acto seguido, se quitó los zapatos, el pantalón y el bóxer y, cuando estuvo desnudo por completo, murmuró:

—¿Esto era lo que deseabas?

Esther asintió. Mirar a aquel hombre en todo su esplendor era una auténtica maravilla. Lo adoraba. Lo quería. Paseó los ojos por aquel tatuaje que había llegado a adorar, cuando él, sin moverse y tremendamente excitado por el momento, dijo con voz ronca:

—Desnúdate.

Embriagada por el deseo y por aquella orden, ella se abrió la cremallera lateral del vestido blanco, se bajó los hombros y éste cayó a sus pies. Sin moverse de donde estaban, ambos se miraron, se tentaron, y a continuación Esther prosiguió, quitándose primero el sujetador y después las braguitas.

Una vez que estuvo del todo desnuda como él, ninguno habló, sólo continuaron observándose. Cuando Jorge dio un paso hacia ella, Esther extendió un brazo para pararlo y preguntó, mirándolo a los ojos:

—¿Estamos bien?

Él asintió y, sin permitirle que volviera a preguntar, se acercó a ella y, cogiéndola entre sus brazos con un movimiento rápido, colocó la punta de su duro y excitado pene en su húmeda entrada y, sin dejar de mirarla a los ojos, la penetró.

Esther jadeó y, acercando la pelvis hacia él, le facilitó el siguiente empellón. Acoplados uno dentro del otro, Jorge caminó hacia su habitación, hacia su cama. Al llegar allí, la depositó con cuidado sobre ella y, penetrándola sin parar, disfrutó al verla gritar de puro placer cada vez que se hundía en ella una y otra vez.

Deseoso de que el momento no acabara, Jorge sacó su dura erección de ella y Esther protestó. Divertido, le sujetó las muñecas con una sola mano por encima de la cabeza y, mirándola a los ojos, susurró al tiempo que frotaba su duro miembro contra su sexo:

—Esto es lo que quieres, ¿verdad?

Extasiada y necesitando recuperar en su interior lo que él le había arrebatado, la joven suplicó:

—Sí... Sí...

Satisfecho y tan excitado como ella, mientras proseguía frotando su miembro contra el húmedo sexo de ella, Jorge la besó con vehemencia y deleite y ella se retorció debajo de él, gimiendo a causa del sórdido contacto.

El momento era delicioso...

El momento era placentero...

Cuando Jorge la penetró al fin con un fuerte empellón, ambos temblaron y jadearon al sentir el increíble ardor en su interior. Era maravilloso.

Con un vaivén a cada segundo más certero y demoledor, él aceleró sus acometidas mirándola a los ojos al tiempo que ella, poseída por la lujuria y el desenfreno, se retorcía debajo de él y abría los muslos exigiéndole más.

Satisfecho por la reacción de ella, con su mano libre la cogió por la cintura, a la vez que con la otra aún le sujetaba las muñecas, y, dejándose llevar, le dio lo que ella exigía.

El placer se volvió loco...

El placer se volvió devastador...

Entretanto, sus respiraciones sonaban como una composición musical, y ellos, mirándose a los ojos, gozaban y disfrutaban de mil y una formas posibles, hasta que el clímax se apoderó de sus cuerpos.

Con la respiración aún entrecortada, Jorge se dejó caer a un lado sobre el colchón. Ambos miraban al techo respirando todavía con dificultad cuando él murmuró con una sonrisa:

—Me pasaría el día entero haciéndote el amor.

—Pues no sé qué haces perdiendo el tiempo... —cuchicheó ella.

Los dos rieron, y entonces Jorge se puso de lado, apoyó la cabeza en la mano y preguntó:

—¿A qué ha venido eso de si estamos bien?

Consciente de que debía ser sincera, la joven murmuró, colocándose en la misma postura que él:

—No sé. Llevo todo el día notándote disperso, como preocupado por algo, y luego te he visto mirar el móvil y...

—¡¿Y...?!

Esther resopló.

—Y me... me he puesto celosa. He pensado que quizá podías esperar una llamada de la tipa esa del pelo azul o de cualquiera de tus amiguitas.

Al oírla, Jorge sonrió. La del pelo azul era su hermana, pero, consciente de que no podía decírselo, murmuró mientras la cogía para ponerla sobre él:

—A ver..., ¡celosa!

—¡Oh, Dios..., es horrible, lo sé!

Él rio y, sabiendo que al día siguiente debería hablar muy seriamente con ella, susurró mientras le hacía saber que le iba a hacer de nuevo el amor:

—Cielo..., ¿preparada para disfrutar?

Capítulo 64

El domingo, a las diez de la mañana, Esther se despertó sobresaltada.

Era 16 de julio, y el día anterior habían publicado en la web del chef Shilfrierld los nombres de los dos cocineros que pasarían cinco meses con él en su restaurante de Nueva York.

Nerviosa, pensó en ello.

¿Debía ir si la seleccionaban?

¿Debía dejar a su padre, a su hermana y a Jorge para perseguir su sueño?

Durante varios minutos lo pensó, y al final decidió que no.

Tanto si vendían el hotel como si no lo hacían, no podía marcharse. Su padre y su hermana necesitarían su ayuda y, por supuesto, alejarse aquellos meses de Jorge era lo último que deseaba.

Desnuda y enroscada en el cuerpo de Jorge, sonrió mientras observaba cómo dormía.

Aquel hombre tenía muchas virtudes como persona que adoraba, y si a eso le sumaba su increíble cabello, en el que hundir sus dedos cuando le hacía el amor, sus expresivos ojos claros, el cuerpazo cuidado y varonil, la voz profunda y esa sonrisa que la volvía loca..., definitivamente estaba perdida.

Sin lugar a dudas, era el sueño de cualquier mujer y, por suerte, Esther lo tenía para ella.

Encantada, disfrutó de la sensación de estar espachurrada entre sus brazos cuando un zumbido seco llamó su atención. Enseguida supo que provenía del móvil de él, que estaba sobre la mesilla.

Sin embargo, no dispuesta a dejarse llevar por sus tontos celos, cerró los ojos cuando el zumbido se oyó de nuevo. Miró el teléfono y comprendió que había recibido otro mensaje.

Durante varios segundos se limitó a observar el móvil, cuando de pronto Jorge abrió un ojo, la miró y murmuró con una sonrisa:

—Buenos días, preciosa.

—Buenos días, guaperas.

De inmediato, la cálida sonrisa de él la hizo sonreír.

—¿Hoy es el día? —preguntó Jorge a continuación.

Consciente de lo que decía, Esther afirmó:

—Sí.

De un salto, él salió de la cama. El día anterior había intentado hablar con ella al respecto, pero le resultó imposible. Olvidándose de ello, cogió su portátil y se lo tendió.

—Vamos..., ¿a qué estás esperando?

Sonriendo y ayudada por él, Esther lo encendió y, tras buscar la página en Google, susurró con el corazón a mil:

—No. No quiero mirar todavía.

Él dejó el ordenador a un lado y sonrió:

—Pues se me ocurre una excelente manera de aprovechar el tiempo...

Entre risas, ambos juguetearon sobre la cama hasta que se oyó de nuevo un zumbido y Esther miró el móvil. Jorge lo cogió con tranquilidad, desbloqueó la pantalla frente a ella y comenzó a leer el mensaje.

—¿Es importante? —preguntó ella.

Haciéndola partícipe, él se lo mostró.

—Ayer le escribí a mi hermano Raúl. Él conoce a un productor musical y le pasé el teléfono de Luis. Quizá puedan hacer cosas juntos.

—¡Eso sería genial! —aplaudió Esther.

Jorge asintió y, a continuación, soltando el teléfono sobre la cama, preguntó, consciente de que en todo ese tiempo no le había comentado nada de la venta del hotel:

—¿Estás nerviosa por la decisión que tome ese chef?

Esther suspiró.

—La verdad, no —respondió con cierta indiferencia.

—Y ¿por qué no?

—Porque, sea la decisión que sea, no puedo ir a Nueva York —dijo con sinceridad.

—¡¿Qué?! Pero ¿qué estás diciendo? —preguntó él sorprendido.

Ella asintió e indicó sin inmutarse:

—La temporada alta en el hotel no termina hasta septiembre, y si fuera seleccionada significaría que tendría que ir ya. Bueno..., y además estás tú...

—¿Yo? —Cuando ella asintió, él indicó—: Mira, cielo, me siento halagado por ello, pero me niego a ser una excusa para que no vayas a Nueva York, cuando yo puedo coger un avión siempre que quiera para ir a visitarte, ¿entendido?

Esther sonrió. Le encantaba oír eso.

—Si no aceptas lo de Nueva York, una vez que termine aquí la temporada hotelera, ¿te vendrías conmigo a Nueva Zelanda? —preguntó él de pronto.

Esther lo miró boquiabierta.

—Tengo una preciosa casa allí que me gustaría mucho enseñarte —insistió él al ver su desconcierto.

Inquieta, Esther se revolvió y preguntó:

—¿Quince días?

—¿Qué tal un poco más? —propuso él sonriendo.

Al oírlo, ella negó de inmediato con la cabeza y se apresuró a decir:

—Ni hablar. Más de quince días no puedo alejarme de aquí.

—Por Dios, Esther... —protestó Jorge.

Incómoda con la conversación, la joven respondió:

—Están mi padre y mi hermana, ellos...

—Y ¿tú qué? ¿Cuándo vas a pensar en ti? —dijo él—. No puedes pasarte la vida negándote cosas para sólo cuidar de ellos.

Esther suspiró.

—Jorge..., ¿a qué viene esto ahora?

—Viene a que quiero que pienses en ti, sólo en ti, y te olvides del hotel, de tu padre, de tu hermana, y por una vez te centres en ti y en lo que tú y tu corazón queréis.

Ella lo observó confundida.

—¿Aún no sientes nada por mí? —preguntó él a continuación.

Al ver cómo aquellos ojos le suplicaban que fuera sincera, Esther contestó:

—Siento por ti muchas cosas, a cuál más bonita.

A Jorge le gustó oír eso y, mirándola, murmuró:

—Estoy perdidamente enamorado de ti.

Ella lo miró boquiabierta, sin saber qué decir. Sus palabras le habían llenado el alma y el corazón. Al ver el desconcierto en su mirada, Jorge prosiguió:

—Creo que me enamoré de ti en el momento en que te vi bailar aquella canción de Bruno Mars la noche que te conocí. Cuando te marchaste de Londres, de pronto sentí que mi vida había perdido todo su sentido, y por eso me presenté aquí. Sé que en un principio las cosas entre tú y yo no fueron fáciles, pero, ahora que te tengo, ahora que disfruto de tus miradas, de tus sonrisas, de tu complicidad y de tus besos, tengo pánico a dec...

—Jorge —lo cortó ella—. Pero ¿de qué hablas?

Confundido y dudoso por lo que tenía que contarle, él resopló. Debía ser sincero. Debía decirle que estaba al corriente de la venta del hotel, confesarle quién era su padre y que él y su familia eran los dueños de la cadena Tauranga; pero, incapaz de hacerlo por temor a cómo ella pudiera tomárselo, se levantó de la cama y murmuró:

—Olvídalo. Voy a ducharme.

Cuando desapareció en el baño, Esther se quedó desconcertada. ¿Estaba enamorado de ella? Con incredulidad, se tocó el corazón. Le iba a mil.

Lo que Jorge acababa de decirle era algo precioso, algo que podía hacer que se replantease toda su vida.

Se dio aire con la mano. Tenía calor, mucho calor, mientras en su cabeza resonaban sus palabras una y otra vez: «Estoy perdidamente enamorado de ti».

Cerró los ojos e intentó relajarse. A continuación, tras coger el portátil, que descansaba sobre la cama, entró en la web del chef Shilfrierld y, cuando vio su nombre entre los dos seleccionados, llenó los pulmones de aire y, tras soltarlo, susurró:

—Madre mía..., madre mía...

De repente, un hombre increíble se le había declarado y tenía frente a sí la oportunidad laboral de su vida.

Bloqueada, cerró el portátil y volvió a darse aire con la mano.

¿Por qué todas las cosas buenas tenían que llegarle en el mismo momento?

A punto de volverse loca, se levantó de la cama y entró en el baño.

Durante unos segundos, y sin que él la viera, observó con detenimiento a aquel hombre que le estaba trastocando la vida y el corazón. Si su exterior era impresionante, el interior lo era aún más. Y, cuando sus miradas se encontraron y él sonrió, Esther preguntó:

—¿Puedo ducharme contigo?

Cinco minutos después, se hacían el amor con pasión en la ducha y, en cuanto alcanzaron el clímax, la joven clavó los ojos en los de él y murmuró:

—Estoy perdidamente enamorada de ti.

Al oír eso, la sonrisa de Jorge se ensanchó y algo en su interior se relajó. Quizá los sentimientos le echaran una mano cuando le confesara lo que tenía que contarle.

* * *

Esa noche, tras pasar por el festival de música de Benicàssim y disfrutar del ambientazo, mientras daban un paseo por la ruta de las villas, Esther le contó al fin que había sido una de las seleccionadas por el chef Shilfrierld.

Boquiabierto, Jorge la levantó en brazos y comenzó a darle vueltas mientras la felicitaba una y mil veces y ella reía feliz, aunque no le preguntó cuál iba a ser su decisión final. Ella era muy libre de elegir lo que quería hacer con su vida.

De la mano, siguieron caminando hasta llegar a su villa preferida. Como en otras ocasiones, entre risas, entraron sin ser vistos y, una vez ocultos de las miradas curiosas de los que paseaban por allí, llenos de deseo, dieron rienda suelta a su pasión y se hicieron el amor con fogosidad.

Capítulo 65

Cuando llegó el lunes, Jorge seguía sin contarle la verdad.

Lo había intentado durante todo el domingo, pero, cada vez que ella lo miraba con aquellos preciosos ojos llenos de vida y amor, se echaba atrás por miedo a su reacción.

Cuando, a las dos de la tarde, ambos llegaron a la puerta del hotel para trabajar, se dieron un beso y Jorge se dirigió a la terraza mientras ella se encaminaba hacia el despacho. Al entrar, vio a su padre y a su hermana, que la saludaron con una sonrisa.

Durante un rato hablaron de la boda, de lo mucho que habían disfrutado todos, y de que esperaban que Hugo y Vega lo pasaran de lujo en el Caribe; entonces Esther, al verlos algo raros, preguntó:

—¿Qué os ocurre?

Mario, al comprobar que su hija seguía sin saber quiénes eran Jorge y su padre, miró a Sofía y exclamó:

—¡Ya estamos!

Esther sonrió, pero indicó, dirigiéndose a su hermana:

—Papá, no soy tonta, y sabes que soy muy perceptiva... ¿Qué me ocultáis?

Sofía, que se sentía fatal por ocultarle lo que su padre acababa de revelarle, intentó cambiar de tema.

—¿Jorge ha venido contigo?

—Sí. Y ya se ha ido directo a la terraza. Desde luego, más currante y responsable no puede ser.

—¿Le has comentado lo de la venta del hotel? —preguntó Sofía.

—No —respondió Esther—. Eso es algo sólo nuestro.

Sofía sonrió, y luego su hermana insistió:

—¿Pensáis decirme de qué hablabais o tengo que haceros un tercer grado?

Mario no supo qué responder, y entonces Sofía, buscando un recurso rápido, cogió una carpeta que había sobre la mesa y declaró:

—Le... le he dado a papá mi conformidad para la venta del hotel. Creo que todos necesitamos un cambio, y le he dicho que debe aceptar la oferta de Tauranga. —Al ver cómo la miraba su hermana, prosiguió—: Vale, Esther, entiendo que son los últimos a los que querrías vendérselo, pero debemos ser conscientes de que ellos nos pagan una cantidad muy superior a la de los demás. Y, si vamos a vender el hotel, creo que ha de ser al mejor postor. Si mamá estuviera aquí, lo haría de este modo, y lo sabes muy bien.

Mario fijó la vista en ella, y Sofía añadió con sinceridad:

—Papá, estoy de tu parte.

A continuación, observó a su padre tragando saliva.

Sus ojos reflejaban el cansancio, el agotamiento, los años de duro trabajo en aquel despacho y las noches de desvelo cuando las cuentas no les cuadraban. Su padre había trabajado mucho por ellas, se había endeudado hasta las cejas, y ahora ella debía ser justa con él. Con el corazón encogido por lo que iba a decir, Esther por último asintió y, consciente de que su hermana había dicho una gran verdad, indicó:

—Papá, opino igual que Sofía. Adelante.

Boquiabiertos, Mario y la chica intercambiaron una mirada.

—¿Estás segura, hija? —preguntó él al cabo.

Esther hizo un gesto afirmativo acompañado de una sonrisa.

—Sí, papá. Totalmente segura. Estoy convencida de que mamá lo entiende y quiere lo mejor para nosotros. Mi animadversión por el dueño de Tauranga seguirá siendo la misma, pero debemos aceptar su oferta, porque resulta indiscutible que es la mejor. —Acto seguido, levantó el auricular del teléfono que había sobre la mesa y añadió—. Ahora mismo vas a llamarlos y a decirles que aceptamos su oferta.

Al oír eso, Sofía se llevó las manos a la boca.

—No me lo puedo creer... —murmuró—, no me lo puedo creer.

—Pues créetelo, hermanita.

Con el corazón a mil, Mario asió el auricular del teléfono. Ese momento era el inicio de una nueva etapa para todos, y, tras marcar el número que ponía en la tarjeta, habló con alguien y, cuando colgó, declaró, mirando a sus hijas:

—Acabamos de vender el hotel.

Durante unos minutos, los tres hablaron de forma atropellada sobre mil cosas, cuando de pronto Sofía, al recordar algo, preguntó:

—Esther, ¿comprobaste ya lo del chef ese? ¿Te han cogido?

La joven sonrió y, al ver cómo ambos la contemplaban con ojos expectantes, respondió:

—¡Soy una de las seleccionadas!

Mario y Sofía dieron un salto de la silla y aplaudieron. Aquello era maravilloso. Los tres se abrazaron, y luego Sofía dijo:

—Entonces, te irás a Nueva York, ¿verdad?

Esther suspiró, cuando su padre insistió:

—Claro que se irá a Nueva York.

Pero la joven se encogió de hombros e indicó:

—No puedo.

—¿Cómo que no puedes? —gruñó Sofía—. Ahora que hemos vendido el hotel, pienso marcharme en septiembre a Suiza a hacer esos cursos de joyería. ¿Qué es eso de que tú no puedes irte a Nueva York?

Esther se sentó de nuevo en la silla y dijo mirándolos:

—Porque tendría que irme ¡ya!

—Pero, hija —insistió Mario—, ¡es tu sueño! ¿Cómo no vas a ir?

Con la decisión ya tomada, Esther fijó los ojos en él.

—Papá, mi sueño es tener mi propio restaurante, y voy a poder cumplirlo ahora que hemos vendido el hotel. Piénsalo... En cuanto a lo de marcharme, éste será nuestro último verano en el hotel, y quiero estar aquí.

Sofía y su padre intercambiaron una mirada y, sin saber qué decir, él abrió las manos y sus niñas corrieron a abrazarlo. Sin duda, su vida iba a cambiar a partir de ahora.

Veinte minutos después, cuando la yaya entró en el despacho y oyó que las chicas comentaban la venta del hotel, ella empezó a hacerles preguntas sorprendida por su decisión. Mario aprovechó el momento para salir a la terraza y acercarse a Jorge.

—¿Por qué no se lo has dicho todavía?

Desesperado, el joven respondió:

—Lo he intentado, pero no sé cómo hacerlo.

Candy se aproximó a ellos e, intuyendo lo que pasaba, siseó dirigiéndose a Mario:

—No lo agobies, ¿o acaso no recuerdas lo que te costó a ti decirles la verdad de lo nuestro a tus hijas y a tu madre?

—No es lo mismo, mujer... —murmuró él—, no es lo mismo.

Estaban hablando de ello cuando Esther salió y Mario y Candy se dispersaron. La joven los observó recelosa y cuchicheó, dirigiéndose a Jorge:

—No sé qué les pasa, pero tengo la sensación de que me ocultan algo.

Él la miró, sonrió y, cuando comenzaba a recoger una mesa, ella lo cogió de la mano.

—Tengo que decirte algo.

—Espero que sea bueno —suspiró él.

Con una media sonrisa, la joven murmuró, bajando la voz:

—Hemos vendido el hotel a la cadena Tauranga. Mi padre lleva un tiempo de negociaciones con ellos, y hace un rato los hemos llamado para aceptar su oferta.

Jorge asintió. La cosa se complicaba. Al ver su expresión, Esther se apresuró a añadir:

—Por tu contrato no te preocupes, que cobrarás todo lo estipulado aunque el hotel se cierre el 31 de agosto, ¿de acuerdo?

Él se disponía a decir algo, cuando ella prosiguió:

—Vale..., sé que estás flipando con el hecho de que hayamos vendido el hotel a la cadena Tauranga. Te aseguro que mi corazón y mi cabeza opinan de manera distinta, pero están mi padre y mi hermana, y ellos cuentan con mis decisiones. Y, me guste o no, una vez que vi que ninguno de ellos quería seguir trabajando aquí, la mejor oferta que hemos recibido ha sido la de esa maldita cadena, eso no puedo negarlo. Odio pensar que el dueño, el Hunter ese, y su familia algún día pongan los pies en este lugar, pero estoy convencida de que mi madre ya se encargará de ponerles la zancadilla en algún sitio del hotel para que se caigan y les duela. —Él la miró boquiabierto y ella añadió—: Creo que un cambio de aires nos vendrá bien a todos, aunque me apene dejar atrás el sueño de mamá. Siento no haberte comentado nada antes, pero era un tema familiar, y no me apetecía hablar de ello, la verdad.

Él asintió. Cada segundo que pasaba se sentía más culpable de lo que callaba. En ese instante, una chica que llevaba un par de vasos de sangría tropezó y las bebidas cayeron directamente sobre los pies de Jorge. Tras ayudar a la joven y ver que no le había ocurrido nada grave, Esther comentó divertida, dirigiéndose a él:

—Creo que deberías cambiarte de zapatillas o apestarás a sangría.

Consciente de ello, él se quitó el delantal negro, se lo dio a ella y, con los pies encharcados, afirmó con cara de asco:

—Iré a la tienda de al lado a comprarme unas deportivas.

Sonriendo, ella lo observó marcharse cuando, al ver llegar a varios clientes, se puso el delantal de Jorge, se lo anudó a la cintura y fue a atenderlos. Mientras les tomaba el pedido, notó que en el interior del bolsillo vibraba algo. Echó un vistazo y vio que era su móvil.

Una vez que terminó de tomar el pedido, se acercó a la barra y comenzó a preparar la bandeja; entonces, al notar que vibraba otra vez, sacó el móvil y leyó: «Bombón».

¿«Bombón»?

¡¿Cómo que «Bombón»?!

Boquiabierta, observó la pantalla con la esperanza de que volviera a encenderse de nuevo, pero no fue así. Acto seguido, incapaz de aguantarse la curiosidad, desbloqueó el teléfono y leyó el mensaje de la tal Bombón:

De acuerdo. Discreción. Hoy, 21.00 h, en el hotel de Castellón.

Con el corazón a mil, Esther volvió a meter el móvil dentro del bolsillo del delantal sin saber qué pensar.

¿Quién era esa tal Bombón y por qué quedaban en un hotel?

Angustiada, sirvió las bebidas a los clientes y cuando, diez minutos después, vio llegar a Jorge con su preciosa sonrisa, lo miró y él preguntó, enseñándole sus zapatillas nuevas:

—¿Qué te parecen?

Intentando disimular, ella le miró los pies.

—Son bonitas.

Acto seguido, se quitó el delantal y, entregándoselo, propuso:

—¿Tomamos algo cuando acabes esta noche?

Jorge la miró y afirmó sonriente:

—¡Claro que sí!

Cuando Esther se marchó hacia el hotel, no sabía qué pensar. Si Jorge había quedado con aquélla a las nueve de la noche en un hotel, ¿cómo iba a estar en la terraza trabajando?

La tarde se le hizo eterna, y no podía dejar de mirar a Jorge con desconfianza a través de la ventana. Necesitaba explicárselo a alguien alguien, así que llamó a Delia.

—Holaaaaaaaaaaaa —saludó su amiga y, sin dejarla hablar, añadió—: Iba a llamarte ahora. Vega me ha telefoneado para decirme que el hotel del Caribe es la leche y que lo están pasando fenomenal.

—Pues qué bien...

Al oír eso, Delia preguntó:

—¿Qué te pasa?

Sin poder despegar la mirada de él, que seguía atendiendo tranquilamente en la terraza, Esther pidió:

—Necesito que vengas, y tráete tu coche.

—¿Mi coche? Pero si...

—Delia —la cortó ella, bajando la voz—. Te necesito aquí a las siete y media como muy tarde. No entres en el hotel. Para al otro lado del parking y envíame un mensaje para que yo salga.

—Pero ¿qué pasa?

Ella se tocó la frente y cuchicheó:

—Cuando vengas, te lo contaré. Mientras tanto, ¡sé discreta!

Una vez que hubo colgado, sin poder quedarse en el despacho, salió a la puerta del hotel para que le diera un poco el aire y vio a Luis, que se acercaba.

—Si vienes a ver a Sofía —sonrió—, ha salido un momento, pero no tardará en volver.

Sin abandonar su sonrisa, Luis asintió e indicó, mirándola:

—En realidad vengo a ver a Jorge y a darle las gracias.

—¿Por qué?

Emocionado, el chico murmuró:

—Le pasó mi contacto a un importante productor musical amigo de su hermano y éste me ha llamado. Al parecer, ha visto nuestro trabajo en YouTube, le hemos gustado y quiere conocernos... ¡Estoy flipando!

—Pero ¡eso es fantástico!

—¡Ya te digo!

Y, tras abrazarla, se encaminó hacia la terraza, donde, después de hablar con Jorge, ambos se fundieron felices en un abrazo que la hizo sonreír. Y más cuando apareció Sofía y, al enterarse de la noticia, comenzó a saltar como una loca ante las risas de aquellos dos.

—¿Qué les pasa? —preguntó Mario apareciendo de pronto a su lado.

Esther miró a su padre con cariño, le refirió lo que Luis le había contado y éste se alegró. Ojalá todo les fuera bien a aquellos jóvenes, que tanto se lo merecían.

Agarrados del brazo, Esther y su padre entraron en el despacho y, sentándose a la mesa, hablaron sobre la venta del hotel. Al parecer, habían llamado a Mario y le habían solicitado una documentación que en su momento no habían enviado. De inmediato, Esther y él empezaron a buscar lo que les habían pedido.

Estaban abstraídos cuando sonaron unos golpes en la puerta y, al levantar la vista, Esther vio a Jorge.

—Pasa, hombre..., pasa —indicó Mario al verlo.

Con su sonrisa de siempre, Jorge se acercó a ellos.

—¿Recuperando papeleo para la venta?

El hombre asintió con la cabeza y repuso con cierto retintín:

—¿Ya te has enterado?

—Me lo ha comentado Esther.

Durante unos segundos, los tres guardaron silencio sumidos en sus propios problemas, y a continuación Mario explicó, mirándolo:

—Esto es una locura. Al parecer, en el dosier de ventas que les pasamos a los compradores faltaban algunos datos comerciales y financieros... Y aquí estamos, buscándolos, porque, tenerlos, sé que los tenemos...

Jorge asintió y, consciente de qué era lo que les faltaba, indicó con profesionalidad:

—Si lo que necesitan es el porcentaje de ventas de reservas realizadas y el nivel de ocupación por semanas, envíaselos, ambos de los tres últimos años, y no olvides incluir los seguros de que dispone el establecimiento.

Al oír esa respuesta tan concreta, Esther preguntó sorprendida:

—Y ¿tú cómo sabes eso?

Consciente de que se había dejado llevar por su lado comercial, él miró a Mario, que rápidamente desvió la vista, y contestó con tranquilidad:

—Son muchos años en la hostelería..., lo quieras o no, algo se aprende...

Sorprendida, Esther asintió, y entonces él dijo de pronto, dirigiéndose a su padre:

—Me ha llamado la casera de mi piso. Al parecer, hay un problema de humedades y necesitan entrar en mi casa cuando vaya el fontanero. He de marcharme sobre las siete y media, pero espero estar aquí antes de las diez o diez y media.

Esther lo miró ojiplática. ¿Iba a reunirse con Bombón?

Ajeno a lo que su hija pensaba, Mario respondió con la cabeza puesta tan sólo en los papeles:

—Ve, hijo, ve, sin problema.

Sin inmutarse, Esther lo observó y, levantándose, preguntó:

—¿Quieres que vaya contigo?

Jorge, con sosiego, a pesar de lo mal que se sentía por la mentira, negó con la cabeza. A continuación, se acercó a ella, le dio un beso en los labios y señaló, con la vista fija en los papeles que había sobre la mesa:

—Mejor quédate aquí ayudando a tu padre.

Con la sonrisa de actriz que durante muchos años le había enseñado Vega, Esther lo despidió y, cuando él salió del despacho, resopló y cuchicheó, mirando a su padre:

—No sé..., siento el estómago embotado.

—¿Te encuentras mal, hija? —quiso saber él, preocupándose de inmediato.

Esther lo contempló, ya estaba ella preparando su coartada para marcharse, y sonriendo afirmó:

—Tranquilo, seguro que no es nada.

A las siete y media, cuando Delia llegó al otro lado del parking y le mandó un mensaje a su amiga, ésta le preguntó a su padre:

—Papá, ¿te importa si me voy para casa?

—Pues claro que no, tesoro. ¿Quieres que la yaya te acompañe?

—Se ha ido a ver el partido del Atleti con su amiga a casa de Yuno. Tranquilo, estoy bien. No te preocupes.

Mario asintió y, tras darle un beso, Esther salió del hotel y corrió hacia el coche de Delia.

—Gracias por venir —dijo montándose.

—¿Me puedes decir qué pasa y por qué tengo la sensación de estar haciendo de espía?

Esther, que no le quitaba ojo al coche de Jorge, cuchicheó:

—Jorge me la está pegando con una tía a la que llama Bombón.

—Anda ya, hombre..., pero si ese chico besa por donde pisas.

Esther asintió, pero, mirándola, siseó:

—Eso creía yo también, pero me temo que no es así.

En ese instante, Jorge apareció al fondo del aparcamiento. Esther tiró de Delia y ambas se agacharon.

—Esther —protestó su amiga—. Me estás tirando del pelo..., ¡suéltame!

Pasados unos segundos, ambas se asomaron con disimulo y, al

ver que Jorge se montaba en su coche y arrancaba, Delia puso su vehículo en marcha y murmuró, al tiempo que metía primera:

—Muy bien, ¡vamos allá!

Manteniendo una distancia prudencial, fueron desde Benicàssim hasta Castellón. Allí, al llegar frente a un hotel, Jorge detuvo su coche. Delia continuó y, más adelante, mientras se detenía frente a otros coches, Esther protestó:

—Y encima queda en un establecimiento de Tauranga... ¡Joder!

Delia no contestó y, al ver que Jorge se apeaba, preguntó:

—Y ¿ahora qué?

Nerviosa, Esther iba a contestar cuando una muchacha de pelo azul se acercó a él y lo abrazó.

—¡Joder! —susurró Delia—. Si al final vas a tener razón... ¡Qué decepción!

Esther sintió una opresión en el corazón al verlos.

—La chica del pelo azul —musitó.

—¿Y...? —preguntó Delia sin entenderla.

Salieron del coche, y al ver que aquéllos se metían en el hotel, Esther respondió ofuscada:

—Que no es la primera vez que se ven.

Delia llegó corriendo a su altura y dijo en voz baja:

—¿Qué vas a hacer?

—No lo sé.

Delia observó a su amiga con incredulidad.

—¿Piensas entrar ahí?

—Sí.

—Esther, por Dios —siseó su amiga agobiada—, que ya no tienes edad para montar numeritos.

Enfadada y sin saber muy bien lo que iba a hacer, Esther entró en el hotel y vio cómo aquéllos desaparecían tras una puerta, mientras Delia, que caminaba a su lado, cuchicheaba, mirando a su alrededor:

—¡Qué bonito!

Ella echó un vistazo y, sin poder decir lo contrario, asintió, y en ese momento el portero se acercó a ellas.

—Disculpen, señoritas. ¿Adónde van?

Esther señaló la puerta del fondo.

—Allí.

—Lo siento, pero ésa es una sala privada y está ocupada en estos instantes.

Esther maldijo para sus adentros.

—Me importa una mierda si está ocupada o no, ¡voy a entrar!

Entonces el hombre se colocó delante de ellas para cortarles el paso.

—Por favor, no me obliguen a llamar a la policía...

Al oír eso, Delia miró a Esther.

—Apelo a tu buen juicio, querida amiga —susurró—, porque este señor tan amable tiene razón: deberíamos marcharnos sin crear más problemas.

Esther suspiró molesta, pero, comprendiendo a su amiga, afirmó:

—De acuerdo. Vámonos.

El portero sonrió aliviado, y Delia, mirándolo como una corderita desvalida, murmuró:

—Gracias por ser tan comprensivo y paciente con nosotras. Es usted maravilloso.

El hombre, encantado por sus alabanzas, se centró en ella, en el mismo instante en que Esther daba media vuelta y apretaba a correr pasando por su lado en dirección a la sala. Una vez allí, abrió las puertas y, entrando como un toro de Miura en una plaza, se dirigió hacia el fondo, donde había un grupo de personas tomando algo de pie; acercándose a Jorge, gritó:

—¡¿En serio me la estás dando con el zorrón del pelo azul?!

—¡Esther! —murmuró él sorprendido.

—¿El zorrón soy yo? —se mofó Oriana.

Todos se miraron. ¿Quién era aquella chica?

—George, por el amor de Dios —dijo la madre de Jorge—, ¿qué dice esta joven?

Él estaba sin palabras, y entonces Delia y el portero entraron en la sala. Este último se aproximó a Esther y, cogiéndola del brazo, susurró con un hilo de voz:

—Disculpe la intromisión, señor Henderson, pero esta mujer me...

—¡Que me sueltes, joder! —gruñó ella.

El padre de Jorge, sorprendido por aquello, miró a su hijo, que seguía boquiabierto, y luego preguntó, dirigiéndose a aquella desconocida:

—Vamos a ver, señorita, soy Hunter Henderson. ¿Qué le ocurre?

Al oír eso, Esther volvió la mirada hacia él y preguntó sin dar crédito:

—¿Es usted Hunter Henderson?

—Sí.

—¿El dueño de la cadena Tauranga?

—El mismo —afirmó él con seriedad.

Esther miró a Jorge. Cada vez entendía menos; pero de pronto susurró al reconocer a alguien:

—Raúl..., pero ¿qué haces tú aquí?

Tras acercarse a ella, él le dio dos besos con gesto apurado.

—Creo que es mejor que sea George quien te lo explique.

Esther parpadeó y la chica del pelo azul se aproximó también a ella.

—Hola... —cuchicheó—. Intuyo que sé quién eres. Yo soy Oriana, la hermana de Raúl y el zorrón con quien supuestamente te la está pegando mi hermano Jorge...

—¡¿Qué?! —exclamó Esther.

—¡Ay, Dios...! —susurró Delia.

—Y ésa —prosiguió la chica— es nuestra madre, Consuelo. Y si estamos aquí es porque hoy es el cumpleaños de Jorge y queríamos estar con...

—¡Cállate, Oriana! —pidió el aludido.

Descolocada, Esther se tapó la boca con la mano y, horrorizada, musitó, mirando a Delia:

—Joder... Joder...

—Vaya vocabulario más horrible el tuyo, jovencita.

—Mamá, por favor —protestó Jorge.

Al borde del infarto, Esther se vio de pronto rodeada por todos los presentes. Mientras la información iba ordenándose a toda velocidad en su cabeza, de pronto fue consciente de todo y, ojiplática, preguntó, mirando a Jorge:

—¿Hunter Henderson es tu padre?

Él asintió, dio un paso hacia ella y la cogió de las manos.

—Sí —afirmó—. Pero deja que te lo explique.

—¡¿Ahora?! —gritó ella, deshaciéndose de su agarre.

—Sí. Ahora.

Esther resopló boquiabierta y, mirando al hombre al que adoraba pero que en ese momento odiaba, siseó:

—Eres un maldito desgraciado... ¿Cómo no me lo habías dicho?

—Esther, por favor, escúchame...

—Me martirizaste por haberte ocultado lo de Carlos; ¿cómo crees que debo tomarme yo esto? Eres el hijo de... de... ¡Joder!

—Esther...

La joven negó con la cabeza. Aquello era una locura, una auténtica locura. A continuación, clavando la mirada en el hombre que su madre siempre había odiado, siseó:

—Es usted una mala persona. Realmente espero que no consiga dormir por las noches y que algún día pague por triplicado lo que le hizo al amigo de mi madre.

Hunter parpadeó sin entender nada. ¿Por qué le decía eso, y quién era la madre de esa joven? Cuando se disponía a contestar, sintió que su hijo le pedía que callara con la mirada, y así lo hizo.

Al ver que aquél no decía nada, ella miró de nuevo a Jorge.

—¿Cómo me has podido ocultar quién era tu padre y quién eras tú en realidad? ¿Acaso pensabas que nunca me iba a enterar?

Él pidió ayuda con la mirada a Delia, y ésta susurró, tan impresionada como el resto:

—Esther, por favor, seguro que te lo puede explicar.

Pero su amiga masculló mientras volvía a negar con la cabeza:

—Ahora ya no quiero explicaciones, y menos aún sabiendo que es el hijo de una mala persona.

—¡Pero bueno...! —exclamó Consuelo mirando a su hijo.

Todos excepto él comenzaron a protestar por las palabras de

Esther, hasta que ésta, sin escucharlos, dio media vuelta y salió de la sala.

Delia, apurada, les dijo adiós con la mano y siguió a su amiga.

—Esther..., ¿qué haces? —murmuró cuando la alcanzó.

—Marcharme, ¿no lo ves?

Tan bloqueada como ella, pero siendo consciente de algo, Delia insistió:

—La chica del pelo azul es su hermana... ¿Qué te pasa ahora?

—Pero ¿no te has dado cuenta de quién es hijo Jorge?

Delia miró hacia atrás y, mientras veía que el joven trataba de tranquilizar a sus padres, respondió:

—Sí..., es hijo del todopoderoso magnate hotelero, pero ¿y qué? ¿Acaso tiene él la culpa de que su padre sea un desgraciado?

—Ha jugado conmigo. Lo sabía todo, y yo, como una tonta..., ¡joderrr!

—Esther..., su familia está aquí por su cumpleaños —gruñó Delia.

—Me importa un pimiento qué día sea hoy y lo que haga aquí su familia.

Entonces, tras pedirles a los suyos que no se movieran, Jorge salió corriendo de la sala y se colocó frente a ellas cortándoles el paso.

—Esther, cariño..., por favor, mírame.

Obedeciendo, ella lo miró.

—Vale —dijo él apurado—. Acepto mi error. Pero si no te dije quién era fue precisamente por esto. Sabía que, en el momento en que supieras quién era mi padre, me...

—¡Me mentiste! En Londres y luego aquí, tuviste mil ocasiones de decirme quién era tu maldito padre y quién eras tú, pero no lo hiciste. Te callaste.

—Lo sé —admitió él desesperado—. Pero tú, con tus terribles comentarios al hablar de mi padre, no me lo ponías nada fácil... ¿Tanto te cuesta entenderlo?

A continuación, Esther salió del hotel.

Con paso brioso, y seguida de Delia y de Jorge, llegó hasta el coche de su amiga y siseó:

—Ahora no quiero hablar contigo. Déjame en paz —y, acto seguido, añadió, mirando a Delia—. Regresemos al hotel.

Dicho esto, se metió en el vehículo y cerró la puerta.

Delia sentía que tenía el corazón dividido. Entendía a Esther, pero también lo comprendía a él, y, mirando al joven, que estaba desesperado, dijo antes de meterse en el coche:

—Jorge, la conozco muy bien, y es mejor que ahora le des espacio. Por favor.

Él asintió y, sin moverse de donde estaba, permitió que se marcharan.

No obstante, pasados dos segundos supo que no podía dejarlo así. Debía hablar con ella como fuera, y, corriendo hacia su coche, montó en él y condujo de vuelta a Benicàssim.

* * *

Al llegar al hotel, Esther entró en el despacho junto a Delia, que intentaba tranquilizarla. Allí, y mirando a su padre, que seguía sumergido en una montaña de papeles junto a Candy, soltó:

—Vosotros lo sabíais, ¿verdad?

Ambos intercambiaron una mirada y Esther insistió:

—Lleváis ocultándome quiénes son realmente Jorge y su padre durante días, ¿no es cierto?

—Hija..., escucha.

Desesperada, ella sacudió la cabeza y prosiguió:

—Os pregunté en varias ocasiones qué os pasaba, pero vosotros no decíais nada. Pero ¡¿qué clase de personas sois?!

En ese instante llegó Jorge con gesto de apuro y, entrando en el despacho, murmuró:

—No te enfades con ellos, por favor.

Al verlo, Esther siseó furiosa:

—Te has divertido, ¿verdad? No sólo te has reído de mí, sino que encima te quedas con mi hotel.

—Pero ¿qué tonterías dices? —protestó él.

La tensión se mascaba en el ambiente, y entonces Jorge, al ver la expresión de Mario y de Candy, comenzó a decir:

—Ellos...

—Ellos son mi familia —lo cortó Esther—, y deberían haberme advertido de lo que pasaba. Pero, no, se callaron y te siguieron el jueguecito.

—Esther, hija, escucha —murmuró Mario—. Si no te dije nada fue...

—Papá... —lo cortó ella—. Olvídate de vender el hotel a la cadena Tauranga. ¡Me niego! Y sin mi consentimiento no puedes hacerlo.

—Hija..., pero ¿qué dices? —cuchicheó él.

—Esther, tranquilízate —pidió Candy.

Sofía, que en ese instante apareció también en el despacho, preguntó al ver sus caras:

—¿Qué pasa?

—¿Tú también sabías quién era Jorge? —soltó Esther, mirándola.

Al ver la dureza de su expresión, Sofía se agarró a la mano de Delia.

—Sí —admitió—. Papá me lo ha dicho esta mañana.

—¡Y ¿no me lo dices?!

—Mira..., yo...

Ofuscada y muy dolida, Esther apoyó las manos en la mesa repleta de papeles y, con toda su mala leche, los tiró al suelo. Jorge intentó sujetarla, pero ella le soltó una patada en la espinilla que hizo que se doblara de dolor.

—No vuelvas a ponerme la mano encima en tu vida —siseó mirándolo.

—¡Esther! —gritó Candy, que sostenía a un dolorido Jorge.

Pero ella, fuera de sí, repitió:

—El hotel no se vende. Siento joderos la transacción, pero a los Henderson no se les vende.

Sofía frunció el ceño.

—Pero ¿qué dices, Esther? No puedes hacer eso..., ¡ahora no!

Ella miró a su hermana molesta.

—Me he pasado toda mi vida cuidándoos, matándome a trabajar por y para vosotros, y ¿cómo me lo pagáis? ¡Mintiéndome, ocultándome información!

—Hija, escucha, yo...

—¡Cállate, papá!

Al oír eso, Sofía se acercó a ella y, fijando la vista en ella, masculló:

—No voy a consentir que le hables así a papá, ¿entendido?

Fuera de sí, Esther reprochó:

—Y me lo dices tú, precisamente tú, ¿no?

Las dos hermanas se miraron a los ojos con fiereza, hasta que Mario, metiéndose por medio, exclamó:

—¡Basta ya! —y, dirigiéndose a una descolocada Esther, pidió—: Hija, tranquilízate, siéntate y hablemos. Así no se hacen las cosas, y lo sabes tan bien como yo. Y, antes de que saques conclusiones erróneas, déjame decirte que Jorge no sabía nada de las negociaciones que yo estaba llevando a cabo. Cuando se enteró, lo único que hizo fue ayudarnos para que nos ofrecieran más dinero.

—Sí..., seguro —se mofó ella.

—No tengo por qué mentirte, cariño —respondió Mario—. Si vendemos el hotel a la cadena Tauranga es porque ellos son quienes nos ofrecen más dinero, ¡y lo necesitamos, hija! Necesitamos ese dinero para poder salir adelante los tres. Tú, tu hermana y yo. Entiendo tu enfado conmigo por no haberte dicho quién era Jorge, pero no hagas algo de lo que puedas arrepentirte dentro de un tiempo, porque de la venta de este hotel dependen nuestras vidas.

Con el corazón roto, Esther contempló a su padre. Lo quería, lo adoraba, y sus palabras le hicieron entender, dentro de su irracionalidad, que estaba procediendo tremendamente mal.

—Lo siento, papá —murmuró—. Siento haberte hablado así, pero estoy muy dolida.

—Lo sé, hija, lo sé, me hago cargo.

Moviéndose con celeridad, la joven abrió entonces un cajón de la mesa del despacho. De allí sacó una carpeta, cogió un bolígrafo y, después de firmar en varios papeles, declaró:

—Ya tienes mi firma para vender el hotel a la maldita cadena Tauranga —y, mirando a su padre, añadió—: Pero me voy a Nueva York. Voy a vivir mi vida. Y me voy... ¡en cuanto compre un billete!

—Esther, no —murmuró Sofía.

La aludida, volviéndose hacia su hermana, susurró entonces, ante el gesto de asombro de todos:

—Sofía, yo a tu edad tuve que asumir demasiadas responsabilidades, y ahora serás tú quien esté con papá hasta el cierre del hotel.

Dicho esto, miró a su padre, a Sofía y a Candy, que la observaban con los ojos vidriosos, y terminó:

—Os quiero con toda mi alma, pero en este instante estoy tan decepcionada con vosotros que lo último que deseo es teneros cerca. Sólo espero que me respetéis como yo os he respetado siempre.

Todos asintieron sin decir nada. A continuación, dirigiéndose a Jorge, Esther siseó:

—En cuanto a ti, no tengo nada que decirte.

—Te equivocas —susurró él—. Tienes muchas cosas que decirme, y yo a ti también. Me quieres y te quiero... ¿Por qué no piensas en ello?

Al oír eso, Esther lo miró y, sin intención de entrar en razón, soltó:

—Lo que realmente quiero es perderte de vista.

—Esther..., te quiero.

—Pues peor para ti —replicó ella con dureza.

—Cariño, por favor, hablemos.

—No. No tengo nada de lo que hablar contigo. Ya no eres nadie para mí.

Todos sintieron la pena, la rabia y la desazón que él sentía, cuando Jorge susurró:

—Me echas de tu lado y de tu vida por ser el hijo de un hombre al que siempre has odiado sólo porque tu madre lo odiaba..., ¿eres consciente de ello? —Ella no respondió, y él agregó—: ¿Eres consciente de que, si te hubiera dicho quién era yo o mi padre cuando nos conocimos, nunca me habrías permitido conocerte?

Esther siguió sin contestar, y él, dolido, continuó:

—Sin lugar a dudas, por la venta del hotel a Tauranga, tu madre me ha puesto la zancadilla a mí. Pero déjame decirte que su versión de lo sucedido en lo referente a mi padre no es la correcta. Si quieres saber la verdad y dejar de juzgar a inocentes, tan sólo tira de hemeroteca y lo sabrás, porque todos nos equivocamos y, en este caso, tu madre se equivocó.

—No hables de mi madre. No te permito que...

—¿Qué no me permites? —levantó la voz Jorge, cortándola—. Llevo oyéndote decir cosas no muy agradables de mi padre y de mi familia desde el día que te conocí, pero tú no admites que yo diga simplemente que tu madre se equivocó.

—¡No, no lo permito! —gritó ella desencajada.

Jorge asintió. Su nivel de tolerancia con ella había llegado al límite, y, dirigiéndole una fría mirada, siseó:

—Ahora soy consciente de mi error por haberte permitido hablar de ellos y no haberte dicho quién era cuando te conocí. Pero, ¿sabes?, eso se ha acabado. Mi familia es sagrada para mí, como la tuya lo es para ti y, si vuelves a decir algo de mi padre que no sea cierto, vas a tener un problema.

La dura y fría actitud de Jorge les encogió el corazón a todos.

La incomodidad se palpaba en el ambiente; entonces Mario, intentando mediar entre ellos, murmuró:

—Chicos, creo que debéis relajaros, hablar y...

—No, papá. No tengo nada que hablar con él —afirmó Esther.

Jorge, al oírla, asintió con frialdad y, aunque el corazón le dolía, siseó:

—Yo tampoco tengo nada que hablar con ella.

Dicho esto, dio media vuelta y se marchó, dejándolos sin saber qué decir.

Durante varios segundos todos guardaron silencio. Lo ocurrido había sido desgarrador en todos los sentidos.

De pronto, la yaya entró en el despacho con el rostro sonrosado de felicidad y exclamó:

—¡Olé y olé, mi Atleti...! Tres a cero que le hemos metido a... ¿Qué ocurre?

Sin poder aguantar un segundo más, Esther salió del despacho seguida de Delia, y Mario pidió, dirigiéndose a su madre:

—Mamá, siéntate. Tengo que contarte algo.

Esa misma noche, Jorge regresó a Londres acompañado por su familia.

Capítulo 66

Dos días después, tras una despedida repleta de lágrimas por parte de su padre, Candy y la yaya en la puerta del hotel, Esther miró aquel edificio por última vez.

Cuando volviera a verlo, el sueño de su madre sería ya de otra persona y, con los ojos plagados de lágrimas, pero sin querer llorar delante de ellos, montó en el coche de Delia junto a su hermana Sofía y, juntas, las tres se dirigieron hacia Valencia. Allí tenía que tomar el AVE hasta Madrid, donde cogería un vuelo que la llevaría a Nueva York.

—¿Lo llevas todo? —preguntó Delia.

Esther asintió con una sonrisa

—Creo que sí, por la cuenta que me trae...

Dos minutos después, Delia y Sofía se sumergieron en una de sus conversaciones, mientras ella miraba por la ventanilla.

Al día siguiente de lo ocurrido con Jorge, Esther llamó al teléfono que le indicaban en el email que había recibido al ser seleccionada y, tras hablar con el mismísimo chef Shilfrierld, decidió comprar un billete de avión a Nueva York y reservar una habitación en un hotel. Cuando llegara allí, ya se buscaría un piso.

Por primera vez en la vida había tomado una decisión sin pensar en nada ni en nadie más y, aunque intentaba estar feliz, había una parte de ella que se lo impedía. Marcharse significaba alejarse de su familia, del hotel, y olvidarse de Jorge. Pero, consciente de que aquello era algo bueno para ella, siguió con su plan sin dudarlo. No debía desfallecer.

Una vez que llegaron a la estación del AVE de Valencia, las tres chicas se acercaron hasta el control de equipajes. Esther debía embarcar y, mirando a Delia, la abrazó y dijo:

—Te espero allí como hemos quedado, ¿de acuerdo?

Ella asintió y, con el morrillo temblándole, susurró:

—Te voy a echar de menos.

—Y yo a ti, tontorrona.

Ambas se sumieron en un emotivo abrazo y, cuando Delia se separó de ella, añadió, intentando sonreír:

—No la líes *leoparda* hasta que yo llegue.

Las tres rieron a carcajadas. Después Esther miró a su hermana y, cogiéndole las manos, murmuró:

—A ti también te espero allí.

—Lo sé —afirmó Sofía emocionada.

Acongojadas, se fundieron en un abrazo lleno de amor y cariño.

—Lo vas a hacer muy bien, Sofía —dijo Esther a continuación—. No me necesitas a tu lado para seguir adelante con tu vida. Ya eres mayor y sabrás tomar tus propias decisiones.

—Te equivocas, sí te necesito.

Ella sonrió y, mirándola, cuchicheó:

—A mí me tendrás siempre, pero ahora, saca la mujer que yo siempre he sabido que llevabas dentro y déjalos a todos con la boca abierta.

Sofía asintió y sonrió.

—Lo haré. Te lo prometo.

Tras un último beso y un achuchón, Esther pasó el control con su enorme maleta y, tras guiñarles el ojo, se encaminó con una sonrisa hacia su vagón de tren sin querer pensar en nada más, excepto en sí misma.

Capítulo 67

~~~

A la semana de llegar a Nueva York, Esther ya estaba totalmente integrada en el equipo que el chef tenía en su restaurante.

Un mes después, alquiló un precioso piso junto con unas amigas modelos de una compañera de trabajo. El piso estaba en Manhattan, y allí la joven disfrutaba de una independencia que nunca había tenido, mientras se reía algunas madrugadas viendo a Carlos de presentador en un programa de un canal latino.

Trabajaba muchísimo, pero eso le gustaba. Aprender codo con codo con el maravilloso chef le hizo darse cuenta de que eso era lo que en realidad quería. Quería cocinar, y le encantaba disfrutar haciendo lo que hacía.

No obstante, algunas de las noches, cuando regresaba a su habitación y se tiraba en la cama, pensaba en Jorge, en sus momentos juntos, y lo añoraba. Cientos de veces miraba las fotos que se habían hecho juntos y que llevaba en el móvil, y sonreía. Ver a Jorge divertido con ella en brazos o tan sólo dándose un beso le hizo darse cuenta de que había perdido algo más que un amigo.

Imaginaba dónde estaría, qué haría y, aunque le dolía el corazón por no saber de él, estaba convencida de que eso era lo que necesitaba para reponerse. Movida por la curiosidad, buscó en la hemeroteca aquello que su madre le había contado y, por fin, se enteró de la verdad. Su madre estaba equivocada con respecto a lo que le había explicado, y Jorge tenía razón. Su padre no era un monstruo.

Pensó en enviarle mil veces una disculpa por ello, pero nunca se atrevió. Era mejor seguir así. Si debía olvidarse de él, cuanto menos trato, mejor.

Una de las tardes en que habló con Delia, Hugo y Vega por Skype, les preguntó por él, y ellos le respondieron que no habían vuelto a verlo. Saber que se había esfumado tal como había aparecido la entristeció, pero eso era lo que ella le había pedido, y no podía reprocharle nada.

En septiembre recibió la visita de su padre, Candy y Sofía en Nueva York, pero no de su yaya, que se había negado a meterse tantas horas en un avión. El hotel Agamar había cerrado sus puertas de forma definitiva, y la familia decidió pasarlo bien en la gran ciudad. Esther se dedicó a enseñarles los sitios más emblemáticos mientras ellos disfrutaban encantados, aunque su padre, al ver en las vallas publicitarias el careto de Carlos, que era un presentador de moda en Nueva York, se quedara sin habla.

En noviembre, el chef Shilfrierld, consciente del potencial de Esther en la cocina, mantuvo una reunión con ella y le ofreció formar parte de la plantilla fija del restaurante. Eso halagó a Esther, que quedó en darle una respuesta una vez que acabara su tiempo de estar allí.

Con las nuevas amigas que había hecho en la ciudad, Esther lo pasaba en grande los días que libraba. Aquellas dos modelos tenían una vida social muy ajetreada, y salir con ellas era divertido, aunque en el fondo añoraba a las locas de sus amigas.

De la mano de aquéllas, la joven conoció la noche neoyorquina y a hombres impresionantemente guapos con los que reía y lo pasaba bien, pero nada más.

Una noche en la que estaba tomándose unas copas en un bar de moda con las modelos, de pronto vio una cara amiga y sonrió. Ante ella estaba Carlos, el que una vez le regaló un precioso anillo, y, divertida, lo observó.

Él estaba allí en su salsa. Bailaba con varias chicas, alardeaba delante de otras, y, cuando sus miradas se encontraron, ambos sonrieron y, tras acercarse el uno al otro, se abrazaron con cariño.

Durante más de dos horas, y obviando el jaleo a su alrededor, se pusieron al corriente de sus vidas. Él le habló apasionado de sus chicas y de su vida allí, y Esther lo escuchó encantada, hasta que Carlos la miró y dijo de pronto:

—Basta ya de hablar de mí. Cuéntame qué te ha traído aquí.

Ella parpadeó sorprendida.

—¿Quién eres tú y qué has hecho con Carlos? —replicó divertida.

Él soltó una risotada y afirmó:

—Lo creas o no, desde que vivo aquí, he aprendido muchas cosas. Entre ellas, a escuchar y a valorar a las personas que de verdad merecen la pena, y tú siempre la mereciste, aunque yo no me diera cuenta. Y ahora, cuéntame. Lo último que sé de ti es por mi prima. Me dijo que estabas saliendo con el guiri guaperas, ese que trabajaba de camarero en tu hotel.

Como necesitaba explicar todo lo que había ocurrido en su vida en los últimos meses, Esther se abrió a él. Le habló de la venta del hotel, de su padre, de su hermana, de Candy, del chef y, por supuesto, de Jorge y de quién era su familia.

Sin interrumpirla, Carlos la escuchó con atención y, cuando ella acabó, dijo, mirándola fijamente:

—¿Puedo ser sincero contigo? —Esther asintió, y él añadió—: En lo referente al hotel, creo que es lo mejor que habéis podido hacer. Ese sitio os estaba asfixiando a ti y a tu familia y, aunque fuera un proyecto que tu madre comenzó con amor, ella ya no está aquí, y vosotros debéis seguir vuestro camino, no el suyo.

—Lo sé..., me ha costado entenderlo, pero ahora ya lo sé.

Carlos sonrió y prosiguió:

—Me alegra una barbaridad saber que tu hermana ha madurado y está en Suiza aprendiendo el oficio que le gusta, porque el camino que estaba siguiendo no era bueno y lo sabes, ¿verdad?

—Lo sé. Te aseguro que todos estamos muy orgullosos de ella.

—En cuanto a que tu padre y Candy estén juntos, me parece maravilloso. Son dos buenas personas, aunque ellos no me tuvieran mucho cariño...

Esther soltó una risotada y él cuchicheó:

—Si yo hubiera sido tu padre..., tampoco me habría gustado que tuvieras un novio como yo, al que se le van los ojos tras un escote. Creo que estuviste muy acertada al mandarme a paseo.

—¿En serio? —Esther rio.

Carlos asintió.

—Al principio me dolió que me dejaras, pero luego me di

cuenta de que lo más conveniente para un hombre como yo era estar solo. Así no le haría daño a nadie. Fue entonces cuando me di cuenta de lo imbécil que había sido al portarme contigo como lo hice y de cuánto tuviste que aguantar.

—Me alegra saber que tú solito llegaste a esa conclusión.

Él sonrió.

—En cuanto a la proposición del chef de que te quedes en Nueva York para trabajar en su negocio, creo que es estupenda. Aunque, piénsalo bien, porque, que yo sepa, siempre has deseado regentar tu propio restaurante y ser la dueña y señora de tu cocina, ¿no?

—Sí —afirmó ella.

—Pues entonces piénsalo con detenimiento, cielo, y valora los pros y los contras antes de tomar una decisión.

—Lo haré.

—Sobre ese tal Jorge, al igual que te he dicho que conmigo hiciste lo correcto porque no te merecía, te diré que creo que con él no lo has hecho bien. Ese hombre te siguió a España desde Londres. Trabajó como camarero para ti y tu padre con la finalidad de estar cerca de ti y... ¿tú lo apartas de tu lado porque es el hijo de un hombre al que tu madre odiaba? Además, ahora me dices que ella estaba equivocada al respecto... —Esther asintió, y Carlos susurró—: Cielo, creo que al menos le debes una disculpa, vuelvas con él o no.

—Lo sé.

—Y, si lo sabes, ¿por qué no lo haces?

Ella resopló y murmuró, sacudiendo la cabeza:

—Porque tengo miedo de que no quiera escuchar mis disculpas.

—Échale narices como las echó él. ¡Arriésgate!

—No sé... Le dije cosas horribles.

Al verla tan dubitativa, Carlos murmuró:

—Te voy a hacer una comparación entre él y yo, ¿vale?

—Vale.

—A mí me soportaste demasiado y a él no lo has soportado nada. Yo decía que te quería, pero nunca luché por ti. En cambio, él decía que te quería y luchaba por ti..., ¿acaso no merece la pena intentarlo? —Cuando Esther suspiró, él matizó—: Hay un dicho que dice: «No creas a quien dice quererte, sino a quien lucha por tenerte», y ese hombre luchó por tenerte, cielo.

Esther sonrió.

Como siempre había sabido, Carlos era pésimo como pareja, pero como amigo era estupendo, y, mirándolo, musitó:

—Me he equivocado, ¿verdad?

—Totalmente, cielo..., totalmente. Creo que lo justo sería que te pararas a pensar con tranquilidad qué es lo que deseas hacer los próximos cincuenta años de tu vida. ¿Quieres quedarte en Nueva York o regresar a España? ¿Quieres trabajar para otro o trabajar para ti? Y, por supuesto, ¿quieres seguir echando de menos a ese hombre o prefieres intentar solucionar lo que tú solita has liado?

Esther suspiró y murmuró, convencida de que debía encontrar las respuestas:

—Tengo mucho que pensar.

Carlos asintió y, cogiéndola de la mano, hizo que se levantara y declaró:

—Sí, señorita. Tienes mucho que pensar, pero no esta noche, ¡porque la vamos a liar *leoparda*!

Y, sacándola a la pista, se divirtieron como nunca siendo tan sólo amigos.

Capítulo 68

El 24 de diciembre, Esther llegó por sorpresa a Madrid.

Una vez en Atocha, llamó a su amigo Hugo y le pidió que fuera a recogerla a la estación del AVE en Valencia a las siete de la tarde, pero que no se lo dijera a nadie.

¡Quería sorprenderlos!

Los meses en Nueva York, y especialmente su charla con Carlos, habían sido esclarecedores en todos los sentidos y, tras rechazar la propuesta del chef de continuar en su restaurante, regresaba a España dispuesta a montar el suyo propio.

Al llegar a Valencia y caminar hacia la salida, sonrió al ver a Hugo, y éste levantó las manos encantado. Cuando estuvieron frente a frente, él la abrazó con cariño y, apretándola con fuerza, murmuró:

—Ni te imaginas lo que te hemos echado de menos.

Encantada con el afectuoso recibimiento, Esther besuqueó a su amigo y, a continuación, felices y emocionados, ambos se dirigieron hacia la casa de Esther en Benicàssim, donde todos preparaban la cena sin esperarla.

Cuando Hugo detuvo el coche frente al portal, la joven miró a su alrededor emocionada y cuchicheó divertida:

—¿Te puedes creer que ahora lo veo todo más pequeño?

Hugo soltó una risotada.

—Vienes de Nueva York..., ¿qué esperabas?

Feliz y contenta, Esther caminaba al lado de su amigo en dirección a la casa cuando, de pronto, oyeron que alguien gritaba:

—¡Ay..., ay..., que me meo *toa*!

Al levantar la vista se encontraron con Delia, que llevaba en las manos una olla de comida. Sin lugar a dudas iba a cenar también a su casa. Esther abrió los brazos sonriendo.

—Vamos, ven aquí. Te mueres por abrazarme.

Sin dudarlo, Delia corrió hacia ella, le pasó la olla a Hugo y la estrechó y la besuqueó. A continuación, mirando a su amigo, siseó:

—¡Y ¿tú cómo no dices nada, so cabrito?!

—Era una sorpresa, y baja la voz —susurró él.

Encantados, los tres subieron hasta la casa de Esther.

—Por Dios... —murmuró Delia mirando a su amiga—, pero ¡si vamos a vivir un momento turrón de Navidad!

Divertidos, los tres rieron al imaginar la que se iba a organizar, y así fue. Cuando la yaya, que estaba también allí, abrió la puerta y vio a su nieta, soltó un grito. Al oír las voces, Mario corrió junto con Candy, Sofía, Vega y Alma a la puerta y, al ver a Esther, todos comenzaron a llorar de emoción mientras la abrazaban y la besuqueaban.

Fue tal el escándalo que se armó que hasta Marga, la vecina, salió con su marido Germán al rellano y, al ver a Esther, ambos se sumaron a los besos y los achuchones.

Esa Nochebuena, sentada a la mesa con su familia, Esther sonreía feliz de estar allí. Los había echado mucho de menos, y tenerlos tan cerca y poderlos tocar, besar u oler era lo mejor que había. Regresar había sido una excelente decisión.

Al día siguiente, cuando despertó en su habitación de toda la vida, miró a su alrededor y sonrió. Después se levantó y, al dirigirse al salón, volvió a sonreír al encontrarse a su padre y a su hermana desayunando tranquilamente en pijama, sentados en el sofá.

Tras darles un beso a cada uno, se sirvió un café y, sentándose con ellos, los miró y comentó:

—¿Cuánto tiempo llevábamos sin poder hacer esto?

Sofía había regresado hacía unos días de Suiza para pasar las Navidades en familia, y, al oír a su hermana, indicó:

—¿Desayunar los tres juntos en pijama, tirados en el sofá de casa? ¡Nunca!

Mario asintió.

Ahora disponía de tiempo para hacer cosas que antes eran impensables, y Esther, al entender la sonrisa de su padre, dijo mirándolo:

—Hicimos lo correcto, papá. Estoy convencida por completo.

Sin necesidad de mencionar a qué se refería, los tres lo entendieron, y padre e hijas pasaron una preciosa mañana en pijama en el salón de su casa, poniéndose al día de sus vidas.

Mario les habló de la pequeña tienda de telefonía móvil que Candy y él querían abrir. Esther les comentó sus inquietudes a la hora de abrir su restaurante, y Sofía les explicó cómo le iba en su curso.

Encantados, Esther y Mario escuchaban a la chica decir lo mucho que estaba aprendiendo y la maravillosa gente que estaba conociendo mientras disfrutaban de la nueva Sofía. Luego les habló de Lucía Gil, y les contó que tanto ella como Atacados estaban felices porque habían firmado un contrato con la productora de Omar Ferrasa y pronto empezarían a sonar sus canciones por la radio.

Esther y Mario se alegraron mucho, y Sofía, al ver cómo la miraba su hermana, cuando su padre se levantó para ir al baño, le aclaró que su relación con Luis era tan sólo de amistad. Tras lo ocurrido, ambos se habían dado cuenta de que lo suyo ya no podría ser, pero entre ellos había quedado una estupenda amistad que ambos cuidaban día a día.

Durante toda la mañana, nadie mencionó a Jorge, cosa que Esther agradeció, aunque, al mismo tiempo, le dolió.

¿Se estaría volviendo loca?

* * *

Por la tarde, mientras Sofía les enseñaba a Candy y a su abuela los trabajos realizados en la escuela de Suiza, Esther, animada por su padre, salió con él a dar un paseo.

Tranquilamente, y cogidos del brazo, pasearon por distintas zonas de Benicàssim hasta llegar al hotel. Se pararon frente a él, y Esther lo observó con curiosidad. Estaba rodeado de andamios, y era evidente que estaba de reformas tanto en el exterior como en el interior.

Con tristeza, ambos lo contemplaron, y Esther murmuró:

—¿Sabes, papá?, siento algo muy raro al mirarlo.

—¿Raro?

La joven asintió.

—Siento pena y, al mismo tiempo, liberación.

Mario lo entendía. Entendía lo que ella sentía porque era lo mismo que sentía él y, mirándola, le aseguró:

—Es normal, hija. Han sido muchos años al frente del hotel, pero debemos ser positivos y pensar que lo hicimos para mejorar.

—Lo sé, papá... Lo sé.

Mario bordeó la entrada y, a continuación, indicó:

—Ven..., quiero enseñarte algo.

Disfrutando de la maravillosa brisa marina, llegaron hasta la terraza, ahora sola y abandonada frente al mar.

—Si quieres, ahí está tu restaurante —dijo él entonces.

Esther suspiró. Aquello era lo que siempre había querido.

—Pensé en arreglarlo para cuando vinieras —susurró su padre—, pero al final creí que era mejor esperar a que regresaras, porque así podrías hacerlo todo a tu gusto.

La joven sonrió y, mirando aquel precioso lugar, afirmó:

—Las vistas son impresionantes.

—Increíbles —convino él mientras contemplaba el precioso atardecer en tonos naranja.

Durante un rato permanecieron allí, hasta que Mario cogió a su hija del brazo y prosiguieron con el paseo.

En su camino se encontraron con varias personas que los conocían de toda la vida y que saludaban contentos a Esther por su regreso. Feliz, y del brazo de su padre, ésta recorría el paseo de la Almadraba admirando las preciosas villas cuando, al llegar frente a una de ellas, se detuvo y preguntó con desaliento:

—¿La han comprado?

Mario miró aquella villa que durante muchos años había estado abandonada y ahora lucía en todo su esplendor. Estaba al corriente del cariño que su hija y su esposa fallecida sentían por ese lugar.

—Eso parece —afirmó—, y veo que la han dejado preciosa.

Boquiabierta, Esther se acercó a la valla para admirar aquella impresionante casa rodeada por un bonito jardín y, recordando la última noche que entró allí a hurtadillas con Jorge, murmuró:

—Si por fuera la han dejado así, no puedo ni imaginar cómo estará de bonita por dentro.

Mario asintió y, a continuación, sacándose un sobre del bolsillo, indicó:

—Hija, esto es para ti.

Esther lo miró.

—¿Y esto?

—No lo sé. Ábrelo.

Sorprendida, y al ver que él apartaba la vista, cuchicheó:

—Uy, papá..., ya estamos con los secretitos...

Mario resopló y, poniéndole aquel sobre cerrado en las manos, murmuró:

—Vale. Le dije que si volvías te lo daría, pero no sé más.

—¿Le dijiste a quién? ¿De quién hablas? —Pero, al ver cómo su padre la contemplaba, exclamó—: Papáaaaaa... ¿Esto es de Jorge?

—Sí.

Aturdida, Esther observó el sobre que tenía en la mano.

—Y ¿desde cuándo lo tienes?

Mario suspiró de nuevo.

—Me lo dio hace un mes, me indicó que te lo entregara frente a esta casa y luego se marchó. Mira, hija, ese muchacho se equivocó al igual que te equivocaste tú, pero que tire la primera piedra quien no se haya equivocado alguna vez en la vida.

—Papá...

—¡Ni papá ni leches! Abre el puñetero sobre de una vez para que veamos qué contiene.

Asombrada por tener algo de Jorge entre las manos, ella lo abrió. En su interior había un papel doblado y dos llaves. Rápidamente sacó el papel y leyó una escueta indicación:

Entra. Ve a tu cuarto y mira en el primer cajón de la cómoda.

Boquiabierta, y con el corazón a mil, Esther miró a su padre, y éste la apremió:

—Vamos. ¿A qué esperas?

Sin querer darle más vueltas, ella abrió la verja de fuera con la primera llave y ambos entraron. El jardín se veía cuidado y precioso, y Esther, volviéndose hacia su padre, se disponía a preguntar cuando éste dijo:

—No, hija. Yo no lo he arreglado, y tampoco sé quién lo ha hecho.

Sin dar crédito, Esther subió la escalerita que llevaba hasta una preciosa puerta blanca y de cristal y, tras introducir la segunda llave en la cerradura, dio varias vueltas y ésta se abrió.

Al entrar se encontró con una bonita estancia limpia y recogida pintada en colores claros, pero, sin tiempo que perder, subió a la primera planta y, tras dirigirse hacia la que siempre había dicho que sería su habitación, abrió la puerta.

Al entrar, se quedó parada. Lo que hacía unos meses era un cuartucho lleno de pintadas y suciedad, ahora era una habitación preciosa con una enorme cama rodeada de bonitos muebles en tonos claros y vistosos jarrones llenos de tulipanes de colores.

Emocionada, miró a su alrededor hasta que vio la cómoda y se dirigió hacia ella. Con cuidado, abrió el primer cajón y encontró una carpeta y, encima de ella, un sobre a su nombre.

Esther se apresuró a abrirlo y, a continuación, leyó:

Al menos permíteme hacer realidad uno de tus sueños.
En la carpeta tienes las escrituras de Villa Esther, que están a tu nombre.
Es tuya. Disfrútala.

J.

Apabullada por lo que acababa de leer, se sentó en la cama; entonces su padre entró en el dormitorio y murmuró boquiabierto:

—Madre mía..., esto es espectacular.

Esther lo miró y, cuando él se sentó junto a su hija, ella abrió la carpeta y sacó unos papeles de su interior.

—Me ha regalado la villa.

—¡¿Qué?!

—Se llama «Villa Esther»..., ¿puedes creértelo?

Mario observó a su hija asombrado.

—Si ya decía yo que ese muchacho no tenía mal fondo...

Entonces, como un castillo de naipes, Esther se derrumbó.

—No, papá, claro que no..., y su padre tampoco. Jorge tenía razón en lo referente a lo que mamá me contó; lo busqué y comprobé que era ella la que estaba equivocada. Pero, aun así, no me he puesto en contacto con él y... y...

Mario asintió y, pasando un brazo por encima de su hombro, preguntó:

—¿Piensas todavía en él?

—Sí, papá. Mucho.

—Y, si piensas mucho en él, ¿por qué no haces algo para saber si él piensa todavía en ti? —Luego Mario bajó la voz y cuchicheó—: Aunque, viendo este regalo, dudo que no lo haga...

—Papá...

—Por el amor de Dios, hija..., ¡hay que ver lo raras que sois las mujeres!

—¡¿Raras?!

—Sí, raras, muy raras. No hay quien os entienda. Jorge te compra una casa, la casa que tú siempre has deseado y, aun así, pones en duda que piense en ti. Por Dios, ¡blanco y en botella! Pero no, vosotras tenéis que darle una vuelta de tuerca y pensar tonterías. Raras, no..., ¡rarísimas!

Al oír eso, Esther sonrió. Su padre tenía razón. Ni ella misma se entendía. ¿Cómo iba a pretender que otro lo hiciera?

—Papá...

—¿Qué?

—Lo quiero —murmuró.

Al oírla, él sonrió.

—Pues, si lo quieres —contestó mirándola—, haz el favor de mover el culo para llegar hasta él como él lo movió en su momento para llegar hasta ti.

—¿Y si no quiere saber nada de mí por lo mal que me comporté con él?

Mario suspiró, le pasó con cariño la mano por el rostro y contestó:

—Dudo que no te quiera. Pero, si así fuera, regresarás a tu casa porque aquí estaré yo para ayudarte, quererte y protegerte durante el resto de tu vida, ¿entendido?

Esther asintió emocionada y lo abrazó. Sin lugar a dudas, ahora era ella quien tenía que mover ficha, y estaba dispuesta a hacerlo.

* * *

Esa noche, Mario llamó a Raúl a su teléfono con la excusa de pedirle las señas de Jorge para enviarle una felicitación de Navidad por correo. Cuando colgó, dijo mirando a su hija:

—Prepárate, porque te toca ir a Nueva Zelanda...

—¿¡Qué?!

Él asintió.

—Al parecer, Jorge se ha ido a una casa que tienen en un pueblo llamado Tauranga.

Al oír eso, Esther soltó una carcajada y afirmó divertida:

—Tauranga tenía que llamarse...

Capítulo 69

❧❧

Ꭺ Esther se le hizo interminable el viaje a Nueva Zelanda, especialmente porque no era algo programado, sino que había surgido en el último momento.

Se chupó treinta y una horas de vuelo con escalas en Doha y Melbourne hasta llegar a Wellington, la capital de Nueva Zelanda. Una vez allí, tuvo que buscar un billete de avión que la llevara a Hamilton o Auckland, y al final lo consiguió para esta última ciudad, que estaba a algo más de doscientos kilómetros de Tauranga.

Cuando llegó a Auckland eran las dos y cuarto de la madrugada y, agotada, se quedó dormida en un sillón del aeropuerto. Tenía que esperar hasta las nueve de la mañana a que abriera la tienda de alquiler de vehículos.

Estaba la primera en la puerta de la tienda cuando ésta abrió y, tras alquilar un coche, con la llave en la mano y una sonrisa, fue a por él.

Siguiendo las instrucciones del GPS de su móvil, puso rumbo a Tauranga. El día era esplendoroso, el sol le daba de frente, y decidió parar en un área de servicio para tomarse un café que la despejara. ¡Lo necesitaba!

Tras beberse el café y comer algo, cuando regresaba al coche, se fijó en un grupo de personas y se acercó a ellos con curiosidad. Vio a una mujer muy hippy jugando con varios cachorros de perro y sonrió. ¡Eran preciosos!

Estuvo observándolos durante un rato, hasta que decidió regresar a su vehículo. Debía seguir el camino. Sin embargo, una vez que se montó en el coche, volvió a mirar a la mujer, que metía a los cachorros en una caja, y, bajando del mismo, se aproximó a ella y saludó:

—Hola.

Ella la miró y, con una candorosa sonrisa, cuchicheó:

—Paz y amor.

Esther asintió y, sin tiempo que perder, preguntó apurada:

—¿Me venderías un cachorrito?

Al oírla, aquélla murmuró:

—¿Para qué lo quieres?

Ella se encogió de hombros con una sonrisa.

—Es para un amigo al que se le murió la perrita que tenía y quería hacerlo sonreír.

La mujer asintió y, acto seguido, susurró:

—¿Tu amigo lo va a cuidar?

—Por supuesto —aseguró Esther—. Adora a los animales.

Con candor, la mujer miró a los siete perritos, que querían salir de la caja, y a continuación indicó:

—Escoge el que quieras.

Esther los observó unos instantes. Todos eran preciosos y, cogiendo uno blanco con las patas marrones, iba a hablar cuando la mujer añadió:

—No has de pagarme nada. Ese machito es para ti y para tu amigo. Sólo os pido que lo cuidéis.

Encantada, ella asintió y, tras darle las gracias mil veces, se metió en el coche con el cachorro. Con cuidado, lo acomodó en el asiento del pasajero y, al ver que se quedaba dormido enseguida, musitó:

—Aunque a mí no me quiera, a ti te querrá.

De nuevo siguió las instrucciones del GPS en dirección a Tauranga.

Una vez allí, al llegar a la calle Marine Parade y encontrar la casa, detuvo el coche paralizada.

¿Y si Jorge no quería ni verla?

¿Y si estaba con otra mujer?

¿Y si había iniciado una nueva relación?

Sin salir del vehículo, estuvo un buen rato sumergida en un mar de dudas. De pronto, toda su valentía se había esfumado y sentía que el corazón se le salía del pecho.

Donde estaba aparcada, a su izquierda tenía las casas y a la derecha el mar, y al ver que el cachorrito se inquietaba, se puso una gorra para cubrirse el pelo y salió del coche con el animal, que rápidamente encontró dónde dejar su marca.

De pronto, el cachorro salió a toda velocidad, y Esther, horrorizada, corrió tras él por la playa desierta hasta que lo alcanzó. Agotada, se sentó a mirar el mar y dejó al perro en el suelo. Éste estuvo husmeando por su lado y, al ver que no se alejaba, Esther se tranquilizó y decidió dar un paseo. Eso la despejaría.

Durante un rato caminó por la orilla de aquella impresionante playa, donde no había casi nadie, seguida por el cachorro. Pensó en las mil reacciones que Jorge pudiera tener al verla, y al final decidió que debía ser valiente. Ella no era una cobarde y, si él no quería saber nada de ella, lo aceptaría como en su momento lo aceptó él. Tras disculparse por lo que había dicho sobre su padre, se marcharía y regresaría a Benicàssim, donde sin duda proseguiría con su vida.

Dio media vuelta y volvió sobre sus pasos hasta que, de pronto, al fondo vio a un hombre que entraba en la playa con gorra, como ella, y las manos metidas en los bolsillos.

Lo observó con atención y, cuando sintió que el corazón se le aceleraba, supo que era él. Era Jorge. Lo había reconocido por su forma de andar, y, lo mejor, caminaba en su dirección.

Nerviosa, mientras el cachorrillo correteaba alrededor de ella, prosiguió su camino consciente de que el encuentro con Jorge era inminente. Ya no había vuelta atrás. La otra opción era desviarse y salir de la playa, pero no se había chupado un viaje de tropecientas horas entre aviones y coche para ahora dejarse dominar por el pánico.

Cuando apenas los separaban veinte metros, el perrillo, al ver a otra persona, correteó hacia él ladrando. Jorge lo miró y, cuando éste llegó a sus pies, se agachó con una sonrisa para acariciarlo.

Esther se le acercó en silencio y, encantada, lo observó jugar con el cachorro sin que él se hubiera percatado de que era ella la que estaba enfrente, hasta que Jorge preguntó, mientras seguía jugando con el animal:

—¿Cómo te llamas, amigo?

Entonces Esther contuvo sus nervios y soltó:

—*Érase.*

Al oír esa voz, él levantó la vista y, al ver a quién tenía frente a sí, se quedó sin saber qué decir, mientras ella susurraba nerviosa:

—Se llama *Érase.* Una vez me dijiste que era tu palabra favorita porque era el inicio de algo bonito que ibas a conocer..., y yo... yo... estoy aquí porque... porque... ¡Dios, di algo!...

Jorge se incorporó. De la impresión, no podía ni hablar.

Encontrársela allí, frente a él en la playa de Tauranga, tras aquellos meses de calvario, era lo más sorprendente que le había ocurrido en la vida y, mirándola, murmuró:

—Tú eres quien ha venido. Habla tú.

Acelerada, y sintiéndose como una tonta, ella asintió. Estaba visto que no se lo iba a poner fácil.

—Vale, hablaré yo —dijo, clavando los ojos en los suyos—. Pero, por favor, prométeme que, aunque a mí me eches de tu vida, te vas a quedar con *Érase*, porque dudo que me dejen meterlo en el avión de vuelta conmigo, y me niego a abandonarlo...

Jorge asintió mientras cruzaba los brazos sobre el pecho para ocultar el temblor de sus manos.

—Te lo prometo.

Esther sonrió. Él no. Y, mirándolo, dijo:

—Soy una tonta. Una tonta con mayúsculas, y lo primero que va a hacer esta tonta es pedirte disculpas por haber opinado sobre tu padre sin comprobar antes la verdad. Lo siento, en serio que lo siento, y le enviaré una carta de disculpas cuando regrese a España, pero lo cierto es que nunca puse en duda la historia que mi madre me contó, y, aunque no me creas y pienses que lo hago por exculparla, te aseguro que ella no era consciente de la verdad. Si lo hubiera sido, nunca habría odiado a tu padre. Mi madre no era una mujer de odiar, sino más bien de querer.

Jorge asintió.

—Disculpas aceptadas.

A continuación, se hizo el silencio entre ambos y, después, ella indicó nerviosa:

—Gracias por Villa Esther. Es preciosa, pero no puedo aceptarla.

—Tuya es.

Ver su pasividad le estaba rompiendo el corazón a la joven, que murmuró:

—Jorge, es un regalo muy valioso y...

—Nunca me he movido por dinero y nunca lo haré —la cortó él—. Si no la quieres, véndela o haz con ella lo que desees.

La frialdad de sus palabras hizo que a Esther se le encogiera el corazón, pero prosiguió:

—Lo hice mal, muy mal. No te escuché. Saqué mis propias conclusiones y, ahora que lo veo desde la distancia, creo que pagué contigo toda la rabia que llevaba acumulando durante años. Aunque ya no sientas por mí más que pereza, necesito decirte que... que... te quiero. Te quiero como nunca he querido a nadie, porque tú me has amado y cuidado aun con mis defectos, problemas e inseguridades...

Al ver que él no decía nada, sino que sólo la miraba, Esther musitó, atacada de los nervios:

—Por mucho que me duela, entendería que en estos meses que hemos estado alejados te hubieras olvidado de mí, pero estoy aquí para decirte que yo no he conseguido olvidarme de ti y que si hubiera la más mínima oportunidad de...

—Oportunidad... —susurró él.

Presa del pánico, al ver que no reaccionaba, la joven continuó hablando:

—Tenías razón. Lo que, en ocasiones, comienza como una locura puede convertirse en lo mejor de tu vida, y lo mejor de mi vida fuiste tú, aunque yo la cagué, lo hice fatal...

Él siguió callado, e, histérica, Esther añadió:

—Como me dijiste que había un *Romeo y Julieta* a la neozelandesa, lo busqué y leí la historia de amor entre Hinemoa y Tutanekai, que, por suerte, acaba bien, no como la de los Montesco y los Capuleto o... o la nuestra.

—Cállate.

Al oír eso, ella guardó silencio, pero al ver que él no decía nada más, murmuró:

—Necesito confesarte todo lo que siento. He cruzado medio mundo para que me escucharas, y ahora no puedo callarme. Mira, Jorge, si no me quieres a tu lado, regresaré a mi hogar, pero el problema es que siento que mi hogar eres tú. Y, tenías razón, si me hubieras dicho quién eras, yo jamás te habría dado la oportunidad de conocernos, y me siento fatal por las cosas que te dije estando furiosa...

Una ráfaga de viento le agitó el pelo y, hechizada por aquellos ojos que tanto adoraba, cuchicheó:

—Creo que a la que ahora le falla el *sex-appeal* es a mí.

Sin moverse, y oculto tras la visera de su gorra, Jorge la escuchaba; entonces ella, necesitada de recursos, se sacó el móvil y unos auriculares del bolsillo y, enseñándoselos, murmuró:

—Serán sólo cuatro minutos..., no puedes decirme que no.

Jorge, que estaba paralizado por lo entregada que veía a Esther, continuó sin moverse.

Se dedicó a disfrutar de aquel momento tan soñado y en absoluto esperado mientras ella le colocaba un auricular en la oreja. Cuando comenzó a sonar la romántica canción *Detalles*[12] de Roberto Carlos, que antaño había sido la preferida de su padre, tuvo que reprimirse para no asirla por la cintura y besarla con auténtica pasión.

—¿Sabes? —murmuró Esther frente a él, sin tocarlo—. He escuchado mil veces esta canción y estoy de acuerdo con tu padre en que sólo logras entenderla cuando el verdadero amor llega a tu vida y te rompen el corazón, porque cualquier detalle, por ínfimo que sea, te recuerda a la persona amada.

Jorge siguió sin hablar, mientras aquella romántica canción sonaba y ambos se miraban a los ojos sin apenas rozarse.

Cuando la música terminó, Esther le quitó el auricular en silencio y, guardándoselos en el bolsillo junto al móvil, susurró:

—Si supiera hacer un *haka*, una danza maorí, te juro que te lo haría, pero veo que esto es ridículo y ya no sé qué más hacer o decir...

12. Véase la nota 2.

Al ver que él daba un paso al frente, contuvo la respiración.

Jorge se quitó entonces la gorra, la dejó caer y, quitándole la suya a Esther, murmuró:

—No tienes que decir nada más, cariño. Con verte aquí ya estaba todo solucionado.

Esas palabras y el modo en que sonrió le hicieron saber que todo estaba bien, y, echando la cabeza hacia atrás, susurró, cerrando los ojos:

—¡Gracias..., gracias..., grac...!

El último gracias no pudo terminarlo.

Jorge la acercó a su cuerpo, la abrazó y la besó.

La alegría que sentía por todo lo que ella había dicho y hecho era más que suficiente para él.

Por fin quedaron atrás la tristeza y la pena, para dar paso a la alegría y la esperanza. Ella estaba allí y al fin lo había dejado entrar en su corazón, y él estaba dispuesto a tomarlo.

Tras un más que bonito y maravilloso beso cargado de amor y deseo, ambos sonrieron mirándose a los ojos, y Esther murmuró:

—Ya me veía sentada en el avión.

Cogiéndola entonces en brazos, Jorge la apretó contra sí y musitó:

—Pero conmigo a tu lado.

Ambos sonrieron, y, a continuación, él preguntó divertido:

—¿De verdad me habrías bailado un *haka*?

—Y tanto que te lo habría bailado.

Encantados, se miraban a los ojos cuando oyeron al cachorrillo ladrar.

—Me encanta *Érase* —dijo él.

Esther sonrió dichosa. Por fin su vida volvía a estar encauzada junto a la persona a la que quería y, feliz por haber sido capaz de luchar por conseguir su sueño, acercó su boca a la de su amor y cuchicheó:

—Y a mí me encantas tú.

Epílogo

Benicàssim, 15 de julio de 2018

—¡Madre mía, cuánta gente! —afirmó Mario, mirando a su alrededor.

Por primera vez en su vida, acompañado por los que para él eran su familia, el hombre acudía a un concierto de música.

Un año más, el FIB, el grandioso Festival Internacional de Benicàssim, estaba a reventar, y esa edición era especial para todos ellos porque Atacados y Lucía Gil actuaban allí por primera vez.

Candy, que bailaba con una cerveza en la mano con Vega, Delia y Esther, comentó encantada:

—Tu padre está flipando con tanta gente alrededor...

Esther lo miró sonriendo y afirmó alegre, al ver a Hugo y a Jorge reír a carcajadas con aquél:

—Lo que está es con un par de cervecitas de más.

—¡Estupendo! Esta noche habrá juerga...

—¡Candy! —Ella rio al oírla.

La mujer sonrió con picardía, y entonces Delia cuchicheó divertida:

—Hoy he comprado pilas nuevas para mi *Ryan*. Esta noche, cuando llegue a casa, cantaré «lalala» y «lololo». ¡Madre mía..., cada día estoy más encantada de haberlo conocido!

Todas reían cuando Vega dijo:

—Eso está muy bien, pero aquí hay material de carne y hueso... ¿O acaso piensas quedarte sola el resto de tu vida?

—¿Ahora la que va de madrastrona eres tú? —preguntó Esther, mirándola.

Las tres amigas soltaron una carcajada.

En un año, sus vidas habían cambiado por completo. La casada estaba divorciada, la madre soltera estaba casada, y la ennoviada con uno que no la merecía vivía ahora feliz y contenta con el amor de su vida.

Divertida por los comentarios de sus amigas, Delia sonrió, se fijó en un guiri que no le quitaba la vista de encima, le guiñó un ojo y afirmó, dirigiéndose a Vega:

—Quizá te tome la palabra.

Sofía se les acercó entonces de la mano de Jonás, un holandés sanote con el que salía y que había conocido en la escuela de arte de joyas en Suiza. La transformación que la chica había experimentado en el último año había sido impresionante. Recordar a la antigua Sofía y ver a la nueva era increíble.

—Cuando termine este grupo, salen los nuestros —indicó.

Mario, feliz al ver a su hija pequeña tan centrada, la agarró del brazo y preguntó:

—¿Le gusta a Jonás esto?

Sofía miró a su chico, que hablaba con Jorge, y asintió.

—Sí, papá, pero no vamos a cambiar de opinión. Vamos a abrir nuestra tienda de joyas en Ámsterdam.

Candy, que se acercaba a ellos en ese instante, sonrió al oírlo.

—La una en Ámsterdam, y la otra, seis meses aquí y seis en Nueva Zelanda —replicó Mario—. Y ¿qué pasará cuando tenga nietos? ¿Cómo los voy a malcriar?

Esther sonrió y abrazó a su padre.

—Pues en el caso de Sofía, no sé, pero en el mío, si alguna vez te doy nietos, te aseguro que los verás todos los días, porque cuando esté en Nueva Zelanda os necesitaré a ti y a Candy para que los malcriéis.

Mario sonrió. Él mejor que nadie sabía que lo que su hija decía era cierto. Cuando iba a añadir algo, de pronto Sofía soltó un grito y, cuando todos miraron hacia el enorme escenario, vieron salir al grupo Atacados acompañados por Lucía Gil.

Desde que los había contratado el productor musical Omar Ferrasa, estaban en todas las listas de ventas, su música sonaba en todas partes y, como les habían prometido, iban a actuar en el FIB.

Los chicos y Lucía saludaron felices y encantados al salir al escenario mientras el público aplaudía. Micrófono en mano, Luis buscó entonces a sus amigos donde sabía que los iba a encontrar y dijo, mirando a Sofía:

—La canción que vamos a interpretar habla de un amor de verano, se titula *Hasta que salga el sol*,[13] y va para todos vosotros.

La gente comenzó a aplaudir encantada.

Aquella pegadiza canción sonaba en todas las plataformas musicales desde hacía unos meses, y no había nadie que no supiera tararearla.

Sofía y Luis sonrieron mientras se miraban. Entre ellos sobraban las palabras.

Al oír que iban a tocar el tema que tanto le gustaba y que tenía el mismo título que la frase de su madre que llevaba tatuada en la piel, Esther soltó una risotada mientras Atacados y Lucía empezaban a interpretar aquella preciosa canción y todos se ponían a corearla.

Felices, todos los asistentes bailaron y vibraron, mientras Esther entonaba la canción agarrada a Jorge. Sonriendo, éste murmuró:

—Me gusta oírte cantar.

—¡Me encanta esta canción! —afirmó ella—. La adoro porque me da positividad, alegría, buen rollo y...

Enamorado, él la besó. Los meses que llevaban juntos habían sido maravillosos.

Tras reunirse con su familia en Londres y pedirles disculpas por el malentendido, la relación de Esther con ellos era increíble. Tan increíble que su padre había decidido que el hotel Agamar siguiera llamándose así, y le había propuesto a la joven que dirigiese las cocinas de sus hoteles como gran chef, algo que de momento ella había rechazado, aunque quedaron en hablarlo más adelante.

Y lo había rechazado porque, tras todo lo ocurrido, Esther ha-

---

13. *Hasta que salga el sol*, © y ℗ M2 Music Group S. L., interpretada por Atacados y Lucía Gil. *(N. de la E.)*

bía decidido tomarse un año sabático durante el cual pensaba disfrutar de la vida junto a Jorge y *Érase*, dejar de soñar y vivir.

De mutuo acuerdo, y para horror de la yaya y la madre de Jorge, la pareja había optado por no casarse. No creían en los papeles, pero sí creían en ellos y en su amor, y lo disfrutaban todos los días.

Abrazados, Jorge y Esther bailaron aquella bonita canción que Atacados y Lucía Gil interpretaban en el escenario, y, cuando ésta terminó, junto al resto de los que para ellos eran su familia, aplaudieron a los chicos, a los que tanto cariño les tenían, para seguir después disfrutando de la fiesta.

Esa madrugada, cuando Mario decidió retirarse con Candy a descansar, al ver a sus hijas radiantes y felices sentadas en la playa junto a sus parejas y amigos, sonrió.

Aquello era lo que él deseaba para su familia y, aun a sabiendas de lo que le iban a decir, llamó a sus hijas y preguntó:

—¿Hasta cuándo vais a estar de juerga?

Al oírlo, las dos hermanas se miraron entre sí con complicidad y, sonriendo a aquel padre al que siempre habían tenido a su lado y que siempre había querido lo mejor para ellas, respondieron a la vez:

—¡Hasta que salga el sol!

Agradecimientos

A MÓNICA, por ser tan encantadora.

Al equipo de M2 MUSIC GROUP, S. L., muy especialmente a Raúl Madroñal.

Al equipo de CARLITO RECORDS, S. L.

A JUANMA MICHAVILA.

Al grupo ATACADOS, Jesús, Arturo, Iván y, muy especialmente, a Luis, por su simpatía y colaboración.

A LUCÍA GIL, por esa luz tan bonita que desprende.

A la DIPUTACIÓN DE CASTELLÓN, por haberme galardonado con el precioso Premio Letras del Mediterráneo.

A todos ellos, GRACIAS.

MEGAN MAXWELL

Megan Maxwell es una reconocida y prolífica escritora del género romántico. De madre española y padre americano, ha publicado las novelas *Te lo dije* (2009), *Las guerreras Maxwell. Deseo concedido* (2010), *Fue un beso tonto* (2010), *Te esperaré toda mi vida* (2011), *Niyomismalosé* (2011), *Las ranas también se enamoran* (2011), *¿Y a ti qué te importa?* (2012), *Olvidé olvidarte* (2012), *Las guerreras Maxwell. Desde donde se domine la llanura* (2012), *Los príncipes azules también destiñen* (2012), *Pídeme lo que quieras* (2012), *Casi una novela* (2013), *Llámame bombón* (2013), *Pídeme lo que quieras, ahora y siempre* (2013), *Pídeme lo que quieras o déjame* (2013), *¡Ni lo sueñes!* (2013), *Sorpréndeme* (2013), *Melocotón loco* (2014), *Adivina quién soy* (2014), *Un sueño real* (2014), *Adivina quién soy esta noche* (2014), *Las guerreras Maxwell. Siempre te encontraré* (2014), *Ella es tu destino* (2015), *Sígueme la corriente* (2015), *Hola, ¿te acuerdas de mí?* (2015), *Un café con sal* (2015), *Pídeme lo que quieras y yo te lo daré* (2015), *Cuéntame esta noche. Relatos seleccionados* (2016), *Oye, morena, ¿tú qué miras?* (2016), *El día que el cielo se caiga* (2016), *Soy una mamá* (2016), *Pasa la noche conmigo* (2016) y *Las guerreras Maxwell. Una flor para otra flor* (2017), además de cuentos y relatos en antologías colectivas. En 2010 fue ganadora del Premio Internacional Seseña de Novela Romántica, en 2010, 2011, 2012 y 2013 recibió el Premio Dama de Clubromantica.com. En 2013 recibió también el AURA, galardón que otorga el Encuentro Yo Leo RA (Romántica Adulta), y en 2017 ha resultado ganadora del Premio Letras del Mediterráneo en el apartado de novela romántica.

Pídeme lo que quieras, su debut en el género erótico, fue premiada con las Tres plumas a la mejor novela erótica que otorga el Premio Pasión por la novela romántica.

Megan Maxwell vive en un precioso pueblecito de Madrid, en compañía de su marido, sus hijos, sus perros *Drako* y *Plufy* y sus gatas *Julieta*, *Peggy Su* y *Coe*.

Encontrarás más información sobre la autora y sobre su obra en:
<www.megan-maxwell.com>.